L'IMPOSSIBLE PARDON

Née à Brooklyn, Randy Susan Meyers a toujours été passionnée de littérature. Pour *L'Impossible Pardon*, son premier roman, elle s'est inspirée de son travail auprès des victimes de violence domestique. Elle vit aujourd'hui à Boston avec son mari et ses deux filles.

RANDY SUSAN MEYERS

L'Impossible Pardon

ROMAN TRADUIT DE L'ANGLAIS (ÉTATS-UNIS) PAR PASCALE HAAS

CALMANN-LÉVY

Titre original :

THE MURDERER'S DAUGHTERS

Publié par St Martin's Press.

ISBN : 978-2-253-16182-0 – 1re publication LGF

PREMIÈRE PARTIE

1

Lulu, 1971

Quand maman m'a demandé de lui sauver la vie, je n'ai pas du tout été surprise. Dès ma première semaine à la maternelle, j'avais compris qu'elle n'était pas le genre de mère à porter des colliers de nouilles. En gros, maman me considérait comme une servante miniature.

Passe-moi un Pepsi, Lulu.

Sors le lait pour les céréales de ta sœur.

Va m'acheter un paquet de Winston.

Et puis un jour, elle est montée d'un cran.

Ne laisse pas entrer papa dans l'appartement.

Le mois de juillet où notre famille s'est disloquée, ma sœur allait avoir six ans et moi dix, ce qui aux yeux de ma mère équivalait plus ou moins à l'âge adulte. Et même avant son départ, papa n'était pas d'une très grande aide. Il avait ses propres problèmes. Mon père voulait des choses qu'il ne pouvait pas obtenir et, par-dessus tout, il désirait ma mère. Peut-être qu'avoir grandi à l'ombre de Coney Island, le parc d'attractions de Brooklyn, expliquait son faible pour le côté pin-up de ma mère. N'empêche que je n'ai jamais compris en quoi le reste lui manquait : l'air mielleux de maman avait dû l'empêcher de voir qu'elle détestait chaque seconde qui ne lui était pas entièrement consacrée.

Les disputes entre maman et papa rythmaient la vie familiale. Pourtant, jusqu'au jour où ma mère l'a fichu à la porte, mon père a été le parfait exemple de l'homme qui ne tire aucune leçon de l'expérience. Chaque soir il rentrait du travail en espérant un dîner prêt, un baiser de bienvenue, une bière bien fraîche. Au lieu de quoi, maman lui servait une interminable série de plaintes.

« Combien d'heures par jour crois-tu que je peux rester seule avec elles, Joey ? » avait demandé maman quelques jours avant qu'il quitte la maison. Elle lui avait montré ma sœur Merry et moi en train de jouer au jeu de l'oie sur la petite table en Formica encastrée au fond de notre minuscule cuisine. Nous étions les petites filles les mieux élevées de Brooklyn, des filles qui savaient que désobéir à maman se solderait par une gifle aller-retour et de longues heures à contempler le bout de nos orteils.

« Seule ? » Un peu de bière moussait au coin des lèvres de papa. « Pour l'amour du ciel, tu as passé la moitié de ta journée à papoter avec Teenie et l'autre à te faire les ongles ! Tu sais que nous avons une gazinière ? Avec un bouton et tout ce qu'il faut ? »

Teenie, l'amie de maman, habitait au rez-de-chaussée avec ses cinq fils et un mari dont la tête géante ressemblait à une enclume. Son appartement sentait l'eau de Javel et le coton repassé de frais. Le repassage, c'était le Valium de Teenie. Les fureurs de son mari la plongeaient dans une telle anxiété qu'elle suppliait maman de lui confier le linge froissé de toute la famille. Grâce au mari de Teenie, nous dormions dans des draps impeccables et des taies d'oreiller aussi douces que du satin.

Je rêvais d'être délivrée de ma prétendue famille, convaincue d'être l'enfant secret de notre séduisant maire à l'allure si élégante, John V. Lindsay, et de sa délicieuse femme si raffinée, dont je savais qu'elle aurait été le genre de mère à m'acheter des livres plutôt que des fausses poupées Barbie au rayon des jouets bradés chez Woolworth. Dans mon idée, la famille Lindsay m'avait laissée dans cet horrible appartement où la peinture s'écaillait avec des parents de troisième ordre afin de me mettre à l'épreuve, et je ne voulais pas les décevoir. Même quand maman me hurlait à la figure, je modulais ma voix pour garder un ton qui aurait plu à Mme Lindsay.

Cet après-midi-là, maman nous envoya faire une sieste. Dans le petit cercueil qui nous servait de chambre, à Merry et à moi, il faisait une chaleur de fournaise. La seule chose qui nous soulageait, c'était quand maman frictionnait notre poitrine et nos bras crasseux avec un gant imbibé d'alcool et d'eau fraîche.

Allongée dans la chaleur de l'après-midi, impatiente de fêter mon anniversaire le lendemain, je priais pour que maman m'ait acheté la valise de chimiste à laquelle je n'arrêtais pas de faire allusion depuis un mois. L'an dernier, alors que j'avais demandé une *Encyclopædia Britannica*, j'avais reçu une poupée. Je n'avais jamais manifesté l'envie d'une poupée, et quand bien même je l'aurais fait, je n'aurais pas voulu d'un baigneur qui fait pipi.

J'espérais que l'humeur de maman qui s'était améliorée un peu aiderait ma cause. Depuis qu'elle avait fichu papa à la porte, elle ne nous grondait presque plus. C'était à peine si elle s'apercevait de notre existence. Quand je lui rappelais qu'il était l'heure de dîner, elle levait les yeux de son magazine en disant : « Prends de l'argent dans mon porte-monnaie et allez au *Harry's.* »

Nous traversions les trois pâtés de maisons jusqu'au *Harry's Coffee Shop*, où nous commandions des sandwichs au thon et des laits maltés, à la vanille pour Merry, au chocolat pour moi. En général, comme j'avais terminé la première, j'enroulais mes jambes autour du pied en acier froid du tabouret en cuir et les entortillais avec impatience pendant que Merry sirotait son lait malté en grignotant des petits bouts de son sandwich. Je lui criais de se dépêcher en imitant mamie Zelda, la mère de papa. « Grouille-toi, princesse Tralala. Tu te prends pour la reine d'Angleterre ou quoi ? »

Peut-être était-ce le cas. Peut-être que la mère secrète de Merry était la reine Élisabeth.

Une fois papa parti de la maison, maman institua des nouvelles règles énigmatiques. *N'ouvrez pas la porte à votre père. Quand vous allez chez mamie Zelda avec lui, ne dites pas un mot sur moi. Cette vieille bique cherche uniquement à vous soutirer des informations. Et ne parlez jamais de mes amis à qui que ce soit.*

Très souvent, des amis passaient voir maman. Je ne savais pas très bien comment faire pour ne pas parler d'eux. Ne pas parler de maman aurait été une forme de grossièreté et de désobéissance, étant donné que, à peine quelques secondes après nous avoir dit bonjour et embrassées, les questions de papa fusaient :

Comment va votre mère ? Qui vient à la maison ?

Est-ce qu'elle a de nouveaux vêtements ? De nouveaux disques ? Une nouvelle couleur de cheveux ?

Il était évident, même pour une petite fille, que papa mourait d'envie d'avoir des nouvelles de maman.

Je me sentais un peu coupable à l'idée que l'absence de papa me soulageait autant. Avant qu'il ne parte, du temps où il ne demandait rien, ou par la suite, quand il réclamait l'attention de maman, il la regardait avec un air songeur.

Parfois, je me demandais pourquoi ma mère avait épousé papa. Trop jeune pour calculer le temps qui s'était écoulé entre leur mariage et ma naissance, il ne m'avait jamais traversé l'esprit que j'en étais la raison, d'autant que maman n'appréciait pas trop les confidences de mère à fille. Elle n'approuvait rien de ce qui se rapportait à l'introspection. C'était sûrement pour ça qu'elle se sentait si proche de Teenie. Teenie ne se mêlait pas de savoir quel sens profond avait la vie. Elle passait des heures et des heures à juger le vernis à ongles de maman, détournant les yeux de son repassage le temps de choisir le ton qui serait le plus flatteur sur la peau pâle de maman pendant que celle-ci se vernissait un ongle après l'autre.

Les bras trempés de sueur, je tournai les pages de mon livre, *Le Mystère de la ballerine écarlate*. Comme je n'avais le droit de prendre que six livres chaque fois que j'allais à la bibliothèque, il fallait bien prévoir, sans quoi je me retrouvais coincée le dimanche à relire les cinq volumes de la sélection du *Reader's Digest* rangés sur l'étagère en laque rouge du salon. Les volumes étaient maintenus par des serre-livres, deux statues de dragons chinois vert bronze à l'air féroce avec de longues queues pointues. Un symbole de chance, disait maman.

De formes et de tailles diverses, des boîtes noires en onyx au couvercle incrusté de nacre décoraient les étagères du salon. Elles étaient lisses et fraîches au toucher. Le père de maman les avait rapportées à son retour de la guerre au Japon. La mère de maman, qu'on appelait Mimi Rubee, lui avait donné les boîtes après la mort de notre grand-père à force d'entendre maman les lui réclamer à la rendre folle.

Maman obtenait toujours ce qu'elle voulait.

Le soleil qui se faufilait au-dessus des murs entourant notre cour sinistre embrasait la chambre. Je tournai et retournai mon oreiller, le tapant du poing pour former des bosses plus confortables, cherchant un peu de coton frais à me caler sous la tête. Merry, assise en tailleur sur son lit, déplaçait ses ribambelles en papier en formant diverses constellations. Elle les plaquait contre le mur en repliant les figurines les unes sur les autres et récitait en remuant les lèvres la pièce que ses poupées jouaient pour elle seule.

Merry était censée faire la sieste, et moi veiller à ce qu'elle la fasse. Elle avait l'air toute fière et heureuse de porter son maillot de bain vert pomme, celui qui s'attachait en haut avec des petits rubans jaunes. Je détestais ce maillot parce qu'il fallait que je l'aide à l'enlever puis à le rattacher chaque fois qu'elle allait aux toilettes. Ma sœur l'adorait parce que c'était un cadeau de papa. En réalité, c'était mamie Zelda qui l'avait choisi, pas papa, mais je n'avais rien dit. Je ne voulais pas gâcher la joie de Merry.

Ma sœur était particulièrement mignonne, et moi particulièrement quelconque. Tous les jours, des gens nous arrêtaient dans la rue pour s'extasier sur les boucles brunes de Merry ou ses yeux de Tootsie Pop [1] – celles au chocolat –, ou pour caresser ses joues roses comme si sa peau était un tissu qu'ils ne pouvaient pas s'empêcher de toucher. J'avais l'impression de trimballer la princesse de Brooklyn.

Papa adorait Merry. Tante Cilla l'avait dit un jour où elle regardait papa fourrer des M&M's un à un dans la bouche de ma sœur. « Ça ne te rend jamais jalouse ? » avait-elle demandé à ma mère. Tante Cilla, la sœur de maman, ressemblait à ma mère en version poisson-lune bouffi.

« Oui, c'est vrai. Il sait y faire. Avec les mômes de cinq ans », avait répondu ma mère à tante Cilla, bien que ce soit adressé à papa.

Merry rendait papa heureux. Moi, jamais. S'il faisait une blague ou je ne sais quoi d'autre, je fronçais les sourcils en me demandant si ses devinettes ou ses jeux de mots idiots valaient la peine qu'on rigole. Du

1. Sucette ronde inventée dans les années 30. *(Toutes les notes sont de la traductrice.)*

coup il se fâchait et disait : « Bon sang, Lulu, t'es obligée de décortiquer chaque mot qu'on dit ? »

Changeant de position sur mon lit, je m'accoudai au rebord de la fenêtre pour sentir un peu d'air. La musique qu'écoutait Mme Schwartz sur sa chaîne stéréo résonnait dans la cour. Quelqu'un avait dû lui demander de l'éteindre, ce qui l'incitait en général à monter le son. *Raindrops keep falling on my head* retentissait à plein volume, si fort que je faillis ne pas entendre les coups discrets frappés à la porte.

« On frappe, annonça Merry en sautant au bas de son lit.

— Attends, dis-je en posant les pieds par terre. T'es folle ou quoi ? Tu veux que maman nous tue ? Laisse-moi y aller. Toi, tu es supposée dormir. »

Merry remonta en sautant sur son lit où elle atterrit assise sur les talons. Elle était toute maigrichonne et petite pour son âge. Dans son maillot de bain vert, on aurait dit une sauterelle.

Je m'approchai de la porte sur la pointe des pieds. Maman profitait de notre sieste pour faire la sienne – son sommeil de beauté, comme elle l'appelait –, et elle détestait qu'on la réveille avant l'heure. Un doigt sur les lèvres, je fis signe à Merry de ne pas faire de bruit. Elle écarquilla tout grands ses yeux de Tootsie Pop, l'air de dire *Tu me prends pour une idiote ?*

Notre chambre et la porte d'entrée se touchaient presque. Centimètre par centimètre, j'ouvris la porte de la chambre en prenant garde à ne faire aucun bruit. Les coups se mirent à résonner plus fort.

« Qui est là ? murmurai-je, la bouche collée contre la porte.

— Lulu, ouvre. »

J'entendais mon père respirer.

« Allons, Lulu, ouvre !

— Je n'ai pas le droit de te laisser entrer, chuchotai-je, priant pour que maman ne m'entende pas.

— T'en fais pas, Cocoa Puff[1]. Maman ne se fâchera pas. Je te le promets. »

En l'entendant prononcer mon petit nom, mes yeux se remplirent de larmes. Du temps où les choses allaient mieux, j'étais Cocoa Puff et Merry Sugar Pop. Quant à maman, papa l'appelait Sugar Smack Pie, parce qu'il disait qu'il n'existait rien de meilleur. Après quoi il lui tendait ses lèvres et ma mère lui lançait la première chose qui lui tombait sous la main.

Mais avec le sourire.

« Je sais que tu as peur de maman, mais laisse-moi entrer. Je suis ton père. » Papa baissa la voix pour prendre un ton de conspirateur. « C'est mon nom, sur le bail. »

Je ne savais pas ce qu'était un bail, mais il devait avoir raison. J'entrebâillai la porte sans enlever la chaîne de sûreté et entraperçus mon père.

Il s'approcha le plus près possible et sourit. Ses dents avaient l'air sales, comme s'il avait mangé des biscuits sans se les brosser après. Il empestait la cigarette, la bière et autre chose. Autre chose d'effrayant. Autre chose que je n'avais encore jamais senti.

Il posa une main sur la porte et la poussa. La chaîne se tendit.

« Enlève la chaîne, Lulu. »

---

1. Marque de céréales soufflées au chocolat.

Je reculai en me demandant si je devais ou non aller chercher maman. Je sentais Merry derrière moi. Je ne savais pas si papa la voyait. Sans doute pas, sinon il lui aurait dit bonjour.

« Je vais chercher maman, dis-je.

— Tu n'as pas besoin de ta maman. Ouvre juste cette satanée porte. J'ai un truc à lui donner.

— Je vais la chercher.

— Ne sois pas aussi têtue. Et maintenant, laisse-moi entrer ! »

Il secoua la poignée. Mon cœur se mit à battre la chamade.

« Retourne dans ton lit », dis-je tout bas à Merry.

Dès qu'elle eut disparu, j'enlevai la chaîne et le verrou. Papa lâcha la porte le temps de me laisser ouvrir.

« Merci, Lu. » Il effleura la mezouzah clouée sur le chambranle de la porte, puis embrassa le bout de ses doigts. Il appelait ça la chance juive, la seule qu'on ait, nous les juifs, disait-il. Puis il me caressa sous le menton. Je m'éloignai de son odeur âcre de tabac avec l'envie de me débarbouiller la figure.

« Tu es ma petite pêche. » Papa traversa l'entrée exiguë et tourna à gauche vers la petite alcôve où il m'avait installé un bureau.

D'un pas hésitant, je le suivis jusqu'au milieu de l'entrée, puis me glissai dans la salle de bains en laissant la porte suffisamment ouverte pour entendre même si je ne pouvais rien voir.

« Bon sang, Joey, tu as failli me faire mourir de peur ! » Ma mère avait l'air énervée. Je l'imaginai remonter sur elle le drap léger qu'elle utilisait pour faire la sieste en été.

« Je t'ai manqué, ma chérie ? demanda mon père.

— Louise, viens ici tout de suite ! » cria maman.

Je restai là sans bouger d'un pouce. Sans piper mot.

« Il faut qu'on parle. » Papa avait l'air en colère.

« Sors d'ici. Tu es ivre. Je n'ai rien à te dire. » J'entendis maman se lever et mon père la suivre d'un pas lourd. La porte du réfrigérateur s'ouvrit en faisant un bruit de succion. Puis il y eut le bruit d'une canette qu'on ouvre. Ils étaient dans la cuisine.

« Pourtant, quand tu as réclamé mon chèque à mon patron, tu as su quoi lui dire, pas vrai, Miss Amérique ? hurla papa. Tu as tortillé du cul comme il faut ? »

Un bruit retentit dans ma chambre. Merry passa en trottinant dans l'entrée, ses pieds nus faisant un bruit de ventouse sur le lino. J'aurais voulu l'attraper et la tirer dans la salle de bains.

Je l'entendis s'arrêter devant le canapé, puis les ressorts grincer quand elle sauta dessus. Je l'imaginais recroquevillée en boule, les genoux ramenés contre la poitrine, tremblant comme une feuille. Du canapé, on avait une bonne vue sur la cuisine.

« Il faut bien que quelqu'un nourrisse ces gamines. Qu'est-ce que je suis censée faire ? Fabriquer des billets ? demanda maman.

— Il faut que je récupère cet argent, Celeste. Et tout de suite. »

Ma mère marmonna quelque chose, trop bas pour que je comprenne. J'entrouvris un peu plus la porte de la salle de bains.

« Je suis sérieux, Celeste. Donne-le-moi. »

La voix grave de papa martelait comme une machine. *Donne-le-moi. Donne-le-moi. Donne-le-moi.*

« Sors d'ici avant que j'appelle les flics. » Un bruit indéfinissable se fit entendre.

« Va-t'en !

— J'en ai besoin. J'ai besoin de ce fric, bon sang ! »

Une porte claqua.

Ma sœur pleurnichait. Était-elle entrée dans la cuisine ? J'aurais dû aller la chercher.

« Chut ! du calme, Sugar Pop… Ce n'est rien. » Les paroles de mon père se brouillèrent. Je l'imaginai se pencher pour embrasser Merry sur le sommet de la tête, comme il le faisait toujours, et entourer son doigt d'une de ses boucles avant de la relâcher comme un ressort.

« Merry, va dans la chambre de maman ! ordonna ma mère.

— Oui, va dans la chambre de maman », répéta mon père. Il y eut un début de vacarme, comme si plusieurs objets dégringolaient par terre. « Du bourbon, Celeste ? Tu leur achètes de quoi picoler avec mon fric ? »

On aurait dit qu'il pleurait. Je me plaquai contre le mur et avançai vers eux, centimètre par centimètre.

« Rentre chez ta mère. » Maman avait l'air plus en colère qu'effrayée. « Va dessaouler.

— Tu crois que je te file du pognon pour que t'achètes de l'alcool à tes petits amis ? »

La voix de papa avait encore changé. Son ton larmoyant avait disparu. Il avait maintenant une voix forte. Comme un loup. Comme un ours. Des coups résonnèrent, assourdissants. Je l'imaginai en train de taper partout sur les portes des placards. Et soudain, il y eut un bruit de métal qui crisse et craque, comme si on arrachait des charnières de leurs gonds.

MAMAN, DONNE-LUI L'ARGENT !

« Lulu ! hurla ma mère. Il a un couteau... Il va me tuer ! Va vite chercher Teenie ! »

Et si Teenie n'était pas chez elle ?

Non, Teenie ne sortait jamais.

Qu'est-ce que j'allais lui dire ?

Prostrée dans l'entrée, je restai là pendant ce qui me parut une vie entière à écouter maman et papa hurler. Puis je me précipitai dans l'escalier vermoulu et descendis chez Teenie. Je tapai du poing sur la porte pour couvrir le bruit de la télévision. Je frappai des coups si forts que je crus que l'immeuble allait s'écrouler. Finalement, son plus jeune fils m'ouvrit. Je me ruai à l'intérieur et découvris Teenie dans le salon, en train de regarder un jeu télévisé tout en repassant les caleçons de son mari.

« Mon père a un couteau.

— Surveille les garçons », lança Teenie à son fils aîné avant de débrancher le fer sans l'éteindre.

Juste avant de sortir de l'appartement, elle cria : « Restez ici, les garçons. Ne bougez pas une oreille ! »

Nous montâmes l'escalier quatre à quatre. Est-ce que je ne devrais pas aller chercher quelqu'un d'autre ? M. Ford, peut-être. Il vivait tout seul. Il était célibataire. Et vieux. Néanmoins, c'était un homme, même si mon père le traitait de pédé.

Non, nous n'avions besoin de personne d'autre. Mon père aimait bien Teenie. Il l'écouterait. Elle le calmerait.

Nous entrâmes en courant dans l'appartement, moi derrière Teenie qui traversa le salon en trombe et fonça dans la cuisine. Les placards grands ouverts que mon père avait malmenés laissaient voir notre vaisselle blanc et turquoise. Une porte cassée pendouillait, se balançant au rythme des rafales de vent humide qui soulevaient les rideaux.

Maman était étendue par terre. Du sang giclait sur le lino vert et marron. Teenie se jeta à genoux et attrapa le bout de son tablier en coton blanc qu'elle pressa sur la poitrine de ma mère à l'endroit où jaillissait le sang.

Teenie se tourna vers moi. « Appelle l'opératrice. Dis-leur d'envoyer une ambulance. Et la police. »

Je fixai maman des yeux. *Ne meurs pas.*

« Vas-y, Lulu ! »

Je me précipitai dans la chambre de ma mère. Le téléphone était à côté de son lit. Rose. Un téléphone de princesse. Merry était allongée sur le dessus-de-lit gris et rose. Si maman avait vu le sang répandu partout, elle aurait hurlé comme une folle. Le joli maillot de bain vert de ma sœur était lacéré sur le devant en plein milieu, mais les petits nœuds parfaits que je m'appliquais à faire avec les rubans jaunes étaient restés en place.

Mon père était assis près de Merry. Du sang dégoulinait de ses poignets.

« Tu as appelé ? » cria Teenie depuis la cuisine.

En décrochant le téléphone sur la table de nuit, je pris garde à ne pas froisser le lit, car je savais bien que ça n'aurait pas plu à maman.

2

Lulu

Ma grand-mère, Mimi Rubee, était attablée devant un café noir et un toast tartiné de fromage blanc, qui constituaient son petit déjeuner et son déjeuner. Désormais, c'était elle qui nous gardait. L'enterrement de maman avait eu lieu la semaine précédente, le jour de mon anniversaire, mais personne n'y avait fait la moindre allusion.

Je m'étais préparé un sandwich avec du beurre et de la marmelade d'orange, les seuls ingrédients de la maison que je savais utiliser.

Depuis l'enterrement, je demandais tous les jours à Mimi Rubee de m'emmener voir Merry à l'hôpital, et tous les jours elle me répondait non. J'avais de la peine à respirer en imaginant ma sœur minuscule, toute seule dans je ne sais quel bâtiment blanc géant.

« On peut y aller aujourd'hui ? À l'hôpital ? demandai-je entre deux bouchées de sandwich.

— Je t'en prie, un chagrin de plus me serait insupportable aujourd'hui, dit Mimi Rubee, qui aspira nerveusement une gorgée de café comme pour m'en donner la preuve. Les infirmières s'occupent bien d'elle, je t'assure. Je l'ai vu.

— Alors quand ?

— Bientôt. Peut-être que tante Cilla pourra t'y emmener demain.

— Tante Cilla n'ira pas. » Et en plus, je ne voulais pas y aller avec elle. Avec la sœur de ma mère, les choses difficiles devenaient insupportables.

« Elle ira, elle ira… » Mimi Rubee poussa un gros soupir mouillé.

« Mais Merry est toute seule, plaidai-je. Elle doit avoir peur.

— Elle passe la moitié de son temps à roupiller.

— S'il te plaît, Mimi Rubee, emmène-moi la voir, s'il te plaît !

— Ça suffit ! » Mimi Rubee trempa une serviette en papier dans son verre d'eau et tamponna les miettes autour de mon assiette. « Ta sœur va bien. Je te l'ai déjà répété un million de fois. Alors maintenant, arrête. Tu ne vois pas que tu me donnes la migraine ? » Elle se frotta les tempes du bout des doigts en dessinant des petits cercles.

Je ne prêtai pas attention aux signes avant-coureurs qui annonçaient la suite – la voix plus forte de ma grand-mère, sa façon compulsive de ramasser les miettes, de se masser les tempes. De frotter la table comme une maniaque. « Merry ne devrait pas rester toute seule, dis-je.

— ASSEZ ! C'est *lui* qui lui a fait ça ! » Mimi Rubee empoigna ses cheveux teints en rouge comme si elle allait en arracher des mèches. « Un monstre, voilà ce qu'est ton père ! Un monstre ! » Elle donna un coup d'une telle violence sur la table que mon pain sauta en l'air et que son café déborda.

Mimi Rubee ne m'avait pas laissée aller à l'enterrement de maman. J'étais restée chez mamie Zelda, la mère de papa. Nous avions regardé la télé durant des heures, une émission s'enchaînant derrière une autre sans que ni elle ni moi ne prenions la peine de changer de chaîne. Nous avions juste regardé ce qui se présentait, pendant que Merry était toute seule à l'hôpital de Coney Island, que mon père croupissait en prison, ainsi que tout le monde le répétait, et que Mimi Rubee enterrait ma mère à six pieds sous terre. J'imaginais ma grand-mère crier si fort aux funérailles qu'elle aurait pu réveiller maman.

Ma mère disait toujours que Mimi Rubee était une vraie Sarah Bernhardt – apparemment une actrice de l'ancien temps. Certains après-midi, maman buvait une tasse de café soluble arrosé de cognac et se remémorait les crises que faisait Mimi Rubee à l'époque où papa et elle avaient commencé à se fréquenter. Maman, très douée pour imiter le faux accent distingué de Mimi Rubee, prononçait chaque mot en le détachant distinctement : « Tu es trop jeune, trop belle et trop mince, pour l'amour du ciel ! Ne va pas te gâcher. Plus jamais tu ne seras aussi svelte. »

Maman terminait toujours l'histoire en pinçant le gras qu'elle n'avait pas sur les cuisses et riait d'un air triste en disant : « Souviens-t'en, Lulu, au bout du compte, les mères ont toujours raison. Personne d'autre ne dit la vérité. »

Après sa crise de larmes, Mimi Rubee gagna sa chambre pour faire une sieste, comme souvent l'après-midi à cause de ses migraines. Elle ferma les volets et grimpa sur son lit. Puis elle m'appela pour que je lui apporte le bol en fer-blanc au bord tout écaillé. Le bol, c'était au cas où elle vomirait. Je lui apportai ensuite un gant mouillé d'eau fraîche à poser sur son front, en veillant bien à ce qu'il ne dégouline pas.

Une fois que j'eus fait ça, et approché de son lit le ventilateur en métal qui soufflait de l'air frais, elle poussa un soupir et m'adressa un vague sourire. Les cils humides de larmes, Mimi Rubee me déclara que j'étais son petit soldat. « Tu es toujours tellement gentille… C'est pour ça que ta mère t'aimait tant. »

Les cachets contre la migraine de Mimi Rubee commencèrent à agir, sa respiration se fit plus profonde, et elle sombra dans un sommeil bruyant. Je sortis sur la pointe des pieds et refermai la porte derrière moi. J'attrapai mes chaussures sous le canapé, une planche en teck semblable au reste des meubles de l'appartement. Après la mort de mon grand-père, Mimi Rubee s'était débarrassée du mobilier victorien et des tapis d'Orient qu'il adorait et, revendiquant son désir d'être à la mode, elle avait acheté des meubles danois modernes et des tapis pelucheux tissés de couchers de soleil. Je dormais sur le canapé dur comme la pierre et me réveillais le matin courbaturée. Mimi Rubee m'avait promis qu'elle achèterait un convertible dès que Merry sortirait de l'hôpital.

Pendant que Mimi Rubee faisait la sieste, je pris l'annuaire du téléphone et recopiai l'adresse de l'hôpital de Coney Island. Il se trouvait dans Ocean Parkway, la même rue que celle de notre appartement, sauf que Ocean Parkway traversait Brooklyn d'un bout à l'autre. L'hôpital se situait très loin, du côté de la promenade en planches où mamie Zelda et papa avaient vécu autrefois dans un petit bungalow près de la mer. Le bungalow avait été rasé depuis belle lurette, mais je l'avais vu sur des photos.

J'écrivis un mot à Mimi Rubee – *Suis allée me promener* –, que je laissai en vue sur la table de la cuisine. Après avoir chipé deux dollars dans son portefeuille, j'enfilai mes baskets et sortis.

Ne sachant pas trop quel bus prendre, je remontai Mac Donald Avenue jusqu'à Ocean Parkway. Arrivée là, je cherchai un arrêt de bus. Je voulais m'éloigner au plus vite, avant que Mimi Rubee ne se réveille et parte à ma recherche. Finalement, je continuai à pied en direction de Coney Island et de l'océan.

Le soleil blanc voilé chauffait mes épaules nues. Mon corsage fripé était trempé de sueur et les pans rentrés dans mon jean trop court formaient des plis. Les vêtements et les affaires rassemblés lors d'un passage chez nous avaient été choisis au hasard, en dépit du bon sens. Au lieu du médaillon que ma mère m'avait offert pour mes huit ans, des pièces disparates de Monopoly s'entassaient dans mon coffret à bijoux décoré d'une danseuse. Des bottes en caoutchouc étaient posées à même mon maillot de bain. Chaque jour je farfouillais dans les sacs en papier qui encombraient le placard de Mimi Rubee.

Ce matin, j'avais cherché des choses à apporter à Merry, le petit orignal en peluche que nous avions surnommé Bullwinkle et la marionnette-grenouille avec laquelle elle dormait, mais les sacs étaient uniquement bourrés de vêtements froissés et de pièces de puzzle.

Malgré mes cheveux relevés en queue-de-cheval, une moiteur poisseuse m'enveloppa tandis que je marchais le long du boulevard interminable. Merry et moi avions des rougeurs à cause de la chaleur. Ma mère appelait ça « la chaleur qui gratte » et nous saupoudrait le cou de Cashmere Bouquet. Elle secouait le talc de la boîte rose et l'étalait jusqu'à ce que son parfum nous chatouille les narines.

Quand enfin j'aperçus le gigantesque hôpital blanc, je soupirai de soulagement. J'avais l'impression d'avoir marché une journée entière. Avant d'aller plus loin, j'entrai dans une supérette qui me paraissait familière. Comme au Greenburg's, où j'achetais les cigarettes de maman, les rayons étaient encombrés de journaux, de fournitures scolaires et de magazines, sauf que cet endroit avait l'air un peu plus délabré.

Tout au fond, je trouvai un rayon de jouets poussiéreux. Je passai les articles en revue dans l'espoir de trouver un truc qui réconforterait Merry. Il y avait bien un tigre en peluche bon marché, mais sa gueule avait quelque chose de méchant, il avait l'air d'être rempli de papier froissé et assez affamé pour dévorer tout cru une petite fille. Une poupée à l'ancienne aux anglaises châtains faisait du bruit quand elle clignait des yeux. Elle portait une robe à pois roses. Merry l'aurait adorée. Elle la baptiserait Mitzi ou Suzi. Ma sœur aimait bien les noms avec des *z* et des *i*, seulement Mitzi-Suzi coûtait un dollar.

Je farfouillai au milieu des pistolets à eau, des balles et des jeux d'osselets. Finalement, derrière des vieux masques d'Halloween, je dénichai un petit berceau en bois pas plus gros que le pouce d'un obèse. Dedans était couché un bébé rose sous une minicouverture jaune. Après avoir cherché en vain l'étiquette du prix, je l'apportai à la vieille dame qui trônait derrière la caisse. « Combien ? » demandai-je.

La dame fronça les yeux en fixant le bébé dans le berceau, puis les leva sur moi. Je refermai ma main sur le billet usé au fond de ma poche. Malgré la chaleur, la femme portait un vieux cardigan gris. Si bouloché et détendu qu'on aurait dit un gilet de grand-père.

« Cinquante cents. »

Je hochai la tête et ajoutai près du bébé une barre Zagnut, un paquet de chewing-gums Juicy Fruit et un rouleau de Lifesavers à la cerise, les friandises préférées de Merry. Puis je posai mon billet de un dollar à côté.

La dame l'attrapa en vitesse et replongea dans son *Daily News*.

« Je peux avoir un sac, s'il vous plaît ?

— Un sac ? » répéta la vieille dame, comme si je venais de lui réclamer des bonbons gratuits à vie.

Ma gorge se noua. J'avais envie de lui jeter le bébé et les bonbons à la figure. « Oui, un sac. J'ai besoin d'un sac. »

La femme en sortit un en papier kraft très fin de sous le comptoir. Quand elle fourra le tout dedans, le sac se déchira sur un côté. Elle le posa nonchalamment devant moi.

Ma gorge me faisait mal à force de vouloir crier. « Il m'en faut un autre, un plus grand. »

Elle poussa le sac vers moi de son doigt boudiné. « Celui-ci va très bien.

— Non, ça ne va pas du tout.

— Écoute, petite, on n'est pas chez Sears Roebuck.

— Il me faut un autre sac. » Je tapai du poing sur le comptoir en bois. « C'est pour ma sœur. »

Elle me donna un plus grand sac. « Tiens. File. » Puis elle se rencogna en secouant la tête et en marmonnant dans sa barbe : « *Meshuganah.* »

Si elle me prenait pour une folle, il fallait qu'elle rencontre le reste de ma famille.

Je me faufilai à l'intérieur de l'hôpital en espérant que personne ne me remarquerait. Sur le bloc de la cuisine, Mimi Rubee avait écrit 602, le numéro de la chambre de Merry. Trouver comment monter dans les étages serait mon prochain défi.

Un plan déjà en tête, je m'installai sur un siège dans la salle d'attente. Si on me posait des questions, je répondrais que mes parents étaient en train de garer la voiture ou quelque chose dans ce genre. Les bancs lustrés étaient frais et lisses sous mes mains. Combien de millions de derrières inquiets avaient poli le bois ? Durant un quart d'heure, tout se passa bien. Je comptai les dalles en céramique mouchetées de vert, observai la réceptionniste qui flirtait avec le vigile et tâchai de me rendre invisible en attendant l'heure des visites.

À trois heures moins le quart, des groupes de gens commencèrent à se rassembler dans le hall et se postèrent devant les ascenseurs en surveillant la pendule. Les membres d'une famille se tenaient si près les uns des autres qu'on aurait dit un animal à six pattes.

« Trois heures. Début des heures de visite », annonça le vigile.

Tout le monde se dirigea en traînant les pieds vers l'ascenseur, certains appuyant sur les boutons, d'autres s'éclaircissant la gorge ou époussetant des grains de poussière imaginaires. Les femmes glissaient la main dans la paume que leur tendaient leurs maris ou leurs pères. Dans chaque groupe, quelqu'un portait un sac, des fleurs ou une pile de magazines. Je laissai monter une première vague de familles tout en observant les lumières qui clignotaient au-dessus des portes de l'ascenseur.

Dans le hall, les visiteurs affluaient. Certains s'arrêtaient au bureau d'accueil où était assise la fille qui flirtait. D'autres filaient tout droit vers les ascenseurs. Finalement, rassemblant mon courage et me faisant aussi petite que possible, je me faufilai à côté d'une grande famille qui n'arrêtait pas de parler en italien. Quand tout le monde se tassa dans l'ascenseur, personne ne sembla me prêter attention. Les yeux rivés sur les boutons, je priai en traçant *six*, *six*, *six* dans la paume de ma main, jusqu'à ce que je voie quelqu'un enfoncer celui du sixième étage.

Trois personnes descendirent en même temps que moi. De grands panneaux avec des flèches pointées dans des directions opposées indiquaient *Chambres 600-605* et *Chambres 606-610*. Retenant ma respiration, je tournai du côté gauche. Des enfants circulaient dans le couloir en fauteuil roulant.

D'autres marchaient avec des béquilles à pas lents. Des infirmières allaient et venaient dans des chaussures à semelle de caoutchouc.

La chambre 602 était silencieuse et vide, en dehors de Merry qui formait à peine une bosse dans le lit en fer près de la fenêtre. J'entrai à pas de loup et passai devant trois autres lits sur lesquels des couvertures blanches étaient pliées sur le matelas. En entendant le bruit de mes pas, Merry se retourna. Ses joues d'habitude d'un rose crémeux étaient de la couleur du porridge.

« Lulu... » Sa voix avait l'air rouillée. « Tu es là... » Elle se redressa tant bien que mal en bougeant comme mamie Zelda.

« Je suis là, Merry, dis-je en prenant sa main dans la mienne.

— T'es fâchée contre moi ?

— Fâchée contre toi ? Pourquoi je serais fâchée contre toi ?

— Tu n'es pas venue me voir. Et Mimi Rubee avait l'air fâchée.

— Personne n'est fâché contre toi, je te le promets. » Je m'assis au bord du lit.

Merry se pencha un peu vers moi et grimaça en sentant les pansements frotter contre sa poitrine. Elle était vêtue d'une chemise d'hôpital en fin coton rose qui laissait son dos ouvert à tous les vents. Sa culotte était d'un blanc grisâtre, comme si elle la portait depuis plusieurs jours. « Je veux rentrer à la maison.

— Bientôt, lui promis-je.

— Non, maintenant ! Je veux rentrer maintenant. S'il te plaît... » Merry me prit la main et l'embrassa.

« Tu ne peux pas. Ce n'est pas encore le moment. »

Elle se mit à pleurer. « Papa est fâché contre moi. Il m'a fait mal… Mimi Rubee me l'a dit !

— Papa ne t'a pas fait mal parce qu'il est fâché contre toi.

— Parce que j'ai été méchante ?

— Tu n'as pas été méchante.

— Si ! dit Merry en faisant la moue. Et maintenant, plus personne ne veut être avec moi.

— Je n'ai pas pu venir plus tôt parce que je ne suis pas une adulte. Aujourd'hui, je suis entrée en douce.

— Où est papa ? Où est maman ? demanda ma sœur en agitant sa jambe. Ils sont fâchés contre moi ?

— Il s'est passé de vilaines choses, Merry. » Je triturai le bord du sac en papier. « Papa s'est fâché contre maman.

— Parce qu'elle était méchante ? »

La marmelade d'orange me remonta dans l'estomac. « Non, papa était ivre. » Je m'efforçai de repousser l'image de maman gisant dans un bain de sang sous la lumière crue de la cuisine, maman toute seule par terre sans personne avec elle. Morte.

« Très ivre ? » Nous avions déjà vu notre père ivre.

« Très, très ivre. » Les mains en sang de papa, le sang de maman, le sang de Merry, le sang à l'endroit où il s'était tailladé…

« Et il m'a fait mal ? »

Je hochai la tête et m'efforçai de parler sans pleurer. « Et il a fait mal à maman. » Si j'étais restée dans l'appartement, est-ce qu'il m'aurait fait mal à moi aussi ? Probablement. Mais peut-être que j'aurais pu l'empêcher de faire mal à ma sœur et de tuer ma mère. Si seulement je n'étais pas allée me cacher…

De toute façon, c'était ma faute. Je l'avais laissé entrer dans l'appartement.

« Est-ce que papa a des ennuis ? »

Je traçai le mot *STOP* sur mon bras en grosses lettres capitales et ravalai mes larmes mêlées de morve. « De gros ennuis. Il est en prison. » On avait vu une prison à la télévision. Dans la série *Police des plaines* et même dans *Super-souris*.

« Et maman, elle est en prison avec lui ? » murmura Merry.

Dire la vérité à ma sœur me paraissait aussi cruel que la frapper, mais je ne voyais pas quel mensonge inventer. Je secouai la tête. « Non. Maman a été blessée. Gravement. Maman est morte. » Merry connaissait le mot « morte » pour avoir vu *Le Magicien d'Oz* dans lequel la vilaine sorcière mourait.

Pourquoi avais-je pensé des choses aussi méchantes au sujet de maman ?

Du bout des doigts, Merry effleura les pansements sur sa poitrine, à l'endroit où papa l'avait poignardée, pile là où je me dis que devait se trouver son cœur. « Je veux maman », pleurnicha ma sœur. Elle se mit à trembler si fort que je crus qu'elle allait mourir. Je voulais appeler les infirmières, mais j'avais peur qu'elles me flanquent dehors.

« Je veux maman ! répéta Merry, ses larmes noyant ses paroles. Qui est-ce qui va s'occuper de nous ?

— Je m'occuperai de toi. » Je ramassai le sac en papier kraft et le posai sur le lit. « Tiens. Je t'ai acheté quelque chose. » Je déroulai le haut du sac tout pelucheux à force d'avoir été trituré par mes mains moites. J'en sortis le poupon dans son berceau et le lui mis dans la main. « Toi tu prendras soin de ce bébé, et moi, je prendrai soin de toi. »

Puis je grimpai sur le lit et m'allongeai contre Merry. Étant donné qu'elle ne pouvait pas se tourner pour qu'on se fasse des mamours, comme on s'en faisait chaque fois qu'on avait peur, elle posa sa tête sur mon épaule comme elle avait l'habitude de le faire avec papa.

3

Lulu, 1972

Un fin duvet d'herbe recouvrait la tombe de maman. L'inauguration de la pierre tombale commencerait dans une minute. Mimi Rubee avait beau nous avoir expliqué que les juifs recouvraient les pierres tombales pendant un an et revenaient ensuite retirer la bâche, je ne comprenais toujours rien à ce que tout cela signifiait.

Merry et moi nous tenions au pied de l'endroit où était enterrée maman. Les autres étaient regroupés autour de la pierre tombale recouverte. Personne ne semblait nous prêter attention. Je m'appliquai à ne pas imaginer les pieds de maman en dessous. Elle se peignait les ongles de pieds avec le vernis le plus rouge de toutes les mères de Brooklyn. Est-ce qu'il en restait des petits éclats sur ses os ?

« Maman est sous l'herbe ? demanda tout bas ma sœur.

— Son corps, oui.

— Elle a sûrement peur, dit Merry. Il doit faire si noir…

— C'est comme si elle dormait.

— T'es sûre ?

— Sûre et certaine. »

Mimi Rubee poussa un hurlement au moment où le rabbin à l'air bougon retira le tissu blanc sur la pierre. Merry et moi fîmes un bond en arrière. Tante Cilla agrippa Mimi Rubee par le coude. « C'est bon, maman. Elle est mieux là où elle est. »

La bouche de Mimi Rubee avança les lèvres de cette façon qui me nouait l'estomac. « Mieux ? Elle n'est pas mieux du tout, fit-elle en pointant un doigt noueux vers la tombe. Elle est au fond de ce trou noir où l'a expédiée ce salaud ! »

Merry entortilla son bras moite autour du mien, et je la laissai faire, bien qu'il fasse si chaud que, chaque fois que je me frottai le bras, de petites boules de crasse roulaient en se mélangeant à la sueur. J'avais une envie folle de quelque chose de frais. La peau me démangeait partout, mais je n'osais pas me gratter.

Je désirais poser ma tête sur le granit froid de la tombe de maman et suivre du bout du doigt les fleurs enroulées autour de son nom : *Celeste Anastasia Silver. Mère adorée. Fille dévouée. Sœur aimante.* Ils avaient effacé mon père et son nom de famille, Zachariah, le nôtre, de la vie de ma mère.

Tout dans ce monde me faisait mal.

De retour à la maison, je m'adossai au chambranle de la porte en regardant Merry se blottir contre Mimi Rubee. Elles étaient sur le nouveau canapé-lit. Le jour où les livreurs l'avaient apporté, Mimi Rubee avait pris un air paniqué, le visage froncé tandis qu'elle fixait l'énorme canapé en tweed posé contre le mur le temps qu'ils embarquent son canapé danois moderne – celui qui nous torturait Merry et moi. Le mince matelas danois recouvrait une structure à tiges métalliques. Le temps que Mimi Rubee s'en débarrasse, ma sœur et moi avions appris dans quelles positions dormir pour amortir l'inconfort du treillis métallique. Nous nous entraînions à placer les bras sous le ventre et à nous tordre dans des postures qui n'avaient rien de naturel afin de nous adapter au lit.

La foule de gens présents chez Mimi Rubee augmentait la chaleur déjà suffocante de la pièce. Le mari de tante Cilla, Hal, était collé contre elle. Elle tenait mon cousin Arnie sur ses genoux. Cousin Arnie me dégoûtait. À neuf ans, il s'asseyait encore sur les genoux de sa mère comme un petit bébé.

Tout le monde bavait des baisers sur Merry, la suppliant presque de les embrasser. Puis ils m'attrapaient par le coude, le serraient et me regardaient dans les yeux en demandant : « Comment tu vas, ma chérie ? » comme s'ils étaient des amis très proches, alors que j'aurais parié qu'ils ne me reconnaîtraient même pas s'ils me croisaient le lendemain dans la rue.

Personne n'était proche de mon âge à part cousin Arnie, mais j'aurais encore préféré me promener avec un lépreux. Des effluves écœurants de parfums de vieille dame se mélangeaient aux odeurs qui s'échappaient de la cuisine de Mimi Rubee. Tout le monde avait apporté des victuailles, beaucoup trop, comme si la nourriture était en mesure de guérir la tristesse. Notre tante Vivvy, la sœur de Mimi Rubee, avait préparé un plateau avec du saumon fumé, du fromage blanc à tartiner, des bagels, des tranches de viande froide et du foie haché.

Je me faufilai dans le salon pour aller prendre un cookie au chocolat sur une pile dans une assiette à liseré doré. Tâchant de me faire oublier, je m'installai sur un pouf et grignotai mon biscuit en forme de puzzle en m'appliquant à garder une pépite de chocolat pour la dernière bouchée.

« Alors, Lulu, comment va l'école ? demanda oncle Hal.

— Ça va. »

Maman avait beau dire que tante Cilla écrasait tellement oncle Hal qu'on aurait aussi bien pu l'appeler oncle-tante Cilla, il se montrait toujours gentil avec moi. Des deux, c'était lui que je préférais.

« Tu as toujours des bonnes notes ?

— Oui, oui. » Les seules choses sur lesquelles je pouvais compter dans ce monde étaient avoir de bonnes notes et être considérée par mes instituteurs. Il me suffisait pour cela d'être maligne, de faire mes devoirs et de me taire. Je commençais à me demander si ce serait aussi facile au collège.

« Lulu ne travaille pas très dur à l'école. » Seule tante Cilla était capable de faire passer des bonnes notes pour un truc épouvantable.

« C'est une gamine intelligente, reprit oncle Hal. Dommage qu'Arnie ne fasse pas à moitié aussi bien qu'elle. » Ce qui pour oncle Hal, qui se contentait toujours de ce qui était moyen, revenait à insulter tante Cilla en pleine figure.

« Ce ne sera pas un problème. » Tante Cilla serra mon cousin plus fort dans ses bras. Quand on le serrait dans les bras, Arnie, avec ses yeux exorbités, donnait l'impression d'avoir des os de poulet. Si elle l'étreignait plus fort, les entrailles de cousin Arnie lui sortiraient par la bouche.

« Cilla, tu t'es occupée du repas ? demanda ma grand-mère.

— Tiens, fit ma tante en refilant cousin Arnie à oncle Hal. Surveille-le. »

À part se suicider d'ennui, ce pauvre Arnie ne risquait rien ! Les seuls jouets que nous avions étaient ceux que Merry avait rapportés de l'hôpital il y a un an. La collection de livres que j'avais rassemblée à la maison me manquait. Mon père m'en achetait le jour où il touchait sa paye. Papa aimait bien lire. Maman ne lisait que des magazines.

Parfois, pendant une ou deux minutes, je ne pouvais pas m'empêcher de me poser des questions sur la vie de mon père en prison. Est-ce qu'il avait le droit de lire ? Est-ce qu'il devait manger de la soupe avec des morceaux d'épluchures de patates qui flottaient dedans ? Je regardai alors Mimi Rubee qui fixait la photo de maman, et je le revoyais en train de secouer, secouer, secouer la porte, et voilà que j'étais prise d'une soudaine envie de vomir.

Je ne m'inquiétais pas pour papa le moins du monde, pas même un quart de seconde.

Merry n'arrêtait pas de réclamer d'aller le voir, au point de rendre chèvre ma grand-mère. Pour qu'on le voie, disait Mimi Rubee, il faudrait qu'elle soit morte et qu'il gèle en enfer. Je traçais *Dieu merci !* sur mon bras chaque fois qu'elle disait ça. Je ne voulais plus jamais le revoir. Tant que mon maudit-père-tueur-au-couteau-secoueur-de-porte resterait en prison, je me sentirais en sécurité. Je n'aurais ni à le voir, ni à le sentir, ni à le toucher, et lui ne pourrait pas m'approcher.

« Est-ce qu'on va toujours demain chez mamie Zelda ? demanda Merry.

— Vous irez, vous irez… Arrête de demander, dit Mimi Rubee. Lève-toi. Tu deviens trop lourde pour moi. »

Tante Cilla revint de la cuisine, tenant à la main la tasse de café dans laquelle je l'avais vue se verser du whisky. « Je n'arrive pas à croire que tu les laisses aller toutes les semaines chez cette femme ! » dit-elle.

Merry se roula en boule à mes pieds en s'appuyant contre mes genoux.

« Comment ça va en classe ? demanda oncle Hal à ma sœur.

— Ça va. » Merry se renfrogna, sans doute parce que l'école était devenue pour elle une torture. Comme elle avait eu deux accidents en classe, les enfants la traitaient de pisse-culotte. À la récréation, ils la charriaient parce qu'elle n'arrivait pas à lancer le ballon, alors que cela lui était impossible à cause des cicatrices qui lui barraient la poitrine. Et quand bien même nous aurions changé d'école, tout le monde savait qui nous étions – les filles dont le père avait assassiné la mère. En plus, Merry détenait le titre de fille poignardée par son père.

Ni elle ni moi n'avions d'amis depuis que nous étions venues vivre chez Mimi Rubee.

« Je parie que tu es la plus jolie de ta classe, dit oncle Hal à Merry.

— Être joli n'est pas tout, rétorqua tante Cilla. Regarde Joey, comme il était superbe quand Celeste l'a rencontré ! Aussi beau qu'une vedette de cinéma. Et où il est, maintenant ?

— C'était Celeste, la vraie beauté. Comparé à elle, Joey ne ressemblait à rien, dit tante Vivvy en secouant la tête. Elle n'aurait jamais dû l'épouser. Tu aurais dû l'en empêcher, dit-elle à Mimi Rubee.

— Parce que tu crois qu'on n'a pas essayé ? répondit ma grand-mère. À mon avis, il a fait exprès de la mettre enceinte pour être sûr de l'avoir. Elle aurait pu devenir une star de cinéma, si elle ne s'était pas mariée avec lui. Et il le savait.

— Ce type est un monstre. Une bête », renchérit tante Cilla.

Est-ce qu'elle nous croyait sourdes, Merry et moi ? Ou idiotes ?

« Arrête, Cilla, dit Mimi Rubee. Les petites ont des oreilles…

— On ne peut quand même pas se boucher les yeux, maman, reprit tante Cilla. Tu veux qu'elles restent aveugles ? Tu trouves malin de les envoyer chez sa mère ? Désolée, mais il fallait que je le dise. »

Voir les yeux de tout le monde écarquillés me donna envie de sortir de la maison en courant pour faire quelque chose d'étonnant, par exemple lancer un ballon assez loin pour qu'il retombe à Coney Island ou apprendre par cœur l'encyclopédie.

Rien n'avait de sens. Mamie Zelda nous avait dit : « N'oubliez pas pourquoi votre père n'a pas eu de procès, les filles. Il a voulu protéger le nom de votre mère, c'est pour cette raison qu'il a plaidé coupable. » Entendre ça me faisait crier en silence *rien ne pourra faire oublier ce que papa a fait.* Pourtant, dès que Mimi Rubee le traitait de monstre, mon cœur se ratatinait sans que je comprenne pourquoi.

« Qui sait, après tout ? enchaîna tante Cilla, pensive. Peut-être que le poison venait de Zelda. Qui sait chez qui il se transmettra ensuite ? »

La bouche de ma tante était toute humide et horrible. Son rouge à lèvres orange me faisait penser à une tranche de fromage Velveeta. « Ils auraient dû le condamner à mort. On devrait l'électrocuter. »

Les omoplates de Merry me rentrèrent dans les genoux quand elle recula d'un geste brusque en entendant la remarque de tante Cilla.

« Les enfants, lui rappela oncle Hal.

— Les enfants doivent le savoir. C'est un secret ou quoi ? fit ma tante en se penchant, un doigt pointé vers nous. Vous les filles, vous allez devoir bien prêter attention à la moindre chose que vous ferez pendant le restant de votre vie. »

Les larmes de Mimi Rubee reprirent de plus belle. Elle pleurait si fort que son maquillage coulait, lui donnant l'air d'une vieille ruine, mais tante Cilla continua à rabâcher jusqu'à ce qu'oncle Hal dise : « Ça suffit.

— Celeste me manque, sanglota tante Cilla.

— Je sais, mais il n'empêche que tu ne peux pas parler comme ça, dit son mari en lui frottant le dos. Tu chamboules tout le monde.

— Pourquoi est-ce que tu le défends ? »

Oncle Hal soupira et retira sa main. « Il nous a au moins épargné d'avoir à subir un procès.

— Et je devrais lui en être reconnaissante ? Je le serai le jour où je le verrai mort. Je veux qu'on le gaze, qu'on le passe à la chaise électrique.

— Non ! NE TUEZ PAS MON PAPA ! » hurla soudain Merry. Elle se leva d'un bond et se tourna vers Mimi Rubee. « Je veux mamie Zelda ! Je veux voir papa ! » Puis elle se rua en avant pour flanquer un coup de pied à tante Cilla. « Mamie m'emmènera, tu ne pourras pas l'en empêcher ! »

Tout le monde la dévisagea comme si le fauteuil venait de parler ou le tapis de se lever pour danser, mais je me doutais bien que ça allait arriver. L'air tout mignon de ma sœur trompait les gens en leur laissant croire qu'elle se limitait à ça, pourtant n'était-ce pas Merry qui s'était faufilée le plus près possible de mes parents au moment de leur dernière dispute ? Quand on la poussait à bout, elle finissait toujours par répondre.

« Arrête, Merry ! s'égosilla tante Cilla. Arrête ça tout de suite ! »

Ses deux petits poings serrés, Merry la bourra de coups sur les cuisses. « Tu arrêtes. Tu arrêtes. Tu arrêtes ! fit-elle, la voix de plus en plus forte. Je veux voir papa ! Je veux le voir ! Je te déteste ! Et je déteste ici !

— Arrête-la, Lulu. » Mimi Rubee se tenait la tête en se balançant d'avant en arrière. « Dis à ta sœur d'arrêter. »

Je secouai la tête en écartant les bras en signe d'impuissance. Ils ne comprenaient pas. Merry ne se mettait pas souvent dans cet état, mais quand ça lui arrivait, papa était le seul à pouvoir la calmer. Bonne chance, tante Cilla !

Merry se laissa tomber à genoux, les deux mains jointes en prière. « S'il te plaît, je t'en supplie, emmène-moi voir papa ! »

Ma gorge se serra. Je me sentais partagée entre l'envie de consoler ma sœur et celle de l'étrangler. Chaque nuit, Merry murmurait le nom de papa au creux de mon oreille, l'enveloppant sur nous telle une couverture avant qu'on s'endorme. Je pouvais lui demander n'importe quoi sauf de cesser de réclamer papa.

Oncle Hal releva Merry en lui frottant le dos. Elle se mit à lancer des coups de pied dans tous les sens au milieu de ses sanglots. D'un œil jaloux, je le vis roucouler : « Ne t'en fais pas, ma chérie. On t'emmènera voir ton papa. Je te le promets. »

Trois mois plus tard, la main de Merry tremblait dans la mienne alors que nous gravissions l'escalier du Foyer pour jeunes filles Duffy-Parkman. En montant les marches en pierre interminables, j'essayai d'avoir l'air forte et insouciante, et me concentrai sur le bruit de nos pas. Oncle Hal poussa une porte en bois éraflée qui s'ouvrait sur un grand hall entouré de portes en verre dépoli. Sous nos pieds, le marbre du sol était rayé. Le bâtiment paraissait si vieux que je me dis que des princesses avaient pu en arpenter les salles autrefois.

« Ça va aller, les filles », dit oncle Hal.

Et comment, oncle Hal !

Non seulement ça n'irait pas, mais ce serait atroce. À chaque instant je m'attendais à voir des écolières zombies en longue robe grise passer l'une ou l'autre porte, mais le hall demeura désert et silencieux. Vu qu'on était lundi, les filles devaient être à l'école. Oncle Hal avait abandonné son cabinet dentaire et pris un jour de congé pour nous amener ici. Tante Cilla était restée au lit avec un gant humide sur la tête, prétendant que nous étions aussi mortes que l'étaient maman et Mimi Rubee, qui avait succombé à une attaque quatre semaines plus tôt. Depuis la disparition de Mimi Rubee, nous vivions chez tante Cilla et oncle Hal.

« S'il te plaît, on ne peut pas aller chez mamie Zelda ? chuchota Merry, tandis qu'oncle Hal nous entraînait vers une porte sur laquelle était gravé ADMINISTRATION en grosses lettres sinistres.

— Elle ne peut pas s'occuper de nous, tu le sais bien, alors arrête de demander, lui dis-je tout bas en voyant qu'oncle Hal ne répondait pas.

— Quand est-ce qu'elle me remmènera voir papa ? » demanda Merry.

Avant que Mimi Rubee soit morte, mamie Zelda l'avait emmenée une fois voir papa, et depuis Merry répétait comme un mantra : *Emmène-moi voir papa, emmène-moi voir papa*... Je détestais chaque fois cette phrase davantage, et j'aurais voulu la pincer jusqu'à ce que lui passe l'envie de voir papa.

« Elle t'emmènera quand elle t'emmènera. Et maintenant, tais-toi, sans quoi ils ne voudront pas nous garder. Tu sais alors ce qui arrivera ? »

Merry fit non de la tête.

« On finira dans le caniveau, et on devra voler pour trouver de quoi manger et s'habiller. Voilà ce qui arrivera. »

Je m'attendais à ce qu'oncle Hal me fasse signe de me taire, mais il se contenta de regarder les tableaux poussiéreux d'Indiens accrochés au mur, entre une pendule et une série de citations encadrées, brodées au fil bleu sur une mousseline jaunasse.

Peut-être qu'on finirait dans le caniveau… Peut-être qu'ils ne nous garderaient pas ici si on n'était pas assez sages… Peut-être que tante Cilla ouvrirait le *Daily News* et verrait que la police avait découvert nos cadavres gelés dans la rue…

Il n'est pas question que les filles de Joey vivent ici. Pas dans ma maison. C'est ce que j'avais entendu dire tante Cilla en revenant de l'enterrement. « Chaque fois que je les vois, ça m'arrache les *kishkes*[1], avait-elle confié à toute une bande de parents qu'on n'avait jamais vus. Ma mère est morte, ma sœur est morte, et il faudrait que tous les jours je les aie en face de moi ? »

Merry et moi avions entendu tante Cilla depuis le seuil de sa cuisine impeccable, nous les deux filles les mieux élevées de Brooklyn qui nous apprêtions à entrer au salon pour proposer notre aide en apportant les plateaux de viande froide et de tranches de poitrine fumée, les corbeilles remplies de bagels et le saumon fumé étalé tel un soleil orange huileux. Est-ce qu'on pouvait sortir les biscuits des innombrables

1. « Tripes » en yiddish.

boîtes blanches de pâtissier attachées avec une ficelle et les disposer sur les plateaux en argent de tante Cilla ? avait-on prévu de demander poliment, histoire de prouver quelles gentilles filles on était. Maintenant que Mimi Rubee était morte, et mamie Zelda trop malade pour s'occuper de nous à cause de son diabète, on ne savait pas trop chez qui on allait vivre.

Peut-être que si on était très très sages, tante Cilla changerait d'avis.

Je jetai un coup d'œil à Merry, histoire de vérifier qu'elle ne s'était pas salie entre le départ de chez tante Cilla et l'arrivée au Foyer Duffy. Puis, évitant de regarder oncle Hal, je me tournai vers les phrases brodées qui me délivraient des conseils sur le mur. J'eus juste le temps de lire *Car il est beau de célébrer notre Dieu, car il est doux, il est bienséant de le louer – La Bible, Psaume 147* avant qu'une femme ne sorte de derrière la porte dépolie de l'administration.

Aussi petite qu'une naine, elle avait l'air d'une enfant jusqu'à ce qu'on voie l'expression renfrognée gravée sur son visage. Elle mit les mains sur sa taille épaisse et demanda : « Oui ? »

Oncle Hal toussota avant de prendre la parole. « Madame Parker ? » La femme hocha la tête avec suffisance. « Hal Salomon. Nous nous sommes parlé la semaine dernière. »

Elle hocha de nouveau la tête d'un air hautain et croisa les bras sur sa poitrine bombée. « Vous avez amené Louise et Meredith avec vous ?

— Les voilà. » Une main dans le dos de chacune, oncle Hal nous poussa vers elle.

« Louise est la plus âgée, n'est-ce pas ? fit Mme Parker en inclinant la tête. Tu as onze ans ?

— Oui, madame. » Je n'avais encore jamais appelé personne madame, mais cette femme était à coup sûr une madame.

Merry renifla.

« Merry et Lulu, c'est comme ça qu'on les appelle. » Oncle Hal laissa sa main sur l'épaule de Merry.

« Oui. Vous n'êtes pas le tuteur légal de Meredith et de Louise, exact ? C'est bien leur grand-mère, Zelda Zachariah ?

— J'ai les papiers les concernant, comme vous me l'avez demandé. » Oncle Hal sortit une enveloppe de la poche intérieure de sa veste.

Mme Parker prit les lunettes qui pendaient au bout d'une chaîne sur sa poitrine et les posa sur son gros nez. Pendant qu'elle examinait les grandes feuilles couvertes de caractères noirs, elle fit des petits bruits avec sa langue et ne s'arrêta que lorsque les gloussements de Merry devinrent trop forts pour que quiconque les ignore. Mme Parker retira ses lunettes, redressa la tête et attrapa Merry par le menton.

« Meredith, exact ? Et tu auras sept ans en décembre ? »

Merry acquiesça.

Mme Parker se pencha et tapota l'épaule de ma sœur. « Tu seras dans le dortoir des Bluebirds. Tu auras des couvertures bleues et des chemises de nuit bleues, dit-elle comme si ça allait réconforter Merry. Tu disposeras d'une série de tiroirs et d'une étagère pour tes livres… si tu en as. »

Ma sœur hocha de nouveau la tête.

« La plupart du temps, il n'y aura personne ici pour te prendre dans les bras si tu pleures. Désolée mais c'est comme ça. La meilleure chose à faire, c'est de te débrouiller pour te consoler toi-même. Je conseille aux nouvelles de se choisir un passe-temps le plus tôt possible. Tu auras le choix entre le point de croix ou le crochet. L'Association des femmes de l'East Side nous fait don de kits. Ta responsable d'étage te les montrera. »

4

Merry, deux ans plus tard, 1974

Je traînais des pieds dans les feuilles mortes, espérant avoir l'air d'une fille normale de bientôt neuf ans qui fait des courses avec sa grand-mère, et non de ce que j'étais vraiment, une fille sans mère avec un père en prison qui vivait dans un foyer pour jeunes filles, autrement dit, dans un orphelinat.

« Ta sœur ne vient pas, une fois de plus ? » Mamie me prit par la main en attendant que le flot de la circulation ralentisse dans Flatbush Avenue.

« Elle doit travailler. » Un samedi sur deux, mamie me posait la même question, et je lui donnais la même réponse, sans préciser que Lulu refusait de voir papa.

« Alors comment ça se passe, dans cet endroit ? » Mamie appelait toujours le Foyer pour jeunes filles Duffy-Parkman *cet endroit*.

« Ça se passe bien. » Je tirai un peu sur sa main.

« Bien ou pas, vous vivez dans un orphelinat. Alors dis-moi, en quoi est-ce que c'est bien ? Tout ça à cause de cette Cilla ! *Ptoi.* Je lui crache dessus, sur elle comme sur son bon à rien de mari ! » Mamie répétait une forme de crachat ou d'insulte à l'égard de tante Cilla tous les samedis. « Et maintenant, on peut traverser ? »

Je regardai à gauche puis à droite. « Oui, c'est bon. »

Au moment de contourner le marchand de fruits enveloppé dans deux pull-overs en loques, mamie évita de peu la pile de citrouilles.

« Tu te débrouilles bien, mamie. Tes yeux vont mieux, on dirait. »

Elle secoua la tête. « Cause toujours, *tatelah*[1] ! Mes vieux yeux sont foutus.

— Pense avec une énergie positive, mamie. Envoie de bonnes ondes à tes yeux, comme dit Susannah. Peut-être qu'ils iront mieux. Et comme ça, Lulu et moi, on pourra venir vivre chez toi. » Je serrai sa main dans la mienne pour lui montrer que je l'aimais et que j'étais capable de l'aider. *Regarde comme je suis forte et comme on peut compter sur moi !*

« Assez. Toutes les semaines, c'est la même histoire, dit mamie. Ils ne me laisseront jamais vous prendre chez moi. Et d'ailleurs, ta nouvelle amie Susannah a beau avoir l'air d'une sainte-nitouche, elle n'en est pas moins une cinglée de hippie. »

Aussi loin que je m'en souvienne, mamie traitait de hippie toute personne qu'elle n'appréciait pas. Quoi qu'il en soit, même si elle ne plaisait pas à mamie, je pensais que Susannah était objectivement la personne la plus sympathique que j'aie jamais rencontrée. J'avais fait sa connaissance à la prison, où elle

1. « Petite » en yiddish.

venait rendre visite à son mari chaque semaine, et pas une seule fois elle ne m'avait demandé pourquoi papa était là. Elle était aussi sympathique que ça.

Qu'est-ce que maman aurait pensé d'elle ? Susannah ne se maquillait jamais. Ma mère mettait du rouge à lèvres rouge pomme et traçait un trait noir impeccable autour de ses yeux. Elle n'a rien d'une beauté, aurait-elle dit à propos de Susannah. Je me souvenais que maman utilisait souvent cette expression. Lulu disait que je m'inventais des souvenirs, mais elle se trompait. Je me souvenais très bien de quand j'étais petite.

La plupart des mères qui ne mettaient pas de rouge à lèvres avaient un air malade, mais Susannah était bien même sans maquillage, comme un personnage de *La Petite Maison dans la prairie*. Elle me parlait de la vie pendant que nous attendions l'ouverture du parloir, surtout pendant que mamie allait aux toilettes, et que Susannah et moi nous retrouvions toutes les deux.

« Tu pourrais passer un contrôle des yeux, dis-je, répétant ce qu'avait suggéré Susannah. On en passe à l'école. Je n'aurais qu'à le mémoriser pour te l'apprendre, et du coup, tu réussirais le test. Comme ça, Lulu et moi, on pourrait venir vivre avec toi. »

Mamie rigola. « Ma chérie, déjà que je ne peux pas prendre soin de moi, alors, de toi et Lulu… D'un jour à l'autre, je vais devoir partir en maison de retraite. Entre mon diabète et mes yeux, je n'arrive même plus à marcher sans canne. Promets-moi que tu viendras me voir quand je serai en maison de retraite. »

Je faillis toucher mes os en enfonçant mes ongles dans la paume de ma main – un truc que Lulu m'avait appris pour ne pas pleurer. Comment sortirait-on un jour de Duffy-Parkman si mamie partait en maison de retraite ?

« Si Lulu et moi, on habitait avec toi, on s'occuperait de toi, et tu n'aurais pas besoin d'aller en maison de retraite.

— Suis mon conseil, Merry, dit mamie en poussant un soupir interminable. Ne vieillis pas. »

Nous entrâmes au supermarché Woolworth, où les vendeuses tapotaient sur leurs caisses et remettaient un peu d'ordre sur les immenses comptoirs. L'employée du rayon confiserie, qui, comme d'habitude, portait une barrette ornée d'un chaton doré avec deux diamants à la place des yeux, nous adressa un sourire aussi délicieux que les bonbons fourrés à la gelée. J'aimais qu'elle ait l'air vraiment impatiente de nous revoir de semaine en semaine. Tous les samedis, mamie m'achetait un sachet de bonbons.

Je montrai un collier de bonbecs multicolores, mes doigts voletant au-dessus des petites rondelles pastel enfilées sur une ficelle élastique, priant en silence pour que mamie soit d'accord.

« Vas-y. Choisis tes *khazeray* [1]. Ce n'est pas moi qui paie les frais de dentiste ! Et prends aussi quelque chose qui plaira à Lulu. » Mamie entrelaça ses doigts noueux et renifla les bonbons qu'elle qualifiait de cochonneries. « Tu sais, je comprends bien plus de choses que vous ne le croyez toutes les deux.

1. « Cochonneries » en yiddish.

— La prochaine fois, peut-être que Lulu viendra avec nous », mentis-je. Lulu s'était juré de ne plus jamais revoir papa, et chaque fois que j'essayais de la faire changer d'avis, elle me rappelait qu'il avait *tué notre mère* en me crachant pratiquement à la figure. *Comment arrives-tu à le regarder ? Comment supportes-tu de respirer le même air que lui ? Regarde ce qu'il t'a fait !*

Puis elle passait sa main sur ma cicatrice. *Qu'est-ce qui ne va pas chez toi, d'ailleurs ? Pourquoi tu y vas ?*

Parce que mamie veut que j'y aille.

Parce que papa a besoin de moi.

Parce que qu'est-ce qu'il deviendra si je n'y vais pas, Lulu ?

Je ne savais pas comment lui expliquer que, si je n'y allais pas et qu'il en était mécontent, j'avais peur que ce soit encore pire. Lulu n'avait pas l'air de s'inquiéter de telles choses.

Mamie secoua la tête en se penchant sur les casiers de bonbons. « Ce sont ceux qu'aime ton père ? » Elle me montra la montagne de boules de gomme enrobées de sucre. Je sentais l'antimite qu'elle glissait entre ses pulls. L'odeur de cerise des pastilles contre la toux qu'elle suçait en permanence montait autour de nous, mêlée au parfum acidulé de la pommade qu'elle mettait sur ses cheveux de plus en plus rares pour les plaquer en crans serrés.

Les samedis où on n'allait pas voir papa, je sentais la pommade en rentrant à Duffy-Parkman. Ces samedis-là, mamie me faisait asseoir sur le rebord de la baignoire et me passait la pommade qui ressemblait à de la gelée rose avec un peigne tandis que j'essayais de ne pas bouger. Après, elle enroulait mes cheveux sur des bigoudis roses en éponge. Je repartais à Duffy-Parkman avec des boucles pareilles à des saucisses, objet de plaisanteries de toutes les filles étant donné qu'on s'escrimait toutes à avoir les cheveux raides, raides, raides, sauf que je n'aurais jamais voulu faire de peine à mamie. De toute façon, les doigts de mamie me caressant les cheveux valaient largement leurs moqueries.

« Ce qu'il préfère, c'est les Circus Peanuts[1]. » Je laissai traîner mes mains sur les casiers en bois en regardant les bonbons à la guimauve orange dont mon père raffolait. « J'aimerais bien qu'on puisse lui en apporter.

— Laisse tomber. Il s'achètera des bonbons sur sa cantine. Il faudra que j'y remette de l'argent. Je crois bien qu'il a besoin de déodorant – il me l'a écrit. Mais il écrit beaucoup trop petit. » Mamie me tendit un papier. « Tiens, lis. »

Je dépliai la feuille blanche au papier grossier. Je détestais le tampon bleu qui informait le monde entier qu'elle venait de la prison de Richmond County. À cause de ce tampon, je pliai les lettres de papa en carrés minuscules que je cachai dans un étui de brosse à dents pour qu'Enid et Reetha-la-Pelée ne les voient pas. Mes deux ennemies. Elles me surnommaient « la Taularde ».

Enid et Reetha, les deux filles les plus répugnantes de Duffy, avaient les dents de travers, des marques de

1. Bonbons à la guimauve en forme de cacahouète inventés dans les années 1800 et très populaires dans les années 1940-1945.

brûlures et des croûtes qui leur venaient je ne sais d'où. Elles me torturaient. Mes rares amies et moi étions des petites choses fragiles. Nous faisions bloc dans le monde sens dessus dessous de Duffy-Parkman où la laideur régnait.

Je dépliai la feuille et lus la lettre de mon père à voix basse.

> *Maman, voici ce qu'il me faut. Du dentifrice. Des bonbons. Du déodorant. Mets le maximum que tu peux sur mon compte, sans te ruiner pour autant ! Des livres – de Ian Fleming ou de Len Deighton, si tu en trouves que je n'ai pas déjà. Tout ce que tu trouveras m'ira, maman. Merci. J'espère bien que ma petite Sugar Pop et toi pourrez venir samedi prochain. Comment vont tes jambes ? Est-ce que tu es allée chez le médecin pour qu'il te donne des cachets contre la douleur ? Si tu partais passer une ou deux semaines en Floride, peut-être que la chaleur te ferait du bien. L'eau de mer serait bonne pour ton arthrite. Affectueusement, Joey.*

« En Floride, ah ! » fit mamie. Puis elle sourit et ajouta : « Joey a bon cœur.

— Tu as trouvé les livres ?

— J'ai écumé toutes les librairies de Brooklyn.

— Et ils les avaient ? » Je passai un doigt sur ma cicatrice. Mamie retira ma main.

« Je les ai, je les ai… Ne te fais donc pas tant de bile ! » Elle s'appuya sur mon épaule pour se redresser après avoir examiné un casier de bonbons. « Allons-y, sinon on va être en retard. »

Un vent frais balayait le pont noir de monde du ferry pour Staten Island. L'eau était si agitée que j'espérais que je n'allais pas être malade. Chaque fois qu'on prenait le ferry, mamie disait que c'était *la sortie la moins chère de la ville.*

« Tu vois, qu'est-ce que je te disais, ils prennent un billet pour se bécoter. » Du menton, elle me montra un couple qui s'embrassait. « Ça revient moins cher que le cinéma ou le restaurant, pas vrai ? La sortie la moins chère de la ville. Mais il ferait mieux d'économiser de quoi se payer le barbier pour qu'il lui ratiboise tous ces poils de hippie hou-hah. »

Je regardai l'homme et la femme en question. Lui avait des cheveux comme des grosses cordes bouclées qui lui descendaient jusque dans le dos. Il enveloppa sa compagne d'allure frêle dans sa cape en velours noir et la serra contre lui.

« Pourquoi les gens deviennent des hippies ? » Lulu disait que je ne pouvais pas m'en souvenir parce que j'étais trop petite, mais je me rappelais que maman disait qu'elle avait sans doute raté sa chance. Si elle ne s'était pas mariée avec papa, disait-elle, elle aurait été libre elle aussi. Elle serait partie à Woodstock. Et même si Lulu croyait que je ne me souvenais de rien, je savais que c'était vrai.

« Pour faire ce qui leur chante sans avoir à se soucier de ce que pensent les autres. » En disant cela, mamie renifla, comme si elle avait peur que je m'enfuie pour devenir une hippie. Si je l'avais fait, peut-être que je me serais pas mal fichu que les gens m'appellent la Taularde. Il m'aurait suffi de faire tourbillonner ma cape pour les faire disparaître.

Le ferry arriva à quai. En entendant les crissements et les grincements du bateau qui accostait, je haussai les épaules pour me boucher les oreilles. À présent nous attendait un long trajet en taxi, pendant lequel mamie regarderait toutes les deux secondes les chiffres qui défileraient sur le compteur. Elle refusait de prendre le bus. « Pas question que je monte dans ce *dreck*[1] qui va à la prison », disait-elle chaque fois, comme si nous valions mieux que le reste des gens tristes qu'on voyait un samedi sur deux.

Une fois installée dans le taxi, j'appuyai mon front contre la vitre crasseuse en regardant Staten Island défiler en silence. Ces visites étaient les seules occasions que j'avais de rouler en voiture. Les demeures particulières se succédaient, des petits arbres maigrichons parsemaient les carrés de pelouse. Le soleil brillait plus fort sur Staten Island que sur Brooklyn. J'en étais sûre et certaine.

À mesure qu'on se rapprochait de la prison, le paysage changeait. Les propriétés style ranch laissaient place à des grandes maisons délabrées, des caravanes et des commerces. Entre les restaurants et les magasins de chaussures, des immeubles sinistres arboraient des panneaux *Avocat/Abogado*. Le monde devenait plus gris.

La prison de Richmond County se dressait tel le château de Dracula. À chacune de mes visites, je m'attendais à voir la grande porte en bois s'abaisser comme un pont-levis. Des fils barbelés entouraient le bâtiment comme une toile d'araignée. Le taxi

1. « Saleté » en yiddish.

s'arrêtait devant la barrière près de l'entrée principale, les barbelés nous maintenant à bonne distance de la porte.

Mamie vérifia le prix de la course avec attention, les yeux rivés sur le compteur comme si elle craignait qu'il grimpe en flèche le temps qu'elle rassemble ses pièces de monnaie. Descendant la première, je lui tendis ma main pour l'aider à descendre à son tour, puis lui passai sa canne. Elle grogna et se frotta le bas du dos avant de la prendre. Lorsqu'elle referma la portière du taxi, elle tituba un instant. Je m'affolai une seconde en l'imaginant tomber dans la rue.

« Ça va ? » demandai-je. D'un seul coup, une crainte désespérée me prit. S'il arrivait quelque chose à mamie, que ferais-je toute seule à Staten Island ? S'il arrivait quelque chose à mamie ou à Lulu, je me retrouverais seule au monde.

Elle leva la main qu'elle agita sous mon nez. « Ne t'en fais pas. Je ne vais pas mourir aujourd'hui.

— S'il te plaît, mamie, ne parle pas comme ça…

— Très bien. Je te promets de ne pas mourir un jour où on sera ensemble. D'accord ? »

Mamie lisait-elle dans mes pensées ? Savait-elle que je m'inquiétais parfois de la voir mourir devant moi ou que je pleurais sans bruit dans mon lit à Duffy en l'imaginant mourir seule, son cadavre se décomposant tout au long de la semaine jusqu'au samedi suivant où j'arrivais avec ma clé et ouvrais la porte de l'appartement ?

Mon Dieu, je vous en prie, faites que ce soit un samedi où Lulu vient avec moi, pas un samedi où on va voir papa !

Mamie épousseta sa robe bleu marine à pois et se redressa. « Viens. Ton père nous attend. »

Nous franchîmes la porte en nous tenant par la main. Je palpai les poches de ma robe chasuble, vérifiant pour la centième fois que je n'avais rien de ce qui figurait sur la liste des choses interdites que mamie laissait sur la table basse. Je l'avais apprise par cœur grâce à la méthode que m'avait conseillée mon professeur pour retenir les dates en histoire : *dis-les dans ta tête, puis redis-les à haute voix et répète-les cinq fois.*

Règlement : Les enfants de moins de dix-huit ans doivent être munis d'un certificat de naissance. Ils doivent être accompagnés d'un parent ou d'un tuteur légal.

À cause de la prison, mamie Zelda avait fini par devenir notre tutrice légale, même avant la mort de Mimi Rubee. Mimi Rubee refusait de m'emmener voir papa, mais après que je l'avais suppliée encore et encore, elle avait accepté de laisser mamie Zelda m'emmener et de faire d'elle notre tutrice, bien que tante Cilla ait vivement protesté. Et maintenant, il ne m'était plus possible d'arrêter. Mamie comptait sur moi et papa… eh bien, je ne savais pas ce qu'aurait fait papa s'il ne m'avait plus vue.

Règlement : Les chapeaux, la nourriture, les manteaux, les boissons, les chewing-gums ou les bonbons sont interdits. Ne portez pas de tenue provocante. Ne laissez rien dans vos poches.

Les vestiaires riquiqui où nous devions tout déposer sentaient les manteaux cracra et la bouffe pourrie, sûrement à cause des denrées que les gens essayaient de faire entrer clandestinement sous le nez des gardiens.

Règlement : Vous pouvez embrasser brièvement le détenu au début et à la fin de la visite.

Je redoutais ces embrassades autant que je les attendais.

Règlement : Les détenus peuvent recevoir au total cinq livres de poche, excepté ceux jugés inappropriés par l'Agent responsable.

Pendant qu'on suivait le long couloir qui menait à la salle des contrôles, je priai pour que ce soit l'agent McNulty le responsable. Il souriait et regardait à peine les livres qu'on apportait. Le pire, l'agent Rogers, retenait toujours au moins un livre par visite au prétexte qu'il le trouvait osé. Quand je demandais à mamie ce que voulait dire osé, elle secouait la tête en me répondant que ça ne me regardait pas. D'après Susannah, ça voulait dire sexe. Je savais ce qu'était le sexe. À Duffy, rien n'était secret.

Règlement : Les détenus peuvent recevoir cinq photos de famille au total. Aucun portrait ne doit être supérieur au format 10 × 15 cm.

J'avais déjà mis de côté deux dollars économisés sur les pièces que mamie me glissait de temps en temps en vue de m'acheter un appareil photo. Sachant que j'avais l'intention de donner des photos à papa, Lulu m'avait prévenue que je ne devrais jamais en prendre aucune d'elle. Sûrement pas pour les lui donner à *lui*, avait-elle dit.

Mamie toucha les poches de ma robe chasuble. « Vides ? »

J'acquiesçai d'un signe de tête et la suivis dans le couloir. Des femmes, des enfants et quelques hommes faisaient la queue devant les gardiens. Je me hissai sur la pointe des pieds pour voir lequel était là aujourd'hui. McNulty ! Mais bien que ce soit lui, des petites bulles de peur éclatèrent au fond de ma gorge. Je crispai et décrispai les poings. Je n'apercevais nulle part Susannah.

Devant moi se tenait une femme au teint pâle et cireux dont on voyait le crâne à travers les cheveux roux très fins. Derrière mamie, une petite femme avec d'immenses anneaux en argent aux oreilles marmonnait « merde » toutes les deux secondes. Sa coiffure afro était encore plus grosse que sa tête.

« Avec ces boucles d'oreilles farfelues, tu crois qu'ils vont laisser passer Angela Davis ? murmura mamie en penchant la tête en arrière.

— Chut ! » J'avais beau ignorer qui était Angela Davis, je n'avais pas l'impression que mamie disait ça comme un compliment. J'essayais de voir si la femme avait entendu. Mon estomac gargouillait. J'aurais mieux fait de me gaver de bonbons sur le ferry.

Au moment où on arriva devant lui, l'agent McNulty me sourit. Grand et raide comme un piquet, il ressemblait aux soldats qui montaient la garde devant Buckingham Palace. « Te revoilà ? »

Je lui fis un grand sourire et levai mon bras, attendant qu'il le tapote. Il le faisait vite, pas comme d'autres. Ceux-là, je les détestais.

« Ton papa t'attend avec impatience. » Son visage brave donnait l'impression qu'il espérait sincèrement que j'aie une bonne visite. Je cherchai quelque chose à dire qui sonne bien.

« Bonne journée à vous, monsieur l'agent. » La femme à la coiffure afro fit claquer ses dents comme pour m'envoyer un message.

L'agent McNulty me pressa doucement l'épaule. « Tu es une gentille fille, Merry. Va vite voir ton papa. »

5

Merry

J'entrai au parloir avec mamie. Les dalles en céramique beiges étaient parsemées de petites taches que j'imaginais impossibles à nettoyer, même au bout d'un million d'années. Sans doute du sang et des bouts de cervelle à cause des bagarres qui éclataient dans la prison.

Des tables en métal aux coins en caoutchouc rivées à des bancs étaient alignées dans la salle. Les détenus et leur famille s'asseyaient face à face, les hommes le dos aux fenêtres. Un soleil timide éclairait leurs chemises en jean. Nous nous asseyions le plus loin possible des autres en faisant semblant d'être ailleurs.

Mon père était déjà installé au fond de la salle à sa place habituelle. Je ne me souvenais quasi plus du papa d'avant la prison, ni du papa qui avait vécu avec nous, ni du papa que maman avait jeté dehors. Musclé et les cheveux coupés en brosse, le papa de la prison était aussi beau que sur les photos de l'époque où il avait épousé maman, celles qui trônaient sur le buffet de ma grand-mère. Quand j'avais voulu les montrer à Lulu, elle les avait rejetées, comme tout ce qui avait un rapport avec papa.

Ces photos, je les regardais chaque fois que j'allais chez mamie. Du bout du doigt je suivais les contours du beau visage de maman, le voile blanc qui auréolait sa tête semblable à un nuage magique. Sur le cliché en noir et blanc, son rouge à lèvres paraissait aussi sombre que du sang.

Dès que je vis papa, mon estomac se retourna, talonné par la faim.

« Mon bébé ! » Nous nous embrassâmes brièvement, ainsi que le permettaient les gardiens. J'essayais de me dégager à peine nous nous étions touchés. Je détestais quand papa me gardait une seconde de plus que l'autorisait le règlement, persuadée qu'un gardien allait me gronder, ou pire, gronder papa. Je les avais vus emmener un détenu pour s'être énervé contre sa femme tellement grosse que son ventre débordait de son pantalon. Tout chez cet homme semblait ratatiné, pourtant sa grosse femme se recroquevillait devant lui comme s'il était Charles Atlas [1]. Le gardien était arrivé avec son énorme matraque marron, l'avait frappé entre les omoplates, puis l'avait embarqué.

« Oh, mon Dieu, regarde ! s'était écriée mamie. Il l'a *klopé* en plein dans le dos ! » J'avais peur de demander à papa s'il lui arrivait d'être *klopé*, mais depuis, je n'arrêtais pas de repenser à la matraque marron.

---

1. « Monsieur Muscle » célèbre dans les années 1920 et encore connu aujourd'hui pour avoir mis au point une méthode de culture physique.

Mon père m'examina comme il le faisait à chacune de mes visites. « Comment as-tu fait pour grandir autant en quinze jours ?

— Ce n'est pas grâce aux cochonneries qu'ils leur donnent à manger dans cet endroit ! dit mamie.

— Elle fait au moins un bon repas par semaine chez toi, pas vrai, m'man ?

— Oh ! je t'en prie..., fit mamie en balayant sa question d'un geste de la main. C'est à peine si je vois encore les casseroles, alors, faire la cuisine... »

Je me collai contre mamie et posai ma main sur la sienne. Sa peau était comme du papier qu'on aurait conservé très longtemps, du papier qu'on aurait plié et déplié jusqu'à ce qu'il devienne aussi souple que du coton. Les premières lettres de papa, celles que je laissais chez mamie, étaient devenues comme ça.

« Alors, comment va l'école ? » demanda mon père.

Je haussai les épaules. « Ça va. »

Il fronça les sourcils. « Pas plus que ça ? Il y a quelque chose qui t'embête ?

— Non. Tout va très bien.

— T'as intérêt à rapporter des bonnes notes sur ton prochain carnet, mademoiselle ! Des notes pour entrer au collège. Tu ne veux quand même pas finir comme ton vieux père, dis ? »

Perplexe, je le regardai par-dessus la table. Aller au collège lui aurait évité de se retrouver en prison ? Savait-il quelque chose à mon sujet ? Savait-il qu'il m'arrivait de haïr certaines personnes au point que ça me brûlait ? Reetha, par exemple. Comment savoir si je ne tuerai pas quelqu'un un jour ? Peut-être que tante Cilla avait raison, que c'était dans mon sang. Sans doute était-ce ce qui expliquait qu'elle n'avait jamais voulu de nous chez elle. Peut-être que je me retrouverais un jour en prison.

« Ne sois pas bête, Joey, dit mamie en secouant la tête. On dirait un fou, quand tu parles comme ça. »

Mamie détestait que mon père dise quoi que ce soit sur les raisons de son emprisonnement. Elle ne voulait pas en parler avec moi non plus. Personne ne le voulait, excepté Lulu, mais uniquement pour dire qu'elle détestait papa et que c'était idiot de le voir.

« Qu'est-ce que tu me veux, m'man ? demanda papa. Combien de sujets passionnants crois-tu que je peux aborder ici ? Je devrais parler de la façon dont les gars du Black Power veulent tuer les gardiens ?

— Chut ! fit mamie. Ils pourraient t'entendre ! »

Je jetai un regard alentour pour voir si quelqu'un l'avait entendu.

« Ou parler du fait que je vais devenir un vieil homme ici ?

— Arrête. Tu n'as que trente-quatre ans. Tu es jeune. Ils t'accorderont la liberté conditionnelle. Tu seras sorti d'ici avant même de le savoir. »

S'il sortait, est-ce qu'on irait vivre avec lui ? Lulu serait-elle d'accord ?

« Qui c'est qui parle comme une folle ? rétorqua papa. J'aurai cent ans, avant qu'ils me laissent sortir d'ici ! Ils m'ont condamné à vie. Tu crois qu'ils me relâcheront au bout de dix ans ? Vingt ans ?

— Tu passeras devant une commission de l'application des peines. » Mamie tordit son mouchoir blanc bordé de losanges noirs. Je jetai un coup d'œil aux gardiens pour voir s'ils nous prêtaient attention. Dans la prison, les familles ne regardaient jamais les autres familles ; tout le monde gardait profil bas, divulguant très peu d'informations à la fois.

Papa secoua la tête en pinçant les lèvres comme s'il en voulait à mamie.

« Hier soir, toutes les filles ont fait des tourtes à la citrouille, mentis-je. Pour l'automne.

— Dans cet endroit ? » Mamie avait l'air de ne pas y croire une seconde.

« Oui, dis-je en soutenant son regard. On a creusé des citrouilles, et après, on a fait cuire la chair pour faire des tourtes. » J'avais lu ça dans un livre où on parlait du temps qu'il fallait pour cuire une citrouille.

« Ça devait être super, dit papa. Dommage que tu n'aies pas pu m'en apporter un morceau, hein ?

— Oui, dommage. » Cette fois, j'évitai de regarder mamie.

« Diable, ça fait un bout de temps que je n'ai pas mangé de tourte à la citrouille ! Tu as mis plein de cannelle dedans ? Et aussi du gingembre ? J'ai toujours adoré les tourtes bien épicées.

— Elle avait exactement le même goût que les bonbons à la cannelle », dis-je.

Mamie me pinça la cuisse sous la table. *Assez !* disaient ses doigts crochus.

Papa se pencha en arrière, ses bras musclés croisés derrière la nuque. Il prit un air songeur. « Une tourte à la citrouille. Qu'est-ce que je donnerais pas pour…

— Oui, dit mamie. Et si les poules avaient des dents… Au fait, que devient cette formation dont tu me parlais dans ta lettre ?

— La formation en optique ?

— Alors, c'est vrai ? Tu pourrais enfin apprendre un métier ?

— M'man, j'avais un boulot, avant. »

Avant, ça voulait dire du temps où maman était en vie. Lulu disait la même chose, sauf qu'elle disait *ne me parle pas d'avant. Je m'en fiche.* Malgré moi, je tapotai le haut de ma cicatrice.

« Ton boulot, c'était du bricolage. Tais-toi donc. Moi, je te parle d'un vrai métier, d'une profession, dit mamie.

— Fabriquer des pièces en cuivre pour les bateaux n'est pas vraiment du bricolage, m'man. C'est sûrement à cause de ce boulot et du fait que je devais travailler sans marge de tolérance qu'ils ont eu l'idée de m'inscrire sur la liste.

— C'est quoi, marge de tolérance ? demandai-je.

— Demande à ta grand-mère, elle qui est si intelligente et qui sait tout !

— Arrête de t'apitoyer sur toi-même. Désolée de t'avoir insulté. Réponds à ta fille. »

Papa fit rouler ses épaules. « Ça veut dire qu'on travaille selon des mesures exactes, et que même une toute petite différence peut gâcher ce qu'on fabrique.

— Pour que tu puisses construire des choses ici ? » Ce qu'il faisait dans la prison m'intriguait. Chaque fois que j'essayais de lui poser la question, il changeait de sujet en disant : « Peu importe ce qui se passe ici. Je préfère qu'on parle de toi. »

« Un cours va commencer, un atelier d'optique, dans lequel on fabriquera des lentilles. Je compte bien y participer et, comme ça, le jour où je sortirai, je trouverai du travail.

— Tu vas sortir quand, papa ? » Il ne voulait jamais en parler et me répondait en général : « Seul le temps le dira », ce qui à moi ne me disait rien du tout.

« Dans vingt ou trente ans, peut-être qu'on m'accordera la liberté sur parole pour bonne conduite. »

Vingt ou trente ans ! J'aurais alors vingt-neuf ou trente-neuf ans. Mon père serait un vieux monsieur. Il aurait cinquante-quatre ou soixante-quatre ans. Est-ce qu'il pourrait encore travailler ?

Comment faire pour qu'il reste joyeux pendant autant d'années ? Mamie m'avait expliqué que mon boulot consistait à garder papa joyeux. « Dieu sait que ta mère ne l'a jamais fait, avait-elle ajouté en secouant la tête. Elle le rendait le contraire de joyeux. C'est pour ça qu'il est arrivé ce qui est arrivé. Crois-moi. Elle l'a rendu dingue avec ses cheveux, ses ongles, et ensuite ses hommes. Je n'aime pas dire du mal des morts, mais ta mère se prenait pour une sorte de reine de beauté. Elle pensait qu'elle n'était pas soumise aux mêmes principes que le reste du monde. »

Je ne comprenais pas bien ce que voulait dire mamie Zelda. Papa avait tué maman parce qu'elle était une reine de beauté ?

Lulu disait que papa avait fait ça parce que maman sortait avec de sales types. Mimi Rubee disait que papa avait fait ça à cause de l'alcool et des cachets. Tante Cilla disait que papa avait tué maman parce qu'il n'était qu'une bête. Je ne savais plus que croire.

Et moi, alors ? C'était ça que je voulais savoir. *Pourquoi papa m'avait-il poignardée ?* Personne n'en parlait jamais, sauf une fois, quand papa m'avait sorti de but en blanc : « Je suis désolé, Merry. Je sais que tu ne te rappelles sans doute pas ce qui s'est passé. Tu étais si petite… Sache pourtant que je regrette. »

Mamie se leva. « C'est l'heure de la torture. » Elle disait ça chaque fois qu'elle allait aux toilettes, parce qu'elle devait attendre qu'un gardien l'emmène au bout d'un long, long couloir qui ressemblait à une promenade de la honte. Elle se faisait fouiller quand elle y allait, et de nouveau quand elle revenait, comme si elle avait pu trouver une arme dans les toilettes. Avant les visites, je ne buvais pas une goutte d'eau. Je ne voulais pas être obligée d'aller faire pipi à la prison.

Une fois mamie partie, l'air se fit plus lourd, comme si ma grand-mère le brassait par son bavardage constant et nous maintenait à distance l'un de l'autre.

« Alors, comment va Lulu ? demanda papa. Toujours dans ses livres ? »

Je hochai la tête. « Papa… » J'en restai là, incapable de prononcer les mots qui tambourinaient dans ma tête comme des singes mécaniques. *Papa, pourquoi tu m'as poignardée, pourquoi tu m'as poignardée, pourquoi tu m'as poignardée ?*

« Qu'est-ce qu'il y a, mon bébé ? » Il avait les yeux tout à la fois chargés d'amour et d'inquiétude, derrière ses lunettes. « Tu es sûre que tout va bien à l'école ? Il n'y a pas quelqu'un qui t'embête ? »

Je secouai la tête. « Tout va bien à l'école.

— Alors, qu'est-ce qu'il y a, Cookie ? »

Comme mamie dans ces cas-là, je battis des cils.

« Oh, oh… Voilà le banana split », dit mon père.

Papa disait ça chaque fois que je pleurais. Avant. Il sortait alors son mouchoir, m'essuyait les yeux et disait : « Éponge-les bien, ma chérie. » Je l'avais oublié. Ici, je n'avais encore jamais pleuré.

Mamie n'allait plus tarder à revenir. Ma question me brûlait les lèvres.

« T'as perdu ta langue ? » Papa inclina la tête en souriant, l'air tout sage tout gentil, comme si on était dans un épisode de *The Brady Bunch* [1].

« Pourquoi tu m'as poignardée, papa ? » dis-je tout bas. Les mots jaillirent de ma bouche comme si je vomissais. « Pourquoi tu as voulu me tuer ? » Papa se recula comme si mes mots étaient des petits couteaux. Cette fois, c'était moi qui le poignardais.

« Tu t'en souviens ? » Sa voix était frêle, comme si elle provenait du fin fond de sa gorge.

Papa me pousse hors de la cuisine. Maman est étendue par terre. *Va t'allonger, Merry. Allonge-toi sur le lit de maman et papa. Sois gentille.*

« Je me rappelle des choses. »

Papa tient le couteau couvert du sang de maman. *Ça fera mal juste une seconde, bébé.* Non, papa, ça fait mal pendant longtemps.

1. Série télévisée américaine des années 1960 mettant en scène une famille recomposée, un veuf père de trois fils et une veuve mère de trois filles.

« Je n'ai pas pu, dit mon père en secouant la tête. J'ai voulu, mais je n'ai pas pu. Je ne suis pas allé très profond. »

Les doigts écartés, je couvris de ma main le corsage en coton qui cachait ma cicatrice, comme si papa risquait de la voir à travers le tissu. Je connaissais chaque petite bosse du bourrelet. Un bourrelet en ligne droite d'un rose violacé. Du côté gauche de ma poitrine, et de la même longueur que le cahier dans lequel j'écrivais mes devoirs à faire pour l'école.

« Pourquoi tu as voulu me faire du mal ? » *Réponds à ma question, papa !*

« Oh, mon bébé… L'alcool avait fait de moi un homme ivre mort et un imbécile. La jalousie me rendait fou. Tu es trop jeune pour comprendre… » Il prit sa tête entre ses mains. Je mourais d'envie de les lui enlever de là, de cogner sa tête d'imbécile ivre mort jaloux.

« C'est pour ça que tu m'as fait ça ? » murmurai-je, me demandant comment il était possible que les gens boivent.

« Je ne voulais pas te laisser… » Il croisa les bras comme s'il s'enlaçait. « Je ne voulais pas te laisser toute seule.

— Et Lulu ? Tu t'en fichais ?

— L'alcool m'avait privé de tout mon bon sens. Et puis j'avais peur, bébé.

— Mais tu aurais laissé Lulu toute seule ? Avec sa peur ? » J'avais l'impression que les murs se refermaient sur moi.

« Lulu sera toujours capable de prendre soin d'elle. Toi, tu es plus comme moi. »

Je ne suis pas comme toi. Pas du tout.

« Oh, Seigneur… Je t'aime tant, Merry. Tout ce qui me reste au monde, c'est toi et mamie. Personne d'autre ne s'inquiète de savoir si je suis mort ou vivant. » Il retira ses lunettes et s'essuya les yeux du dos de la main. À présent, les gardiens allaient venir. À présent, mamie allait être triste.

« Je ne supporte pas de te savoir dans cet endroit, dit papa. Je maudis Cilla et Hal de vous avoir mises là. Les lâches ! Cilla, qui attendrait quoi que ce soit d'elle ? Mais Hal ? Moi qui le prenais pour un type bien ! Je te jure, si je pouvais passer rien qu'une minute avec lui en tête à tête…

— Je vais bien, papa. Tout va bien. » Il fallait que je le calme. Que je le rende heureux. Sans quoi il risquait de faire du mal à tante Cilla et à oncle Hal, même d'ici.

« Tu ne devrais pas être là-bas. » Il enfouit sa tête dans ses mains. Je crus le voir écraser une larme avec son pouce. Qu'il pleure me serait insupportable. Il n'avait pas de mouchoir, ni en tissu, ni en papier, ni rien. Les détenus n'avaient pas le droit d'emporter quoi que ce soit au parloir. Je me demandais si papa pouvait avoir des choses sur lui quand il sortait de sa cellule. Peut-être qu'ils le gardaient tout le temps enfermé. Est-ce qu'il regardait parfois la télé ? Est-ce qu'il devait se doucher et aller aux toilettes devant d'autres gens ?

Nos visites avec mamie représentaient sans doute la chose la plus importante au monde pour mon père, et moi, j'étais en train de gâcher ce moment…

« Ça va, papa, répétai-je. Je vais bien. »

Le visage de mon père reprit espoir, comme les chiots dans la vitrine du magasin d'animaux de Flatbush Avenue.

« Oh, j'ai oublié de te dire… » Sous la table, je me pinçai la peau des bras. « Après la tourte à la citrouille, on a fait des crêpes. » Je croisai mes mains sur mes genoux et lui fis un grand sourire ravi. « Avec du vrai sirop d'érable. Pour fêter l'automne. On s'est bien amusées, papa. Drôlement bien amusé. »

6

Merry

Je montai quatre à quatre les marches de Duffy-Parkman, traversai le hall sans m'arrêter et me précipitai vers mon dortoir. Olive était allongée sur son lit, appuyée sur un coude, en train de fixer le mur. Je me dis que j'avais de la veine que ce soit Olive. Cette fille n'embêtait jamais personne, elle ne faisait que lire, lire et lire, comme si elle retenait sa respiration en attendant que ses parents reviennent la chercher, ce qu'ils ne feraient jamais étant donné qu'ils s'étaient tués dans un accident de voiture. Olive n'avait plus personne au monde, à moins de compter une très vieille tante enfermée dans un hospice de vieillards.

À Duffy, les dortoirs étaient tous les mêmes, avec trois lits de camp alignés contre le mur d'un côté, trois de l'autre. Une petite table de nuit séparait chaque lit. Ma chance était d'en avoir un contre le mur, si bien que je pouvais m'appuyer dessus.

En me voyant, Olive sortit son livre emprunté à la bibliothèque de dessous son oreiller, là où elle l'avait planqué. Lulu était la seule à lire plus qu'Olive, mais elle n'avait pas besoin de se cacher. Lulu flanquait la trouille à la plupart des filles, sauf aux super dures comme Kelli.

Je me débarrassai de ma robe chasuble et de mon corsage blanc. Après une seconde d'hésitation, j'enlevai mes chaussettes trempées de sueur, toutes dégoûtantes après une journée entière à macérer dans les sandales à bride en plastique que mamie m'avait achetées en septembre dernier. Je sortis une nouvelle paire de chaussettes, les dernières qui me restaient jusqu'au prochain jour de lessive, c'est-à-dire dans deux jours. Je serais obligée de les porter le dimanche et le lundi, mais il m'en fallait tout de suite des propres. Je reniflai mes deux pantalons pour voir lequel était le moins sale.

Lulu avait beau me disputer en me reprochant de ne pas mieux m'organiser, j'avais parfois besoin de mettre quelque chose dans lequel je me sentais bien, c'était plus fort que moi.

Je jetai un coup d'œil à Olive, qui tenait *Trixie Belden, le mystère de l'héritière disparue* à deux centimètres de son nez. « Salut, Olive, tu veux venir avec nous ? »

Nous, c'était Janine, Crystal et moi. Janine, que ses parents reprenaient chez eux tous les deux ou trois mois avant de se remettre à boire, ressemblait à une Diana Ross en miniature. Elle avait des yeux immenses, était très maigre et super belle. Les cheveux blonds de Crystal me rendaient folle de jalousie. Vu qu'ils lui descendaient en dessous de la taille, les monitrices de Duffy adoraient les brosser, les natter et les entortiller en toutes sortes de styles extravagants. Les parents de Crystal étaient morts dans un incendie.

Nous étions ensemble depuis plus de deux ans. Lorsque nous étions encore des Bluebirds, les plus jeunes et les plus petites, les responsables d'étage et les monitrices nous prenaient sur leurs genoux à l'heure où on regardait la télé. Depuis que nous étions des Redbirds, personne ne nous câlinait plus beaucoup, mais c'était nous qui étions chargées de distribuer le pop-corn, et il nous arrivait de nous appuyer contre une monitrice pendant la séance télé du samedi soir.

« Je crois que je vais lire, répondit Olive.

— D'accord. » Je n'avais pas à craindre que quelqu'un embête Olive. Aucune fille ne voulait d'elle dans sa bande, mais personne ne l'embêtait.

Je jetai un coup d'œil de chaque côté du hall avant de courir vers la salle de dessin. Mme Parker-tête-de-zob ne nous autorisait à aller que dans trois salles en dehors de nos dortoirs. La première était la salle de jeux, une vieille salle de classe avec des trous dans le sol aux endroits où on avait dévissé les pupitres. Les jeux avaient tous des pièces manquantes. La dcuxième salle était le salon, où il y avait une télévision et une radio. Tout le monde venait y traîner, mais c'était aussi là qu'avaient lieu les pires bagarres.

La troisième était la salle de dessin, où mes amies et moi aimions aller. Un ancien bocal à cornichons rempli de craies et de crayons de couleur, des vieux magazines et des piles de papier déjà utilisé donnés par je ne sais quelle entreprise constituaient notre matériel. On dessinait des princesses et des petits chiens au dos de rapports d'assurances et d'autres formulaires.

Janine et Crystal étaient penchées sur leurs dessins. Janine traça les contours des poupées en papier que nous avions découpées dans des publicités de magazines pour leur faire des nouveaux vêtements. Crystal, la plus artiste de toutes les Redbirds, peinait pour dessiner les montagnes qui se profilaient derrière un château.

« Comment va ta grand-mère ? demanda Janine.

— Ça va. » Je ne me plaignais jamais de mamie ; au moins, j'avais quelqu'un chez qui aller. Les parents de Janine venaient seulement deux ou trois fois par an, quand ils la ramenaient à la maison. Comme on croyait chaque fois qu'elle quittait Duffy pour de bon, on pleurait et on se serrait dans les bras jusqu'à ce qu'une responsable vienne nous séparer. Puis, quand Janine revenait au bout de quinze jours, Crystal et moi faisions comme si rien ne s'était passé, tout comme Crystal et Janine faisaient semblant d'ignorer que j'allais voir mon père en prison, ou Janine et moi de ne pas remarquer les jambes de Crystal couvertes de marques de brûlures de haut en bas.

« Tiens, je t'ai apporté ça de la chambre. » Janine me tendit le dessin que j'avais commencé la veille. Une partie de ma série sur les chiots – des dorés, des noirs et des rouges. Janine et Crystal gardaient tous nos dessins. Duffy comportait deux dortoirs de Redbirds, et elles avaient la chance de ne pas être dans celui d'Enid et de Reetha.

« On a juste un quart d'heure », nous avertit Crystal. Crystal respectait les règles de Duffy, comme si elle risquait de mourir si elle en enfreignait une par mégarde.

Je commençai par passer un peu d'argenté sur les contours de mon chien. Pas trop, étant donné que les crayons argent et doré apparaissaient rarement dans le bocal à cornichons, et que je savais que Crystal en avait besoin pour ses châteaux.

La porte de la salle s'ouvrit. Nous levâmes la tête, redoutant toute compagnie.

« Oh, regardez, la Taularde est de retour ! » Reetha entra d'un air indigné en serrant contre elle une boîte marron à moitié crayonnée.

Crystal posa un bras protecteur sur son dessin. Je poussai mes chiots par-dessus afin de protéger ses châteaux.

« Pourquoi tu retournes pas ramper sous ton rocher ? » lança Janine.

À ces mots, je retins ma respiration. Reetha me faisait penser à une limace, avec son visage luisant de ce qui semblait être la même substance visqueuse que celle du *gefilte fish*. Les lignes roses dentelées barraient son front à l'endroit où sa mère l'avait écrasée contre des barbelés.

« Pourquoi tu ne vas pas bouffer de la merde ? » Reetha s'approcha et piqua les crayons doré et argent.

« Hé, on s'en sert ! m'exclamai-je, essayant en vain de les lui reprendre.

— T'as qu'à demander à ta grand-mère de t'en acheter ! dit Reetha en avançant son visage de ver de terre tout près du mien. Regarde, la Taularde ! J'ai trouvé une nouvelle feuille pour dessiner. Je vais peut-être m'en servir pour tapisser ma boîte. »

Je reconnus la feuille qu'elle tenait à la main, l'écriture de mon père, le tampon bleu de la prison de Richmond County.

« "Chère Merry, commença à lire Reetha avant que j'aie pu récupérer mon courrier. Mamie m'a écrit que tu avais eu un A en orthographe. Félicitations, Sugar Pop !" »

Crystal arracha la feuille des mains de Reetha, qui se retrouva avec un coin de la lettre.

« Oh, elle est déchirée ! dit Reetha. Ne pleure pas, Sugar Pop ! Alors, ta mère était tellement salope que ton père a dû la tuer ? Est-ce que c'était une pute ? »

Janine vint se placer entre nous. « Est-ce que c'est parce que t'es moche à ce point que ta mère t'a appelée Urethra ?

— Je m'appelle *Reetha*. »

Je lui repris les crayons qu'elle venait de piquer. Sa bouche se déforma, prête à me mordre la main, mais je m'accrochai aux crayons, lasse qu'elle nous vole toujours tout. Elle referma les dents sur le bout de mon pouce.

« Aïe ! m'écriai-je en lâchant les crayons.

— Débile ! dit Janine.

— Poivrote ! » rétorqua Reetha en prenant les crayons violet et rouge près de Crystal. Je la détestais. Je la détestais si fort que j'aurais pu attraper les ciseaux dans le bocal et les lui planter dans la gorge.

« Vilaine balafrée ! hurlai-je. Tout le monde te déteste ! »

Le lendemain, je me réveillai avec un sentiment désagréable indéfinissable. Il était sept heures et demie, on était dimanche, et le petit déjeuner serait servi dans une demi-heure. Le petit déjeuner du dimanche était le meilleur repas de toute la semaine. Des crêpes, trois chacune.

Je passai mon doigt sur ma poitrine. L'odeur du shampooing que je m'étais fait la veille en prenant ma douche flottait dans l'air. Je levai la main pour libérer mes cheveux que j'attachais en queue-de-cheval le soir avant de dormir.

Ma queue-de-cheval avait disparu. Une mèche raide et rase dépassait de l'élastique.

Je fis un effort pour ne pas pleurer ni ne rien montrer, étant donné que, à Duffy, pleurer ne servait qu'à empirer les choses. Je sentis le goût de mes larmes dans ma gorge. De nouveau, je touchai ma tête en caressant cette mèche, regrettant ma longue queue-de-cheval.

Reetha souriait dans son lit. J'enfonçai mes ongles profondément dans mes paumes. Enid était assise par terre en tailleur – sûrement en train de chercher des miettes à manger, cette grosse cochonne grasse comme un porc !

Toutes les filles du dortoir restèrent silencieuses.

« Qu'est-ce qu'il y a ? fit Reetha. Bébé qui pleure n'est pas jolie, aujourd'hui ? »

Les boucles de ma queue-de-cheval étaient éparpillées sur mon oreiller. Mes mains tremblaient. Je mourais d'envie de me précipiter devant le miroir, mais je ne voulais pas offrir ce plaisir à Reetha. Alors j'attrapai un livre sur l'étagère d'Olive, le plus gros que je pus trouver, et courus vers le lit de Reetha. Son pyjama ressemblait à celui d'un garçon et elle sentait comme si elle ne se lavait jamais les fesses.

Prenant le livre à deux mains, je le brandis le plus haut possible et le laissai retomber sur sa tête.

« Raclure de bidet ! » Je la frappai une seconde fois en visant directement les cicatrices sur son front.

Reetha roula sur le côté et me flanqua un coup de pied dans le ventre. « Sale juive bêcheuse !

— Arrêtez ! lança Olive. Quelqu'un arrive. »

Je repartis en courant et sautai sur mon lit, le livre serré dans mes bras tremblants.

Notre responsable entra dans le dortoir. « Qu'est-ce qui se passe ? dit-elle en inspectant les lits un à un. Merry… Qu'est-il arrivé à tes cheveux ? »

Je me mordis la lèvre. « Je les ai coupés. »

Debout face au mur, je traçai une tête de chien du bout de mon doigt sur la peinture beige sale. Un cercle, un cercle, un cercle et une langue. Des oreilles tombantes. Tout le monde était à l'église. Je resserrai le bandeau que Janine m'avait prêté et le descendis plus bas sur mes oreilles, en faisant comme si personne ne pouvait voir à quel point j'étais affreuse. Les mèches de cheveux longs ressortaient au milieu des boucles courtes comme des fils qui traînent. La responsable avait dit que je devrais les couper à la garçonne, ce qui signifiait ressembler à un garçon. Demain, quand reviendrait la responsable des plus grandes filles pendant la semaine, celle qui s'occupait de nous couper les cheveux, elle achèverait le travail de Reetha. Je donnai un coup de poing dans le mur.

Dès le départ des filles pour l'église, j'avais déchiré les lettres de mon père en petits morceaux et les avais jetées dans les toilettes. Ma cachette ne servait plus à rien. Étendue sur mon lit, les pieds posés sur le mur, je marchai en avant puis en arrière. Doucement. Parce que si Mme Parker-tête-de-zob arrivait et me voyait en train de faire ça, elle m'obligerait à lessiver le mur avec le désinfectant marron qui vous laissait pratiquement des trous dans les mains.

« Tu crois que les gens ont envie de voir des empreintes de tes pas sur le mur, Meredith ? » dirait Mme Parker-tête-de-zob en me tendant la brosse plongée dans un seau d'eau savonneuse. Quand elle me forçait à déplacer mon lit et qu'elle voyait ce qu'il y avait dessous, elle me punissait pour de bon. « Regarde ça ! fulminait-elle. Des papiers de bonbons… Où les as-tu trouvés ? »

Avoir ma réserve de bonbons à moi m'avait attiré de sérieux ennuis. Nous étions censées remettre toutes nos friandises à Tête-de-zob pour qu'elle les range dans la boîte commune, mais je tâchais de garder tous les bonbons que m'achetait mamie – après avoir partagé avec Lulu, bien sûr. Tout ce qu'on donnait à Tête-de-zob, on ne le revoyait jamais, sauf les trucs horribles dont elle ne voulait pas, comme les abricots séchés qu'une fille recevait de son grand-père.

La salle vide empestait le désinfectant marron infect et le talc à l'odeur de pieds fleuris. À Duffy, les filles qui se débrouillaient pour soutirer de l'argent à leur famille, si elles en avaient une, ou qui le volaient si elles n'avaient personne, l'achetaient au John's

Bargain Store de Flatbush Avenue et s'en saupoudraient sous les robes bon marché en tissu rêche qu'elles mettaient pour aller à l'église. Lulu entra alors que je pédalais, les pieds en l'air, les mains sur les hanches.

« Tu vas où ? me demanda-t-elle.

— Ha, ha. Très drôle. »

Elle s'assit à côté de moi. « Ça va ?

— Reetha va te tuer, si tu t'assieds sur son lit.

— J'ai vraiment très peur. » Comme pour illustrer ses propos, Lulu s'allongea, en osant même poser ses chaussures. Depuis ses treize ans, ma sœur était devenue très dure. Mamie la traitait de délinquante juvénile en herbe.

« Non, je t'assure, relève-toi, suppliai-je.

— D'accord, d'accord… Arrête de faire le bébé. » Elle passa sur mon lit. « Alors, ça va ? »

Elle regarda ma tête. Je pris sur moi pour ne pas fondre en larmes et pédalai encore plus vite.

« Je vais faire en sorte qu'elles ne recommencent jamais, dit Lulu.

— Non ! hurlai-je. Surtout pas ! Ce sera encore pire. Je le sais. Sauf si tu les tues. Ha, ha ! » D'une main, je touchai les cheveux qui dépassaient du bandeau. « Pourquoi est-ce qu'elle me déteste ?

— À cause de papa.

— Tu lui mets toujours tout sur le dos.

— Comment va mamie ? » Lulu détournait la conversation dès qu'il était question de notre père.

« Elle va bien. » Je tapai des pieds sur la barre du bout du lit. « Papa m'a dit de te dire bonjour.

— Est-ce que je l'ai demandé ? » Elle se tourna sur le côté, face à moi, la tête appuyée sur sa main.

Je me redressai et croisai les jambes. « Lulu, dans vingt ou trente ans, tu crois que papa sera encore en vie ? »

Elle fronça les sourcils. « Pourquoi ?

— Parce qu'il a dit qu'il sortirait... dans vingt ou trente ans. » J'observai sa réaction.

« Probablement. À moins que quelqu'un ne le tue en prison.

— Ne dis pas ça. » Je fourrai mon visage entre mes genoux relevés. « Lu, ça ne te manque jamais de ne pas avoir de parents ? dis-je à une croûte sur mon genou.

— Je n'y pense pas, voilà tout, répondit-elle en me poussant du pied. Et tu ne devrais pas y penser non plus. Oublie. C'est fini, viens, on descend à la salle de récréation. On va jouer au Clue.

— Tu crois que je pourrais mourir ici ? »

Lulu m'attrapa par les épaules et me tira pour me forcer à me lever. « Pourquoi cette question ?

— Et si une fille d'ici me tue ? »

Ce n'était pas ce que je voulais dire. Ce que je voulais dire, c'était : *Et si je tue quelqu'un ?* Alors je serais pour de bon la Taularde.

« Je déteste être ici. Je n'ai pas envie de grandir ici. » Je repoussai Lulu et retombai sur mon lit. « Plutôt mourir que vivre ici. »

7

Lulu

Nous étions en chemin pour l'appartement de mamie et Merry me faisait tourner en bourrique. À chacun de mes pas, elle me tannait pour que j'accélère. Je n'avançais pas assez vite à son gré et elle se refusait à imiter mon allure d'escargot. Je soulevai mes bottes dans la gadoue de Caton Avenue comme si des briques étaient collées sous mes semelles – j'avais aussi peu envie que ça d'aller chez ma grand-mère.

« Allez ! fit Merry en m'agrippant le bras. On doit être là-bas à midi ! Pour le déjeuner.

— Arrête, dis-je en me dégageant. On arrivera quand on arrivera. »

Ma sœur se renfrogna sous le chapeau mou qui dissimulait sa lamentable coupe de cheveux. Trois semaines de repousse n'avaient en rien arrangé son allure dépenaillée. Cependant, plus que sa coiffure, c'était sa façon de parler de mourir qui m'inquiétait. Il fallait qu'elle quitte Duffy. Je pouvais m'en arranger, mais Merry n'était pas assez coriace.

« Elle doit déjà être en train de nous guetter par la fenêtre ! » Merry sautillait autour de moi comme un oisillon, et ce besoin qu'elle avait de plaire à mamie me rendait dingue. « Grouille-toi. »

En général, mamie se collait devant la fenêtre, son fauteuil disposé de façon à pouvoir à la fois pivoter la tête pour regarder l'écran de télévision et nous voir arriver dans la rue. Le samedi avait beau être un jour de télé sans intérêt pour elle – aucun jeu et aucun de ses feuilletons –, elle la regardait quand même. Elle prétendait que la télé lui tenait compagnie en attendant la mort. Même lorsqu'elle lisait les énormes magazines du *Reader's Digest* imprimés en très gros caractères qu'elle empruntait à la bibliothèque, la télé ronronnait.

Alors que nous approchions de l'entrée en brique rouge de l'immeuble, Merry se mit à faire des grands gestes en direction de la fenêtre de mamie. « Elle ne te voit même pas, dis-je.

— T'en sais rien. » Merry ouvrit la porte à toute volée en continuant à courir bien que nous soyons arrivées. Le hall décati sentait la vieille serpillière. Un gros tas de courrier accumulé obstruait les boîtes aux lettres.

« Mamie y voit à peine. » Je tirai sur l'ourlet de ma jupe courte pendant que ma sœur appuyait sur la sonnette à côté du nom de mamie. Le mois dernier, j'avais réécrit « Mme Harold Zachariah », parce que l'encre s'était estompée sur le vieux carton au point d'être devenue illisible. Mamie avait tenu à ce que j'écrive *Mme* parce qu'elle pensait qu'être mariée semblait plus respectable. Au moment où j'avais glissé le nouveau rectangle de papier dans le support en cuivre, elle avait dit : « Quand les gens savent qu'un homme a bien voulu de vous une fois, ils vous traitent mieux. »

Mamie parlait pendant des heures et des heures des gens âgés que personne ne respectait plus. *Regardez-moi ces hippies, avec leurs cheveux qui leur pendent jusqu'au* pupik[1], *on dirait des ragamuffins ! Est-ce qu'ils s'arrêtent seulement pour dire « Bonjour, madame Zachariah » ?*

Des étudiants s'entassaient à quatre, cinq et six dans les studios de la taille d'un cagibi et les deux appartements de deux pièces que comportait l'immeuble. Mamie se plaignait qu'ils transformaient l'endroit en un repaire de beatniks. Les hippies étaient de l'histoire ancienne pour l'ensemble de la planète, excepté pour mamie, qui les détestait. En juillet, pour mes treize ans, elle m'avait fait cadeau de ses seuls vrais bijoux, une paire de boucles d'oreilles et un collier de perles fines, tout en maugréant que c'était ce que devait porter une jeune fille, et non ces graines de fruits ridicules qui pendaient au cou des hippies, et en me rappelant de donner les boucles d'oreilles à Merry lorsqu'elle serait plus grande.

Et naturellement, deux jours plus tard, quelqu'un à Duffy avait volé les boucles d'oreilles et le collier.

Mamie appuya sur le bouton de l'Interphone pour nous ouvrir la porte. Merry se rua au troisième étage tandis que je me forçais à monter les marches éraflées une à une. Une odeur grasse de poulet frit au chou et

---

1. « Nombril » en yiddish.

aux oignons se mêlait aux senteurs de patchouli et de marijuana. La marijuana, je la reconnaissais pour la bonne raison que les filles de Duffy-Parkman se faufilaient dans les toilettes le soir pour en fumer. Et quand elles avaient fini, elles vaporisaient de la laque White Rain partout histoire de camoufler l'odeur. Je m'attendais à voir les toilettes exploser le jour où une fille vaporiserait de la laque pendant qu'une autre craquerait une allumette.

Le patchouli, je l'avais reniflé sur les étudiantes qui se portaient volontaires pour être les soi-disant amies spéciales des filles les plus âgées de Duffy-Parkman. Mon amie spéciale s'appelait Hillary Sachs. J'ignorais s'ils avaient fait exprès de m'attribuer une amie spéciale juive ou si c'était une simple coïncidence. Hillary me regardait avec des yeux de vache d'un air insistant pendant que nous jouions au Scrabble ou faisions des petites sorties. Je n'avais pas encore compris ce qu'elle me signifiait à travers ces regards. La semaine précédente, elle m'avait dit de me préparer à quelque chose de super la prochaine fois qu'elle viendrait, autrement dit demain.

Au moment où j'arrivai en haut de l'escalier, mamie se tenait sur le seuil, les bras croisés sur sa poitrine aux os saillants. Je gardais le souvenir d'elle toute douce et toute ronde. Mon cœur se serra de voir qu'elle flottait tellement dans ses vêtements qu'on aurait pu y mettre une seconde grand-mère.

« Eh bien, où étais-tu ? Je me suis fait un sang d'encre !

— Il n'est que midi passé de dix minutes, dis-je en montrant la Timex bon marché à son poignet.

— Au bout de deux minutes, je m'inquiète. » Pendant que mamie m'embrassait d'un air bougon, Merry me tira la langue.

« Pour le déjeuner, j'ai préparé du bortsch. Et comme de bien entendu, j'ai oublié la crème aigre. Votre grand-mère est désormais officiellement une imbécile. D'ailleurs, la preuve en a été apportée cette semaine.

— Par qui ? » Merry piqua un bonbon dans le saladier que mamie remplissait à notre intention.

« Par qui ? Mais par tout le monde ! Mme Edelstein, qui habite au rez-de-chaussée, m'a demandé de ramasser son courrier pendant qu'elle partait voir son petit-fils dans le New Jersey, et devinez qui a oublié ?

— Ce n'est pas très grave, dis-je.

— Ce n'est que la partie visible de l'iceberg, crois-moi. » Mamie prit son porte-monnaie sur le secrétaire qui occupait presque entièrement l'entrée grande comme un timbre-poste. « Tiens, Merry, va au bout de la rue et rapporte-moi de la crème aigre. Il me faut également un litre de lait et trois pommes, mais pas les farineuses qu'ils exposent devant. Fais bien attention aussi à prendre la crème et le lait dans le fond.

— C'est Lulu qui devrait y aller. Déjà qu'elle ne vient même pas toutes les semaines, c'est moi qui me retrouve en plus à tout faire ! râla Merry. Je voudrais rester ici avec toi.

— J'y vais. » Et j'irais même avec joie. Le trois-pièces de mamie m'étouffait. Je n'arrivais pas à croire que mon père avait vécu ici quand il était adolescent. Il avait dû remplir tout l'espace. Dans la cuisine minuscule, il y avait une table miniature recouverte d'une toile cirée rouge plus qu'usée, un vieux Frigidaire et une cuisinière qui n'aurait pas déparé au Brooklyn Museum. Un divan en velours marron et un fauteuil encombraient le salon, ce qui n'avait pas empêché mamie d'ajouter des guéridons branlants avec des napperons couleur thé. Et elle avait beau nettoyer l'appartement plusieurs fois par jour, il y régnait une odeur tenace de vieille dame.

« Non. Toi, tu restes ici. » Mamie tendit l'argent à Merry. « Et n'oublie pas, prends les choses dans le fond. »

Dès que ma sœur fut partie, je me blottis sur le vieux divan, en faisant bien attention à ce que ma figure ne touche pas le tissu râpeux, et pris la seule chose qu'il y avait à lire, un *Reader's Digest* imprimé en gros caractères.

« Arrête de toujours avoir le nez fourré dans les livres… Il faut que je te parle. » Mamie s'assit près de moi et me retira le magazine.

Je lui souris sans desserrer les lèvres. « Qu'est-ce qu'il y a ?

— Tu dois entendre certaines choses. » Elle m'attrapa la main. Malgré son air fragile, sa poigne était ferme. « Je ne serai pas là éternellement, Lulu.

— Je déteste que tu parles comme ça.

— Chut ! Et quand je dis éternellement, je veux dire plus très longtemps. Le médecin dit que mon cœur se détériore, et avec le diabète, c'est de pire en pire. Pour ce qui est de mes yeux, je peux à peine me déplacer. Pardonne-moi de te dire ça, *tatelah*, mais mourir sera pour moi une bénédiction. Seulement, qui s'occupera de ton père ? Qui veillera sur Merry ?

— Il faut que j'aille aux toilettes, mamie.

— Tu peux bien te retenir une minute. Écoute-moi, une fois que je ne serai plus là, tu veilleras sur ta sœur. Compris ?

— C'est ce que je fais déjà.

— Ne sois pas impertinente. » Elle me comprima la main en m'écrabouillant les doigts.

« Aïe ! » Je voulus me dégager, mais elle tint bon sans desserrer sa poigne de fer de gangster.

« Tu veilleras sur elle de près, tu m'entends ? Une fois que je ne serai plus là, c'est toi qui seras responsable de Merry. Oui, je sais, tu penses que tu fais déjà tout, mais, crois-moi, c'est loin d'être le cas. Le jour où je ne serai plus là, tu seras tout ce qu'elle a. Toi, tu sais prendre soin de toi, tu te débrouilleras toujours, mais ta sœur n'est pas aussi solide que toi.

— Bon, d'accord. » Les paroles de mamie firent leur chemin en moi. Pourquoi est-ce que tout le monde pensait que je pouvais m'occuper de tout ? Pourtant, je ne l'avais pas fait pour maman.

« Et n'oublie pas qu'il faudra que ta sœur aille voir papa », dit mamie. Je l'ignorai, les yeux baissés. Elle me donna une petite tape sur le côté de la tête. « Regarde-moi. »

Je relevai les yeux. « Je t'ai dit que je m'occuperai de Merry, mais comment peux-tu attendre de moi que je l'emmène à la prison ? Je n'ai que treize ans, mamie.

— Quel caractère tu as… Quand j'essaie de te dire quoi faire, tu me réponds que tu n'es plus une gamine et que tu as treize ans. Et là, tout à coup, on est encore un bébé à cet âge ? » Elle agita son doigt noueux devant mon nez tout en continuant à me tenir de l'autre main. « Il faut qu'on parle de ton père. »

Je passai ma main libre sur le velours élimé, le comprimant çà et là. Merry serait peut-être sous ma responsabilité, mais lui, pas question.

« Pas une seule fois tu n'es venue voir ton père. Pas une. Quand je serai morte, tu iras le voir. Tu m'entends ? À part toi et Merry, il n'aura plus personne au monde.

— C'est ce qu'il a choisi, non ? » Je me pinçai la cuisse. Mamie et moi ne parlions jamais de la façon dont maman était morte, ni du fait que mon père l'avait tuée et qu'il avait plongé un couteau trempé du sang de maman dans la poitrine de Merry.

« Ton père a fait une chose épouvantable. Ce n'est pas à moi de le défendre. Il n'empêche que c'est mon fils et que c'est ton père. Aussi, quand je serai morte, tu prendras soin de ta sœur et tu iras voir ton père. Tu me le promets ?

— Comment je suis supposée aller là-bas ? » Je m'imaginai la prison comme une forteresse infestée de rats sautant partout et de colonies de cafards marron grouillant sur les murs.

« Tu es maligne. Tu te débrouilleras. Appelle ton oncle Hal. »

Est-ce qu'elle blaguait ? Tante Cilla et oncle Hal n'étaient pas venus nous voir une seule fois depuis la mort de Mimi Rubee.

« Si tu ne me fais pas cette promesse, ça me tuera », ajouta mamie.

Je haussai les épaules.

De nouveau, elle m'écrasa la main. « Promets-le-moi ! »

J'avais des crampes d'estomac. Je croisai les doigts et entortillai les jambes. Jamais je n'irais à la prison de Richmond. Jamais.

« Je te le promets, dis-je. Je te le promets.

— Voilà une gentille fille… » Elle me relâcha et me tapota la main. « Souviens-toi qu'une promesse est sacrée et que Dieu écoute. Si on ne tient pas sa promesse, Dieu sait parfaitement ce qui se passe. Mais bon, je sais que tu tiendras parole. » Elle pencha la tête et me sourit d'un air approbateur. « Chaque fois que je regarde ton visage, je vois ton père. Ça me réconforte. Mourir me sera plus facile en sachant que je peux compter sur toi. »

Le lendemain matin, je m'habillai avec une attention particulière. J'essayai de ne pas trop être excitée en attendant qu'Hillary vienne me chercher pour m'emmener faire « quelque chose de super ». Jusqu'à présent, nous étions allées au cinéma, au Brooklyn Museum, où elle avait arpenté inlassablement les salles de costumes d'époque et où j'avais failli m'endormir, ou nous étions restées ici à jouer au Scrabble. Une fois, elle m'avait traînée aux Jardins botaniques de Brooklyn, ce qui m'avait en fait apaisée. J'aurais tellement aimé connaître la sérénité qui émanait de la partie japonaise des Jardins botaniques…

Je fis mon lit de façon impeccable, les coins bien au carré comme l'exigeait Mme Parker, et bordai la couverture blanche en prenant garde à éviter les tiges du sommier en fer sous le matelas. Ces tiges m'avaient valu assez d'égratignures comme ça au fil des ans. Je n'avais pas envie de devoir courir chez la responsable réclamer de la Néosporine. Bien qu'évidemment je l'aurais fait, comme chaque fois que je me coupais, étant donné que les germes adoraient Duffy-Parkman. Aussi fort que nous oblige à frotter Mme Parker, il y avait toujours une fille de Duffy pour aller vomir sur une chaise ou y essuyer sa morve. Une infection n'était jamais très loin, et avant qu'ils nous emmènent chez le médecin, il fallait avoir perdu une jambe ou délirer avec quarante degrés de fièvre.

Pour mon futur métier, j'avais longtemps hésité entre médecin et anthropologue. En tant que médecin, on faisait toujours ce qu'il fallait, on sauvait et guérissait des gens. Les médecins savaient comment réagir quoi qu'il arrive. Il fallait certes s'occuper de trucs dégoûtants, mais rien ou presque ne m'écœurait. Quand Olive avait peur de dire à Mme Parker qu'elle croyait avoir des poux, c'était moi qui lui inspectai la tête. J'avais même fait acheter une lotion antipoux à mamie et je m'occupais d'Olive en douce dans les toilettes, pendant que Merry faisait le guet. Je la débarrassais des lentes une à une à l'aide d'un peigne.

Les anthropologues, eux, comprenaient les gens. J'avais lu *Adolescence à Samoa*, que quelqu'un avait jeté au fond d'un sac en même temps que d'autres choses données à Duffy. Ce livre m'avait amenée à penser que l'endroit où l'on vivait pouvait faire toute la différence. J'aurais bien voulu être anthropologue comme Margaret Mead, sauf que je voyais mal comment il me serait possible de voyager en partant aussi loin de Merry.

Je tapai sur mon oreiller raplapla pour lui redonner forme. J'époussetai ensuite mes livres, que j'alignai en fonction de leur taille, sans oublier de placer le panneau que j'avais rédigé au crayon pile au milieu – *Ne pas emprunter sans autorisation.* Ici, on ne lisait pas beaucoup, mais voler était le sport préféré. Heureusement, personne ne s'intéressait suffisamment aux livres pour vouloir les miens, hormis Olive, qui, bien que sinistre, était un des rares exemples d'honnêteté à Duffy.

Je rangeai ma brosse et mon peigne dans mon unique petit tiroir. Sortir du dortoir sans avoir rangé mes trois étagères à la perfection, avec tout bien aligné et mes vêtements pliés du même côté, aurait pu me gâcher la journée. J'avais les affaires merdiques les plus impeccables de Brooklyn.

Les yeux plissés, je jetai un coup d'œil dans le miroir, essayant de m'imaginer ce que les étudiantes pensaient de moi. La plupart des filles de Duffy s'habillaient comme de vulgaires petites putes, alors que je fouillais parmi les vêtements qu'on nous donnait pour y chercher des corsages, des pantalons ou des jupes qui fassent le moins Duffy possible.

Lorsque des gens déposaient des sacs de vieux vêtements, les responsables les balançaient au milieu de la salle commune, et nous regardions ces sacs bourrés à craquer avec indifférence. Pourtant, dès que l'une des filles s'en approchait, tout le monde se ruait dessus.

Les plus robustes et les plus méchantes portaient les plus beaux vêtements. Raison pour laquelle Merry avait toujours cette allure dépenaillée. Je m'évertuais à lui dénicher des vêtements convenables, mais allez trouver deux tailles différentes quand des filles vous filent des coups de genou dans la poitrine ! Néanmoins, j'avais un avantage. Pendant que ces imbéciles cherchaient des culottes qui laissaient voir leurs fesses, je me battais pour extirper des Levi's et des chemises Oxford.

Ce jour-là, je portais une chemise bleue à col boutonné. Je trouvais que cette couleur me donnait presque un joli teint. Non que quelqu'un s'en soucie, mais en tout cas, j'avais la peau lisse. La plupart des filles de Duffy avaient la peau luisante. Et comme c'était sans doute à cause des repas trop gras, j'essayais de manger ce qu'on servait de meilleur à Duffy. Bien entendu, ce n'était pas possible à chaque repas, sans quoi j'aurais dû me contenter de pain et d'eau. Ma belle peau était probablement juste un coup de chance. Grande et pas boutonneuse ; tels étaient mes deux principaux atouts.

Brusquement, Merry entra dans la pièce, les commissures des lèvres tombantes et l'air esseulée. Le dimanche matin, on aurait dit que nous étions les seules personnes qui restaient au monde. « Tu reviens quand ? me demanda-t-elle.

— Aucune idée.

— Elle t'emmène où ?

— Je n'en sais rien. C'est une surprise. »

Merry sauta sur mon lit impeccable et s'assit en tailleur. J'avais envie de la chasser pour lisser les plis, mais elle avait l'air si misérable… La pauvre mamie avait beau s'escrimer à faire quelque chose de ses cheveux coupés et les enduire de pommade, elle ressemblait encore à un caniche.

« Je déteste cet endroit, dit Merry en labourant ma couverture à coups de talon.

— Arrête de foutre mon lit en l'air. Je le sais, que tu détestes cet endroit. Moi aussi.

— Tout le monde me déteste.

— Personne ne te déteste.

— Reetha et Enid me détestent. Pendant que j'étais partie, elles ont découpé mon corsage. Celui que mamie m'avait offert. Avec les petites fleurs. » Des larmes roulèrent sur ses joues. « À moins que ce ne soit quelqu'un d'autre… Quelqu'un d'autre qui me déteste.

— Mamie t'en achètera un autre.

— Je n'ose pas lui dire. Ça lui ferait trop peur.

— J'ai des économies. Je t'achèterai un nouveau corsage. »

Merry s'allongea sur le ventre, la joue contre mon oreiller. « Pas la peine, dit-elle d'une voix étouffée. Ça n'a même pas d'importance. Tout est horrible, ici. On va juste avoir une vie horrible. »

Le « quelque chose de super » d'Hillary se révéla un déjeuner chez ses parents. Elle en fit un grand secret, m'emmena prendre le métro, sautillant comme si on allait rendre visite au Président en personne. Je m'appliquai à ne pas avoir l'air déçue. Je m'étais laissé gagner par l'excitation et j'avais imaginé toutes sortes de choses : une virée dans les magasins ! Un spectacle à Broadway ! Carnegie Hall ! Des endroits sur lesquels j'avais lu et rêvé, comme le sommet de l'Empire State Building ou la patinoire de Rockefeller Plaza.

« Mes parents habitent là. » Hillary prit un air détaché en me montrant un immeuble d'un blanc nacré de Monsieur Propre, gardé par une rangée d'arbustes nains à feuilles persistantes. La porte en cuivre brillait comme si quelqu'un avait pour unique boulot de l'astiquer. « Ils nous reçoivent à déjeuner. »

La maison d'Hillary dépassait mon imagination. Je ne me doutais pas qu'il en existait de pareilles dans la vraie vie. Ma chemise, qui m'avait fait très bon effet dans le miroir de Duffy, me paraissait à présent tout élimée. La chaleur inhabituelle pour un mois de novembre me permettait au moins de porter mon caban et de ne pas laisser voir ma poche déchirée.

Je passai ma main sur mes cheveux, histoire de vérifier si les mèches que j'avais attachées avec des barrettes ne s'étaient pas échappées. Les fenêtres biseautées jetaient des étincelles sur quatre étages, les carreaux en forme de losanges séparés par des lignes noires. « Tu habites à quel étage ?

— À tous ! répondit Hillary en riant. La maison est à nous.

— Ouah ! » m'exclamai-je malgré moi. Un peu plus loin sur la gauche miroitait de l'eau. « C'est quoi ?

— L'East River. » Elle inclina la tête en souriant. « Tu es déjà venue à Manhattan ? »

Je ne sus quoi répondre. Je ne savais pas très bien ce qu'était Manhattan. Je croyais qu'on était à New York. « Sans doute. C'est probable.

— Ici, c'est Sutton Place. » Hillary me prit par la main.

Ses parents m'accueillirent comme si j'étais Anne de *La Maison aux pignons verts*[1]. Je n'avais aucune intention de les décevoir en leur racontant la vérité sur moi. M. et Mme Sachs portaient les vêtements que j'aurais choisis si j'avais dessiné un père et une mère, lui un costume marron en tweed et une cravate, elle une robe couleur soleil qui la moulait à la perfection.

Ils me faisaient penser au maire Lindsay et à sa femme. Les parents d'Hillary étaient des gens parfaits aux dents parfaites et aux cheveux parfaits.

Dans la salle à manger, un univers de verre scintillait. Un camaïeu d'impressions bleu et blanc aussi réconfortantes que merveilleuses. Dans mon univers à moi, les pièces étaient d'un beige défraîchi. Je pris place à la table, prête à imiter en tout Hillary. Elle déplia une serviette en tissu, d'une souplesse si extraordinaire qu'on aurait dit que la voisine de maman, Teenie, était venue la repasser en douce, et la posa sur ses genoux. Faisant de même, j'étalai la serviette sur mes cuisses tremblotantes.

Mme Sachs agita une clochette en argent. Aussitôt, une domestique apparut près de mon épaule. « Mademoiselle ? »

---

1. Roman canadien de Lucy Maud Montgomery paru en 1908, dans lequel un couple demande à adopter un garçon dans un orphelinat et voit arriver une fille.

Mme Sachs me regarda en hochant la tête. « Lulu, Mary vous demande si vous désirez du pain. »

Je levai les yeux vers Mary qui tenait un petit pain rond blanc et moelleux au bout d'une pince en argent. Je m'éclaircis la gorge. « Oui, merci. »

Mary déposa le pain sur une petite assiette à côté de ma grande assiette. La table regorgeait d'assiettes, des minuscules sur lesquelles Mary plaça des tranches de beurre, des petites pour le pain, des assiettes sous d'autres assiettes sur lesquelles étaient posés des bols. Trois fourchettes. Deux cuillers. Deux couteaux. Des couverts en nombre suffisant pour dix repas. On était censé faire quoi de tout ça ?

M. Sachs me sourit avec un ravissement que je ne comprenais pas. « Alors, comment se débrouille ma fille dans son rôle de grande sœur ? »

Hillary secoua la tête. « Papa, je te l'ai déjà dit... À Duffy-Parkman, on nous appelle des amies spéciales.

— Amie spéciale... En effet. Ça évoque plutôt *Le Puits de solitude*[1], dit M. Sachs.

— Papa est professeur de littérature, précisa Hillary, comme pour expliquer sa remarque. Lulu adore lire, tu sais. »

Je confirmai d'un signe de tête, tenant à apparaître comme une passionnée de livres. « Hillary a été une merveilleuse amie, glapis-je finalement.

— Parfait, dit M. Sachs. On devrait lui donner quelques-uns de tes vieux livres, Hil. » Mary plongea une louche dans une grande soupière en argent et

1. Roman lesbien de Radclyffe Hall, paru en 1928.

servit de la soupe dans le bol de Mme Sachs, puis dans celui d'Hillary et ensuite dans le mien. M. Sachs fut servi le dernier. Personne ne choisissait de cuiller. À Duffy, la première fille qui se servait dans le plat avait en général terminé avant que la dernière ait soulevé sa fourchette. Finalement, Mme Sachs plongea une grande cuiller dans sa soupe et tout le monde l'imita. Je mangeai ma soupe avec attention, redoublant de vigilance en imaginant qu'une bombe risquait d'exploser si jamais j'en renversais une seule goutte.

« Quel genre de livres préférez-vous ? demanda M. Sachs.

— J'aime bien les biographies. » Les biographies, ça avait un côté chic.

« Et la dernière que vous avez aimée ? »

Je me figeai, incapable de me rappeler quoi que ce soit de ce que j'avais lu en dehors de *Dieu, tu es là ? C'est moi, Margaret*[1]. Or, plutôt mourir que de répondre ça et avoir l'air banale. Les Sachs m'observaient. Lulu, la vedette du déjeuner.

« Marie Curie. Son livre, dis-je.

— Ah ! il me semble que vous devriez dire “un livre sur Marie Curie”, à moins qu'elle ne l'ait écrit elle-même. Est-ce le cas ?

— Non. Car ce serait une autobiographie, n'est-ce pas ? »

1. Publié en 1970, ce roman de Judy Blume raconte l'histoire d'une adolescente élevée sans religion et qui hésite entre le christianisme et le judaïsme.

M. Sachs me sourit comme si je venais d'inventer le radium. « Oui, c'est exact. Je suppose que les écoles de Brooklyn ne sont pas si mauvaises que cela, Lulu ? »

Alors que je réfléchissais si je devais répondre par oui ou par non, Hillary vola à mon secours. « Arrête de l'embêter, papa.

— Tu as raison. Je suis content de voir que l'argent de nos impôts est dépensé à bon escient. »

Mme Sachs avait beau s'appliquer à ne pas le montrer, je voyais bien qu'elle m'observait manger. Je remarquai la façon délicate avec laquelle elle se servait de sa cuiller en inclinant son bol vers l'extérieur et m'aperçus que je faisais pile le contraire. Je reposai ma cuiller. J'avais eu assez de soupe.

« Lulu… Voilà un nom peu courant. » M. Sachs croisa les bras et s'adossa à sa chaise. « D'où vous vient-il ? »

Hillary avait l'air mal à l'aise. Elle ne m'avait jamais interrogé sur mon passé, mais, à voir son expression, je compris qu'elle connaissait mon histoire.

« Mon vrai nom est Louise. Lulu est un diminutif.

— Ah ! Moi, j'appelle ma fille Hil. » Il croisa les doigts et les mit sous son menton. « Est-ce que ça veut dire quelque chose ? Lulu ? »

Je gigotai sur ma chaise en regrettant de ne pas savoir comment m'y prendre pour changer de sujet. « Mes parents m'ont dit que, quand j'étais bébé, mes yeux leur faisaient penser à Petite Lulu. La bande dessinée. »

Je ne lui révélai pas ce que racontait vraiment maman, ni que je l'avais entendue le dire depuis l'entrée pendant qu'elle prenait le café au salon avec Teenie. *Bébé, elle était affreuse. Si calme. Avec des yeux sombres et tout ronds. Comme deux trous noirs. Comme Petite Lulu.*

Personne ne pipa mot. Peut-être qu'ils s'étaient souvenus de la raison de ma présence dans un orphelinat. Mme Sachs me tapota la main. « Vous avez des yeux ravissants, ma chère. »

Je me détendis et fis un sourire plus grand que la normale. Je m'efforçais d'avoir l'air mignonne comme Merry, mignonne et touchante. Hillary était fille unique. Elle m'avait raconté que, après elle, sa mère n'avait plus pu avoir d'enfants. Hillary m'avait confié qu'elle avait toujours rêvé d'avoir une sœur.

« J'aimerais bien que vous rencontriez Merry. Ma sœur. Elle est adorable. Tout le monde le dit.

— J'en suis persuadée. » Mme Sachs fit un petit signe de tête à Mary, ce qui, je m'en rendis compte, voulait dire qu'il fallait apporter le plat suivant. Piger vite était important.

« Tout le monde adore Merry, dis-je.

— Peut-être la connaîtrons-nous un jour. » Mme Sachs respirait la bonté.

Je hochai la tête. Merry les charmerait tant qu'elle ne piquerait pas une de ses crises, ce qui n'arrivait quasi plus, peut-être une fois par an, sauf qu'elle n'oserait pas le faire ici. Pas si je lui expliquais que les Sachs pourraient nous sortir de Duffy.

« Hillary nous dit que vous êtes une excellente joueuse de Scrabble, dit M. Sachs. Seriez-vous intéressée par une partie ?

— Je serais très intéressée. » Je me surpris à imiter la manière de parler des Sachs, pour la simple et bonne raison que je voulais passer pour une Sachs jusqu'à ce je devienne une Sachs.

Contrairement aux pièces de Scrabble pleines de taches et au plateau couvert des gribouillis des filles peu soigneuses avec lesquels je jouais à Duffy, le Scrabble des Sachs était à l'image de tout ce qu'ils possédaient. Les pièces étaient de la couleur du vin et le plateau en plastique lisse pivotait sur un socle, chaque lettre reposant sur un support individuel.

Nous étions assis au salon, qu'ils appelaient le séjour. Je me demandais si c'était juste un autre nom, un mot plus précis pour dire salon, ou si ce terme désignait une autre pièce. Partout il y avait des fauteuils, qui tenaient compagnie à des guéridons. Dans le coin, quatre chaises entouraient une haute table carrée autour de laquelle nous étions installés comme une famille.

J'essayais de jouer mieux que je ne l'avais jamais fait de ma vie. Ma pratique était assez limitée étant donné que les filles de Duffy s'intéressaient plutôt à la télévision. La plupart du temps, je jouais toute seule, en faisant semblant d'être deux.

J'examinai mes jetons, persuadée qu'un mot de sept lettres se cachait dans ma pioche si seulement je me donnais la peine de le découvrir.

VAELEGE.

GEALEVE.

EGLEAVE.

Je mettais trop de temps. Ils allaient s'ennuyer. Ils voulaient juste être gentils avec moi. Il leur tardait que je m'en aille. Mais je suis maligne, avais-je envie de leur crier. Regardez !

ELEVAGE.

Où le placer ? Ma nuque se couvrit de sueur. Dans l'entrée, une horloge de grand-père égrenait son tic-tac. Mme Sachs attendait, les mains sagement croisées. Les lettres d'Hillary cliquetaient tandis qu'elle les déplaçait dans tous les sens sur son support. M. Sachs semblait s'amuser à me regarder. Il m'observait avec tendresse. Comme si j'étais sa fille.

Oh… Ça y est ! Je plaçai « élevage » au bout de « autre », créant du même coup « élevage » et « vautré ».

« Magnifique, Lulu ! Tout simplement magnifique ! s'exclama M. Sachs. Regardez, elle a utilisé la totalité de ses lettres. Cinquante points supplémentaires !

— Et vous avez vu comme elle a fait ça ? Fais les comptes, chéri. » Mme Sachs avait l'air extrêmement fière. Hillary avait raison. C'était bien quelque chose de super.

Je gagnai la partie et n'estimai pas devoir ma victoire au fait qu'ils m'aient facilité les choses. Tout le monde avait l'air si content, si ravi… J'imaginai de douces soirées d'hiver devant un feu flambant dans la cheminée. Peut-être que M. Sachs fumait la pipe. Merry pourrait apprendre à jouer au Scrabble. Elle était intelligente. Tout le monde l'adorait. Tout le monde adorait toujours les filles mignonnes.

Je restai là immobile en me demandant ce que nous allions faire ensuite. J'aurais voulu que Mme Sachs dise : *Pourquoi ne resteriez-vous pas dîner, ma chère ?*

Et que M. Sachs ajoute : *Je vous raccompagnerai en voiture.*

« Belle partie ! Nous allons en rester là, dit M. Sachs. Nous sommes ravis de vous avoir rencontrée, Lulu. »

Dites-le ! Je vous en prie, dites-le !

« Avant que vous partiez… », commença Mme Sachs.

Avant que vous partiez, décidons quel jour vous reviendrez nous voir.

« Passez donc voir Mary à la cuisine. Je lui ai demandé de préparer un sac de pulls… des pulls d'Hillary que nous avions gardés. De très jolis pulls. Je n'ai pas pu me résoudre à les jeter. » Mme Sachs me gratifia d'un sourire radieux. « Plutôt que les envoyer dans un paquet avec tout ce que nous donnons, je voulais m'assurer qu'ils serviraient à quelqu'un. »

8

Lulu

Les Sachs me renvoyèrent au foyer en taxi. M. Sachs me fourra dix dollars dans la main – ce qui était beaucoup trop. Non que ça change quoi que ce soit pour lui. Il lui était probablement possible de donner cent dollars sans même sourciller.

Je revins à Duffy à dix-huit heures en ayant envie de ne voir personne. Lorsque je descendis au sous-sol, avec l'intention de me cacher dans l'ancienne bibliothèque où personne n'allait jamais, je tombai sur Kelli et sa bande en train de fumer dans les toilettes.

« Oh, regardez qui est de retour ! s'exclama Kelli. Alors, Miss Université t'a emmenée faire des pipes à ses potes ?

— Ferme-la, Kelli. »

Kelli me barra l'entrée des toilettes. « Qui va m'y obliger ? Toi ? En te servant de ton livre ? » Elle se retourna pour voir si les autres appréciaient. April la cinglée sourit si largement que ses yeux bordés de noir disparurent derrière ses grosses joues. Maureen fit une grimace sans ouvrir la bouche. Leur répugnante petite mascotte, Reetha, traînait un peu plus loin.

« Pousse-toi de là, Kelli. »

Elle me donna une chiquenaude sur la poitrine du bout du doigt. « Tu te balades sans soutien-gorge, maintenant ? Peut-être que tu es pour la libération des femmes ? »

Ma poitrine plate amusait Kelli, qui se montrait exagérément fière de ses nénés flasques et dégoûtants. « Va te faire foutre », dis-je en repoussant sa main.

April pointa un doigt vers moi. « Je parie qu'elle a pas de quoi remplir des bonnets A.

— Est-ce que tu as seulement un soutien-gorge ? demanda Maureen, son visage bourgeonnant d'acné enduit de fond de teint.

— Est-ce que tu as seulement un cerveau ? rétorquai-je.

— Peut-être que tu devrais demander à ton père de t'envoyer un soutien-gorge de sa prison, non ? » April colla son visage tout près du mien. Je faillis suffoquer en sentant le parfum bon marché dont elle s'aspergeait, mélangé à son haleine de saucisse aigre.

« Qu'est-ce qu'il en est, la fille du criminel ? Tu as des seins ? » Kelli s'appuya contre la porte des toilettes. « Pourquoi tu lui fais pas nous les montrer, Maureen ? »

Reetha se rapprocha. « Et après, on ira chercher ta sœur.

— Sale merdeuse, si tu touches encore une seule fois à ma sœur, je te tue ! » Je laissai apparaître cette promesse dans mes yeux et Reetha recula.

« Vas-y. Personne n'entendra rien. Tout le monde est en train de regarder la télé. » Kelli poussa Maureen vers moi.

Maureen agrippa le col de ma chemise qu'elle tira d'un coup sec en arrachant deux boutons au passage et découvrit la bretelle de mon soutien-gorge blanc. Je lui balançai un coup de pied dans le tibia.

« Salope ! fit Maureen tandis que je me débattais pour me libérer.

— Elle porte sûrement son soutien-gorge de vierge. » April lâcha son rire d'ânesse.

« Ouais ? La fille du criminel est sûrement vierge, renchérit Kelli. Qui voudrait de petits tétons comme ça ?

— Tire encore, Maureen ! cria April, tout excitée. Tire-le complètement !

— Sale gouine ! » Je visai plus haut avec mon pied, mais Maureen s'arc-bouta et m'attrapa par-derrière. April empoigna ma chemise.

« Fous le camp, Maureen, sinon je te tue ! » Je lui donnai un grand coup de coude qui l'atteignit à l'épaule vu qu'elle mesurait dix centimètres de moins que moi.

« Merde ! cria Maureen. Tenez-la. »

Kelli, l'air vicieux, sortit un petit couteau de la poche de son jean et l'ouvrit. Elle appuya la lame contre mon cou en enfonçant la pointe dans ma chair. « Ne bouge pas.

— Tu es morte », grognai-je, me contorsionnant tant bien que mal pour m'écarter de la lame pointue, des mains de Maureen et du regard humide de Kelli.

Les doigts maigres et glacés de Maureen me bloquèrent les bras. Tout m'apparaissait avec netteté. La peinture beige écaillée. Les tuyaux marronnasses. La poubelle qui débordait. Le tableau noir ridicule qu'ils avaient mis là pour empêcher les graffitis. *Putains de salopes, je vous déteste, je vous déteste, je vous déteste toutes autant que vous êtes.*

L'extrémité de la lame entailla la peau tendre de mon cou. Levant une jambe, je lui donnai un coup de pied en visant son gros ventre. Elle tomba en arrière. Je bondis alors sur Kelli et refermai mes mains autour de sa gorge que je serrai, sentant ses tendons sous mes doigts. Après quoi je lui enfonçai mon genou dans la poitrine.

« Lâche-la ! hurla Maureen qui me filait des coups de pied par-derrière.

— Sers-toi du couteau, Kelli ! cria April.

— Lève-toi, Lulu, dit Maureen. Sans quoi je te tue, putain ! »

Des larmes coulaient des yeux de Kelli qui étouffait.

« Arrête ! » hurla April en m'attrapant.

La porte s'ouvrit à toute volée dans un bruit sourd. Mme Cohen, l'assistante sociale de service le week-end, entra. « Lulu, lâche Kelli tout de suite. » Mme Cohen me prit par l'épaule. Kelli gisait par terre en toussant à qui mieux mieux. April et Maureen prirent un air impassible.

« Ne t'embête pas à cacher le couteau, Kelli, je l'ai vu. » Mme Cohen me regarda, semblant remarquer ma chemise déchirée.

« Elle était en train de m'étrangler. » Kelli toucha les marques de doigts qui formaient un collier autour de son cou rougi. Tant bien que mal, elle s'efforça de se relever.

« Ça va ? » Mme Cohen n'avait pas l'air de beaucoup compatir.

Kelli se contenta de lui lancer un regard noir.

« C'était juste pour rigoler », insista April.

Reetha se recroquevilla dans le coin.

« Ça avait l'air très drôle, en effet. » Mme Cohen me regarda droit dans les yeux. « Que s'est-il passé, Lulu ? »

Je haussai les épaules. « Comme le dit April, c'était juste pour rigoler. »

Mme Cohen desserra sa main, puis me relâcha. Elle croisa les bras en secouant la tête. Les autres assistantes sociales étaient plus jeunes que Mme Cohen, qui, elle, ressemblait davantage aux dames riches qui passaient déposer des vêtements et des livres.

« Vous mentez toutes autant que vous êtes. Kelli, Maureen et April, allez m'attendre dans la salle de conférence, ordonna Mme Cohen en les fusillant du regard. Toi aussi, Reetha. »

La salle de conférence était le terme poli qui désignait une petite pièce crasseuse sans fenêtre réservée aux punitions. Il n'y avait ni tableaux, ni lampes, ni tapis, seulement un canapé aux coussins défoncés et trois chaises en plastique éraflé.

Mme Cohen attendit qu'elles soient parties, puis me dévisagea en plissant les yeux.

Je n'arrivais pas à savoir si elle était furieuse ou embêtée.

« Pourquoi est-ce que tu les protèges ? me demanda-t-elle.

— Parce que je vis ici.

— Elles auraient pu te faire du mal.

— Tout comme j'aurais pu leur en faire. Au moins à une.

— Ça m'embête tout autant. Pour ne pas dire plus. »

Étais-je censée mettre mon âme à nu dans les toilettes du sous-sol ?

« Je me fais du souci pour toi, Lulu. Tu ne peux pas te permettre de gâcher ce que tu as.

— Et j'ai quoi ? »

Mme Cohen me passa la main sur le front.

« Des possibilités. »

Le mot me frappa davantage comme relevant d'une exigence que d'un compliment. Ses yeux se firent tout doux, comme si j'étais une sorte de trophée. Je compris qu'elle voulait me sauver. « Je m'inquiète pour ma sœur, dis-je. J'ai peur qu'elle se tue. »

« N'oublie pas, dis-je quelques jours plus tard à Merry. Aujourd'hui, il faut que tu sois super gentille. Que tu fasses tous tes trucs mignons.

— Quels trucs mignons ? demanda-t-elle en s'esquivant alors que je rentrai son corsage. Arrête ! Je ne suis pas un bébé. Je vais avoir dix ans ce mois-ci. »

Je levai les yeux au ciel. « Contente-toi d'être toi-même.

— Pourquoi est-ce que Mme Cohen nous sort ? »

J'hésitai sur la réponse à lui donner. Tout ce que ma sœur pensait remontait à la surface et finissait par lui échapper malgré elle. Comment savoir ce qu'elle irait répéter ou pas ? « Parce qu'elle me trouve super intelligente et toi super mignonne.

— Ah bon ? » Merry pencha la tête sur le côté, démontrant à quel point elle pouvait être super mignonne. En avait-elle conscience ? Ma sœur savait-elle qu'il lui suffisait de montrer sa frimousse pour charmer le monde entier ?

« Je l'ai convaincue de nous sortir. » Je n'avais pas l'intention de lui parler de mes sordides petites conversations avec Mme Cohen au sujet de la dépression de ma sœur. De ma peur qu'elle se tue. Du fait que certains jours je n'arrivais pas à manger tellement j'avais la gorge nouée. J'avais raconté un tel monceau d'idioties que je ne savais pas comment les mots avaient pu passer à travers ces couches de mensonges. « Peut-être qu'elle nous trouvera une famille d'adoption.

— NON ! s'écria Merry. Crystal m'a raconté comment c'était. Elle a vécu une fois dans une famille d'adoption et elle dit que c'était pire qu'ici, bien pire ! Ils avaient fait d'elle leur esclave. » Merry me lança un coup de pied. « Je n'irai pas. Tu ne pourras pas me forcer.

— Tu iras là où je te dirai d'aller. » Et avant qu'elle ne pique une crise, j'ajoutai : « Mme Cohen nous emmène manger des glaces. Au *Jahn's*. »

Merry s'arrêta à mi-cri. Nous avions rarement des desserts et *Jahn's* servait de très grosses glaces. Mamie nous y avait emmenées en décembre dernier fêter les neuf ans de Merry.

« Et si on nous envoie dans deux maisons différentes ? »

L'espace d'un horrible instant, j'imaginais ce que serait la vie sans ma sœur qui comptait tant sur moi, sans cette responsabilité d'elle corps et âme, mais avant même que l'idée ait fait son chemin, je la chassai de mon esprit.

Nous étions ici parce que j'avais laissé mon père entrer chez nous. Merry avait cette cicatrice parce que je lui avais ouvert la porte. C'était pour cette raison que nous étions ici à Duffy. Des visions du cadavre de ma mère remontèrent des profondeurs où je les tenais enfouies. J'avais laissé entrer mon père. Je l'avais laissé faire du mal à tout le monde.

« Mme Cohen ne le permettra pas. Et moi non plus. Nous resterons toujours ensemble.

— Tu promets ? »

Merry croyait que je gouvernais le monde. « Je te le promets, mais tu devras être parfaite aujourd'hui. Parfaite. Il faut que Mme Cohen nous aime vraiment vraiment. C'est peut-être elle qui nous sortira de Duffy avant qu'il n'arrive quelque chose de grave.

— Comme quoi ? » Merry avait l'air affolée. Tant mieux. S'il fallait en passer par là…

« Comme que quelqu'un nous fasse du mal pour de bon à moi ou à toi. Ou qu'on nous sépare.

— Mais tu as promis…, murmura-t-elle.

— Je sais, mais tu dois m'aider à tenir ma promesse. En faisant en sorte que Mme Cohen t'aime bien. Qu'elle t'aime beaucoup. »

Le salon du glacier *Jahn's* était aussi délicieux et frais que les glaces qu'on y servait. Tout n'était que marbre brillant et vieux bois poli. L'air embaumait le sucre.

« Il y a des gens qui prennent ça ? » Merry tendit le doigt vers l'image d'une coupe géante remplie de trois boules de glace, chocolat, fraise et vanille, surmontées de bananes et de crème Chantilly.

« Des garçons, peut-être, dit Mme Cohen. Je crois cependant qu'un Kitchen Sink serait un peu trop pour toi. »

Merry écarquilla les yeux. « Je ne voulais pas en commander un, madame Cohen.

— Je ne pensais pas que tu le voulais, ma chérie. » Elle attrapa Merry par l'épaule en la serrant doucement. « Choisis ce que tu veux. »

Merry redressa le menton en lui souriant. « Merci beaucoup, beaucoup, beaucoup. Vous avez le droit de nous sortir comme ça ?

— Nous sommes là, non ? » De crainte de paraître amère, je m'empressai de sourire, sachant que je n'aurais jamais l'air aussi charmante que ma sœur. « Nous apprécions vraiment beaucoup, madame Cohen.

— Inutile de me remercier. » Elle nous entraîna vers une table près de la fenêtre où Merry et moi nous mîmes à baver rien qu'en regardant la carte.

Le serveur revint quelques minutes après que nous eûmes passé la commande. Il déposa devant nous trois coupes en argent, une petite coupe de glace au café pour Mme Cohen, un sundae à la vanille et au caramel nappé d'un coulis de guimauve à la place de la chantilly pour Merry, et deux boules au chocolat saupoudrées de tortillons au chocolat pour moi.

Les miroirs qui nous entouraient se reflétaient dans ma cuiller. Je la plongeai dans la glace onctueuse et en pris une minuscule bouchée, décidée à la faire durer une éternité. À Duffy, une fois par mois, on nous servait des Spumoni. Le petit pavé vert de prétendue glace enveloppé dans du papier paraffiné avait un goût de congélateur et de conserve.

« C'est bon ? demanda Mme Cohen.

— Un délice. » Je reposai ma cuiller dans ma coupe. « Madame Cohen, est-ce que je peux vous poser une question ?

— Bien sûr, ma chérie, laquelle ?

— C'est quoi, Hanoukka ? Les juifs sont censés faire quoi ? »

Merry arrêta de touiller son sundae pour en faire de la soupe. « Mamie dit que… »

Je lui flanquai un coup de pied sous la table. « Oui, Merry, je sais. Mamie dit qu'on ne doit pas s'en préoccuper. C'est parce qu'elle est triste. »

J'observai le regard inquiet de Mme Cohen en guettant sa réaction. Au lieu de son habituelle robe genre chasuble informe, elle portait un pull noir et blanc et un pantalon noir. Ses cheveux châtains grisonnants remontés en chignon banane lui donnaient l'air plus jeune et moins grassouillette.

« Vous ne savez pas ce qu'est Hanoukka ?

— Quand on nous en parle à l'école, je ne comprends pas bien ce que c'est, répondis-je en poussant un long soupir désolé. Mamie n'a jamais d'argent pour les cadeaux de Noël ou de Hanoukka, ni même pour nos anniversaires. On essaie de ne pas lui poser de questions qui l'embêtent. »

Merry me regarda comme si j'étais folle à lier. *Ferme-la, Merry*, lui télégraphiai-je en ouvrant mes yeux très grands un quart de seconde.

« Je crois que nous sommes les seules filles juives à Duffy. J'imagine que ça ne devrait pas avoir d'importance, mais je n'ai personne à qui poser des questions sur mes origines. » D'un coup de langue, je léchai le fond de ma cuiller. « Est-ce que c'est le bon mot… "origines" ? Je pourrais chercher en rentrant au foyer.

— C'est le bon mot, ma chérie. » L'expression de Mme Cohen s'adoucit ; elle avait l'air au bord des larmes. « Hanoukka est la fête des Lumières. Elle célèbre la victoire, il y a plus de deux mille ans, du peuple juif qui a repris son temple. Littéralement, Hanoukka signifie inauguration. Nous le fêtons en allumant chaque jour des bougies à l'heure où se couche le soleil.

— On offre aussi des cadeaux, non ? demanda Merry.

— Oui, on offre des cadeaux. » Mme Cohen sourit et passa ses doigts dans les boucles de Merry. « Quand ils avaient votre âge, mes enfants adoraient Hanoukka. Nous en faisions sans doute plus qu'il ne l'aurait fallu pour tenter de rivaliser avec Noël. Noël est un moment difficile, pour les enfants juifs.

— Quand les dames viennent, on doit porter des tenues de Noël spéciales », dit Merry.

Je hochai la tête, histoire que Mme Cohen comprenne bien à quel point c'était dur d'être une enfant juive contrainte de porter des crinolines et de chanter l'*Ave Maria* devant les dames riches qui sponsorisaient les extras à Duffy, par exemple les puzzles pour les grandes filles ou les jeux pour les plus petites. Quelquefois, on recevait du shampooing, si bien qu'on n'était pas obligées d'utiliser le savon brun ordinaire pour se laver les cheveux. Ah oui, les dames riches nous changeaient la vie !

« Mais ça va, dis-je, insistant mais pas trop. On nous donne du cake aux fruits.

— Du cake aux fruits… » Mme Cohen leva les yeux au ciel. « Il faut que vous goûtiez les *latkes* aux pommes de terre et les *rugelah*, les filles.

— C'est quoi, des *latkes* ? » demandai-je en refilant un coup de pied à Merry. *Ne lui parle pas des* latkes *de mamie !*

« Bon, c'est décidé. Vous viendrez fêter Hanoukka en famille avec nous. »

9

Lulu, 1975

L'enterrement de mamie me donnait l'impression de vivre un épisode de *La Famille Addams*, sauf que, au lieu du cousin Machin et de La Chose, c'étaient les amies de mamie qui nous flanquaient la chair de poule. *Les filles de l'assassin. Les filles de Joey.* Voilà ce que j'entendais les vieilles dames chuchoter. *Vous vous souvenez de son fils ? Eh bien, ce sont ses filles.* Elles nous jetaient des regards en biais, puis chuchotaient comme si je ne me doutais pas de ce qu'elles pouvaient dire. J'aurais voulu avoir le cran d'aller les trouver et de leur taper sur l'épaule. *Excusez-moi. C'est de moi que vous parlez ? La fille de Joey ? Ce n'est pas contagieux, vous savez. Oh ! et puis j'ai eu les félicitations sur mon dernier carnet – merci de me poser la question. À propos, il n'existe pas de gène du crime. Je le sais. J'ai étudié la biologie.*

Sauf que je ne le savais pas vraiment.

Mamie était morte cinq mois après m'avoir soutiré ses promesses.

Elle s'était éteinte dans son sommeil.

Son frère, notre oncle Irving, l'avait trouvée chez elle, avait appelé la police et était immédiatement venu à Duffy nous prévenir. Savoir que mamie était morte m'était tellement insupportable que j'aurais voulu qu'il s'en aille, mais il avait continué à parler, à raconter toutes sortes de choses que je me fichais pas mal de savoir, comme le fait qu'il avait découvert mamie juste à temps avant que ce ne soit pire.

J'espérais que le cerveau des gens s'arrêtait à la seconde où ils mouraient et qu'ils ne pensaient plus. J'espérais que la vie après la mort était un mythe. Mamie ne devait pas savoir qu'elle avait attendu si longtemps que quelqu'un la trouve qu'elle avait été à deux doigts de se décomposer.

Tout le monde nous ignora ma sœur et moi pendant le service organisé à la chapelle funéraire. Nous étions assises dans un coin de la pièce surchauffée. Le tapis était si lustré qu'on aurait dit du lino. L'éclairage trop vif accusait les silhouettes des trop rares personnes présentes.

Merry avait serré ma main très fort, envahie qu'elle était par l'émotion.

Une fois le service terminé, oncle Irving s'approcha de nous. Une main dans notre dos, il nous poussa vers la petite salle adjacente où, je le savais, était exposé le cercueil.

« Dites au revoir à votre grand-mère. Avant qu'ils ne referment la boîte. Les juifs ne laissent pas le cercueil ouvert pendant la cérémonie. Une fois qu'ils l'auront préparée, elle sera enfermée, et vous ne la reverrez plus jamais. »

Merry ouvrit si grands ses yeux de Tootsie Pop que je crus qu'elle allait s'écrouler et mourir de peur. Est-ce qu'on pouvait avoir une crise cardiaque à neuf ans ?

« Je vais lui dire au revoir pour nous deux, oncle Irving. » J'indiquai à Merry une des chaises couleur ivoire sale alignées le long du mur. « Reste ici. »

Tout le monde m'observa tandis que j'allais vers la salle du cercueil. Oncle Irving l'ouvrit, me poussa à l'intérieur, puis referma la porte qu'il laissa entrouverte d'à peine deux centimètres et m'abandonna là toute seule. Il faisait froid, et la lumière était si éblouissante que j'eus envie de fermer les yeux pour le restant de ma vie. Mes bras et mes jambes étaient tout engourdis.

« Rien ne se passera, rien ne se passera », marmonnai-je. C'est bon. Je pensais au courage dont avait dû faire preuve Anne Frank.

Mamie reposait sur le satin blanc brillant qui tapissait son cercueil. Son visage était enduit d'un épais maquillage. Allait-elle brusquement ouvrir les yeux ?

La regarder d'aussi près revenait à lui voler des secrets. Les gens avaient-ils idée qu'on les dévisageait ainsi une fois qu'ils étaient morts ?

« Elle est bien, avait dit oncle Irving alors que nous nous dirigions vers la salle, comme s'il voulait me rassurer. Elle est toute jolie. »

Il était dingue ou quoi ? Elle ressemblait aux pommes et aux bananes en cire qu'elle disposait dans un saladier. Mamie aurait dit qu'ils l'avaient transformée en danseuse olé olé. « Tu m'imagines me barbouiller comme ça ? » aurait-elle dit. Le seul maquillage qu'elle mettait était un trait de rouge à lèvres. Elle gardait les vieux tubes, si bien que, à la fin du mois, quand elle attendait son chèque, elle pouvait gratter au fond ce qui restait de couleur.

« Trop fauchée pour être belle, nous disait-elle en récupérant un peu de rouge à lèvres. Votre grand-mère est trop fauchée pour être belle.

— Tu es toujours belle ! » s'exclamait ma sœur en la serrant très fort dans ses bras. Je levai les yeux au ciel, mais mamie avait l'air contente. J'aurais dû être plus gentille avec elle. Comme Merry.

Remuant à peine les lèvres, je murmurai au-dessus du cercueil : « Oncle Irving a raison, mamie, tu es toute jolie. »

Les pieds de Merry pendouillaient contre le siège profond de la limousine. La voiture sentait la moquette mouillée et le désodorisant en forme de pomme de pin qui se balançait en dessous du rétroviseur. Merry croisa les chevilles pour dissimuler le trou dans ses collants noirs boulochés. J'avais voulu nous trouver des vêtements de deuil convenables, des robes dont mamie n'aurait pas dit qu'elles étaient *a shandeh un a charpeh*, mais comme je n'y étais pas parvenue, nos tenues étaient bel et bien une honte et un déshonneur.

Sur l'autoroute, des nuages défraîchis nous suivaient. J'aurais voulu déchirer la robe grise de Merry, qui s'accordait parfaitement à la fraîcheur déprimante de mars et la faisait ressembler à une petite gardienne de prison. Des taches de graisse signalaient les endroits où de la nourriture avait dégouliné de la bouche de la précédente propriétaire.

« Qui va s'occuper de nous maintenant ? murmura Merry.

— Mamie ne s'occupait pas de nous. » Regardant par la fenêtre, je fixai la route qui nous éloignait de plus en plus de Brooklyn. « On ne la voyait qu'une semaine sur deux.

— Moi, je la voyais toutes les semaines. Parce que j'allais voir papa avec elle. Toi, tu n'y es même pas allée une seule fois.

— Tais-toi, Merry. » Comme je n'avais pas envie qu'oncle Irving et cousine Budgie assis à l'avant m'entendent, j'approchai ma bouche de l'oreille de ma sœur pour l'avertir, une fois de plus, d'arrêter de parler de papa.

Merry entortilla le bas de sa jupe, sans tenir compte de ma mise en garde. « Qui est-ce qui va m'emmener le voir, maintenant ?

— Arrête de parler de ça, d'accord ? C'est l'enterrement de mamie, alors, sois respectueuse. » J'avais envie de la gifler. « Tu veux qu'oncle Irving pense qu'on se fiche d'elle ? »

Merry avança la bouche en faisant cette moue que je détestais. « Aller voir papa aurait été *respectueux* pour mamie. »

Je serrai ma main le plus fort possible, puis je lui pinçai le bras.

« Aïe ! »

Oncle Irving se retourna. « Ça va, les filles ? » Maman aurait dit que son costume noir était vieux et moche comme tout. Le jour où oncle Irving était venu nous annoncer la mort de mamie, je ne m'étais pas rappelé qu'il était son frère avant qu'il ne le dise. Je ne les avais pratiquement jamais vus, lui et sa fille, cousine Budgie, qui avait plus l'âge d'une tante que d'une cousine.

Les épaules de cousine Budgie se crispèrent, mais elle garda le silence. Quand ils étaient venus nous chercher, elle nous avait à peine embrassées et s'était contentée de nous tendre sa grosse joue idiote comme s'il s'agissait d'une sorte de récompense. Je n'avais pas envie de poser mes lèvres sur son visage gluant de maquillage. Cousine Budgie sentait la même odeur que l'intérieur du portefeuille de mamie.

« Ça va, oncle Irving. » Je lui décochai mon plus beau sourire de fille responsable.

« Faites attention. » Il se retourna pour regarder les arbres qui bordaient la route. Nous allions dans un cimetière à Long Island où oncle Irving avait dit que nous possédions une concession familiale.

« On n'a pas besoin que vous nous créiez des ennuis, les filles », ajouta cousine Budgie, sans même prendre la peine de se retourner. Elle jeta un regard au chauffeur comme si elle s'inquiétait de ce qu'il pensait. Je lui tirai la langue dans son dos, et tant pis si le chauffeur me voyait.

Pour eux, Merry et moi étions les filles de l'assassin. Comme pour les vieilles dames au funérarium.

La limousine entra dans le cimetière. Nous étions encore moins nombreux ici qu'au funérarium. Les vieilles amies de mamie avaient prétexté un million d'excuses pour expliquer qu'elles ne viendraient pas.

Il fait trop froid. Mes pieds me font un mal de chien. C'est en mars qu'il y a la pire humidité.

J'espérais que mamie ne voyait pas que presque personne n'assistait à son enterrement. Nous étions cinq en comptant le rabbin, sauf que lui, il n'avait pas vraiment le choix. C'était son boulot.

La limousine s'arrêta devant une grille en fer verdâtre sur laquelle s'entrelaçaient des étoiles juives et des volutes. Puis elle s'engagea en cahotant sur une allée bordée de pierres tombales, certaines serrées les unes contre les autres, d'autres isolées.

« Vous ne le savez pas, fit remarquer oncle Irving, mais, à l'époque où on a acheté cette concession familiale, on était unis comme les doigts de la main. »

La voiture bifurqua dans Jerusalem Road en roulant jusqu'au bout de l'allée. Le corbillard se gara, et nous, juste derrière. À présent, il allait falloir enterrer mamie.

« Mets tes gants », ordonnai-je à Merry. J'enfilai mes mitaines en grosse laine et fus soudain prise de frissons quand oncle Irving vint ouvrir la lourde portière, laissant s'engouffrer l'air glacial du cimetière.

Merry sortit ses gants extensiblcs à rayures rouges et roses. Une vraie paire de gants récupérés au fond d'un sac et trop petits pour elle, mais les seuls qu'elle avait. Nous portions les ballerines que Mme Cohen avait exhumées de je ne sais où. C'était elle qui nous avait aidées à nous habiller ; elle était passée exprès au foyer.

« Regarde, dit tout bas Merry. Il y a quelqu'un d'autre.

— Inutile de chuchoter. On a le droit de parler. » Je prononçai cette phrase suffisamment fort pour que cousine Budgie m'entende, consumée que j'étais par la haine de ma vieille cousine tròp-bien-pour-nous. Merry me montra une grosse voiture, pas aussi grosse que notre limousine, mais très longue et bleu foncé. Un homme était appuyé contre le capot, les bras croisés sur la poitrine, et un autre se tenait à côté de lui, droit comme un I.

« Ce doit être le rabbin.

— C'est pas plutôt lui, le rabbin ? » Merry tendit la main vers un homme tout bosselé qui portait une kippa et un châle drapé sur son costume. Il attendait devant un trou béant, hochant la tête tandis que deux hommes transportaient le cercueil de mamie. Ils le firent descendre au fond du trou à l'aide de cordes.

Oncle Irving et cousine Budgie s'avancèrent devant la tombe ouverte en nous laissant près de la voiture, s'attendant sans doute à ce qu'on les suive.

« On doit aller avec eux ? demanda Merry d'une petite voix angoissée.

— Je suppose. » Je cherchai dans ma poche le paquet de mouchoirs en papier que nous avait donné Mme Cohen.

Lentement, prudemment, je guidai Merry sur l'herbe brunâtre de l'hiver. Il aurait pu y avoir un corps n'importe où. La concession familiale comportait peu de pierres tombales. Des places vides nous attendaient. Oncle Irving nous avait expliqué que Merry et moi, ainsi que nos enfants et maris, avions tous notre future tombe ici. Pile ce dont je rêvais…

Reposer pour l'éternité à côté de cette idiote de cousine Budgie ! On s'approcha du caveau.

« Merry ? Lulu ? »

La voix me fit sursauter.

« Papa ! » Merry me lâcha la main et s'éloigna en courant. Elle se jeta sur notre père. Ses poignets menottés l'empêchant de lui ouvrir les bras, elle buta contre sa poitrine. Tordu dans une position bizarre, il se retrouva la joue sur son chapeau en laine, un chapeau rouge vif que Mme Cohen avait tenu à ce qu'elle mette. Même un enfant aurait vu que ça ne convenait pas pour un enterrement, mais je ne voulais pas parlementer avec Mme Cohen.

« Papa, s'écria Merry, je ne savais pas que tu serais là !

— Ils ne m'ont pas laissé le temps de t'écrire. » Il me lança un regard tandis que ma sœur se blottissait contre lui et continua à me dévisager jusqu'à ce que je me mette à taper du pied sur le sol gelé. « Viens ici, Lulu ! Viens dire bonjour. Ça fait un bout de temps. »

Ouais. C'est vrai, ça fait un bout de temps que t'as tué maman.

L'homme qui accompagnait mon père, son surveillant ou son gardien, appelez-le comme vous voudrez, était posté juste derrière.

« Viens », insista mon père.

Je claquais des dents, mais serrai les lèvres pour qu'il ne s'en rende pas compte.

« Lulu, on n'a pas beaucoup de temps », dit-il sur un ton aussi ordinaire que si on allait au cinéma et qu'il craignait d'être en retard.

Merry me lançait des regards suppliants, m'implorant de venir le rejoindre. Je parcourus la faible distance qui me séparait d'eux en traînant des pieds et m'arrêtai un peu avant. Mon père avait beaucoup changé. Il n'était ni maigre ni gros, massif était le mot qui lui convenait le mieux. Même dans son costume trop grand, son corps avait quelque chose de dur. Ses lunettes le faisaient ressembler à Clark Kent [1].

« Quel âge as-tu ? lui demandai-je.

— Trente-cinq ans. »

Maman aurait eu trente-quatre ans.

Il pencha la tête de côté pour m'inspecter. Merry se colla contre lui, la tête enfouie dans sa veste. « Et toi, tu as treize ans, dit mon père. Tu en auras quatorze en juillet. Ouah ! »

Ouah ! À cette interjection, ma gorge se serra, sans que je sache très bien pourquoi.

Je me tortillai tandis qu'il poursuivait son examen.

« Tu es grande. Comme mon père. »

Je cherchai à me remémorer les photos que mamie exposait sur sa télévision.

« Tu as de beaux cheveux, dit-il. J'aime bien leur couleur. »

Je touchai mes cheveux avec ma mitaine.

« *I dream of Jeanie with the light brown hair* [2] », se mit-il à chantonner.

---

1. Le nom secret de Superman.

2. *Je rêve de Jeanie aux cheveux châtain clair.* Chanson américaine écrite en 1854, reprise dans de nombreux films des années 1940.

J'avais oublié que notre père avait une si belle voix. Du temps où j'étais petite, il me fredonnait des chansons. Jamais des trucs pour enfant. Il aimait chantonner, pas réciter, m'avait-il expliqué. « N'attends pas de moi des conneries du genre *Hickory Dickory Dock*[1] », m'avait-il dit. Avant que je m'endorme, il me chantait *Only the Lonely*[2]. Merry était née l'année de la sortie de la chanson *Pretty Woman*, et il se baladait dans la maison en la fredonnant. Entendre Roy Orbison l'interpréter me faisait toujours penser à mon père. Je coupais la radio dès que passait l'une de ses chansons.

« Lulu a perdu sa langue ? » dit-il en se tournant vers Merry. Et soudain, son visage changea d'expression. « Venez, les filles. Allons faire nos adieux. »

Ensemble, nous nous avançâmes. Le vent froid me piquait le nez, mon père marchait d'un pas légèrement vacillant, ayant sans doute du mal à garder l'équilibre à cause des menottes. Comment arrivait-il à se mouvoir avec les mains attachées devant lui ? Mes mains tremblaient. J'avais envie de pleurer.

Cousine Budgie se plaça le plus loin possible de nous, comme si papa risquait de la poignarder ou je ne sais trop quoi. Je me rapprochai de mon père, si près que le bord de mon manteau effleura sa manche. Je frissonnai.

Le rabbin se mit à psalmodier dans une langue que je supposai être de l'hébreu. Mon père et oncle Irving se balancèrent au rythme des paroles. Alors que

1. Comptine anglaise populaire.
2. Tube de 1960 écrit et interprété par Roy Orbison.

j'écoutais ces sons étrangers, je me demandai si on m'autoriserait à m'appuyer contre mon père. Non que j'en aie la moindre envie.

Le rabbin repassa à l'anglais, et je fis de mon mieux pour ne pas l'écouter, mais trop de choses se bousculaient dans ma tête.

« Vous qui êtes source de miséricorde, accordez-leur le refuge éternel et unissez leurs âmes à celles des vivants afin qu'ils reposent en paix, et nous disons : Amen !

— Amen », répéta mon père, la tête courbée.

Oncle Irving et cousine Budgie marmonnèrent *Amen*, bien que, pour ce que j'en savais, Budgie aurait tout aussi bien pu dire *Tout ça m'écœure*.

« Amen », murmura Merry.

Je voulais le dire moi aussi. Je voulais être une source de miséricorde. Je voulais que mamie repose en paix, et dire *Amen* était peut-être une façon particulière de l'aider, seulement j'étais incapable de parler devant mon père. Pour finir, je traçai le mot de ma main droite sur mon bras gauche en répétant chacune des lettres dans ma tête.

Le rabbin ramassa une pelle avec laquelle il prit un peu de terre froide et friable. Puis il la retourna en laissant tomber son contenu au fond de la tombe. Merry respira un grand coup au moment où la terre toucha le cercueil. Le rabbin passa ensuite la pelle à oncle Irving, qui répéta le même geste avant de la passer à sa fille. Elle prit une pelletée de terre, puis resta là immobile à la tenir en l'air, l'air fascinée et furieuse.

« Pourquoi ils font ça ? » demanda Merry à mon père. Elle frotta ses joues gercées de ses gants rayés.

Le rabbin posa sa main nue sur l'épaule de Merry. « Nous faisons cela pour aider nos êtres chers dans leur voyage. »

Merry sanglota en tenant notre père par le bras ; il ne put rien faire de mieux que poser ses deux mains sur le chapeau rouge de ma sœur. Je ravalai mes larmes. De la morve coulait de mon nez et dans ma gorge. Je pris la pelle de la main de ma vieille cousine qui puait et la mis entre les mains menottées de mon père. Côte à côte, nous avançâmes au bord de la tombe de mamie, et Merry nous suivit. Ensemble, mon père et moi nous penchâmes pour ramasser une pelletée de terre et à quatre mains, d'un geste maladroit, nous levâmes la terre au-dessus de la tombe. Le cercueil de mamie reposait au fond du trou, sombre et solitaire.

Ensemble, nous retournâmes la pelle en regardant la terre tomber au milieu du cercueil.

Je passai la pelle à Merry. Elle l'enfonça trop loin dans le sol et ressortit une énorme motte de terre. Je l'aidai à la soulever et, ensemble, nous recouvrîmes une autre partie du cercueil.

Je suis désolée, mamie.

« Il est temps de partir, Joey », dit le gardien de mon père. L'homme avait un visage d'une étonnante gentillesse, à moins que ce soit à cause de ses lunettes à monture épaisse. Je confondais les lunettes et la gentillesse.

« Je ne peux pas rester encore un peu avec les filles, Mac ? » Mon père avait l'air d'être sur le point de pleurer, ce qui me donna envie de lui flanquer un coup de poing dans la poitrine. Merry s'accrocha à sa veste.

« S'il te plaît ! supplia-t-elle. Reste plus longtemps… »

Mon père se tourna vers son gardien, les yeux aussi implorants que ceux de Merry.

« Désolé, Joey. C'est l'heure d'y aller, mon vieux. Dites au revoir à votre papa, les filles. »

Mon père voulut lever les bras pour nous embrasser, mais ses menottes l'entravaient.

« Je t'aime très fort, papa », dit Merry en l'enlaçant par la taille. Il posa ses deux mains attachées sur sa tête.

« Je t'aime très, très, très fort, ma chérie. » Mon père croisa mon regard. « Je t'aime, Lulu. »

Je haussai les épaules.

« Écoute, me dit-il, juste histoire que tu le saches et que tu ne te sentes pas mal à l'aise plus tard, je sais que tu m'aimes toi aussi. »

Je le fixai droit dans ses yeux de tueur poignardeur. « Tu n'en sais rien du tout.

— Si, il sait ! dit Merry, la tête toujours enfouie dans sa veste.

— Je suis ton père, Lulu. Tu n'en auras jamais d'autre.

— Je n'ai pas de père.

— Si, tu en as un, dit Merry. Papa est notre père. » Elle refusait de le lâcher, le serrait dans ses bras.

« Allons-y, Joey. » Le gardien voulut écarter Merry, qui ne fit que s'accrocher encore plus fort.

« Papa, t'en va pas… »

Doucement, il la repoussa, le tissu de sa veste s'étirant tandis qu'elle continuait à s'y agripper. Il fallait en finir. Je la saisis par les deux bras.

« Lâche-le, dis-je. Lâche-le, sinon il aura encore plus d'ennuis. »

Merry le lâcha aussitôt et atterrit sur moi.

« Désolé, bébé, lui dit papa. Je suis désolé. »

J'attrapai ma sœur et la forçai à se retourner pour partir.

« Ça va aller, bébé », lui cria papa. Le gardien toucha la tête de mon père au moment de l'aider à entrer dans la voiture.

Maman était morte depuis seulement trois ans et demi, et je ne me souvenais même plus où elle était enterrée.

A shandeh un a charpeh. Une honte et un déshonneur.

Oncle Irving et cousine Budgie s'éloignaient vers la limousine. Nous les suivîmes en traînant les pieds, prêtes à repartir à Brooklyn. Je me retournai en me dévissant le cou pour voir l'endroit où reposait ma grand-mère.

Je suis désolée, mamie.

10

Merry, décembre 1975

Sa mort remontait à neuf mois, mais tous les jours je pensais à mamie.

Le mois de décembre touchait à sa fin. Dans quelques jours, on serait en 1976.

Lulu et moi allions quitter Duffy, et cette perspective me fichait la trouille.

Je n'avais encore jamais fait une valise. Je pliai mon corsage exactement comme mamie me l'avait appris quand je l'aidais à ranger le linge, rabattant chaque manche en travers de la poitrine pour former un rectangle impeccable. Puis je le mis dans la vieille valise marron de mamie. Pourquoi avait-elle eu une valise, je n'en avais aucune idée. Elle n'était jamais partie nulle part jusqu'à ce qu'elle meure.

J'aplatis mon poncho bleu vif, devenu mon vêtement le plus précieux à la seconde où Mme Cohen me l'avait offert le soir de Hanoukka.

Depuis qu'on savait pour nous et Mme Cohen, personne ne m'embêtait plus. D'un seul coup, c'était comme si nous étions devenues magiques. Même

Reetha me fichait la paix. De temps en temps, elle me souriait de son effrayant sourire mielleux qui découvrait ses dents jaunes, comme si elle espérait que j'allais l'emmener avec moi.

Comme si.

En revanche, j'aurais bien voulu pouvoir emmener Janine et Crystal. Nous nous étions juré de toujours rester amies, mais Lulu m'avait prévenu qu'il ne fallait pas y compter. Que jamais ils ne me reprendraient ici une fois que je serais partie. D'autant plus que Mme Cohen ne viendrait plus travailler à Duffy.

Je me demandai dans combien de temps ils allaient arriver – Mme Cohen et son mari. Étant donné que je ne savais pas comment les appeler, on finissait en général par parler d'eux en disant *Ils*. Mais maintenant que nous allions vivre avec eux, il fallait qu'on leur trouve de meilleurs noms.

L'idée d'emménager chez eux me turlupinait. Les questions tourbillonnaient dans ma tête. Comment allais-je faire pour être gentille à chaque minute ? Que ferions-nous dans leur maison ? Pendant combien de temps est-ce que les Cohen m'aimeraient ?

Lulu passa la tête dans l'encadrement de la porte. « T'es prête ? Ils vont bientôt arriver. » Elle s'approcha de mon côté du dortoir, posa le sac en papier qu'elle tenait à la main et vérifia si je n'avais rien oublié dans le lit défait avant d'inspecter les tiroirs de la commode branlante.

« J'ai peur, dis-je.

— Tu es sûre que tu as bien tout ? » Lulu s'agenouilla, jeta un coup d'œil sous le lit, puis se releva et épousseta son jean, si long que le bas à la mode tout effiloché traînait par terre. Les ressorts en fer grincèrent lorsqu'elle s'assit sur le mince matelas sans draps. Elle ramena ses genoux sous son menton et les entoura de ses longs bras. Chaque mois, Lulu devenait plus grande, plus décontractée et plus intelligente, tandis que moi je restais petite et fluette. Il fallait que je grandisse. Je voulais être à la hauteur du moment le plus important de ma vie. Mme Cohen devrait être heureuse de m'avoir prise. Il fallait que les Cohen m'aiment bien, qu'ils m'adorent.

« Combien de temps tu crois qu'ils nous laisseront rester ? »

Lulu haussa les épaules. « Je ne sais pas et je ne me pose pas la question. Tu n'as qu'à être gentille. S'ils nous gardent trois ans, j'aurai alors dix-huit ans et je pourrai m'occuper de toi. » Elle retira ma main qui tripotait ma cicatrice. « *Vraiment* gentille, insista-t-elle. Il ne faut pas leur causer d'ennuis.

— Ils ne nous prennent pas pour s'occuper de nous ?

— Ils sont vieux. Mme Cohen prend sa retraite.

— Elle n'est pas si vieille que ça.

— Bon sang, Merry, elle doit avoir quelque chose comme soixante ans ! Soixante ! Si elle était notre vraie mère, elle t'aurait eue vers la cinquantaine. »

Lulu fourra ma collection de livres de Nancy Drew – ses anciens livres à elle – dans la valise de mamie. « Mme Cohen a pitié de nous, mais elle ne nous gardera pas si on leur crée des ennuis. Le docteur Cohen ne l'admettra pas. » Elle me lança le même regard aux yeux plissés que me jetait maman – je jurais que je m'en souvenais. « Ils ne nous adoptent pas, nous sommes juste placées chez eux. »

Lulu ramassa le sac de photos encadrées qu'elle avait apporté et le rangea sur le dessus de la valise. Je les avais récupérées le jour où oncle Irving nous avait emmenées chez mamie en disant : « Prenez ce que vous voulez. » Je n'avais pas su quoi prendre d'autre. La grosse moulinette avec la poignée en bois usée qu'elle utilisait pour préparer la salade d'œufs durs ? La couverture marron en laine épaisse étalée sur son lit ? En me voyant tout examiner, Lulu avait dit : « Les Cohen vont te prendre pour une cinglée si tu débarques avec un sac bourré de vieilles affaires à mamie. » Du coup, j'avais pris seulement les photos, que Lulu avait gardées pour qu'elles ne finissent pas entre les sales pattes de Reetha.

Je regrettai quand même de ne pas avoir emporté un objet que mamie avait tenu. Quelque chose que j'aurais pu toucher pour sentir sa présence.

Sur les plus grandes photos, on voyait papa le jour de son mariage. Pas maman. Les dents de papa étaient parfaites, ses cheveux plaqués en arrière. C'était le plus bel homme que j'aie jamais vu.

Sur une autre, papa me tenait sur ses épaules dans le vent de Coney Island qui m'ébouriffait les cheveux. Avec mon mini-Bikini, je ressemblais à une adolescente en miniature. C'était l'été avant la mort de maman. Papa chantait tout le temps *Itsy Bitsy Bikini* en remplaçant les petits pois jaunes de la chanson par des rouges, comme ceux sur mon maillot. Le jour où je lui avais raconté cette histoire, mamie avait ri.

« Comment peux-tu t'en souvenir ? avait-elle dit. Tu n'étais qu'une *pishkelah*[1]. »

Que personne ne me croie m'était égal. Ce souvenir était un de mes préférés, mais je n'en avais presque aucun de maman, même si tous les jours elle me manquait.

« Fais-moi plaisir, Merry, dit Lulu. Chez les Cohen, ne mets pas de photos partout dans ta chambre, d'accord ? Range-les. »

Vivre avec les Cohen ne me parut jamais facile. Au bout de presque un an, je savais comment être gentille, quasi parfaite, mais je continuais à avoir peur d'oublier de l'être à un moment donné. Lulu n'arrêtait pas de me rappeler que l'oublier rien qu'une minute risquerait de provoquer un désastre.

Je rentrai de l'école en lançant des coups de pied dans les feuilles d'octobre que soulevait le vent. Les feuilles de Central Park, les feuilles de Manhattan, étaient plus belles que celles de Brooklyn.

En général, je parcourais les cinq pâtés de maisons jusqu'à l'école en compagnie de ma meilleure amie Katie, mais ce jour-là, elle avait la grippe et n'était pas venue en cours. Marcher seule ne me dérangeait pas, savoir que j'avais une amie suffisait à me tenir compagnie. En plus, j'avais besoin de réfléchir à plusieurs choses, à commencer par comment j'allais m'y prendre pour revoir papa.

1. « Petite enfant » en yiddish.

Je passai la main sur le manteau tout neuf que Mme Cohen m'avait acheté chez Bloomingdale, où on avait l'impression d'être dans un musée à cause de tout ce qui était exposé dans les vitrines et étincelait sous la lumière blanche éclatante. Le jour où nous avions acheté ce manteau, Mme Cohen n'avait pas arrêté de me serrer contre elle pendant que nous faisions un tour dans le magasin, touchant toutes les deux des chemisiers en soie, admirant des médaillons et des montres en or.

Anne.

Maman.

Mme Cohen.

Je ne savais toujours pas comment l'appeler.

Le soir où Lulu et moi avions emménagé chez eux, Mme Cohen avait dit : « Appelez-moi Anne », et quelques semaines plus tard : « Vous pouvez m'appeler maman, si vous voulez », d'une voix qui montrait qu'elle en avait très envie, sauf que, la fois où j'avais essayé, ça m'avait paru idiot. Les vrais enfants des Cohen, des adultes qui avaient eux-mêmes de jeunes enfants, avaient pris un air revêche et mécontent en m'entendant l'appeler maman. Mais surtout, je n'y arrivais pas parce que je pensais que maman aurait été furieuse.

Même si j'avais voulu appeler Mme Cohen maman, ce qui m'arrivait de temps en temps, j'aurais dû appeler le docteur Cohen papa, bien qu'il ne me l'ait jamais demandé, et puis, de toute façon, j'avais toujours un vrai papa. Du coup, je ne les appelais rien du tout, ce qui rendait les conversations difficiles. Mamie aurait dit que c'était la pire chose qui pourrait arriver. En me conseillant d'arrêter de gamberger autant.

Je reboutonnai mon manteau pour me protéger du vent.

Penser à mon père me donnait l'impression que tout était flou. Même avec Katie, je devais faire semblant que papa était mort. Au mois de septembre, avant la rentrée dans notre nouvelle école, Lulu m'avait donné des instructions.

« J'ai quelque chose à te dire, avait-elle dit, se comportant comme si j'allais piquer une crise, ce que je ne faisais plus jamais. Quand on commencera l'école, tu n'auras pas le droit de raconter quoi que ce soit ni sur notre père, ni sur la prison, ni sur notre mère, ni sur rien. » Cette phrase lui était sortie d'une seule traite à toute vitesse sans respirer.

« Qui a dit ça ? Eux ? » « Eux », c'était bien évidemment les Cohen.

« Moi. » Lulu avait tendu la main en me voyant rechigner. « Je ne serai plus jamais la fille du criminel et toi non plus. Compris ? »

Je m'étais mise à pleurer, mais discrètement, pour éviter que Mme Cohen n'arrive toute bouleversée en voulant savoir ce qui se passait.

Lulu me donna une bourrade dans l'épaule. « Arrête.

— Aïe !

— Écoute-moi, avait-elle dit en mettant ses deux mains sur mes épaules. Notre histoire est la suivante : nos parents sont morts dans un accident de voiture. C'est tout. Ils ont eu un accident alors qu'ils allaient dans le Nord. En roulant vers les Catskill. Nous avons vécu avec Mimi Rubee jusqu'à sa mort, puis à Duffy parce que nous n'avions pas d'autre famille. Et maintenant, nous sommes ici. Un point, c'est tout. »

Lulu était tout ce que j'avais. Quoi qu'il arrive, je lui obéissais.

Plus vite que je ne l'aurais voulu, j'arrivai devant le grand immeuble blanc des Cohen dans West 87th Street. En général, pendant que je parcourais les derniers mètres avant l'entrée, je pensais à Dominic. À la manière dont je devais sourire et faire attention qu'il ne croie pas que j'étais trop gâtée, ou que je trouvais normal qu'il soit là, ou je ne sais quoi. Je détestais avoir un portier.

Après l'avoir remercié d'un sourire, je courus vers l'ascenseur qui était là, appuyai sur le bouton du sixième étage et sentis le bruissement familier tandis qu'il montait à toute allure. Je mis ma clé dans la serrure en priant pour que personne ne soit à la maison. Quand j'étais toute seule, je pouvais aller et venir sans avoir à me soucier d'être gentille ou pas.

« Merry ? » Mme Cohen jaillit de la cuisine en s'essuyant les mains sur un torchon bleu à carreaux. « Devine qui est là ? »

Je m'appliquai à ne rien montrer de mes sentiments. « Eleanor ? » Chaque fois qu'elle me voyait, la fille de Mme Cohen se comportait comme s'il y avait quelque chose qui puait dans les parages. Le fils de Mme Cohen, lui au moins, se contentait de faire comme si je n'existais pas.

« Viens nous rejoindre. » Mme Cohen se pencha pour caresser son petit-fils, le bébé d'Eleanor. « Il y a des brownies et de la glace. »

Je posai mon cartable dans l'entrée et allai dans la cuisine en traînant les pieds. « Bonjour », dis-je, m'efforçant de ne pas avoir l'air déçue.

Eleanor me fit un signe de tête tout en essayant de se dégager de sa fille de cinq ans, Rachel, qui s'accrochait à sa longue jupe. Horrible, comme tous ses vêtements. Sa jupe ressemblait à un sac en toile, et le lait qui avait coulé de ses seins faisait des taches sur sa chemise en velours. Un foulard noué à l'arrière de sa tête retenait ses cheveux blonds frisés. Lulu disait qu'Eleanor s'habillait comme si elle se croyait encore une adolescente hippie. J'avais entendu le docteur Cohen demander à sa femme pourquoi Eleanor était obligée de se déguiser en paysanne. Son frère, Saul, s'habillait au contraire de façon impeccable, sans rien qui dépassait. Chirurgien, comme le docteur Cohen, il menait sa vie de façon nette et précise.

« Maman, s'il te plaît, tu peux la prendre pendant que je nourris le petit ? » Du genou, Eleanor poussa Rachel vers sa mère.

« Merry, pourquoi tu ne prends pas Rachel ? » Mme Cohen fit son sourire nerveux rayonnant à la petite. « Tu veux que cousine Merry te lise une histoire, ma chérie ? »

Rachel fonça sur la pile de livres et de jouets que Mme Cohen rangeait dans une caisse en osier. Eleanor leva les yeux au ciel. Je frottai mon pouce sur ma lèvre inférieure.

« Arrête de l'embrouiller, se fâcha Eleanor. Si tu continues à appeler tout le monde sa cousine, Rachel ne va plus rien y comprendre. »

L'air désolé, Mme Cohen regarda d'abord Eleanor puis moi. « Pas tout le monde. » Elle me serra doucement l'épaule, puis me tendit une coupe de glace surmontée d'un énorme brownie fourré aux noix, que j'étais sûre de vomir si je me forçais à l'avaler, tant ma gorge était nouée.

« Lis ça ! » Rachel laissa tomber un livre du docteur Seuss sur mes genoux. Prenant le livre, je la soulevai dans mes bras et l'emmenai au salon avant que Mme Cohen ou Eleanor aient ajouté quoi que ce soit.

« *Le soleil ne brillait pas. Il faisait trop humide pour sortir jouer…* », étais-je en train de lire. Rachel se blottit contre moi et fourra son pouce dans sa bouche en forme de bouton de rose.

En face du canapé trônait le piano quart-de-queue des Cohen qui paraissait gigantesque. Comme on était lundi, le jour où venait la femme de ménage, la surface noire étincelait. Un nombre incroyable de photos encombraient le dessus, découpant la vie des Cohen dans des cadres dorés.

Au bord du piano était posée une photo de Lulu et moi, prise chez des parents du docteur Cohen qui vivaient à Long Island. Nous arborions toutes les deux un demi-sourire, bouche fermée. Je m'étais accrochée à Lulu toute la journée. Personne ne nous avait adressé la parole, à part pour dire que j'étais belle – *Regardez ces boucles et ces fossettes !* –, ignorant ma sœur comme si elle était ma baby-sitter.

« *Alors nous sommes restés à la maison pendant toute cette journée froide…* »

Depuis que nous étions venues vivre chez les Cohen, je n'avais voulu aller nulle part sans Lulu. Même quand elle allait aux toilettes, j'attendais devant la porte qu'elle en sorte. Et j'avais beau avoir vu l'appartement des Cohen avant d'y emménager, il m'avait toujours fait l'effet d'un immense labyrinthe. L'idée de vivre sous le même toit qu'un homme me semblait extrêmement étrange. Je respirais par à-coups quand Lulu et moi déambulions dans l'appartement. Mme Cohen nous avait expliqué que nous étions désormais chez nous, sauf que nous ne devions jamais aller dans le bureau du docteur Cohen, entrer dans cette pièce était interdit. Un mois plus tard, j'avais vu qu'il y emmenait Rachel pour qu'elle dessine et joue avec ses poupées pendant qu'il travaillait.

J'étais certaine que papa ne m'aurait pas interdit d'entrer dans son bureau. Lulu disait que maman nous laissait souvent jouer dans sa chambre, où on transformait son lit en cirque en coinçant un balai sous les couvertures pour former un grand chapiteau. Lulu ne parlait de ces choses-là que très tard le soir, quand je faisais un cauchemar qui me donnait un tel mal de tête que j'aurais voulu m'ouvrir le crâne en deux pour que la douleur s'arrête, et que je courais dans sa chambre.

Quand elle suçait son pouce en se vautrant sur moi, Rachel devenait lourde. Alors que je lisais la dernière phrase du livre, je m'aperçus qu'elle s'était endormie. Je la couvris avec la couverture afghane en patchwork que Mme Cohen laissait toujours sur le canapé et rejoignis ma chambre sur la pointe des pieds.

Avoir un espace rien qu'à moi continuait à m'étonner. Alors que tout à Duffy avait été défraîchi et usé, ma chambre était pleine de choses flambant neuves. Des embrasses en soie jaune retenaient les rideaux orange bouillonnants. Des coussins arc-en-ciel s'entassaient sur mon lit. La seule chose que je n'aimais pas était l'affiche encadrée qui représentait un arbre en hiver, sans la moindre feuille, dont les branches noires se découpaient sur un fond gris sinistre. Je trouvais cette photo déprimante, mais les Cohen l'aimaient tellement que je faisais semblant de l'apprécier moi aussi.

Sur mon lit, j'aperçus deux nouvelles enveloppes et me jetai dessus. Elles devaient venir de mon père. Personne d'autre ne m'écrivait jamais. Une des lettres était pour moi, l'autre pour Lulu. Comme Lulu refusait d'ouvrir ses lettres, il me les envoyait, du coup c'était à moi de faire en sorte d'obliger ma sœur à écouter ce qu'il écrivait, une tâche à laquelle je m'attelais en vain la plupart du temps.

J'ouvris mon enveloppe.

Chère Merry,
Tu n'imagines pas comme tu me manques. Sans toi, je suis comme un mur sans peinture ! Comme Abbott sans Costello ! Comme une balle de base-ball sans batte ! Ça fait déjà un long et douloureux moment que mamie est morte et que je ne vous ai pas revues, toi et Lulu.

Toutes les lettres de papa commençaient de la même manière : comme je lui manquais, comme il y avait longtemps qu'il ne m'avait pas vue. Dans celles de la semaine précédente, il y avait eu des ciels sans étoiles et des savons sans gants de toilette.

Ici, rien de neuf (ah ah !). En fait, ce n'est pas vrai. J'ai un camarade de cellule. Ce qui, en prison, n'est pas une très bonne chose. Chaque jour, il y a davantage de monde. Je savais que mon tour viendrait un jour ou l'autre. Au moins, ce type (il s'appelle Hank) n'a pas l'air de vouloir me chercher des crasses.

Parfois, les choses que racontait mon père m'écœuraient.

J'ai terminé ma formation d'optométrie. Tu te rends compte ? J'ai bel et bien appris un nouveau métier ici. Mamie serait contente. Je fabrique des verres de lunettes. Je suis rémouleur. Je te raconterai tout ça la prochaine fois que je te verrai. Quand est-ce que tu viens ? J'ai écrit à tes nouveaux parents adoptifs, mais j'attends toujours qu'ils me répondent. À propos, Cookie, je leur ai dit de ne pas se mettre en tête de vous adopter. Je n'ai aucune intention d'abandonner la seule famille que j'ai.

Papa était-il fâché contre moi ? Je l'imaginais jeter des choses. Taper sur des choses. Faire du mal aux Cohen... D'un seul coup, tout se rétrécit, et je me frappai la poitrine en attendant que ça passe.

Les Cohen voulaient-ils nous adopter, Lulu et moi ? Était-ce pour cette raison que papa l'avait souligné deux fois ? Quand je lui répondis, je n'osai pas lui poser la question, de peur que les Cohen, s'ils en venaient à lire mes lettres, pensent que je ne voulais pas qu'ils m'adoptent. Ou qu'au contraire je le voulais.

Merry, continue à leur dire que tu veux venir. Demande-leur sans arrêt ! J'ai tant besoin de toi !
Alors, comment va l'école ? Katie est toujours ta meilleure amie ? Il me tarde de la rencontrer quand je sortirai d'ici. Mon avocat s'occupe de déposer un nouvel appel. Il dit qu'ils auraient dû traiter autrement un crime passionnel.
Quoi qu'il en soit, souviens-toi que je t'aime beaucoup. Et que sans toi, je suis comme une voiture sans roues. Je t'embrasse.

Papa

Je laissai tomber la feuille de la prison et réfléchis à la façon dont j'allais m'y prendre pour aller rendre visite à mon père. Avec ses bracelets en or et ses foulards, j'avais du mal à imaginer Mme Cohen venir à la prison avec moi.

Il fallait que je cache cette lettre et que je persuade les Cohen de m'emmener voir papa avant qu'il nous attire à tous des ennuis. Et s'ils décidaient que nous garder était trop dur ? Et s'ils nous renvoyaient au foyer avant que Lulu ait dix-huit ans ?

11

Merry, novembre 1977

« J'espère que je n'ai pas abusé de ta sœur. » Mme Cohen remit une poignée de farce à l'intérieur de la dinde pendant que je lui tenais les pattes. « Tu crois que ça l'a embêtée d'acheter la dinde pour moi ? »

Après l'école, Lulu travaillait dans un supermarché, ce qui, selon Mme Cohen, lui permettait de repérer la meilleure volaille.

« Non, pas du tout. » Au bout de deux ans, j'évitais désormais de m'adresser directement à Mme Cohen. J'aurais douze ans en décembre, et je ne savais toujours pas comment régler ce problème. Travailler à la cuisine avec elle était pour moi une torture. Je baissais la tête mais devais croiser son regard chaque fois que j'avais besoin de lui demander quelque chose ou de lui répondre. « Tous les jeunes qui travaillent à l'A&P[1] essaient de trouver la plus belle dinde pour leurs parents. Lulu me l'a dit. »

---

1. Chaîne de supermarchés spécialisés dans les produits de luxe.

En m'entendant dire *parents*, j'eus envie de rentrer sous terre, mais j'avais prononcé ce mot sachant que ça ferait plaisir à Mme Cohen. Mentir ne me dérangeait pas, surtout si mes mensonges flattaient mon interlocuteur. Les gens m'aimaient bien à cause de ça. Et d'ailleurs, Mme Cohen croyait-elle vraiment qu'on s'intéressait à la dinde qu'elle servirait au repas de Thanksgiving ? Non que Lulu aurait refusé un service que lui demandait Mme Cohen, seulement après, elle répétait pendant des heures à quel point elle la trouvait barbante.

« Lulu est tellement sensible... dès qu'il s'agit d'enfreindre les règles, soupira Mme Cohen. Je voulais juste une dinde assez grosse. Tu es sûre qu'elle ne m'en veut pas ? »

Mme Cohen m'extirpait des renseignements sur ma sœur comme si j'avais d'elle je ne sais quelle connaissance magique. Comme si. Quand Lulu n'était pas d'humeur, on avait autant de chances de forcer Fort Knox que de lui arracher des confidences. Mme Cohen faisait des efforts désespérés pour la comprendre. Si j'avais voulu, j'aurais pu lui dire que Lulu ne pensait qu'à une chose : s'inscrire dans une université en dehors de New York pour partir loin des Cohen.

Récemment, lorsque j'avais demandé à Lulu pourquoi elle détestait les Cohen à ce point, elle avait claqué des doigts en disant : « Réveille-toi donc, Merry ! Pour eux, on n'est rien d'autre qu'un projet. Tu ne crois quand même pas qu'ils nous considèrent comme faisant partie de leur famille ? » Puis elle avait eu un regard si bizarre que j'avais cru qu'elle allait fondre en larmes. « La seule famille qu'on a toi et moi, c'est toi et moi. »

J'aurais voulu lui faire remarquer qu'il y avait aussi papa, seulement ça l'aurait rendue folle.

« Elle ne vous en veut pas, assurai-je à Mme Cohen. C'est juste qu'elle est fatiguée. »

Hier soir, lorsqu'elle était rentrée, Lulu avait pratiquement jeté la dinde sur la table. Souvent, Mme Cohen s'inquiétait de l'heure tardive jusqu'à laquelle ma sœur travaillait, mais le docteur Cohen insistait pour dire que, tant qu'elle figurait au Tableau d'honneur – *pour l'amour du ciel, Anne, elle a les troisièmes meilleures notes de toute l'école !* –, il approuvait son assiduité à la tâche. Travailler forgeait le caractère. Sans compter que ça lui faciliterait l'obtention d'une bourse.

Le docteur Cohen employait des mots comme « obtention » au lieu d'« obtenir ». Mes notes, bonnes ou mauvaises, le laissaient indifférent, bien que je sois déjà en quatrième. Il laissait ces choses-là à Mme Cohen. La plupart du temps, elle et moi étions toutes seules à la maison. Lulu n'était presque jamais là. Quand elle ne travaillait pas au supermarché, elle servait à manger dans un foyer de sans-abri ou bossait comme bénévole dans un hôpital de Harlem. « Le sauveur », l'appelait Eleanor, sauf que ça ne sonnait pas comme un compliment. « Cette fille a le complexe du saint-bernard », avait-elle dit à Mme Cohen en secouant la tête et en pinçant les lèvres.

« Tu veux bien commencer à couper les pommes de terre ? » demanda Mme Cohen.

Je lâchai la dinde, qui, maintenant qu'elle était farcie, pesait une tonne, et allai chercher la planche à découper. Après avoir rincé et rerincé les pommes de terre comme Mme Cohen me l'avait appris, je les coupai en quatre pour les mettre à cuire et les écraser, m'appliquant à tailler des morceaux les plus égaux possible.

« Tout le monde sera là ? » Je souris pour montrer combien j'étais excitée à l'idée que la famille Cohen envahisse l'appartement.

Ma question sembla faire plaisir à Mme Cohen. « Oui, tout le monde sera là.

— Vous voulez que je passe un coup de chiffon sur les beaux verres ? » J'étais hébétée de fatigue. On était dans la cuisine depuis des heures, et passer autant de temps coincée avec elle m'épuisait.

« Qu'est-ce que je deviendrais sans toi ? » dit Mme Cohen.

Je lui tournai le dos et fis une grimace au grille-pain. Après quoi, je partis chercher les verres.

La dinde rôtie ressemblait à celles des publicités du *Ladies Home Journal*. Le docteur Cohen déposa le plat en argent sur la table de la salle à manger. La table, dépliée avec toutes ses rallonges et recouverte d'une épaisse nappe blanche, repassée le matin même par la femme de ménage, ressemblait à celles qu'on voit dans les émissions de télévision. Lulu avait levé les yeux au ciel en entendant Mme Cohen expliquer que la femme de ménage ne voyait pas d'inconvénient à venir un jour férié, étant donné qu'ils la payaient trois fois plus.

« Comme si ça changeait quelque chose ! avait marmonné Lulu. Ils devraient lui filer de l'argent en plus pour la remercier d'être leur esclave toute l'année. La payer une journée à ne pas travailler serait un beau geste de Thanksgiving, non ? Au lieu de la séparer de sa famille… »

J'étais tombée d'accord avec elle, mais j'avais peur que Mme Cohen nous entende et qu'elle se sente bouleversée ou blessée. Lulu, qui avait tellement voulu que les Cohen nous prennent chez eux, semblait les haïr davantage chaque année.

« Avant de découper la dinde, exprimons nos remerciements. » Le docteur Cohen posa ses mains de part et d'autre du plat, comme s'il le soumettait à notre réflexion. Il regarda de chaque côté de la table, à gauche où Eleanor était assise avec sa famille, puis à droite, en regardant fièrement Saul-l'autre-chirurgien, sa femme et son bébé.

Mme Cohen promena son sourire rayonnant autour de la table. « Qui veut commencer ? »

J'étais sûre qu'ils attendaient tous que Lulu et moi remerciions les Cohen de nous avoir prises chez eux. Comme si nous étions deux chiots qu'ils avaient sauvés de la fourrière et d'une mort certaine, qui auraient dû se rouler par terre pour se faire caresser le ventre.

L'année précédente, j'avais marmonné que j'étais reconnaissante que tout le monde soit en bonne santé. Lulu avait dit qu'on devrait se réjouir que personne autour de la table n'ait un membre de sa famille tombé au Viêtnam. Mme Cohen avait acquiescé, comme si Lulu venait de dire la chose la plus sage du monde, mais je savais que ma sœur leur avait reproché leur manque d'opinion. La seule chose que j'avais voulue à cet instant, c'était qu'elle la ferme avant que les Cohen se fâchent.

Lulu les considérait comme des conservateurs de la pire espèce, des gens bourrés de fric qui voulaient passer pour des gens normaux. Peu de temps après notre inscription dans nos nouvelles écoles à Manhattan, ma sœur était devenue ce que le docteur Cohen appelait « notre contestataire maison ».

Mme Cohen s'inquiétait du fait que, en plus d'étudier sans arrêt, sa seule activité parascolaire consistait à être membre d'Amnesty International, surtout quand elle la voyait tapisser sa chambre de slogans du style *Boycottez la laitue et le raisin* ou *Vive le Mouvement de libération des femmes !*

« Ce n'est pas que je désapprouve les opinions de Lulu, m'avait dit peu de temps auparavant Mme Cohen, et il va de soi que les femmes devraient disposer des mêmes droits que les hommes, mais je ne voudrais pas que ça devienne chez elle une obsession. »

Je pensais que le côté sauveur du monde de ma sœur était un truc destiné à embêter les Cohen. Mme Cohen ne désirait rien tant que lui acheter de ravissantes tenues et l'emmener chez le coiffeur. Au lieu de quoi, Lulu cachait son corps anguleux sous des salopettes râpées et laissait pousser ses cheveux châtain clair qui lui descendaient de plus en plus bas dans le dos – et qu'elle attachait avec un bandana bleu quand il faisait chaud. Lorsque Mme Cohen lui assurait qu'« une bonne coupe de cheveux mettrait en valeur l'ossature de son visage tout simplement superbe », Lulu lui répondait que les formulaires d'inscription à l'université ne réclamaient pas de photo d'identité, mais merci quand même pour l'idée. Plus tard, quand nous nous étions retrouvées seules toutes les deux, Lulu avait accusé Mme Cohen de sous-entendre qu'elle était quelconque et avait besoin d'aide.

« Alors, on attend ! s'impatienta Saul.

— Je commence », décida sa femme, Amy.

Le docteur Cohen hocha la tête en souriant. Tout le monde voyait bien qu'Amy était sa chouchoute. « Vas-y, ma chère.

— Je suis reconnaissante de tellement de choses… » Amy jeta un regard circulaire autour de la table. « Je suis reconnaissante à papa et maman de prendre soin de tout le monde… »

Amy sourit en posant un regard appuyé sur Lulu et moi. Mon sourire aurait tout aussi bien pu être celui des poupées du jour des Morts qu'on avait étudiées à l'école. Lulu croisa ses doigts sur lesquels elle appuya son menton.

« En ces temps de conflits, de pays en guerre, de guerres raciales, je leur suis reconnaissante de nous offrir ce doux refuge. » Amy sourit timidement en se tournant vers Saul qui tenait leur bébé. « Et, par-dessus tout, d'avoir mon mari et un bébé magnifique. »

Des sourires approbateurs s'allumèrent autour de la table, à l'exception, bien sûr, de celui d'Eleanor. Je l'avais entendu dire qu'Amy n'était qu'une minaudeuse lèche-cul et qu'elle était trop bonne pour être sincère. Eleanor était trop méchante pour admettre que la bonté puisse exister. Amy et Mme Cohen étaient toutes les deux débordantes de bonté, même si je ne supportais pas Amy non plus. Lulu les appelait « les généreuses dames patronnesses libérales ».

Défendre Mme Cohen était devenu mon boulot.

Rachel s'appuya contre la poitrine d'Eleanor en lui murmurant à l'oreille.

« Rachel a quelque chose à nous dire, annonça Eleanor.

— Qu'est-ce que c'est, ma chérie ? » Mme Cohen se pencha en avant comme si elle allait recevoir un million de dollars.

« Je suis reconnaissante d'avoir une maman et un papa... et de ne pas être obligée d'être placée dans une famille. »

Je serrai et desserrai le bord de la nappe blanche amidonnée.

Tout le monde fit silence. Finalement, le docteur Cohen se racla la gorge et dit : « Nous sommes reconnaissants d'être en mesure d'offrir un foyer à Lulu et à Merry. Nous en tirons grand plaisir. Être pour elles un père apporte une nouvelle dimension à cette phase de ma vie. »

Lulu me jeta un regard – *Qu'est-ce que je te disais ?*

« Et vous, les filles, de quoi êtes-vous reconnaissantes ? » demanda Amy.

Les lèvres pincées, je priai pour que Lulu prenne la parole et qu'ils me laissent tranquille. Les yeux écarquillés, je lançai un regard suppliant à ma sœur. Ses épaules s'affaissèrent d'un air dégoûté. *Bon, d'accord.* Elle croisa les mains devant elle et m'adressa un petit sourire qui voulait dire : *Très bien, c'est toi qui l'auras cherché.*

« Je suis reconnaissante que la guerre soit terminée et que personne ne nous ait bombardés au napalm. Je suis reconnaissante de ne pas mourir de faim en Éthiopie. Je suis reconnaissante de ne pas vivre dans les Appalaches en ayant les jambes déformées par le rachitisme. » Elle se tut et sourit. « Oh… et je suis reconnaissante qu'on m'ait recueillie ici. Merci à la famille Cohen. »

Le docteur Cohen inspira un grand coup. « Bien que ta conscience sociale soit une véritable bénédiction, j'espère que tu apprendras un jour pourquoi l'éthique et les principes sont mieux servis lorsqu'on fait preuve d'un certain respect. »

Lulu marmonna quelque chose dans sa barbe.

« Tu as un commentaire à faire ? » ajouta le docteur Cohen.

Sa femme l'interrompit. « S'il te plaît, Paul, découpe la dinde.

— Laisse-moi explorer ça un instant, Anne. » Il se pencha en avant. « Les valeurs que nous défendons te mettent-elles mal à l'aise, Lulu ? »

Pourquoi fallait-il qu'il la mette dans l'embarras ? Les yeux fixés sur la nappe, ma sœur glissa ses mains sous la table, sans doute pour écrire *Va te faire foutre* sur son bras. J'avais l'impression que ma tête allait éclater à cause des gros mots qui y défilaient.

« Je suis sûr que nous avons quelque chose ici dont tu devrais être reconnaissante. Ou tout du moins, contente, dit M. Cohen. N'y a-t-il rien dans nos valeurs que tu puisses accepter ?

— Paul ! le mit en garde Mme Cohen.

— Je regrette, Anne, mais j'en ai assez de cette ingratitude. Nous avons fait tout notre possible pour ces filles. Ne les a-t-on pas sorties de leur famille, du caniveau devrais-je dire ? »

Lulu cligna des yeux en serrant les lèvres si fort qu'elles disparurent complètement. Je la vis respirer à petits coups rapides comme elle le faisait chaque fois que les larmes menaçaient.

Je me levai d'un bond. « Laissez Lulu tranquille ! Vous êtes méchant ! Pourquoi est-ce que je devrais vous être reconnaissante de ne pas me laisser voir mon père ? Est-ce que ce ne serait pas un signe de respect de me laisser le voir ? Il n'est pas un caniveau. Il est ma famille. Et il est tout seul. POURQUOI EST-CE QUE VOUS ME PUNISSEZ ?

— Merry, fit Lulu en tendant la main. Arrête. »

Je la repoussai. « Pourquoi est-ce que je n'ai jamais le droit d'en parler ? Pourquoi il faut toujours que je fasse comme s'il était mort ? Ce n'est pas juste ! » Je tapai du poing sur la nappe blanche. Chaque fois que je demandais à aller voir papa, ils m'engageaient à me taire et me disaient : « Un jour, quand le moment viendra », si bien que je savais que, une fois de plus, personne ne voulait me parler.

« Chérie, calme-toi. Qu'est-ce qui te prend ? dit soudain Mme Cohen.

— Je vous l'ai dit. Je veux voir mon père. » Je m'enroulai dans mes bras en me balançant d'avant en arrière. « Je vous en prie. Je vous en prie. Je vous en prie ! Laissez-moi aller voir mon père ! »

Amy me prit par l'épaule et leva la main pour empêcher Mme Cohen de m'approcher. « Pourquoi diable faut-il qu'elle fasse comme si son père était mort ? »

12

Merry, février 1978

Aller à la prison en voiture n'avait rien à voir avec prendre le ferry pour Staten Island. Les couples qui s'embrassaient sur le pont me manquaient, tout comme les vagues agitées et le World Trade Center grossissant sous mes yeux. En comparaison, le trajet en voiture paraissait ennuyeux, même si j'étais contente d'aller là-bas, que ce soit en bateau, en voiture ou en volant par-dessus les murs de la prison. Mme Cohen avait travaillé son mari au corps trois bons mois avant de le convaincre de me laisser aller voir papa. Et quand il avait fini par s'y résoudre, il avait décidé que ce serait lui qui m'accompagnerait.

Craignait-il que les détenus attaquent Mme Cohen ? Vu qu'il disait toujours que sa femme n'était pas assez stricte, peut-être avait-il peur qu'elle me laisse traîner avec les prisonniers et qu'ils m'apprennent à dévaliser une banque.

Je jetai un coup d'œil furtif au docteur Cohen qui conduisait, les deux mains posées à plat sur le volant. Il ne m'était encore jamais arrivé de me retrouver en tête à tête avec lui, pas une seule fois depuis que nous étions venues habiter chez eux, il y avait de cela plus de trois ans. C'était un homme silencieux, mais pas du genre silencieux qui vous met à l'aise. Je me sentais coincée dans le silence de la voiture, sachant pertinemment que tout ça l'embêtait, mais j'avais beau réfléchir à ce que j'aurais pu lui dire, je ne voyais pas en quoi ma vie pouvait l'intéresser.

« Est-ce qu'on va voir le World Trade Center ? demandai-je. Avec ma grand-mère, on le voyait chaque fois qu'on prenait le ferry. Les tours ont été construites il y a six ans, non ? » Je posai la question, dont je connaissais déjà la réponse, parce que le docteur Cohen prenait plaisir à savoir des choses.

« C'est exact. Cela fera sept ans en juillet. S'il n'y avait pas autant de brume, on devrait apercevoir les tours à un moment ou à un autre. » Le docteur Cohen me jeta un bref regard avant de reporter son attention sur la route. « La construction t'intéresse ? L'architecture ? »

Il m'était impossible de lui dire que, à mes yeux, les tours en étaient venues à représenter une trace concrète de la mort de ma mère. « Mon père m'en a parlé à l'époque où elles ont été construites, répondis-je. Il avait lu un article sur l'inauguration. » J'évitai de préciser que c'était juste après la mort de maman. Quand on avait mis papa en prison.

« Ah oui ? Où ça ?

— Dans le journal. Mamie lui avait pris un abonnement.

— Au *Daily News* ? »

Je savais très bien ce qu'il pensait du *Daily News*. Prenait-il mon père pour un imbécile ?

« Non, au *Times* », mentis-je. En réalité, il s'agissait du *Post*.

« Vraiment ? » Le docteur Cohen hocha la tête plusieurs fois de suite. Il faisait toujours ça quand il apprenait quelque chose de nouveau, comme s'il le rangeait dans un tiroir mental.

« Mon père est un grand lecteur. Sa cellule doit être remplie de livres. » Je grimaçai de gêne. En dépit du fait que le docteur Cohen me conduisait à la prison, parler de quoi que ce soit lié à sa détention me faisait un effet bizarre.

« Pour Hanoukka, on pourrait choisir des livres que Lulu et toi lui enverriez, dit le docteur Cohen, qui se tourna une seconde en me faisant un gentil sourire. Et s'il ne peut pas recevoir de cadeaux, on n'aura qu'à faire une donation à la bibliothèque de la prison.

— Ce serait bien, oui. » Ma voix sonnait faux. Toute cette discussion m'écœurait.

« Tu sais, aider les gens à se sortir d'un mauvais pas est un bienfait. Je serais ravi d'aider ton père, s'il veut apprendre à grandir. Peut-être que lui et moi pourrions devenir amis. »

Le docteur Cohen cherchait toujours à se montrer à la hauteur de la situation. Je m'efforçai de l'imaginer ami avec mon père. Mais papa avait beau être la personne la plus amicale du monde, le docteur Cohen l'aurait mis mal à l'aise. Moi, il me mettait constamment mal à l'aise – il était trop le genre d'homme dont on imagine qu'il est d'une rectitude sans faille.

« Ce serait bien, oui », répétai-je. Ne voyant pas quoi ajouter, je m'appuyai contre la vitre et fermai les yeux.

Au bout de ce qui me sembla à peine quelques minutes, je me réveillai en sursaut, alors que nous étions en train de nous garer devant la prison. Je ne savais pas qu'il y avait là un parking. La Chrysler New Yorker noire et rutilante du docteur Cohen détonnait au milieu des vieilles guimbardes rouillées.

Sans les commentaires amusants de mamie, ce qu'elle et moi avions fini par appeler notre groupe d'études avait quelque chose d'humiliant. *Regarde, Merry. Mme Feingold s'est encore teint les cheveux. On dirait un arc-en-ciel de chimiste.* Mamie s'était donné un mal fou pour faire de la prison un petit monde intéressant.

Dans la file d'attente des visiteurs, le docteur Cohen en costume-cravate ressortait au milieu des femmes épuisées, de leurs enfants qui poussaient des cris et des quelques hommes à l'air perdu qui portaient des chemises en tissu extensible aux motifs criards ou des tenues de travail délavées.

J'ajustai ma combinaison rouge cramoisi. Elle était toute neuve, et j'espérais que mon père me trouverait jolie. Mme Cohen me l'avait achetée juste après Thanksgiving. Elle était en jean rouge avec une fermeture Éclair noire autour de la taille.

« Oh, Merry ! Tu es si parfaite et si fine qu'on dirait une petite poupée ! » s'était exclamée Mme Cohen. Elle m'avait couverte de cadeaux pour tenter d'effacer la soirée de Thanksgiving. Après quoi elle m'avait autorisée à me faire percer les oreilles et m'avait offert deux petites boules en or, ainsi que des anneaux en or pour quand mes oreilles auraient cicatrisé. Lulu disait que j'étais ridicule, mais ça m'était égal. Je trouvais que ça m'allait bien. Mme Cohen le pensait elle aussi.

Au moment où nous fûmes les premiers de la file, je me mis à respirer à petits coups rapides, les mains croisées devant moi pour m'empêcher de me tapoter la poitrine.

« Hé... Mais c'est mademoiselle Merry ! dit l'agent McNulty. J'ai failli ne pas te reconnaître. Te voilà devenue une jeune fille. Ça fait un bout de temps qu'on ne te voyait plus. »

Je passai d'un bond devant le docteur Cohen pour lui montrer comment se comporter avec le gardien. J'écartai les bras en disant : « Ma grand-mère est morte.

— Oh, je suis désolé... Ta grand-mère était charmante, une vraie dame. »

J'aurais voulu sauter au cou de l'agent McNulty.

« Et alors, qui est-ce qui t'a amenée aujourd'hui ? demanda-t-il.

— Je suis le docteur Cohen. » Il tendit sa main à l'agent McNulty qui la prit d'un air surpris. « Merry vit avec ma femme et moi.

— C'est pas formidable ? C'est pas de la chance, ça, Merry ? » L'agent McNulty palpa brièvement le docteur Cohen avec un air plein de déférence.

« C'est merveilleux », dis-je tout en cherchant mon père dans la salle pleine de monde. Il était là, assis à la table habituelle, à l'opposé de Pete et d'Annette, sa femme tellement-grosse-qu'on-ne-pouvait-pas-ne-pas-la-regarder. Les gens avaient tendance à reprendre les mêmes tables chaque semaine ; néanmoins, je ne m'attendais pas à ce que les choses soient à ce point identiques. Ils ne repeignaient donc jamais les murs ?

« Merry ! » s'écria papa alors que je courais vers lui. Ignorant le règlement, je me jetai dans ses bras. Il me serra très fort, assez pour compenser le fait qu'il devait me relâcher au bout de quelques secondes. J'avais envie de me faufiler sur ses genoux et de sentir ses bras autour de moi – je me fichais pas mal d'avoir treize ans.

« Oh, mon Dieu, que tu es belle ! Lève-toi… Tourne-toi… Laisse-moi te regarder un peu. »

Je tourbillonnai devant lui, contente de porter des vêtements qui me donnaient fière allure.

« Tu es splendide. Aussi magnifique que ta mère, ma chérie, et ce n'est pas peu dire. »

Le docteur Cohen parut étonné. Aucun des Cohen ne faisait jamais la moindre allusion à maman, comme si le seul fait de prononcer son nom eût été un péché mortel.

« Vous devez être le docteur Cohen, dit mon père. Heureux de vous rencontrer.

— Appelez-moi Paul, je vous en prie. » Il serra la main que mon père lui tendait.

« Comment s'est passé le trajet ? » demanda papa en se glissant sur le banc fixé à la table de style camping. Je m'installai face à lui en faisant signe au docteur Cohen de s'asseoir à côté de moi.

« Bien, bien. Nous avons pris par le pont Verrazano. Il n'y a pas trop de circulation.

— Vous avez eu de la peine à trouver ? »

Les épaules du docteur Cohen abandonnèrent un peu de la tension qui les crispait depuis qu'on était entré dans la prison. « Aucun. *L'endroit* est bien indiqué. » Il disait *l'endroit* comme si le fait de dire « la prison de Richmond » avait pu embarrasser mon père.

« Alors, comment a été ma fille ? »

Le docteur Cohen me sidéra en mettant un bras sur mon épaule ; il ne m'avait encore jamais touchée auparavant. « Sage comme une image. Je vous aurais volontiers apporté son carnet, mais…

— Comment elle se débrouille ? coupa mon père, ne voulant sans doute pas qu'il lui rappelle que *l'endroit* ne permettait pas qu'on fasse entrer quoi que ce soit.

— Très bien. Nous sommes fiers d'elle. C'est une enfant modèle. »

J'avais envie de toucher la main de mon père, de lui tapoter la joue. Il paraissait plus vieux. Sa bouche était plus molle et avait quelque chose de triste. Je comptai sur mcs doigts. Il avait trente-huit ans. Ses nouvelles lunettes à monture métallique lui donnaient un air sérieux, comme si vieillir l'avait rendu plus intelligent. Elles le faisaient ressembler davantage à un père.

« Comment va Lulu ? me demanda-t-il. Est-ce qu'elle lit mes lettres ? »

L'entendre prononcer le nom de Lulu devant le docteur Cohen me tordit l'estomac. « Euh, la plupart… La semaine dernière, j'ai eu un A en histoire et en dictée. Et tu te rappelles que je t'ai écrit que j'allais peut-être passer dans la classe PS ?

— Ça signifie Progression spéciale, précisa le docteur Cohen. Ce qui veut dire qu'elle fera des choses plus difficiles.

— Je sais ce que signifie PS, rétorqua papa, l'air tout à coup moins amical. Et Lulu ? Comment se débrouille ma fille aînée à l'école ? »

Le docteur Cohen hésita une seconde, puis s'exprima avec lenteur, d'une voix sans inflexion. « Très bien. Elle est en cours supérieur en sciences et en mathématiques. Lulu a un don pour tout ce qui est technique.

— Elle tient sans doute ça de moi, dit mon père d'un ton péremptoire. J'ai fabriqué des équipements pour bateaux qui répondaient à des normes très rigoureuses. Merry vous a-t-elle dit que j'allais bientôt être diplômé en optique ?

— Je ne crois pas, non. Mais c'est bien pour vous, dit le docteur Cohen en hochant la tête.

— Inutile de prendre cet air condescendant, vieux ! » Papa bomba le torse. Juste un peu, mais suffisamment pour que je m'en rende compte.

Le docteur Cohen posa un coude sur la table et parla d'une voix douce. « Monsieur Zachariah, vous n'avez aucune raison de vous en prendre à moi. Mon épouse et moi sommes très heureux de nous occuper de Lulu et de Merry. » Il fit tourner son bouton de manchette en or. « Ma femme s'est prise d'affection pour vos filles quand elles étaient à Duffy-Parkman. Désormais, elles font partie de la famille. Je ne suis en rien votre ennemi. Cependant, je ne tolérerai aucune insulte de votre part. »

Croisant les mains, je baissai les yeux sur la table, entortillai mes chevilles et les pressai l'une contre l'autre, là où personne ne pouvait voir. Mes mains remontèrent en tremblotant sur ma poitrine, mais la main invisible de Lulu me rattrapa juste à temps. Je jetai un regard en coulisse vers les gardiens postés aux quatre coins de la salle.

« Bien, reprit le docteur Cohen en voyant que mon père ne disait rien. Merry me dit que vous aimez les livres. Voulez-vous qu'on voie ce qu'on peut faire pour vous en procurer ? »

Papa me jeta un regard qui m'affola autant qu'il m'attrista. « Merry sait ce que j'aime, répondit-il d'un air déprimé. Elle peut s'occuper de moi.

— Vous ne pensez pas que c'est un peu trop de responsabilité à son âge ?

— La famille prend soin de la famille. » Papa croisa les bras.

On aurait dit que le docteur Cohen venait de lécher une tranche de citron. Je savais ce qu'il pensait. Papa savait ce qu'il pensait.

« Vous pensez que je suis un monstre, Doc. Et peut-être que je l'ai été. » Papa marqua une pause. « Oui, je suppose que j'ai été la pire sorte de monstre qui soit. Mais j'étais ivre et j'avais le cœur brisé. Et même si vous pensez que ce n'est pas une excuse, je paye ma dette. »

Le docteur Cohen se pencha en avant et s'exprima d'une voix posée. « Il semblerait que vos filles payent cette dette autant que vous.

— Sans doute est-ce ainsi que quelqu'un comme vous voit les choses, mais, de là où je suis, il semblerait qu'elles aillent bien. Elles vous ont, non ? D'après ce que m'écrit Merry, votre femme est adorable. » Mon père retira ses lunettes. Ses yeux me rappelaient ceux de mamie. « Les filles ont des bonnes notes à l'école… Lulu va bientôt entrer à l'université…

— Mais elles n'ont pas de parents, dit le docteur Cohen. Rien ne remplace l'absence d'une mère. »

Je ne savais pas quoi faire pour arrêter ça.

« Mes filles m'ont. Elles ont leur père.

— Pas vraiment.

— J'adore mes filles. » Papa plissa les yeux. « Et Merry s'occupe de moi. Elle le fera toujours. Pas vrai, Merry ? »

Retenant ma respiration, je fermai les yeux en regrettant de ne pas être très, très loin d'ici. Puis je les rouvris. « Oui, papa. »

DEUXIÈME PARTIE

13

Lulu, 1982

Le cours d'anatomie commençait aujourd'hui. D'ici à une demi-heure, je me retrouverais dans une salle remplie de macchabées allongés sous des draps. Ce matin-là, au petit déjeuner, j'avais été incapable d'avaler autre chose qu'une tasse de café.

Bien que l'automne fût tout proche, Boston donnait l'impression d'être au cœur de l'été. Cette ville avait un côté carrément bucolique. Comparés à New York, même les quartiers les plus minables offraient des espaces aérés.

Je descendis Commonwealth Avenue, émerveillée par les larges trottoirs et la bande de gazon qui séparait la route telle une rivière verte. Dans quelques mois, les lumières blanches magiques de Noël accrochées le long des avenues décoreraient les arbres. Même dans la partie où Comm Ave – comme les gens d'ici l'appelaient – devenait plus ordinaire, passant des beaux immeubles en brique de Back Bay au quartier grouillant d'étudiants de Kenmore Square où se succédaient les résidences universitaires, les gargotes et les Burger King, j'adorais Boston pour la seule et unique raison que je n'étais plus à New York.

C'était la première année que je passais à la faculté de médecine de Cabot, la seule que j'avais demandée. Elle se trouvait à Boston, la ville où je naissais à la liberté et où j'allais à l'université. À Boston, je recommençais à zéro. À Boston, personne ne me connaissait. À Boston, j'avais enterré la fille du criminel.

Pendant cette période de cours à l'université, personne ne m'avait vue autrement que comme une fille tranquille qui passait son temps à étudier. Aux yeux de tout le monde, excepté à ceux de la fille qui partageait ma chambre, je vivais à la bibliothèque. Or, pour le peu que je lui parlais, j'aurais aussi bien pu dormir dans une alcôve de la bibliothèque. La deuxième année, j'avais loué un appartement si minuscule et si affreux que, entre le peu d'argent que me versaient les Cohen et ce que je gagnais en travaillant à mi-temps dans un laboratoire, j'avais été en mesure de me le payer.

Le seul moyen de me sentir à l'abri à l'université était de ne rien dévoiler de mes pensées. Seule la solitude m'apportait la paix. Après la vie que j'avais connue à Duffy ou chez les Cohen, l'isolement m'était apparu comme la contrepartie justifiée de quatre ans de détente et d'anonymat. Il s'écoulerait sans doute un long moment avant que ne s'effacent la misérable intimité forcée endurée à Duffy et l'attitude de méfiance impénétrable que j'avais adoptée chez les Cohen. L'histoire que j'avais inventée à la fac n'avait été possible qu'au prix d'une constante vigilance.

Parfois, je repensais à la brève excitation que j'avais ressentie à l'idée que je pourrais faire partie de la famille Sachs, du temps où je rêvais de devenir la sœur adoptive d'Hillary. Je me demandais s'ils avaient deviné l'envie que m'inspirait leur vie et si elle les avait fait fuir. Peut-être était-ce ce qui expliquait la disparition d'Hillary après qu'elle m'avait invitée chez elle. J'imaginais son père et sa mère la mettant en garde contre moi. *Trouve un autre endroit pour faire du bénévolat, ma chérie*, disaient-ils dans mon scénario. *Cette fille est trop avide.* À la suite de ce déjeuner humiliant chez les Sachs, j'avais appris à ne rien laisser paraître.

Ce jour-là, lorsque je rejoignis la file d'étudiants qui montaient les marches de Cabot, je ne reconnus personne, pas même quelqu'un à qui dire bonjour ou adresser un signe amical. Depuis le début de mes études de médecine, tout comme au lycée et en prépa, je m'étais concentrée sur les livres et ne m'étais pas fait de vrais amis ; à présent, je regrettais de ne pas m'être montrée plus sympathique. Pénétrer dans une salle pleine de morts donnait envie de compter sur un minimum de soutien.

Arrivée à l'intérieur du bâtiment, je descendis une volée de marches jusqu'au sous-sol et entrai dans le laboratoire d'anatomie. L'odeur du formol, de la peinture fraîche et de la peur m'assaillit. Tout le monde se tenait immobile en attendant que le professeur prenne la parole.

« Mesdemoiselles, messieurs, je suis le docteur Eli Haslett. Bienvenue dans la mort. » Son gentil sourire attestait qu'il n'était pas là pour nous faire du mal, n'empêche que ses paroles me firent frémir. Sa blouse blanche empesée était immaculée. Son teint rose faisait oublier ses cheveux grisonnants. Il avait le visage d'un homme dépourvu de toute culpabilité, d'un homme qui n'avait aucune raison d'avoir peur des morts.

« Veuillez vous approcher de vos tables. Et notez bien que le numéro de table correspond à votre numéro de groupe. »

La voix paternelle du docteur Haslett semblait destinée à rassurer les étudiants paniqués à l'idée de découper un macchabée. Il nous encouragea d'un signe de tête lorsque nous nous avançâmes vers la rangée de corps recouverts de draps bleus étendus sur les tables en métal d'une propreté chirurgicale.

La plupart d'entre nous serrions sur notre cœur des documents jaunes – les instructions préliminaires du cours du docteur Haslett en anatomie macroscopique, section 1. Sur le mien, il était écrit : Ronald Young, Henry Yee, Marta Zayas et Louise Zachariah.

En dessous figuraient quelques « Suggestions personnelles ». Dans sa grande sagesse, le docteur Haslett indiquait quelle était la tenue la plus adaptée, des vêtements susceptibles d'être jetés ensuite, ainsi que le meilleur moyen de se débarrasser de la puanteur du formol, le liquide vaisselle Lemon Joy. Il donnait également des conseils pour lutter contre diverses émotions et sentiments : des nausées ? Respirez du Vicks. Au bord de l'évanouissement ? Mettez la tête entre les genoux. Horrifié ? Ça passera avec le temps. En cas de crise émotionnelle ou spirituelle, il nous suggérait d'en parler à notre prêtre, nos amis ou notre famille, ce qui, personnellement, me laissait en suspens dans le vide.

En approchant de la table, mes épaules se raidirent. Le drap laissait deviner les contours d'un corps humain. Mon donneur avait l'air minuscule. Mon Dieu, ils ne donnaient tout de même pas des enfants ! Henry Yee – nous avions tous un badge à notre nom sur notre blouse blanche – se plaça d'autorité devant l'épaule droite du macchabée. Y avait-il des endroits meilleurs que d'autres ? J'optai pour l'épaule gauche du donneur, persuadée qu'Henry, un Chinois qui portait une chemise bleue repassée et se tenait au garde-à-vous, savait des choses que j'ignorais.

Marta Zayas et Ronald Young nous rejoignirent. Ronald me tendit la main. « Ron.

— Lulu, dis-je sans même réfléchir.

— Un diminutif que t'a donné ta famille ? » demanda Ron. Sur mon badge, il était écrit « Louise ».

Je secouai la tête en expliquant que Lulu était un de ces noms dans la lignée des Muffy, Kiki ou Puffy dont on nous affublait en classe préparatoire. « Un surnom d'école. »

Ron acquiesça d'un air entendu et échangea un bref regard complice avec Marta. L'homme noir et la femme latino contre la Blanche en titre. La table 5 faisant figure de Nations unies du cours d'anatomie, c'était moi qui allais représenter les privilèges. La vue du sourire chaleureux que m'adressa Marta allégea le fardeau que je sentais peser sur mes épaules.

Un frisson me parcourut. La salle dépourvue de fenêtres était glaciale. Il me semblait que le formol s'incrustait dans les pores de ma peau et tapissait mes narines. L'espace d'une seconde, je portai ma main à mon nez afin de respirer le Vicks Vaporub que j'avais frotté le matin sur mon poignet en guise de parfum.

Ron, Marta, Henry et moi échangeâmes un regard.

Après toi. Non, après toi.

M'armant de courage, je soulevai un coin du drap raidi par le froid. D'un geste lent, je découvris le corps qui reposait sur le ventre. Je me forçai à bien respirer. Une fine gaze blanche enveloppait la tête de notre cadavre. Les jointures de mes mains effleurèrent la peau glacée qui m'évoqua un baigneur en plastique. Sur la colonne vertébrale – celle d'une femme, je le voyais à présent –, les bosses se distinguaient aussi nettement que les perles d'un collier.

Comment était morte cette femme ? Était-elle morte seule ? Comme maman ? Je me mordis la langue pour chasser la douleur qui me tordait le ventre. Le sang de ma mère avait été rouge Crayola. Aucune goutte de sang ne s'échappait de ce cadavre. Repoussant le souvenir de maman, je refusai de penser qu'elle aurait peut-être survécu si j'avais couru plus vite et ramené Teenie plus tôt. Je me refusai à penser à elle comme à un tas d'os réduits en cendres.

« Palpez la colonne vertébrale de vos pouces, chacun votre tour », dit le docteur Haslett.

Henry avança son bras au-dessus du corps, me bloquant le passage. C'était son tour. Moi, j'avais déjà retiré le drap. Trois fois de suite, il passa son pouce sur la colonne vertébrale de haut en bas.

« Hé, Henry, laisse sa chance à un frère ! » dit finalement Ron.

Henry retira sa main, et de longs doigts articulés vinrent remplacer les pouces grassouillets. Ron avait des mains de chirurgien. Je jetai un coup d'œil aux miennes. Des doigts de lavandière. Aux ongles courts et carrés. Des mains larges, comme celles de mamie Zelda.

Les ongles de Marta étaient rose coquillage. Elle avait des mains de religieuse, des doigts de sainte. Doucement, elle les fit monter et descendre le long de la colonne vertébrale de notre donneuse en repérant chaque vertèbre. Si j'étais morte, c'est par ses mains à elle que j'aurais voulu être touchée.

Ma mère avait des mains fines. Ses bagues auraient été trop étroites pour moi.

Tante Cilla avait-elle pris la bague de fiançailles de maman avec le petit diamant ? Ainsi que sa large alliance en or ? Et l'améthyste que Mimi Rubee lui avait offerte le jour de ses seize ans... Ma tante avait-elle tout pris ?

« Lulu ? fit Marta. C'est à toi. »

Ma main trembla en touchant la peau morte. Je repliai les doigts. Si j'avais été plus rapide, plus maligne, si je n'avais pas ouvert la porte, maman serait encore en vie. C'était la vérité, je le savais.

« Ça va ? me demanda Henry.

— Oui, oui. » Je posai ma main à plat sur le dos de la femme. Avait-elle été croyante ? Juive ? Chrétienne ? Bouddhiste ? Très vite, pour que personne ne le remarque, je traçai sur son dos une petite croix, puis une étoile de David, regrettant de ne pas connaître d'autres symboles.

Quatre mois plus tard, Anne Cohen mourut.

J'avais raté l'enterrement, et j'étais en route pour assister à la *shiva.* Les juifs pratiquants enterraient leurs morts très vite et les pleuraient sept jours durant. Le docteur Cohen, qui avait tenu à observer la loi juive à la lettre, enterra Anne dès le lendemain de son décès en m'accordant la permission de ne pas assister aux obsèques. Il m'avait dit qu'il ne voulait pas que je manque des cours. Ce jour-là, nous devions disséquer des cœurs humains. Le docteur Cohen avait ajouté qu'il savait bien à quel point le cœur était important.

Anne était morte le lundi matin de bonne heure. On était aujourd'hui samedi, le dernier jour de la *shiva.* J'arriverais à New York à temps pour participer aux dernières heures du deuil officiel et repartirais en car pour Boston le lendemain.

Le bus Greyhound roulait sur l'autoroute à vive allure. La neige fondue de décembre recouvrait l'herbe des talus. Ce trajet, je l'avais appréhendé, avant de finalement m'y résigner. Je n'avais nul besoin d'un voyage en autocar, mais de dormir, si, terriblement.

Semaine après semaine, mois après mois, les journées de cours qui me laissaient abrutie et les longues heures passées ensuite à étudier m'avaient exténuée. Le samedi et le dimanche, je les passais à la bibliothèque avec mon groupe d'études. Henry, Ron, Marta et moi étions maintenant aussi proches que les membres d'une famille, si toutefois famille et proche peuvent être synonymes.

Réveillée malgré ma profonde fatigue, je contemplai vaguement le paysage. Alors que nous roulions sur une route du Connecticut au bord de l'océan, je m'imaginai en train de dériver vers un endroit où tout ne serait que nouveauté et liberté.

Mme Cohen était morte trois jours après les dix-sept ans de Merry. J'avais eu l'intention de revenir à New York pour le dîner d'anniversaire. Les Cohen avaient décidé de nous emmener aux *Windows on the World*, au sommet du World Trade Center, où Merry avait toujours rêvé d'aller. Apparemment, notre père lui en avait parlé après avoir lu un article dans un magazine. *Gourmet* ? *New York* ? Quels journaux trouvait-on dans la bibliothèque d'une prison ?

Merry voulait voir s'allumer le monde comme notre père le lui avait décrit. Le docteur Cohen avait prévu que nous irions dîner au crépuscule, mais j'avais finalement eu trop de travail et ne m'y étais pas rendue. Trois jours après le dîner d'anniversaire de Merry, une congestion cérébrale avait emporté Anne.

Je fermai les yeux en m'efforçant de laisser venir le sommeil. J'aurais voulu ressentir davantage de tristesse. Mme Cohen avait été gentille avec nous. Elle avait essayé de me materner, mais chaque fois qu'elle m'avait prise dans ses bras, je m'étais sentie comme anesthésiée. La serrer à mon tour avait exigé de moi toute ma volonté.

Je me souvenais qu'à la question de Merry sur la raison de ma détestation des Cohen, j'avais répondu : « Parce qu'ils pensent que Dieu leur a tapoté la tête le jour où ils nous ont prises chez eux. » Je lui avais dit que Mme Cohen n'était qu'une hypocrite, une vraie dame généreuse, bouffie de « noblesse oblige ». Comme si j'en avais voulu à cette femme de nous avoir aidées après avoir tant manœuvré dans ce but. Mon Dieu, j'avais quasi joué les mères maquerelles en obligeant la pauvre Merry à être suffisamment mignonne pour que Mme Cohen s'occupe de nous !

Du jour où nous avions été chez eux, et où quelqu'un s'était occupé de Merry, j'avais eu le sentiment de respirer pour la première fois depuis que papa avait tué maman. Je m'étais déchargée de Merry sur Anne. Je m'étais débarrassée de notre père qui avait fait de nous des orphelines. Et quand Anne avait voulu être ma mère, je m'étais débarrassée d'elle.

Peut-être que sa gentillesse et son incroyable patience avaient fait ressortir ma méchanceté à son égard. Peut-être m'avait-elle permis de me sentir suffisamment en sécurité pour exprimer ma colère, même si c'était affreux que j'aie choisi de m'en prendre à elle. Ravalant mes larmes, je me mis à compter les phares, histoire de me calmer. Je grattai sur mon bras une excuse silencieuse à Anne.

Peut-être me devais-je une excuse à moi aussi. Anne avait représenté ma dernière et unique chance d'être maternée, et je l'avais gâchée.

Le docteur Cohen, Saul, Amy et Eleanor étaient assis sur des caisses en bois qui s'enfonçaient dans l'épaisse moquette. De vagues souvenirs de la cérémonie du dévoilement de la pierre tombale de maman me revinrent à l'esprit.

Le docteur Cohen se leva et me prit les mains. « Lulu… Merci d'être venue.

— Je suis désolée de ne pas avoir été là pour l'enterrement. »

Il balaya mon inquiétude d'un geste de la main. « Hier encore, la maison était pleine de monde. Sois heureuse d'être ici à présent que c'est plus tranquille, qu'on est seulement en famille. »

Je cherchai Merry du regard.

« Ta sœur est dans sa chambre en train de surveiller les enfants, dit-il comme s'il avait lu dans mes pensées. Elle a été pour nous d'un grand secours. »

Je hochai la tête, puis l'embrassai sur la joue du bout des lèvres. Saul-le-fils-chirurgien se leva pour me prendre dans ses bras. Nous était-il déjà arrivé de nous toucher ? « Je suis désolée pour ta mère. C'était une gentille femme, dis-je.

— C'était un ange », renchérit Eleanor en se relevant tant bien que mal. La fille des Cohen devait en être au quatrième ou cinquième mois de sa troisième grossesse. « Qui le saurait mieux que toi et ta sœur ? » Elle secoua la tête. « Un ange ! »

Les larmes d'Amy, la femme de Saul, me mouillèrent la joue lorsqu'elle colla son visage contre le mien. « Tu nous as manqué, à l'enterrement.

— Lulu ne pouvait pas louper les cours. » Le ton d'Eleanor ne laissait planer aucun doute sur le fait que je m'étais montrée là sous mon vrai jour.

Je me forçai à respirer, comme je le faisais à Boston. L'appartement donnait l'impression d'un terrier sous vide, privé d'oxygène, aux pièces encombrées de meubles onéreux. Avec les mêmes canapés et les mêmes fauteuils qu'à l'époque où nous avions emménagé. Lorsque mon plan puéril de conquête de

Mme Cohen pour qu'elle nous prenne chez elle avait marché, j'avais été sidérée. Et reconnaissante, bien sûr. J'aurais été folle de ne pas vouloir échapper à la misère du foyer de jeunes filles Duffy-Parkman.

Une nouvelle bouffée de honte m'envahit, plus forte que dans l'autocar. Je regrettais que ma gratitude ne se soit pas transformée en cet amour qu'Anne avait tellement désiré. De ne pas lui avoir dit combien j'aimais la chambre qu'elle avait arrangée rien que pour moi. De ne pas avoir dépassé l'impression d'être « Projet Lulu » – une identité que je détestais tout autant que celle de la fille du criminel.

Merry et moi n'avions passé que peu de temps en tête à tête, et il nous fallut attendre le lendemain matin avant de pouvoir sortir faire un tour. Dans Broadway, les gens allaient et venaient, le *Sunday New York Times* coincé sous le bras, se hâtant de rentrer chez eux avant que le froid polaire ne congèle leurs bagels tout chauds qu'ils transportaient tels de précieux trésors.

« Tu m'as laissée toute seule, dit Merry. C'était horrible d'assister à l'enterrement sans toi.

— Le docteur Cohen m'a dit que c'était important que je reste assister aux cours. » Je tournai la tête, la mettant au défi de me répondre. Elle me rendit mon regard, ses yeux soulignés de violet et de noir disant clairement *Tu déconnes*. Elle replaça ses cheveux en arrière d'un mouvement de tête. Merry avait beaucoup changé depuis ma dernière venue, en août dernier. Ses boucles brunes soyeuses avaient laissé place à des cheveux méchés de blond raidis au fer. Une blouse en satin déchiré dénudait une de ses épaules. On aurait dit qu'elle avait chipé une tenue au dernier concert des Go-Go. Mme Cohen l'avait-elle laissée sortir ainsi de façon régulière ? Ce look dévergondé était-il celui des filles du lycée ?

« D'accord, dit Merry. Mais tu aurais dû laisser tomber la fac pour venir à l'enterrement de ta mère adoptive.

— Tu n'imagines pas ce qu'est la fac de médecine.

— Tu n'imagines pas ce que c'est pour moi ici ! dit-elle en m'agrippant le bras. Qu'est-ce que je vais devenir ? Qu'est-ce que je vais faire cet été ? Et l'université ? Où est-ce que je vais aller pendant les vacances ?

— Calme-toi, Merry. Tu penses qu'il va te mettre à la porte ? Qu'il ne voudra pas payer tes études ?

— Parce que tu crois que je vais vivre toute seule avec lui ? Bon sang, ce que tu peux être horrible ! »

Malgré ses cheveux emmêlés, Merry avait l'air d'une enfant. Des larmes s'accrochaient à ses cils et son mascara dégoulinait sur ses joues roses.

« Pourquoi ? Qu'est-ce qui ne va pas ? demandai-je.

— Tu imagines vivre dans cette maison sans Anne ? Il n'a jamais voulu de nous au départ, tu le sais bien !

— Ce sera seulement l'affaire de quelques mois. Et après, je rentrerai pour l'été. Tu m'auras avec toi, je te le promets. » Au fur et à mesure de la conversation, le monde s'assombrissait.

« Il faut que tu reviennes tous les week-ends, dit Merry. Sans ça, je te jure que je vais devenir folle ! Déjà que j'ai mal supporté de passer une semaine avec lui… Le soir, quand les gens s'en allaient après la *shiva*, j'avais l'impression de vivre dans un monastère et d'avoir fait vœu de silence ! Je vais m'enfuir… Trouver quelqu'un chez qui m'installer. Le mois dernier, j'ai rencontré des garçons de Columbia et de New York University à une fête…

— Attends une seconde », dis-je en levant la main. J'accélérai le pas et entrai dans un café, Merry sur mes talons. Je me hissai sur un tabouret au comptoir, puis j'attrapai ma sœur par le bras et je la fis asseoir à côté de moi.

« Arrête de me bousculer ! » dit-elle. Une averse de grêle s'abattit sur la vitre du café.

« Tu n'iras t'installer chez personne, dis-je sans la lâcher. Tu sors avec quelqu'un ?

— Je sors avec des tas de garçons.

— Tu comprends très bien ce que je veux dire… Est-ce que tu couches avec quelqu'un ? »

Merry prit un sachet de sucre dans la boîte rectangulaire en métal qui en contenait une petite pile. Le barman s'approcha et essuya le bar près du coude de Merry avec une lavette crasseuse. « Hé, les filles, vous commandez quelque chose ou vous êtes juste là pour papoter ? On n'est pas dans un salon.

— Deux cafés. » L'endroit me rappelait *Harry's*, à Brooklyn. Deux laits maltés, avais-je envie de dire, un à la vanille, un au chocolat.

Quand Merry posa sa tête sur ses bras, ses cheveux se répandirent sur le bar. Elle se tourna vers moi, l'air d'une gamine de cinq ans tombant de sommeil qui aurait piqué du maquillage à sa mère. « Je sors avec un des garçons de Columbia. Je pourrais m'installer dans sa chambre.

— Ben voyons ! Vivre dans la piaule de je ne sais quel type ! »

Elle se redressa et passa sa main sur sa poitrine. Mes doigts me démangèrent de l'en empêcher.

« Écoute-moi. On va y réfléchir, promis. Laisse-moi m'en occuper. Il ne te reste plus que quelques mois avant de passer ton bac. »

Merry secoua la tête. « Je ne suis pas sûre de tenir le coup jusque-là. »

J'enlevai sa main de sa poitrine. « Tu tiendras le coup. Et quand tu en auras envie, tu n'auras qu'à venir me voir. » En disant cela, la liberté dont je jouissais à Boston s'évanouit.

Henry Yee me sourit calmement en me regardant bourrer de coups un de ses oreillers pour lui donner une forme plus confortable. Depuis la mort d'Anne Cohen, sa chambre était devenue mon salut. Je ne savais pas si j'avais commencé à sortir avec lui parce qu'il m'attirait ou parce qu'il me fallait un endroit tranquille où étudier quand Merry venait me voir le week-end. Ma chambre d'étudiante était désormais le lieu où elle s'évadait, et dès qu'elle était là, les murs se refermaient sur moi.

Henry me caressa le bras comme s'il touchait un cadeau.

« Tu as une jolie peau. » Il laissa remonter ses gros doigts sur mes petits seins et sourit. « Parfaite. »

Henry tenait pour parfait ce que la plupart des hommes réprouvaient. Mes seins d'adolescente, mes yeux presque noirs souvent considérés comme glaçants, mes hanches étroites de garçon – parfaits, parfaits et parfaites, à en croire Henry. Ce qu'un type avait appelé *ma foutue incapacité à exprimer quoi que ce soit en dehors d'un putain de fait* l'enchantait. Lui et moi appréciions d'avoir auprès de soi quelqu'un qui comptait et se fichait que nous passions quatre-vingt-dix-neuf pour cent de nos heures d'éveil enfouis sous une montagne de livres. Nous étions simplement heureux de coucher ensemble et de regarder *Saturday Night Live*.

Je posai ma tête sur son torse bien en chair. Henry parlait d'aller à la salle de gym, de faire de la natation ou de soulever de la fonte, mais nous savions tous les deux que ce n'était que des paroles en l'air. Ça ne me dérangeait pas – son corps endomorphique rassurait ma structure ectomorphique.

Comme à son habitude, sa bouche descendit le long de mon corps en me mordillant. Henry et moi faisions l'amour comme j'imaginais que devaient le faire les couples mariés d'un certain âge. Jamais d'extravagances. Jamais de surprises. Nous étions contents comme ça.

« Je te frotte le dos, et tu me le frottes après », dit Henry. Il me fit rouler sur le ventre et me massa le dos en longues caresses profondes comme j'aimais. Je gémis. Chacun notre tour, nous chassions les tensions de la semaine dans les muscles de l'autre. J'espérais que je parviendrais à rester réveillée assez longtemps pour lui donner un massage équivalent.

Nous étions ensemble depuis janvier, soit quatre mois. Jusqu'à présent, nous étions allés une fois au cinéma, deux fois au restaurant, et les deux fois nous avions retrouvé Ron et Marta, également embringués dans une sorte d'histoire d'amour de fac de médecine. Comme nous, leur relation avait pour fondements s'envoyer en l'air, étudier et regarder la télé en mangeant des trucs bon marché achetés à l'extérieur.

Henry et moi avions l'avantage de manger les plats que nous envoyait sa mère. J'adorais Mme Yee. Elle parlait à peine l'anglais, mais elle me souriait en disant « Bonne fille » chaque fois que je venais chez elle. Sans compter qu'elle me nourrissait. La situation idéale aurait été pour moi de vivre dans une famille de sourds ou qui ne parlait pas un mot d'anglais.

Après que j'eus caressé le dos d'Henry quelques minutes, nous fîmes l'amour de façon plan-plan, avant de nous embrasser et de nous blottir chacun de notre côté du lit. Comme toujours, je m'endormis en moins d'une seconde. Sept heures plus tard, lorsque le réveil sonna, je surpris Henry en lui grimpant dessus.

« On n'a qu'une demi-heure avant de devoir partir », me dit-il.

J'évitai de l'insulter en lui rappelant que ça ne nous prendrait que quelques minutes. « Pense comme on sera plus détendus pendant l'examen ! » lui dis-je tout en le glissant en moi. Ce matin-là, nous avions un examen de chimie organique. Utiliser le sexe comme une aide à l'étude ne me dérangeait pas ; il nous arrivait souvent de nous servir l'un de l'autre de cette manière. J'aurais parié que la moitié de la classe s'était mise en couple pour la simple et bonne raison que les endorphines déclenchées par l'orgasme nous aidaient à mémoriser le mode de distribution du nerf pneumogastrique.

Le lundi soir, il était déjà neuf heures passées lorsque je regagnai enfin ma chambre. J'avais eu l'intention d'appeler Merry la veille pour m'assurer qu'elle était bien rentrée à New York, mais j'avais oublié, et les cours s'étaient succédé interminablement avant le couronnement de la journée par le groupe d'études.

Ma vie tournait en rond. Les termes abrutissants et les images qui s'accumulaient dans mon cerveau et mes cahiers bloquaient mes circuits jusqu'à ce que je les relâche aux examens ou au labo d'anatomie. Ce jour-là, Henry, Ron, Marta et moi avions planché sur l'enchevêtrement des nerfs au niveau du cou de notre macchabée. Twiggy, on l'avait appelée. Une fille morte d'anorexie, du moins l'avions-nous supposé à l'aide des maigres outils de diagnostic différentiel à notre disposition. Entre nos mains, le corps de Twiggy était devenu une sorte de Meccano.

Je pris l'ascenseur jusqu'au troisième étage. Les chambres réservées aux étudiants de médecine de Cabot étaient vétustes et miteuses. Une moquette élimée couleur poussière d'aspirateur tapissait le palier. Les portes et les murs étaient dépourvus de tout ornement. Les filles disposaient d'une série de cellules pour une personne où nous vivions comme des nonnes qui baisaient. Je me réveillai à des heures bizarres en entendant Irene s'envoyer en l'air à côté et marteler la fine cloison en rythme jusqu'à ce qu'elle jouisse en lâchant un cri théâtral. Je me félicitais que la sauvage Irene ne ramasse que rarement des partenaires prêts à monter dans sa chambre.

À l'instant où j'ouvris ma porte, une odeur d'encens et de marijuana m'assaillit, en même temps que la vision de Merry affalée sur mon lit. « Qu'est-ce que tu fous encore ici ? »

Merry souleva la tête, l'œil hagard et vide, rougi par l'abus d'herbe. Rick Springfield roucoulait dans les mini-haut-parleurs de mon radiocassette. Ma sœur était engloutie dans un pantalon de jogging rouge – mon préféré – et un sweat-shirt gris University of Michigan qu'Henry laissait dans ma chambre. Elle avait promené ses plantes de pied sales sur le mur en tapant en rythme.

« Je n'ai pas pu faire face.

— Faire face à quoi ? » Je voulais qu'elle quitte ma chambre.

« À tout. Au docteur Cohen... À Eleanor qui débarque en me fusillant du regard et qui me demande de garder ses gosses... Aux lettres de papa qui me supplie de venir parce que je ne l'ai pas vu depuis trois semaines...

— Je doute qu'il se passe tout ça en une seule journée. » Je ramassai un tube vide de sauce à l'oignon et un paquet de Doritos à moitié plein que je balançai à la poubelle. « Et tu n'es pas responsable de notre père. »

Je n'avais pas l'intention de passer de précieuses heures de sommeil à ranger le bazar de Merry. « Tu es restée ici toute seule tout le week-end ?

— Papa n'a personne d'autre au monde que moi. En plus, pour ta gouverne, non, je ne suis pas restée toute seule. J'ai rencontré quelqu'un de sympathique à l'étage en dessous.

— C'est celui des garçons.

— Ben oui, évidemment ! » Merry éclata de rire et sortit d'un sachet géant de M&M's une poignée si énorme qu'elle dut pousser les bonbons dans sa bouche.

« Ce type sait-il que tu es encore au lycée ? »

Elle roula sur le côté. Son air faussement innocent et son attitude de mauvaise fille faisaient d'elle une parfaite odalisque. Comparée à ma sœur, je ressemblais au croisement entre une vieille fille amish pudibonde et mamie Zelda.

« Je ne crois pas que ça le dérangerait.

— Et le respect de toi-même, tu connais ? » D'un geste je balayai la pièce, montrant tour à tour la marijuana, son laisser-aller et les cochonneries dont elle s'était nourrie. « Sans parler d'un minimum de respect pour moi, mon espace et mes affaires !

— Ton espace ? Il faudrait que j'aie plus de respect pour tes affaires ? Tu ne te rends pas compte de la veine que tu as... Toi, au moins, tu as cette piaule ! Mais moi, j'ai quoi ? fit-elle d'une voix montant d'un cran dans les aigus. Que dalle ! Je viens te voir jusqu'ici et j'ai droit à un quart d'heure de l'attention de madame l'étudiante en médecine avant qu'elle se barre ailleurs !

— J'étudie. Je travaille.

— Et tu baises avec Henry. Tu ne pourrais pas t'en passer rien qu'une nuit ? » Elle replia ses genoux sous le sweat-shirt, puis demanda d'une voix plaintive : « Est-ce que tu vas rester ici, ce soir ?

— Non, je ne peux pas. Pas quand tu mets ce foutoir dans ma chambre. Il faut que ça cesse, Merry. Je ne sais jamais ce que je vais trouver en rentrant, ni qui je vais trouver, et je n'ai pas l'intention de t'extraire des brumes de la fumette avant de pouvoir me coucher dans mon lit. »

Mes paroles semblèrent la faire fondre. Elle retomba sur le dos en laissant le sachet de M&M's glisser par terre. « Tu es tout ce que j'ai, Lu… Quelquefois, si je ne me défonce pas, ou si je n'ai pas quelqu'un avec moi, je n'arrive même plus à respirer. »

Je fronçai les sourcils mais réussis à tenir ma langue, puis soupirai et m'allongeai à côté d'elle sur le lit. Merry se retourna et me serra dans ses bras.

« C'est bon. Ça va aller, dis-je en sentant son cœur battre.

— Papa ne va pas être content. C'est la troisième semaine que je ne vais pas le voir.

— C'est ça qui t'embête ?

— Tu n'es pas obligée de le dire sur ce ton. Ce n'est qu'une partie des choses qui m'embêtent, mais est-ce que ça ne suffit pas ? Il m'attend, seul et triste, et après ça il est furieux. Alors, oui, ça m'inquiète.

— Oublie-le. N'y va plus.

— Tu dis ça comme si c'était simple ! » Elle se dégagea. « Mais je ne peux pas faire comme toi. Je ne peux pas juste le chasser comme ça.

— Apprends. » Je me relevai pour rassembler les emballages de nourriture vides. « Pour ton bien.

— Tu voudrais juste que j'arrête de voir papa pour ne plus avoir à penser à lui.

— Il y a peu de chance qu'une telle chose se produise… » Je repliai frénétiquement un carton de pizza et l'enfonçai dans la poubelle. « Vu que tu me parles tout le temps de lui et que tu l'amènes dans la pièce chaque fois que tu viens ici. »

Merry posa les pieds par terre. « Papa est toujours dans la pièce, Lu. Tu oublies que raconter qu'il est mort n'est qu'un putain de mensonge. Ne pas parler de lui ne le rendra pas moins vivant.

— Aller le voir ne ramènera pas maman. » Je me penchai pour ramasser une chaussette sale.

« Si tu crois que c'est pour ça que j'y vais, tu es nulle. Tu veux savoir pourquoi je vais voir papa ? »

Je secouai un torchon froissé et le jetai dans le panier à linge. « Non. »

14

Lulu, décembre 1986

J'aurais juré sentir encore craquer sous mes doigts le papier de mauvaise qualité. Même après avoir chiffonné en boule la lettre de mon père, l'avoir jetée à la poubelle, m'être lavé les mains avec application et me les être relavées à peine arrivée aux urgences. Avec du savon désinfectant d'hôpital. Sa lettre n'en continuait pas moins à me hanter, à imprégner ma peau d'une substance visqueuse, ses phrases ricochant dans ma tête.

Pourquoi tu ne viens pas me voir ?

Tu n'as quand même pas peur de moi, dis, Lulu ?

On peut parler, on doit parler, Cocoa Puff.

Ne pas te voir me rend dingue, ma chérie.

Je suis ton père, bon sang !

Prise de nausée, je souris à ma jeune patiente. J'étirai un instant les muscles de mon cou, décidée à m'extraire mon père de la tête. Je ne savais pas pourquoi j'avais ouvert cette lettre au lieu de la jeter encore cachetée au fond d'une benne à ordures, comme d'habitude.

Quels que soient mes efforts pour me persuader de son absence, il arrivait que sa main surgisse et m'agrippe à l'improviste. Mieux valait mettre sur le compte du surmenage l'erreur que j'avais commise en ouvrant sa lettre aujourd'hui.

Jusqu'à présent, mes gardes aux urgences avaient ressemblé à un test en vue d'une guerre nucléaire. Les diagnostics jaillissaient de ma bouche tandis que je courais d'un patient à l'autre. Heureusement que je n'avais pas débuté mais terminé mon internat aux urgences ! Marta, qui avait commencé le sien dans ce service, s'était transformée en zombie au bout de quelques semaines. Elle s'était mise à allumer des cierges à l'église en chantonnant *Seigneur, faites que j'aie plus de patients qui survivent que de patients qui meurent !*

« Melissa, je suis le docteur Zachariah », me présentai-je à ma patiente.

La jeune fille hocha la tête en me regardant à peine. Ronde et aussi pâle qu'un jour de février, avec des cheveux châtains qui lui pendouillaient sur la figure, elle semblait sur le point de disparaître.

« Et voici… Doug Keller, dis-je en jetant un nouveau coup d'œil au badge de l'étudiant. Il est en troisième année de médecine et travaille aujourd'hui avec moi.

— J'assiste le docteur Zachariah », précisa Doug en s'approchant de la table d'examen.

Melissa serra ses genoux l'un contre l'autre.

« Où avez-vous mal, exactement ? » demandai-je.

Les joues de la jeune fille s'empourprèrent, et elle haussa les épaules.

Doug prit la fiche sur le comptoir tout craquelé. Chaque fois que je m'arrêtais sur la vétusté de l'hôpital – les comptoirs, les poignées des armoires, la table d'examen –, j'imaginais des microbes danser la java le long des fissures et avais envie de passer tout l'endroit à la Javel.

Doug lut à haute voix les notes qu'avait prises l'infirmière, tandis que Melissa entortillait le drap qu'elle serrait plus fort à chaque mot qu'il prononçait. « Douleur abdominale, du côté gauche, après les rapports sexuels. Pas de douleur vaginale localisée… Et quand vous urinez ?

— Hein ?

— Est-ce que vous avez mal quand vous faites pipi ? » demandai-je.

Melissa hocha imperceptiblement la tête.

« On va vous soulager, lui assurai-je en lui pressant brièvement le genou. À l'instant, vous avez mal ? »

Des larmes roulèrent sur les joues de Melissa. De crainte que la sympathie déclenche plus rapidement que la cruauté une crise de larmes, je décidai de remballer ma compassion.

Apprendre. Agir. Transmettre.

J'expédiai les prélèvements de Melissa au laboratoire en pariant qu'elle souffrait d'une inflammation pelvienne. Prenant juste le temps de me laver les mains, j'enchaînai avec le patient suivant et frappai un coup à la porte, pour la forme. Une odeur d'alcool, de chair pas lavée et autres relents indéfinissables mais familiers me submergèrent. Doug, qui me suivait, hésita sur le seuil.

Un homme d'une crasse repoussante était installé sur la table d'examen. Du sang tachait le papier froissé sur lequel il était allongé. Le patient avait l'air d'avoir la quarantaine, mais il aurait aussi bien pu avoir vingt-cinq ans ou plus. Mon expérience aux urgences m'avait démontré à quel point l'alcool pouvait vieillir prématurément un visage.

« Monsieur Hammond… Je suis le docteur Zachariah. » L'observant de loin, je tâchai de déterminer s'il était encore ivre ou si son haleine qui puait le vin bon marché était le vestige d'une beuverie de la veille. « Et voici Doug Keller, étudiant en médecine. »

D'après sa fiche, mon patient s'était bagarré dans un bar et souffrait de blessures superficielles à l'arme blanche au niveau d'une épaule et dans le dos. À en juger par la quantité et la couleur du sang qui imbibait sa chemise, ce devait être exact.

« Il faudrait enlever votre chemise, monsieur Hammond. Nous allons sortir le temps que vous vous déshabilliez. » Pourquoi les infirmières n'avaient-elles pas mieux préparé ce patient ?

Indifférent à mes instructions, il dit : « Vous devriez voir l'autre type !

— Certes. Mais occupons-nous déjà de vous. Dites-moi, vous avez très mal ?

— Je n'ai pas mal du tout, ma jolie. » Sa voix était pleine de bravade. « Et si au lieu que vous vous occupiez de moi, je m'occupais de vous ? » Il ricana et faillit tomber de la table lorsqu'il tendit la main pour m'attraper. « Je te rendrai heureuse, mon chou.

— Monsieur Hammond, nous allons sortir de la pièce. Et quand nous reviendrons, je vous prie d'avoir retiré votre chemise.

— Ah ouais ? Et si t'arrêtais de me dire ce que je dois faire ? Le dernier qui m'a parlé comme ça, il s'en est sorti plus salement que moi. » Il se débarrassa de sa chemise, laissant apparaître une longue entaille qui courait du coude jusqu'à l'épaule. « Qu'est-ce qu'il y a, mon chou, t'as perdu ta langue ? »

Brusquement, un coup de poignard me transperça la poitrine. Une boule se forma dans ma gorge, comme si j'avais avalé mon stéthoscope.

« Ça va ? » s'inquiéta Doug.

Je lui fis signe que non, ne sachant trop ce que je cherchai à faire passer hormis l'impression que j'allais mourir. Il devait entendre mon cœur cogner dans ma poitrine.

« Qu'est-ce qui se passe ? marmonna Hammond. Qu'est-ce qu'elle a ? »

Tais-toi. Va-t'en. Va-t'en !

Sa blessure ouverte béait sous mes yeux, suppliant d'être recousue. Du sang était emmêlé dans ses cheveux bruns épais qui se dressaient en épis.

« Elle va s'occuper de moi ou quoi ? demanda-t-il.

— Docteur Zachariah ? » Doug me saisit par le bras. « Faut-il que j'aille chercher de l'aide ?

— C'est quoi, cette taule ? » Le patient s'avança vers moi. « Putain de merde ! »

Je sortis de la salle en courant.

Les toilettes des femmes me semblaient à des kilomètres. J'avais une envie si pressante d'uriner que je n'étais pas certaine d'y arriver à temps. Dans le couloir, les gens reculèrent lorsque je passai devant eux à toute vitesse, sans vraiment voir l'inquiétude dans leurs regards.

« Docteur Zachariah ! » cria Doug alors que je tournai au fond du couloir en fonçant vers la porte des toilettes. J'avais l'impression de courir au ralenti vers un but que je n'atteindrais jamais.

Mes mains tremblaient si fort que j'eus de la peine à fermer le loquet dans les toilettes. Des voix, trop fortes, m'assaillirent. Celle de Doug et d'autres.

« Ça va ? »

« Louise, tu as besoin de quelque chose ? »

« Qu'est-ce qui ne va pas ? »

Leurs paroles semblaient me parvenir de loin. Je tirai la chasse et m'assis sur la cuvette, la tête entre les genoux. C'est juste une crise de panique, me dis-je, récapitulant mentalement le maximum de symptômes dont je me souvenais : palpitations, sudation, sensation d'étranglement, sensation de suffocation, déréalisation, dépersonnalisation, paresthésie, besoin urgent d'uriner ou de déféquer.

L'impression que quelqu'un va mourir.

L'odeur de la colère.

L'odeur de métal brûlant de mon père qui m'avait assaillie par cette chaude journée de juillet. Si j'étais restée, maman serait-elle encore en vie ? Est-ce que je serais morte ?

Pourquoi avais-je mis autant de temps à descendre chez Teenie ? Pourquoi n'avais-je pas volé jusqu'à son appartement ?

« Louise, si tu ne sors pas, la sécurité va venir enfoncer la porte. »

La voix ferme me ramena au présent. Une voix familière.

« Non, bredouillai-je. C'est bon. Ça va. J'ai dégueulé, c'est tout. » Lentement, je me relevai et ouvris le loquet. L'infirmière en chef à l'air ravagé m'observa, les bras croisés.

Je me passai une main sur la bouche en faisant semblant d'avoir vomi et m'approchai du lavabo. Je m'aspergeai d'eau le visage. Mon cœur battait trop vite. Ma respiration restait irrégulière. Dommage que la connaissance des symptômes ne les fasse pas disparaître ! Allant chercher mes mots le plus loin possible, je dis : « La grippe. D'un seul coup. Je tiens à peine debout.

— Tu veux de l'aide ? » L'infirmière en chef avait l'air de douter.

Je secouai la tête. « Je vais appeler un taxi.

— Je peux te raccompagner », proposa Doug. Il se tenait sur le pas de la porte, s'interdisant de franchir le seuil des toilettes des dames.

« Non, reste… On a besoin de toi. » Je serrai mes bras autour de moi.

« Je t'appelle un taxi », dit l'infirmière en chef.

Mon studio en désordre offrait tout le confort. Pour une fois, je me fichais éperdument de ne pas avoir eu le temps de faire le ménage depuis plusieurs semaines. Ici, je me sentais à l'abri. Je jetai mon manteau et m'écroulai sur mon lit défait, le visage enfoncé dans l'oreiller. Des émotions enfouies depuis longtemps me revinrent, et je me mordis le poing pour ne pas hurler, pour ne pas voir les os de ma mère sur le sol poussiéreux.

Je détestais qu'elle hurle, qu'elle m'envoie faire les courses, qu'elle ne prépare rien à manger, qu'elle ne montre jamais ni douceur ni compréhension. Qu'elle ne se souvienne de mon existence que quand elle avait besoin de moi.

Joue avec ta sœur.

Apporte le repassage à Teenie.

Sauve-moi la vie.

Je me détestais de l'avoir détestée.

Peut-être que c'était ma haine qui avait poussé papa à tuer maman. Pourquoi est-ce que je n'avais pas sauté sur son dos, ne m'étais pas jetée sur lui, ne lui avais pas crié après ? Pourquoi n'avais-je pas ouvert la bouche au lieu de me planquer dans la salle de bains ? Merry s'était précipitée vers eux. Je n'étais même pas entrée dans la cuisine au moment où maman avait crié. *Il a un couteau… Il va me tuer ! Va vite chercher Teenie !*

Maman avait-elle dit ça ? Est-ce que je me souvenais bien, ou est-ce que je l'imaginais ? Maman avait-elle dit qu'il allait la tuer ? Pourquoi n'étais-je pas venue m'interposer ?

Et s'il avait tué Merry ? Pourquoi ne s'était-il pas tué ? Pourquoi n'avais-je sauvé personne ?

Le lendemain matin, de retour au travail, j'expliquai la grippe envolée en la rebaptisant intoxication alimentaire. Au moins, j'avais passé une bonne nuit de sommeil, bien qu'il m'ait fallu du NyQuil pour m'endormir – ce que j'avais de mieux en guise de somnifère.

En sortant de ma garde, je consacrai ma première soirée de liberté depuis deux semaines à Merry, désormais étudiante en licence à la Northeastern University à Boston. C'était elle qui avait demandé à me voir parce qu'elle avait besoin d'argent et, naturellement, elle avait déjà vingt minutes de retard. Je fixais du regard la porte du restaurant et jetais un œil toutes les trois minutes à ma montre. Au bout d'une demi-heure, une peur glacée m'envahit. Quand enfin elle entra au *Rubin's Deli*, je faillis hurler à m'en arracher la tête.

« Où t'étais ? Pourquoi t'es en retard, cette fois-ci ? demandai-je, bien que ses yeux injectés de sang et ses cheveux pas lavés suffisent à me donner la réponse.

— Le dimanche, il y a moins de tramways. J'ai dû l'attendre un temps fou. » Elle se laissa tomber dans un fauteuil en bois en face de moi. « Il me faut un café.

— Il te faut un chaperon, oui ! Tu fais peur à voir.

— Merci. Ton soutien est toujours un réconfort. J'ai passé la semaine entière à réviser mes partiels. » Elle fouilla longuement dans son sac, d'où elle finit par sortir un paquet de cigarettes.

« Tu peux attendre que j'aie fini de manger ? » Je lui pris le paquet de Marlboro des mains. « Tu as révisé où hier soir ? Dans un bar ? » Attrapant mon gros sandwich au corned-beef, je fis exprès de mordre dedans à belles dents.

« Beurk ! C'est dégoûtant.

— Avoir tes cheveux sales sous le nez pendant que je mange n'est pas ce qu'il y a de plus appétissant non plus.

— Pourquoi faut-il que tu sois aussi méchante ?

— Pourquoi est-ce que tu ne te traites pas mieux ? »

Merry prit la boîte d'allumettes posée sur la table et se mit à les craquer l'une après l'autre. « Désolée, tout le monde ne peut pas être une sainte comme toi. » Elle attrapa ma grande tasse de café et en but une gorgée. « Eurk, t'as mis du sucre ! Depuis quand tu fais ça ? »

Je me penchai au-dessus de la table et récupérai ma tasse. « Depuis que je dois attendre ma sœur après m'être cognée des gardes insensées durant des semaines. Étant donné qu'elle n'arrive pas à l'heure, mon taux de sucre descend si bas que je suis obligée de mettre trois morceaux dans mon café. Ça répond à ta question ?

— Le tram a vraiment mis du temps à arriver, dit Merry en s'affaissant sur son siège.

— Tu n'as qu'à partir plus tôt, puisque tu sais que c'est plus lent le dimanche. » La colère rentrée me donnait envie de la secouer jusqu'à ce qu'elle m'écoute, qu'elle m'écoute pour de bon. Il se passait des choses épouvantables dans ce monde. Elle ferait mieux de s'en souvenir, au lieu de prétendre que tout allait très bien. Je détestais son haleine qui empestait la cigarette, détestais ses vêtements imprégnés de relents de bière.

« J'ai vingt et un ans, Lulu. Quand arrêteras-tu de me faire des reproches ?

— Quand arrêteras-tu de me demander de voler à ton secours ? » Je me penchai pour attraper le vieux sac en daim qui ne me quittait pas depuis qu'Anne m'en avait fait cadeau le jour de mon dix-huitième anniversaire. En me disant que la couleur chocolat doux-amer s'harmonisait joliment avec mes yeux. Je me souvenais d'avoir été étonnée par la tournure poétique de sa phrase, et plus encore qu'elle ait su de quelle couleur étaient mes yeux.

Le sentiment familier de ne pas avoir été assez gentille avec Anne me rattrapa. Elle avait beau s'être donné un mal de chien, je m'étais comportée comme une peste. Je repoussai cette idée, berçant ma douleur comme un mal de dents lancinant. Merry fixait mes mains, comme si elle attendait que je lui fasse d'autres reproches. Au lieu de quoi je sortis mon portefeuille, dans lequel je pris cinq billets de vingt dollars tout frais sortis de la banque.

« Prends-les, dis-je, voyant qu'elle ne prenait pas les billets. Je te donne cent dollars.

— Je n'en avais demandé que cinquante. » Elle but une gorgée du café brûlant que le serveur venait de lui apporter, avec force empressement et sourires, attitude qu'il n'avait pas adoptée en me donnant mon sandwich et mon café déjà refroidi. Il suffisait que ma sœur pose les yeux sur un homme pour que les récompenses se mettent à pleuvoir.

Je posai les billets sur la table poisseuse et les poussai vers elle. Le vieux couple assis à la table voisine nous jeta un regard. « Prends-les, répétai-je. Je ne supporte pas l'idée que tu te balades sans argent.

— Ne t'en fais pas. En mai, quand j'aurai mon diplôme, tu n'auras plus jamais à te soucier de moi. »

Je saisis sa main, pliai les billets au creux de sa paume et refermai ses doigts. Non sans éprouver un sentiment de culpabilité. Après mon bac, les Cohen m'avaient offert un voyage en Italie, en France et dans les îles grecques. Et même si je m'étais moquée du guide et de mes compagnons, de jeunes membres de l'association d'une synagogue de l'Upper West Side, j'avais pleinement profité de ce moment, le premier voyage de ma vie. Personne ne me connaissait. Libre à moi d'être qui je voulais. Ce qui expliquait sans doute que j'aie finalement perdu ma virginité, que je portais alors comme un immense V écarlate.

David Stern, un des accompagnateurs du groupe, les cheveux noirs épais et un grand sourire franc, avait la beauté classique d'un garçon en âge de faire sa bar-mitsva, bien qu'il officie depuis dix ans sur la *bimah* – l'autel de prières à la synagogue – et lise la *haftarah*. Nous avions beau avoir vécu le sac au dos pendant tout le voyage, ses chemises bleues et ses pantalons marron donnaient l'impression qu'ils venaient d'être repassés. Il ouvrait les portes et s'assurait que tout le monde était bien remonté dans l'autocar lorsque nous repartions après chaque arrêt.

Le jour où Mindy Grossman avait bu de l'absinthe et s'était mise à dégueuler, David lui avait apporté une camomille et avait trouvé des biscuits salés français pour venir à bout de sa gueule de bois. Comme moi, il s'apprêtait à entrer en fac de médecine. Contrairement à moi, David avait été élevé par des parents qui l'adoraient, l'emmaillotaient dans un cocon d'amour et de nobles aspirations.

La première fois que David et moi avions fait l'amour, l'étoile juive en or qui pendait à son cou s'était balancée au-dessus de mon nez, et ma seule pensée était allée aux pierres tombales qu'on dévoile – celles de ma mère et de ma grand-mère. J'aurais voulu qu'il enlève son étoile, mais je ne savais pas comment le lui demander. Nous avions rompu et Mindy Grossman avait profité de sa vigoureuse façon de faire l'amour tout au long de notre séjour dans les îles grecques.

David avait été un superbe cadeau de fin de lycée. Mais quel serait celui de fin d'études de ma Merry ? Depuis qu'elle était inscrite à la fac, le docteur Cohen n'était quasi plus en contact avec nous, sinon pour payer les factures. Tout semblant de relation prétendument familiale avec les Cohen avait pris fin le jour où le docteur Cohen s'était mis à papillonner. Le cadeau de ma sœur, c'était moi qui le lui ferais, et ce ne serait sûrement pas un voyage en Europe. Avec un peu de chance, je pourrais lui offrir une montre Timex.

Merry repoussa l'argent vers moi. « Tu ne peux pas te permettre de me donner autant, d'ailleurs, je ne le mérite pas. Je suis une sale gosse. J'arrive en retard, je suis grossière, je fume et je bois. » Elle redressa le menton. « Tu n'as pas envie de tout simplement me lâcher ? Tu ne te dis jamais que tu pourrais mener ta vie comme une personne normale ?

— Normales, on l'est. » Légèrement oppressée, je grattouillai des lignes sur mon bras. « Rien ne pourra nous séparer, Merry. Ne parle plus jamais comme ça.

— Tu ne peux rien garantir.

— Si, je le peux. Nous avons le contrôle de nos vies, Merry. Ne l'oublie pas. »

15

Lulu, mai 1987

Lorsque arriva le printemps, j'eus bien peur de voir tout contrôle m'échapper. J'en venais à comprendre pourquoi des gens s'endormaient au volant. J'étais terrifiée à l'idée de m'assoupir en posant une perfusion. Marta n'arrêtait pas de me parler de la fête de Ron qui avait lieu le soir même, alors que j'aurais été ravie de passer la soirée à regarder *Dynastie*. Notre stage d'internat se terminait dans cinq heures, et je me réjouissais de passer chacune de ces heures au service neurologie, dans la chambre de M. Vincent, à savourer la nourriture que sa femme apportait à l'hôpital.

Les Vincent étaient mariés depuis cinquante-cinq ans, et Mme Vincent était déterminée à garder son mari en vie. Heure après heure, elle lui tenait la main, se tordait le cou pour regarder la télévision fixée au plafond et nourrissait le personnel. Elle et son fils arrivaient à l'hôpital tous les jours à dix heures, le fils portant une boîte en carton bourrée de journaux pour garder les aliments au chaud. Dans la caisse s'entassaient des Tupperware de plats réconfortants, à base de raviolis, de lasagnes et d'aubergines grillées. La liste semblait interminable. En outre, son fils portait un sac plastique sur l'épaule, rempli de cannolis et de biscuits venant de la pâtisserie de son cousin.

Mme Vincent suscitait l'attention et l'intérêt de son mari par le biais de la nourriture.

« Bonjour, madame Vincent, dis-je en entrant dans la chambre. Bonjour, monsieur Vincent. Comment vous sentez-vous, aujourd'hui ?

— Regarde, Joe, c'est le docteur Zachariah. » D'un geste tendre, Mme Vincent essuya un peu de bave qui coulait de la bouche de son mari. « Nous regardions les nouvelles. Joe adore les informations. Pas vrai, Joe ? »

M. Vincent sourit et hocha la tête comme il le faisait pour tout. Sa femme interprétait son air heureux comme le signe qu'il allait se remettre de son attaque en dépit du pronostic pessimiste du neurologue.

« Vous avez faim, ma belle ? » Elle plongea la main dans un vieux sac Jordan Marsh.

Je me laissai tomber dans le fauteuil à côté d'elle. « Je meurs de faim. » J'avais enchaîné les visites de patients depuis mon arrivée dans le service le samedi matin. On était à présent dimanche, ma montre indiquait dix-neuf heures.

Mme Vincent sortit un Tupperware plein de lasagnes. La pâte était froide, mais je m'en fichais. Elle me tendit une fourchette en plastique et une serviette pliée. Je roulai les yeux de plaisir en prenant une première bouchée du plat au bon goût de viande, à la fois doux et relevé.

À un moment donné, pendant l'internat, j'en étais venue à remplacer le sexe par la nourriture comme moyen de relâcher mes tensions. Avoir le temps de s'adonner à des séances de baise athlétique me donnait l'impression d'appartenir à une autre vie dans le monde relativement plus simple de la fac de médecine – relativement voulant dire, bien entendu, qu'au pays des aveugles, les borgnes sont rois.

Un morceau de pâte tomba sur ma blouse blanche, se mêlant au sang qu'avait recraché mon dernier patient au bout du couloir. Je le ramassai et, l'espace d'une seconde, je faillis le manger. J'essuyai ma blouse avec ma serviette, ce qui ne fit qu'étaler la petite tache de sang en une trace rouge de la taille d'une soucoupe, qu'on aurait pu distinguer depuis la planète Mars.

« Tenez, tenez… Prenez ça ! dit Mme Vincent en me tendant une serviette mouillée. Vous voulez terrifier vos patients ?

— Ils devraient l'être… Savez-vous depuis combien de temps je suis ici ?

— C'est bon ! fit Mme Vincent. Regardez Joe. Il faut rentrer chez vous. Il ne partira pas. Ça va aller. Soyez heureuse d'être jeune et en bonne santé. Une fille robuste comme vous se remet de tout. Mais avant, prenez un cannoli, vous avez besoin de sucre. »

Mme Vincent était un amour. Son mari n'était-il pas le patient le mieux soigné de l'hôpital ? Après avoir dévoré les lasagnes de sa femme, qui eût été assez grossier pour s'en aller sans avoir fait un petit quelque chose pour M. Vincent ? Écouter son cœur, examiner ses pupilles, tester ses réflexes… Je luttai pour ne pas m'endormir en mangeant et regardai les actualités nationales, m'aidant à garder les yeux ouverts en jouant au jeu du QB, ou Quotient de Baisabilité, afin de décider si Peter Jennings était baisable ou pas. Ce jeu était la dernière folie des internes de Cabot : décider qui valait le coup d'être fourré dans son lit. Nous jugions ainsi les vedettes de cinéma, les employés de l'hôpital, les présidents, bref, tout le monde, sauf les patients. L'éthique continuait à jouer un certain rôle dans nos vies.

Le jeu du QB nous aidait à tenir. À défaut de nous adonner au sexe, nous faisions semblant. Pendant les quinze minutes de pause repas à la cafétéria, nous lancions des noms, mais jamais des choix aussi évidents que Richard Gere ou Demi Moore. Nous proposions des personnalités comme Mikhaïl Gorbatchev ou Nancy Reagan, obligeant ensuite chacun à décider.

Peter Jennings était trop facile ; les collègues m'auraient ri au nez. À l'évidence, Jennings était éminemment baisable. Est-ce que ce serait impoli de demander à Mme Vincent de changer de chaîne ? Il fallait que je trouve quelqu'un d'autre, quelqu'un de plus banal.

« Du café ? Mon fils en a apporté dans une Thermos. » Mme Vincent me tendit un gobelet. L'idée d'un café autre que celui de l'hôpital me faisait saliver, d'autant que j'envisageais d'aller à la fête de fin d'internat plutôt que de rentrer me coucher à la fin de ma garde comme à l'accoutumée.

« Merci. Avec grand plaisir.

— Formidable… À propos, j'ai l'impression que la tension de Joe est un peu élevée. »

Ron Young, mon ancien partenaire du labo d'anatomie et du groupe d'études, organisait la fête dans sa maison de Dorchester héritée de ses parents. Son père, charpentier de métier, l'avait retapée de la cave au grenier. Le moindre recoin possédait quelque chose de remarquable – bibliothèque intégrée au mur, lambris en bois de cerisier, cheminées en briques – et des bouquets de lilas du jardin jaillissaient des vases en verre taillé. La maison de Ron évoquait à la fois la famille et l'histoire.

Il avait invité tous les étudiants de médecine de notre promotion vivant encore à Boston, ainsi que des tas d'autres personnes qui, connaissant les goûts éclectiques de Ron, auraient aussi bien pu être des supporters des Red Sox que des artistes performers.

« Tu vois quelqu'un qui te plaît ? » Marta surgit à mes côtés en apportant deux verres de vin.

Je hochai vaguement la tête.

« Prends le rouge, me dit Marta. Dommage qu'Henry soit parti à Los Angeles. Vous auriez pu fêter le bon vieux temps – une sorte de *Ce n'est qu'un au revoir* de printemps. Il aurait pu te filer quelques gouttes de gentillesse. Ça fait un bail, non ? »

Les traits tout en finesse de Marta ne laissaient présager en rien le côté salace de ses remarques. Du menton, je lui montrai un type debout au fond de la pièce, en train d'écouter une rousse craquante et de hocher la tête d'un air patient. « Qui est-ce ? »

Marta sourit. « Nebraska.

— C'est son nom ? » Je bus une gorgée de vin, bien décidée à le faire durer le plus longtemps possible.

« C'est de là qu'il vient. »

Vêtu d'un jean et d'une chemise en velours bleu marine, dont les manches relevées sur les bras révélaient des poils du même blond foncé que ses cheveux, Nebraska était bougrement attirant. « Tu lui as parlé ?

— Un peu. Mais c'est du pain trop blanc pour moi. » Marta était davantage attirée par les hommes à la peau olivâtre, italiens, grecs, juifs ou portoricains comme elle, et qui gagnaient de gros salaires. « Il n'est pas médecin.

— Qu'est-ce qu'il est ?

— Artiste, fit-elle avec un haussement d'épaules.

— Tu dis ça comme si c'était ennuyeux.

— Il fait de l'art commercial. Pour les cartes Hallmark, je crois. J'ai oublié. » Elle balaya mon froncement de sourcils d'un geste de la main. « Tu vas adorer l'artiste. Il te fera flotter. Par rapport à Henry, cet homme a tout d'un sauvage. À vrai dire, il a l'air d'avoir pas mal de personnalité. Je ne sais pas si tu pourras supporter. » Il y avait déjà belle lurette que Marta m'avait cataloguée collet monté.

J'observai sa tenue. Ses talons aiguilles de plus de huit centimètres lui donnaient du chien, et sa robe bleu canard la moulait comme jamais ne le ferait la mienne. Me comparer à Marta me donna envie de me précipiter chez *Saks Fifth Avenue*. Je vidai mon verre de vin d'un trait, histoire de noyer mes émotions avant qu'elles ne s'enflamment. « Je vais me resservir à boire, tu en veux un autre ? »

Marta secoua la tête. « Je vise ce gars, là-bas. » Elle pointa son verre en direction d'un type plutôt moche.

« Premier de sa classe à Harvard, interne réputé et résident en microchirurgie à Mass General. » Elle se passa la langue sur la lèvre supérieure. « Il a des chances de gagner du pognon. Il fera un mari parfait : juif, chirurgien et assez quelconque pour me vénérer. » Elle toucha de ses doigts de nonne parfaits son visage de Vierge Marie.

« Ne crois pas trop à la théorie selon laquelle les hommes juifs font les meilleurs maris. » Je ne pouvais pas lui dire à quel point je réfutais cette hypothèse. Comme tout le monde, Marta me croyait orpheline à la suite d'un accident de voiture. « Personnellement, je pense que ce sont les hommes juifs qui ont inventé eux-mêmes cette phrase. Une forme d'autopromotion. »

Je m'éloignai vers le bar. Marta s'éloigna vers son futur mari.

Alors que je buvais mon second verre, j'arrivai à la conclusion que Nebraska dégageait un très fort QB. Plus je l'observais, plus son air sain et naturel me plaisait. Dans une pièce remplie de types brushingués, ça changeait d'en voir un qui n'était pas gominé ! J'avais envie de lui ôter sa chemise, de poser ma tête sur son large torse et de rester ainsi pendant des heures.

Je vidai mon verre cul sec et ébouriffai mes cheveux.

« Alors, quel genre de toubib es-tu ? » Connaître d'avance la réponse me donnait un sentiment de supériorité.

« Je ne suis pas médecin. » Sa voix était apaisante, lente et mesurée, son accent ni de New York ni de la côte Est.

« Si tu n'es pas médecin, qu'est-ce qui t'amène ici ?

— J'espère en rencontrer un. » Derrière ses lunettes à fine monture métallique, le regard de Nebraska en disait plus long que je ne m'y attendais, et ce regard ne manquait pas de gentillesse.

« Tu as de la chance, dis-je. Je suis médecin.

— J'ai en effet de la chance. Et quel genre de médecin ?

— À l'instant même, du genre fatigué. Du genre épuisé qui vient de terminer son internat.

— On vous surcharge de boulot. » Son ton traduisait un degré d'inquiétude que j'avais l'habitude de prendre, pas d'entendre. « Tes yeux, bien qu'ils soient très beaux, me font penser à l'image "Avant" dans une pub pour somnifères. Faire subir l'essoreuse de la privation à des gens pour leur apprendre à aider ceux qui sont malades et vulnérables n'a aucun sens. Pourquoi devriez-vous travailler dans de telles conditions ?

— Cette théorie vise, semble-t-il, à développer en nous le sens de la débrouillardise, même dans les pires conditions. » Je plaquai ma main sur ma gorge, regrettant de ne pas avoir mis quelque chose de plus joli, de plus seyant, quelque chose que Merry aurait mis.

« Peut-être invoquent-ils cette raison pour bénéficier de vos longues heures de boulot qu'ils paient mal. » Délicatement, il posa un doigt sous mon menton, le releva et me regarda en face. Puis il écarta ma frange trop longue qui me tombait sans cesse dans les yeux. « Je vois là quelqu'un qui a besoin de sommeil, d'un bon repas roboratif et d'une conversation non médicale.

— Je vois là quelqu'un qui est au moins à même de fournir le numéro trois. » Que ce fût dû au vin ou à sa voix, cet homme me fit vivre ma première expérience de flirt.

« Oui. Et je vais le faire. Mais à condition que tu me laisses t'offrir un repas digne de ce nom. »

Le lendemain matin, je me réveillai à côté de Nebraska. Avais-je bu tant que ça ? Je sortis du lit en titubant, espérant ne pas le réveiller, en proie à une gueule de bois trop carabinée pour marcher sur la pointe des pieds.

J'arrivai à la salle de bains juste à temps pour vomir. Révoltant… Après quoi je m'écroulai par terre. Le lino était d'une saleté repoussante. Régulièrement, je prévoyais de faire le ménage dans l'appartement, mais chaque fois le sommeil avait raison de cette brûlante question : comment-occuper-mes-six-heures-de-liberté-hebdomadaires ?

L'alcool et moi n'avions jamais été très copains. Je tirai la serviette étendue sur la barre au-dessus de moi pour m'en faire une couverture et me fis aussi petite que possible. Entre plusieurs crises de haut-le-cœur, je dormis sur le lino froid et humide, coincée entre la cuvette des toilettes et la douche.

En me réveillant, j'eus la vision de deux jambes d'homme nues couvertes de poils frisés châtain doré. Je luttai contre le vertige pour me forcer à me lever.

Nebraska, en caleçon, s'accroupit près de moi. J'eus un nouveau haut-le-cœur.

Même en proie à la nausée, je mourais d'envie de le toucher.

« Hé, hé, ça va », dit-il lorsque j'eus fini de dégueuler le peu qui restait dans mon estomac douloureux. Lorsqu'il approcha un gant de toilette mouillé, je me demandai où il avait réussi à en trouver un propre dans l'appartement. Il me prit les mains, sur lesquelles il essuya la transpiration en commençant par le bout des doigts. Je le regardai dans un silence approbateur tandis qu'il passait le gant doux et tiède sur ma peau. Après quoi il se leva, le rinça avec soin et le passa doucement sur mon visage et ma nuque.

« Merci », dis-je. Ses gestes étaient assurés. Je n'avais aucun souvenir de la nuit précédente, en revanche, mon corps se le rappelait. Et ça avait dû être bon, car je le désirais éperdument.

Il me tendit mon peignoir en éponge blanc, qu'il avait Dieu sait comment réussi à déterrer dans ma chambre sous une pile de vêtements. « Tu n'as pas l'habitude de boire… Ou tu en as trop l'habitude ? »

Je voulus faire non de la tête, mais bouger me donna le vertige. Mon estomac désormais vide protestait contre le moindre mouvement inutile. La tête m'élançait. « Pas. » Je me sentais incapable d'articuler un mot de plus.

« Tant mieux. Ma mère est alcoolique. Ce qui n'est pas une qualité admirable. » D'un geste, il montra ma minuscule salle de bains. « Ainsi que tu peux le voir. »

Tournant la tête en remuant le moins possible, je fis la grimace en apercevant les piles de serviettes sales avec lesquelles je m'étais fabriqué un nid, ainsi que le tas de papier hygiénique dont je m'étais servi pour me moucher et m'essuyer la bouche. Si je m'étais sentie moins nauséeuse, et si mon mal de tête n'avait pas pris des proportions nucléaires, j'aurais éprouvé davantage de honte. Ce qui viendrait sans doute plus tard.

« Sortons d'ici. Je ne suis pas médecin, mais je ne pense pas que ce soit l'environnement qui convienne le mieux pour se remettre. »

Il me ramena au lit, dans lequel je m'endormis aussitôt. Heureusement. Au moment où je me réveillai, la première chose que j'aperçus fut Nebraska en train de lire le journal. Qu'il n'ait pas profité de l'occasion pour filer m'étonna. Personnellement, c'était ce que j'aurais fait. Il m'apporta une tasse de thé et des crackers sur une assiette. Il avait dû descendre acheter les sachets de thé et les biscuits, étant donné qu'il n'y avait ni l'un ni l'autre dans mes déprimantes réserves.

Je commençai à me demander si Nebraska était bien réel ou s'il faisait partie d'un rêve induit par l'alcool. Un beau rêve, dans lequel les hommes étaient des chevaliers, des protecteurs et des guérisseurs.

« Recette familiale secrète. » Il posa mon vieux plateau télé près du lit. Le matelas s'affaissa quand il s'assit à côté de moi. Il me tendit une tasse fumante. Il avait réussi à trouver ma préférée – celle que Merry m'avait offerte pour mes vingt-six ans, décorée d'un gros soleil jaune flottant sur un fond bleu flou comme sur les dessins d'enfant. Incertaine de la réaction de mon estomac, je bus une timide gorgée du thé fort et sucré.

Nebraska me donna un biscuit que je grignotai du bout des lèvres. « Ça va mieux ?

— Plus ou moins. Une chance que je ne doive pas aller à l'hôpital aujourd'hui…

— Tes patients devraient remercier le ciel. Si tu y allais, imagine comme le taux de mortalité grimperait en flèche ! »

Nebraska avait le sens de l'humour. Tant mieux.

« Je ne connais même pas ton nom, dis-je. Je te l'ai demandé ? Mon Dieu, j'ai couché avec un homme dont je ne me rappelle même plus le nom ! » Je remontai mes genoux et coinçai la tasse entre les deux. « Je n'ai jamais eu une aventure d'une nuit. Tu me crois ?

— Je m'appelle Drew. Un diminutif d'Andrew. Andrew Winterson. Et, oui, je te crois. » Il m'attrapa le menton qu'il redressa entre deux doigts. « Bien que je pense que tu mentirais si nécessaire. J'aimerais pourtant que tu ne me mentes jamais.

— Dans ma tête, je t'appelais Nebraska.

— Comment sais-tu d'où je viens ?

— Mon amie Marta me l'a dit. Tu le lui as dit. Et elle me l'a dit.

— Tu l'as interrogée sur moi ?

— Oui.

— Que t'a-t-elle dit d'autre ?

— Que tu étais ennuyeux. Marta est attirée par les types dangereux, alors qu'elle rêve d'épouser un type riche et stable. Je suppose qu'elle se paiera des aventures.

— C'est une bonne chose qu'elle n'ait pas su que j'étais riche. Néanmoins, elle a raison. Je suis ennuyeux.

— Tu l'es ?

— Ennuyeux ?

— Non. Riche ?

— Pas exactement, bien que ma famille soit plus à l'aise que la plupart. Mon père est propriétaire d'une chaîne de magasins de pneus.

— Ça, c'est plutôt ennuyeux.

— C'est vrai, sauf que ça permet à ma mère de picoler sans que les dames de la ville se permettent de la juger. Du coup, elles l'inscrivent à tous les comités. Si bien qu'elle peut passer ses hivers en Caroline du Nord où elle s'offre une cure de Diet Sundrop et de gin.

— Je ne suis pas orpheline, lâchai-je tout à coup.

— Je n'ai pas dit que tu l'étais.

— Je raconte à tout le monde que je suis orpheline. Que mes parents sont morts dans un accident de voiture quand j'avais dix ans. Mais c'est un mensonge.

— Alors pourquoi raconter cette histoire ?

— Parce que mon père a tué ma mère. Il est en prison. Je ne l'ai jamais dit à personne, du moins, pas depuis qu'une famille d'adoption nous a retirées, ma sœur et moi, de l'orphelinat. Je ne veux pas que qui que ce soit au monde le sache.

— Dans ce cas, je ne le dirai pas. » Drew souleva les couvertures. « Pousse-toi.

— Je pue horriblement, dis-je en lui faisant de la place.

— Pas horriblement. Bien que ce ne soit pas génial. » Quand il me prit dans ses bras, je sentis quelque chose me parcourir des épaules jusqu'aux cuisses, puis remonter en spirale au creux de mon ventre. « Mais je viens du Nebraska. Où nous ne manquons pas de détermination. »

Drew semblait être d'une espèce rare. Un homme digne de confiance qui me donnait des frissons.

Trois semaines plus tard, j'avouai à Merry que j'avais révélé notre secret de famille. Assise devant la table de ma cuisine, je tordais ma serviette en guettant sa réaction. J'aurais voulu être avec Drew.

« Sérieusement, comment as-tu pu tout lui raconter comme ça ? » Elle farfouilla dans mon réfrigérateur. « Tu n'as pas de jus d'orange ?

— Sois déjà contente qu'il y ait quelque chose à boire ou à manger. C'est venu naturellement, sans même l'avoir décidé. »

Je ne savais pas si Merry serait capable de comprendre à quel point Drew était différent du reste des gens. Le dire comme ça avait l'air gnangnan, mais il me protégerait. Il nous protégerait. On pouvait lui faire confiance, même pour des choses telles que les secrets.

Il était le genre d'homme à vous offrir les cadeaux dont vous aviez envie, et non ceux qu'il pensait qu'il vous fallait.

Drew était un homme d'honneur. Sans doute que je n'en retrouverais jamais un comme lui, surtout un qui, après m'avoir fait trembler dans l'obscurité, me prenait dans ses bras au soleil.

« Alors on peut arrêter de mentir ? » Merry mordit dans une pomme qui avait connu de meilleurs jours.

Était-ce possible pour moi mais pas pour elle ? Quel mérite avais-je à inviter Merry chez moi pour la première fois que je disposais d'un moment de libre et n'étais pas au travail ou avec Drew ? J'avais envie de passer chaque seconde avec lui. Envie de le boire, de dormir dans ses bras, d'habiter son corps. Envie de passer la journée au fond de sa poche.

« Rien n'a changé. Tu ne peux toujours rien dire à personne. Pas tant que tu n'auras pas rencontré le bon. » Quand cela arriverait-il ? Aujourd'hui, Merry avait au moins l'air décente. Son chemisier blanc rentré dans sa jupe en révélait moins que son habituel tee-shirt chiffonné à l'emblème d'un groupe de rock. Depuis qu'elle travaillait, ma sœur s'était assagie, même si l'horreur freudienne que représentait la rencontre quotidienne de victimes de crimes devait lui faire l'effet d'une gifle en pleine figure.

« Arrête de m'inspecter comme ça. » Elle croqua dans sa pomme à belles dents. Ma sœur et moi traversions la vie comme des affamées. Nous mangions vite, souvent et beaucoup. Dieu nous épargne le jour où nos métabolismes ralentiraient. Or, puisque nous n'avions pas de repère héréditaire nous permettant d'en juger, qui sait quand ce jour arriverait ? Merry décrivait notre père comme légèrement empâté – mais, pour être franche, est-ce que j'avais envie de penser que sa condition physique actuelle augurerait de la mienne ?

« Tu as vraiment couché avec lui le soir où tu l'as rencontré ? demanda-t-elle en attrapant un biscuit dans le paquet ouvert. Où est passée mademoiselle Parfaite ?

— Tomber amoureuse n'est pas la même chose que tomber dans le lit du premier venu. » En regardant les yeux soulignés de khôl et les lèvres cerise de ma sœur, je me sentis comme une vieille fille grincheuse en train de faire la leçon à une élève.

Merry ignora ma méchante remarque. « Et que fait cet homme miraculeux ? »

Je souris. « De l'art.

— C'est un artiste ? Un peintre ?

— Il fait de l'art commercial. Des dessins pour des cartes postales, par exemple. Il a l'intention d'illustrer des livres pour enfants.

— Il dessine des chatons sur des cartes d'anniversaire ? Des petits chiens Hallmark ? »

Peu m'importait ce que Merry dirait de lui. Je la laissai pérorer pendant que je me remémorais mes moments au lit avec lui, c'est-à-dire tout le temps que je ne passais pas à l'hôpital. Avec Drew. En train d'explorer son QB et le mien. Qui s'emboîtaient sacrément bien.

Et lorsqu'on n'était pas emboîtés, on regardait le premier film sur lequel on tombait en allumant la télé. Le thème, les critiques, les acteurs, le genre – rien n'avait d'importance. Nous ne regardions jamais un film jusqu'au générique de fin.

Pour la première fois de ma vie, je vivais autrement que seule dans ma tête.

Je posai la main sur le bras de ma sœur. « Tu l'aimeras bien, Merry, promis-je. Il sera bon pour nous. »

Elle se recula. « Pourquoi tu ne m'as pas parlé avant de tout lui raconter ? Si je faisais ça, tu me tuerais. Pourquoi est-ce que c'est toujours toi qui décides de tout ? »

Je ne voulais pas être franche et lui répondre que j'avais davantage de bon sens. « Il est de la famille. Je le sais. Tu vas l'adorer.

— J'ai vraiment envie de rencontrer un homme bien, tu sais. C'est difficile pour moi d'aller voir papa semaine après semaine et de devoir lui cacher ce que je fais.

— C'est toi qui choisis d'aller là-bas, pas moi.

— Pourquoi tu te fâches ? Parce que je n'ai plus envie moi non plus de mentir sur ma vie ?

— Dire la vérité est la chose la plus dangereuse qu'on pourrait faire. N'oublie pas que je me méfie pour nous deux. Un jour, nous aurons des enfants, et ils n'auront pas besoin d'un putain de criminel pour grand-père. »

16

Merry, septembre 1989

L'été était terminé, tout comme les week-ends de baise salée passés avec Quinn au bord de l'océan à boire des Bacardi-Coca, cachés sur des plages isolées du Maine que seuls les gens du coin connaissaient. Pendant deux mois, le rhum et le soleil m'avaient aidée à oublier la réalité. À oublier la femme de Quinn. Septembre me ramenait dans le sérieux de la vie. Mon travail, ma prétendue liaison et, bien entendu, mon père, tout me pesait lorsque je descendis du bus et me retrouvai devant le palais de justice.

Aujourd'hui, Iona était ma première cliente, et je redoutais déjà de la voir, certaine qu'elle allait geindre et pleurnicher d'un bout à l'autre de l'entretien. Elle accepterait la dizaine de mouchoirs que je lui tendrais tout en repoussant mes conseils et en m'expliquant avec des arguments minables à la Iona pourquoi ils ne marcheraient pas. Dans le jargon qu'on m'avait enseigné aux cours de psycho à la Northeastern, Iona était une plaintive qui rejetait toute aide.

Dans mon langage à moi, j'en étais arrivée à la détester à un point tel que je me faisais l'effet d'être une vraie merde.

Étant donné que son ex-petit ami l'avait battue, violée et quasi tuée, mes réactions à l'égard de Iona, quoique en apparence pleines de compassion, étaient abominables. Tout chez elle tombait, ses cheveux, ses épaules, ses foutus ongles. Au fond de moi, j'avais envie de la repousser. Quel genre de conseiller auprès des témoins et victimes de crimes – mon titre officiel – aurait réagi ainsi ? Mon titre n'était qu'une imposture.

J'allumai une cigarette sur les marches du palais de justice, histoire de retarder le moment de me mettre au boulot. C'était bizarre, moi qui avais été si impatiente de m'atteler à cette tâche… Travailler avec des victimes m'avait semblé parfait. Au moment où j'avais passé mon diplôme en droit pénal, les programmes d'aide aux victimes avaient constitué une nouveauté – des mesures prises en vue d'apaiser les activistes qui avaient milité pour un amendement en faveur des victimes voté tout récemment. Jamais je ne me serais douté qu'il s'agissait de mesurettes réchauffées.

Bien que mes cours de psycho à l'université m'avaient fait comprendre que je résoudrais certains de mes problèmes par le biais de ce travail, mes réactions me paraissaient extrêmes. Tous mes clients me faisaient fuir ; j'avais envie de leur crier d'arrêter de pleurer. Et de la boucler un peu, nom de Dieu !

Même quand je faisais preuve de gentillesse envers Iona en lui témoignant mon soutien, ses larmes de rage et son apitoiement sur son sort me donnaient envie de la gifler. Je marmonnais des paroles réconfortantes, hochais la tête et lui tendais des mouchoirs en hurlant intérieurement *Ta gueule !*

Peu après la mort d'Anne, entre la fin du lycée et mon entrée à l'université, s'était produit en moi un changement d'ordre sismique. Vivre toute seule avec le docteur Cohen dans cet appartement d'un calme mortel m'avait privée de tout espoir. Il avait embauché une gouvernante qui s'occupait de tout, des repas à la correspondance avec mon école. S'il avait pu, il aurait engagé quelqu'un pour me parler.

La seule chose que le docteur Cohen faisait pour moi était de m'accompagner à la prison de Richmond. Il avait accéléré le rythme des visites, passé d'une fois par mois à tous les quinze jours, puis à une fois par semaine, sans que je trouve le courage de lui expliquer que c'était trop. À mon avis, aussi grotesque que cela puisse sembler, il croyait pouvoir se décharger de ses responsabilités paternelles sur mon père.

Anne n'étant plus là, le docteur Cohen ne savait pas quoi faire de moi. J'étais devenue un vestige de sa vie. Lorsqu'il s'était mis à sortir avec une femme, laquelle était plus proche de mon âge que de celui d'Anne, il lui avait tardé de me voir déguerpir de la maison le plus vite possible.

Avant de pousser la lourde porte en verre, j'aspirai une dernière bouffée de cigarette, puis l'écrasai dans la jardinière en ciment qui courait le long du palais de justice. La porte grinça lorsque j'entrai dans le hall en bois sombre où tout le monde se parlait en chuchotant ; j'avais l'impression de devoir faire la génuflexion. Les criminels comme les victimes circulaient les yeux baissés. Les avocats et le personnel du tribunal se précipitaient dans les couloirs en se rengorgeant comme j'imaginais que se pavanaient les cardinaux romains au Vatican.

Je montai en ascenseur au cinquième étage. Les parois de cuivre noires de crasse témoignaient de la négligence de l'État du Massachusetts. Les bureaux du Service aux victimes, une obscure ramification du système judiciaire, étaient relégués au fin fond du palais, à côté de fournitures de bureau au rebut, d'un cimetière de machines à écrire et de cartons ramollis remplis de pièces à conviction de crimes oubliés.

À l'instar de nos clients, nous, leurs conseillers, n'étions pas, ni ne serions jamais, l'attraction du spectacle judiciaire. Les rôles vedettes revenaient aux juges, aux criminels et aux avocats. Même les agents de probation, bien qu'ils ne soient que des acteurs secondaires, faisaient partie de la distribution principale. Les victimes et leurs conseillers étaient réduits quant à eux aux rôles de figurants.

Je sortis de l'ascenseur. La climatisation crachait de l'air à peine frais. Cantonnés au dernier étage, nous étions les derniers à bénéficier d'un peu de fraîcheur. Les bureaux des conseillers se succédaient dans un espace trop grand dépourvu de cloisons, ce qui nous privait ne serait-ce que d'un semblant d'intimité. Iona, penchée au-dessus de mon bureau, était en train de manger un bagel en saupoudrant mes dossiers éparpillés de graines de sésame et de miettes.

« Prenez ça. » En guise de salutations, je lui tendis la serviette qui entourait mon café brûlant. « Désolée d'être en retard. » À vrai dire, je n'étais pas en retard. J'avais même quelques minutes d'avance. En dehors de la secrétaire qui examinait ses points noirs dans un miroir grossissant, j'étais la seule à être arrivée.

Iona marmonna des remerciements.

« Comment ça va ? » Je retirai une pile de documents de mon fauteuil. Tous les soirs je les empilais là pour être sûre de m'en occuper le matin dès mon arrivée. Et dès mon arrivée, il se présentait autre chose de plus urgent, de sorte que je remisais ces mémos en tas par terre, comme tant d'autres avant eux.

Iona haussa ses épaules menues dans un effort de communication. Elle donnait l'impression d'être à deux doigts de s'effondrer. Tout chez elle avait l'air déprimé, y compris ses cheveux blonds raplapla. « Il recommence à me suivre. »

D'après Iona, son ex-petit ami la suivait vingt-quatre heures sur vingt-quatre. Je n'avais aucune raison de ne pas la croire, seulement je ne voyais pas quoi faire à part lui répéter le même bla-bla que je lui avais servi tant de fois. Elle bénéficiait déjà de la protection d'une injonction.

Rien ne me terrorisait plus que l'idée qu'elle ou un autre de mes clients puisse mourir pendant qu'il était sous ma surveillance.

Je me penchai au-dessus du bureau et lui tendis un mouchoir. « Qu'est-ce qui vous fait penser ça ?

— Comment est-ce qu'ils ont pu le relâcher sous caution ? Ce n'est pas juste ! Pourquoi est-ce que c'est moi qui suis obligée de regarder derrière moi à chaque seconde ?

— C'est difficile, n'est-ce pas ? » Je lui pris la main et la serrai dans la mienne. Comme pour la plupart de mes clients, je ne savais jamais quoi faire hormis les cajoler et les réconforter. Je les plaignais de m'avoir pour conseillère. « Qu'est-ce qu'il a fait ?

— Je sens ses yeux sur moi. Sans arrêt. Je suis persuadée qu'il me surveille.

— Où ça ? » Je pris un stylo. « Donnez-moi des détails, quelque chose que je puisse transmettre à son agent de probation. »

Iona s'affaissa sur elle-même, la tête dans les mains. « Ce n'est quand même pas comme s'il était invisible, bon sang !

— Comment savez-vous qu'il est là ? »

Le regard qu'elle me lança me rappela à quel point j'étais inutile. « Croyez-moi, quand on a été avec un type comme Larry, on sait quand il est dans le coin !

— Je comprends. » Est-ce que je comprenais ? « Je ne doute pas de ce que vous dites, mais il nous faut quelque chose qui prouve au juge que Larry a enfreint son injonction.

— Pourquoi c'est pas lui qui doit prouver son innocence, plutôt que moi qui dois prouver qu'il est coupable ? »

Je passai en revue mes années d'étude à la Northeastern en cherchant des paroles de réconfort. Puis je jetai un œil à l'inventaire des miracles que, selon le tribunal, mes clients étaient en droit d'attendre de moi, une liste qu'on leur distribuait à l'accueil, et que je conservais en permanence sous le dessus en verre de mon bureau.

Votre conseiller chargé de l'aide aux victimes vous fournira :
1. Une intervention en cas de crise et un soutien sur le plan émotionnel.
2. Une organisation et une aide en vue de la mise en place de votre protection et de l'application des injonctions.
3. Des explications sur le déroulement du procès et des informations concernant le statut du dossier.
4. Une assistance en présentant au tribunal des déclarations sur l'impact subi par la victime.
5. Une assistance afin d'avoir accès à la notification du statut d'un prévenu.
6. Une assistance pour effectuer les trajets depuis/vers le tribunal.

De deux à six, pas de problème ; nous disposions de protocoles pour remplir ces tâches. En revanche, mettre en œuvre le numéro un me dépassait. Pour toute formation, j'avais reçu des polycopiés de protocoles et de formulaires, suivi des séminaires sur les diverses façons qu'ont les hommes de maltraiter les femmes et les raisons. Aucun n'expliquait comment assurer la partie du travail qui consistait à sauver les victimes.

Iona tapa du poing sur mon bureau. « Je suis toute seule ! Je n'avais personne d'autre que Larry… Et maintenant, je n'ai plus que vous. »

Le besoin de nicotine se fit plus pressant. Après avoir jeté un coup d'œil à ma liste, je répétai les phrases consolatrices mises au point depuis que j'avais commencé ce travail. « Iona, vous devriez envisager d'aller voir un psychologue. Un traumatisme se révèle plus facile à gérer une fois qu'il est verbalisé. » Je m'appliquai à personnaliser chaque mot pour ne pas donner l'impression d'être en train de lire. « Si vous partagiez vos sentiments pour Larry avec quelqu'un en qui vous avez confiance, peut-être que vous vous sentiriez mieux.

— Vous êtes la seule en qui j'ai confiance. Je n'ai pas envie de voir un psy. Vous, au moins, vous ne cherchez pas à m'embrouiller dans ma tête !

— Tenir un journal aide beaucoup de femmes dans votre situation. » L'envie que j'avais d'une cigarette s'intensifia.

« Je n'arrive pas à me concentrer. » Iona prit un autre mouchoir dans la boîte, réduisant le précédent en petits lambeaux truffés de mucosités.

Je regardai de nouveau ma feuille. « C'est normal. Après un traumatisme, on a du mal à réfléchir. » Non, je ne pouvais pas faire ça.

« Je pleure tout le temps. Sans pouvoir m'arrêter.

— Ça viendra, dis-je. Ça viendra.

— Larry me manque.

— Non. Il ne vous manque pas. Ce qui vous manque, ce n'est pas lui, c'est l'idée que vous vous faites de lui, dis-je, rabâchant comme un perroquet les phrases que j'avais lues, les concepts que j'avais appris.

— Si, il me manque… Je n'arrête pas de pleurer toutes les larmes de mon corps. Et si plus personne ne m'aimait jamais ?

— Les larmes sont le prix à payer pour la souffrance. Elles éliminent les toxines de votre organisme. » Je poussai la boîte de mouchoirs vers Iona.

« Mais vous ne pouvez pas retourner vers ce qui est la cause de votre souffrance pour panser vos blessures. »

Et voilà, j'avais lu toute ma liste. Peut-être que Iona avait envie d'une cigarette.

Ce soir-là, je ne pus arriver à temps au *Burke's*, un bar dans lequel je trouverais de la musique à plein volume, des boissons pas chères et un cadre où faire semblant de ne pas être aussi seule. Le *Burke's* était suffisamment propre pour ne pas propager de maladies et assez sale pour me faire croire que boire ici m'étiquetait comme jeune et branchée. Les couches de nicotine incrustées dans les tabourets en bois sombre, le bar usé et le sol au lino gondolé donnaient à l'ensemble une teinte jaune jaunisse.

On était jeudi soir. Les clients étaient nombreux, sans être au coude-à-coude comme le vendredi où tout le monde semblait excité. Le samedi, on sentait suinter le désespoir. Les plus malins prenaient soin d'éviter l'horreur du samedi à tout prix, à moins d'être en mal de compagnie à s'en faire sauter la cervelle.

Le jeudi était mon soir.

Les toilettes sentaient le parfum et le shit. Après m'être lavé les mains, je vérifiai mon maquillage, puis descendis prudemment les marches qui menaient au bar. Il n'y avait que dans un bar de garçons comme le *Burke's* que l'on trouvait des toilettes pour femmes situées au même niveau que la scène minuscule. Redescendre des toilettes obligeait à s'exposer, mais je m'en fichais. Je me sentais bien. Mes cheveux virevoltaient, mon chemisier rouge me moulait joliment et mes boucles d'oreilles en cristal jetaient des étincelles sexy.

Je me frayai un chemin parmi les grappes d'étudiants attardés. Le soi-disant groupe de musiciens faisait une pause, si bien qu'au lieu de la musique du style on-aimerait-bien-faire-du-rock-mais-on-joue-faux, ce fut sur fond de Chaka Khan que je m'avançais vers le bar. *Ain't Nobody Loves Me Better* me martelait les oreilles.

Personne ne m'aimait, en tout cas, personne de bien pour moi. « Un autre, Mickey », dis-je au barman en reprenant mon tabouret et en terminant mon Jack Daniel's-Coca.

Mickey me décocha son sourire de joueur de Little League et attrapa un verre. Le charmant Mickey n'insistait jamais pour qu'une fille rentre avec lui, même si, naturellement, il n'avait jamais à le faire. Mickey avait le choix, comme l'ont en général les barmen. Nous étions sortis plusieurs fois ensemble, sachant tous deux qu'on ne cherchait rien de plus que passer la nuit dans un port tranquille. Mickey ne représentait pas l'homme de mes rêves, mais il embrassait de façon sexy, grignotait sans se gaver, et il m'apportait toujours une tasse de café brûlant avant de partir le matin. Lorsque j'avais dit à Lulu pourquoi je le considérais comme un gentleman, elle m'avait demandé s'il était possible que mes critères descendent encore plus bas.

Désolée, Lu, on n'a pas toutes l'amour de notre vie qui nous tombe rôti comme ça dans le bec !

« Tu dois travailler demain ? » Mickey posa mon whisky-Coca sur un sous-bock Heineken en carton tout ramolli.

Pat Benatar beuglait dans la sono. « Demain, c'est vendredi. Je peux me laisser aller.

— Je ne te l'ai quand même pas dosé trop fort, dit Mickey en me donnant une nouvelle serviette.

— Et je suis censée t'en remercier ?

— Tu le feras. Demain, dit-il en me tapotant le front. Crois-moi. »

Mickey avait déjà été témoin de mes gueules de bois.

Je renvoyai mes cheveux en arrière et regardai alentour. L'orchestre commençait à chauffer la salle. Au fond de quel marais fangeux le propriétaire était-il allé le pêcher ? Le *Burke's* était réputé pour ses orchestres détonants dans le genre de Police.

« Salut, beauté. »

Quelqu'un me posa la main sur l'épaule et la serra. Je me penchai en arrière d'un centimètre. Le quelqu'un en question donnait l'impression d'être grand et marié. « Salut », dis-je.

Il enleva la casquette des Red Sox posée sur le tabouret à côté de moi et la mit sur le bar pour s'asseoir. « Ça fait un bout de temps que je ne t'ai pas vue, dit-il.

— J'étais là. » Aussitôt, j'eus envie de ravaler ma phrase pour qu'il n'aille pas croire que je traînais là en l'attendant.

Il repoussa une boucle sur mon sourcil. « Alors j'aurais dû être là aussi. »

Mon ventre se noua. Le simple fait que Quinn me touche me retournait. Je pris mon verre et m'efforçai de ne pas le vider d'un trait. Quinn fit signe au barman en levant deux doigts. Mickey hocha la tête pour lui faire comprendre qu'il l'avait vu – personne n'ignorait jamais Quinn –, mais il prit son temps pour préparer nos verres et se contenta de passer la bouteille de Jack Daniel's au-dessus du mien. Peu m'importait. Les verres que j'avais bus m'avaient déjà rendue à moitié ivre, et être à côté de Quinn suffisait à faire le reste.

Il n'existait pas de pire choix que cet homme-là. Il était non seulement marié, mais aussi marié avec cinq gosses et une culpabilité de catholique irlandais. Dommage pour moi qu'il me fasse fondre complètement.

Des années auparavant, Quinn avait joué dans l'équipe des Patriots. Contrairement aux anciens joueurs de football qui traînaient au *Burke's*, il n'était devenu ni mou ni amer. Il arborait un torse et des bras à la musculature impeccable et le même sourire ironique que je lui avais vu sur les cassettes de ses anciens matchs.

Quinn ne prétendait jamais que sa femme était une salope ou qu'elle ne couchait plus avec lui. Il me disait juste qu'il me désirait. Sa superbe femme devait coucher avec lui dès qu'il le voulait.

Quinn me plaqua contre le mur devant la porte de mon appartement et colla sa bouche à la mienne. Il sentait l'océan et le cuir, comme la salle de gym qu'il dirigeait à South Boston.

« Viens à l'intérieur, dis-je, à peine capable de parler tellement j'avais envie de lui.

— Je ne peux pas attendre, murmura-t-il. Faisons-le ici. »

Je n'étais quand même pas saoule à ce point. Je le repoussai et mis ma clé dans la serrure.

Quinn adorait prendre des risques, que ce soit dans le domaine sexuel, sur le terrain de foot, en amour ou avec moi. Lui résister semblait tenir de l'impossible. Chaque fois que j'y parvenais, il me récupérait. Lulu me traitait de naïve et d'idiote, mais cet homme était comme un manège dont je n'arrivais pas à descendre. Il avait presque vingt ans de plus que moi et m'emmenait dîner aux chandelles dans des restaurants au bord de l'eau, alors que les types de mon âge m'invitaient à l'*International House of Pancakes*. Il m'avait donné un médaillon en or qui renfermait une petite photo de lui dans son uniforme des Patriots.

Une fois chez moi, Quinn nous alluma des cigarettes. J'emportai la mienne dans la cuisine où je nous préparai des verres, débouchant sa bouteille de Jameson's pour la première fois depuis un mois. Il arriva par-derrière pendant que je démoulais les glaçons et se pressa contre moi. Je m'appuyai contre lui en le laissant me caresser.

« Tu m'as manqué, dit-il, la voix rauque et graveleuse.

— Tu ne devrais pas être ici.

— Et pourtant, j'y suis. Pourquoi, d'après toi ? » Il avança sa jambe entre les miennes.

Je secouai la tête, incapable de trouver une réponse cinglante, incapable de m'avouer que je l'avais laissé entrer parce qu'il me l'avait demandé. Savait-il qu'il n'en fallait pas davantage ?

Quinn et moi sortions ensemble depuis le mois de décembre, ce qui ferait bientôt un an. De temps en temps, je trouvais assez de force pour le jeter hors de ma vie, et il respectait ma volonté pendant une semaine ou un mois.

« Parce que tu as besoin que je m'occupe de toi, répondit-il lui-même à sa question. Je veux te rendre heureuse, chérie. Ma pauvre petite orpheline. »

Pauvre petite orpheline.

Quinn n'avait pas la moindre idée de ce qu'était ma vraie vie, mais j'aimais bien la personne qu'il m'imaginait être. Mieux valait être son orpheline chérie que la fille d'un homme qui avait tué sa femme. Ma mère.

Je lui tendis son verre. J'avais déjà bu la moitié du mien, bien tassé, contrairement aux versions allongées d'eau que me servait Mickey.

À mesure que je vidai mon verre, la pièce se mit à tourner. Que je sois saoule n'avait pas d'importance. J'avais couché avec des dizaines d'hommes sans jamais avoir été tentée d'enfreindre les règles de Lulu, sans jamais révéler les secrets qu'elle avait inventés sur nous il y a si longtemps, bien qu'elle ait couché une fois avec Drew et lui ait raconté toutes nos histoires. Néanmoins, j'avais compris pourquoi le jour où j'avais fait sa connaissance. M'arriverait-il un jour d'être avec un homme comme Drew ? M'autoriserais-je ne serait-ce qu'à sortir avec un Drew ? À la vérité, je pensais que jamais aucun Drew ne voudrait de moi.

Quinn m'entraîna dans la chambre. Je n'avais pas prévu qu'il vienne – l'état de l'appartement en apportait la preuve. De la vaisselle sale s'entassait dans l'évier. Des vêtements pendaient sur les fauteuils, sur le canapé miteux et au bout de mon lit. Des tasses tachées de café jonchaient ma table de l'Armée du salut. Je me représentais la mystérieuse femme de Quinn comme un mélange de Cléopâtre et de fée du logis, et je la haïssais. D'autres fois, j'imaginais qu'elle ressemblait à ma mère, la plus belle femme qu'il m'ait été donné de connaître dans la vraie vie.

J'essayai d'arranger les draps, une tâche difficile étant donné que je tenais à peine debout.

« Laisse. » Quinn me déballa de mon chemisier rouge étincelant comme si j'étais un cadeau de Noël. Après m'avoir entièrement dévêtue et allongée sur le lit, il envoya promener une pile de livres, chercha ma radiocassette et appuya sur « Play », prêt à accepter ce qui en sortirait. La voix de Marvin Gaye se déversa dans la chambre, et qu'un tel choix apparaisse comme une évidence m'était complètement égal. Quinn s'insinua dans tous les pores de ma peau et dans mon cerveau, et, une fois de plus, il me posséda.

Il s'étendit sur moi, nous berçant et nous soudant l'un à l'autre, puis il s'enfonça très loin en moi pour finir. Je crus que peut-être jamais je ne reviendrais. Après quoi je sombrai dans un sommeil de plomb.

À quatre heures du matin, je me réveillai et aperçus Quinn debout devant moi. Quand il vit que j'avais les yeux ouverts, il s'assit au bord du lit et essaya de me grimper dessus.

« Non », dis-je. Je me redressai tant bien que mal et posai ma tête sur son épaule, qui sentait le bar, le savon et la cigarette.

Il passa sa main dans mes boucles emmêlées. Je blottis mon menton dans sa grande main chaude. « Je dois y aller, petite.

— Elle te croit où, à cette heure de la nuit ?

— Qui ça ?

— Tu sais très bien qui. » Ma main glissa sur ma poitrine.

« Elle me croit exactement là où je suis, sorti avec une amie. » Son ton mettait fin à toute discussion. N'aborde pas le sujet de la sainte femme, pétasse ! Ne prononce pas le nom des saints enfants ! L'air renfrogné de Quinn plaqua mes paroles au fond de ma gorge. Je me reculai et refermai les bras autour de mes genoux.

« Je t'appelle demain, dit-il.

— Inutile.

— On va recommencer ce petit jeu ? »

J'attrapai mon peignoir en coton tout froissé. Quinn m'avait appris à dormir dans le plus simple appareil. Avant lui, aucun homme n'avait vu ma cicatrice. Il avait accepté mes mensonges à propos d'une bagarre au couteau à Duffy sans aucun commentaire ni jugement. Au début, j'avais adoré ça. À présent, je savais quelle était la vérité : il n'était tout simplement pas curieux. Par conséquent, je le comprenais, Quinn ne m'aimait pas. Quand on aime quelqu'un, on est curieux de tout ce qu'il fait, de tout ce qu'il est.

Je le savais pour la bonne raison que c'était ce que je ressentais envers lui.

17

Merry

Je réussis à éviter les appels de Quinn pendant une semaine et deux jours, jusqu'à ce qu'arrive le moment pour moi d'aller à New York. Lulu pliait mon linge en me regardant faire mon sac.

« Tu comptes faire quoi, Merry ? Jouer la brave fille *ad vitam aeternam* ? » Elle lissa mon jean froissé d'un geste rageur et déterminé.

Je fourrai un livre dans mon sac à dos tout en réfléchissant à la bonne réponse. Le lendemain, je prendrai mon Greyhound bimensuel pour aller voir papa, ensuite le bus jusqu'à Port Authority et enfin le ferry jusqu'à la prison. Chaque fois, Lulu passait la veille pour me réprimander à l'avance d'aller là-bas. Et quand je rentrais chez moi, elle m'attendait, me demandant dans le menu détail le récit de la visite.

« La brave fille de papa ? » J'étais trop lasse pour discuter. Éviter les appels de Quinn m'avait laissée exsangue. J'avais commencé la journée en manquant de sommeil. « C'est ce que tu veux dire ? »

Je pris une bouteille fraîche de bière. Lulu savait que j'avais de nouveau couché avec Quinn. Elle en avait perçu les signes, et quand elle m'avait posé la question et que je lui avais répondu, elle s'était contentée de remuer la tête de haut en bas. Sa façon de réagir me déprimait, comme si mes transgressions étaient désormais si peu surprenantes qu'elles ne méritaient pas mieux qu'un simple geste.

« Oui, la brave fille de papa. J'ai du mal à imaginer que Quinn te voit comme une brave fille.

— Ce n'est pas comme si notre père avait quelqu'un d'autre. » Notre conversation avait la lassitude de la répétition tandis que nous exposions nos arguments maintes fois rabâchés sans aucun espoir. Chacune de nous attendait depuis des années que l'autre change.

Lulu attrapa mon sac à dos. Elle organisait et rangeait les affaires beaucoup mieux que je n'en serais jamais capable. « Et alors ? » Elle roula un pull en coton autour de mon *Ms. Magazine*. « Il ne mérite personne.

— Que ça te plaise ou non, il est notre famille.

— Toi et Drew êtes ma seule famille. » Elle replia un chemisier.

« On est obligées de s'infliger ça ? » Je tâchai de changer de sujet. « Comment va ton boulot ?

— Un état de terreur constant. Moi qui croyais qu'être médecin permanent m'apporterait un peu de soulagement, j'ai maintenant peur qu'un interne ne tue un patient sous ma responsabilité.

— Au moins, tu aimes ce que tu fais.

— Peut-être parce que j'aime qui je suis.

— Va te faire foutre ! » Je me détournai de crainte qu'elle ne me pince un bon coup pour m'empêcher de toucher ma cicatrice. Lulu était persuadée que me faire part de ses opinions me rendrait service, et rien ne la convaincrait du contraire. « Je trouverai le travail qui me convient. Tout ne s'explique pas par le fait que je suis la looseuse que tu imagines. »

Lulu fit glisser la fermeture Éclair du sac et s'appuya contre la tête de lit en tassant les oreillers dans son dos. Avant qu'elle n'arrive, j'avais au moins fait mon lit. « Je ne pense pas que tu sois une looseuse, mais tu cèdes sur tout. Regarde Quinn. Tu ne crois quand même pas qu'il a réellement quelque chose à t'apporter ?

— Qu'est-ce qu'il devrait m'apporter ?

— La sécurité ? Le mariage ? Une vie de famille ?

— Peut-être que rien de tout cela ne m'intéresse. Peut-être que j'ai envie d'une vie différente.

— Très bien. Tu veux quel genre de vie ? » Elle croisa les mains derrière la tête et leva les yeux au ciel pour tenter de sauver mon âme de souillon fatiguée. « Fréquenter les bars et coucher avec les maris d'autres femmes n'est pas une vie.

— C'en est sûrement une, puisque c'est la mienne. » Je terminai ma bière tout en regardant ma sœur m'observer. J'allumai une cigarette. Elle se mit à tousser.

« On voudrait seulement te savoir à l'abri. Et heureuse.

— On ? fis-je en scrutant la pièce. Drew serait-il caché dans le placard ? Bon sang, Lu, tu n'es même pas encore mariée ! Toi et lui êtes tellement soudés par la hanche que tu ne peux même pas dire que tu veux une chose sans l'y associer ? Il n'est pas Dieu tout-puissant, Lulu. Peut-être que ce que tu veux n'est pas ce que je désire. Par exemple, je voudrais que tu ailles voir papa. Rien qu'une fois. Pour moi. »

À la seconde même, le visage de Lulu se ferma. Fermé pour réparations, fermé pour l'hiver. Fermé pour la saison. Lulu se fermait à volonté.

« Ça n'arrivera pas, petite sœur. Jamais. Tu ferais mieux de vouloir autre chose. »

Je pris le car à cinq heures quarante-cinq du matin en prévoyant de revenir par celui de huit heures du soir. Calée contre l'appui-tête, je ressentis le petit pincement familier au moment où le car arriva à Port Authority. Je redoutais de descendre et de retrouver les journaux froissés et les emballages de nourriture qui jonchaient la gare routière, les clodos qui mendiaient, l'odeur d'urine et de café froid. Quels que soient les pièces ou les dollars que je donne, rien n'y changerait.

Port Authority était désormais le repaire de familles affamées, de voleurs et de culs-de-jatte assis sur des plates-formes en bois. Malgré la chaleur de septembre, une femme emmitouflée dans des pulls tendit sa main aux ongles sales en m'arrachant l'argent que je m'apprêtais à lui donner.

Je pris le métro en direction de Downtown. Le wagon était bondé. Les graffitis qui obstruaient les vitres empêchaient de voir à l'extérieur. Mes pieds pataugeaient dans une flaque qui ressemblait à du sang séché et que j'espérais n'être que du soda.

La femme assise face à moi sortit un miroir de son sac et le tourna de gauche à droite pour se regarder. Elle devait avoir la quarantaine passée. L'âge qu'aurait eu ma mère aujourd'hui. Comme maman, elle avait les cheveux bruns, quoique pas aussi épais et brillants. J'effleurai mes boucles brunes de la main. Les cheveux de cette femme étaient tout fins en dépit de ses efforts pour les faire gonfler. On voyait les endroits où elle les avait crêpés, les raies entre les mèches raides de laque.

Quand j'essayai d'imaginer à quoi aurait ressemblé ma mère, comme toujours, je ne voyais que des photos. Maman était restée figée à l'âge de sa mort. Lulu avait maintenant le même âge que maman quand elle était morte, mais à vingt-neuf ans, elle faisait plus jeune que le souvenir que je gardais de ma mère. La mort ajoutait des années à l'image que je me faisais d'elle – à tout jamais elle resterait l'adulte et moi l'enfant.

La femme en face de moi fit tourner son alliance et sa bague de fiançailles sur son doigt. Peut-être sentit-elle mon regard, car elle leva les yeux avec cet air de demander *Ben, quoi ? Qu'est-ce qu'il y a ?* que savent si bien prendre les New-Yorkais.

J'arrivai au ferry épuisée à force de m'appliquer à ne pas dévisager les gens. N'importe quelle femme dans le wagon devenait ma mère ou tante Cilla. Je regrettais de ne pas avoir dormi dans le car en partant de Boston. Le dernier message que m'avait laissé Quinn repassait dans ma tête.

Allez, Merry, viens me retrouver ce soir au Burke's *!*

Je l'avais écouté juste après le départ de Lulu. La perspective d'une nuit dans ses bras m'attirait tellement que j'avais dû prendre un comprimé pour que VAS-Y cesse de résonner dans mon crâne. J'avais sorti ma réserve en baisse de Valium et étalé les comprimés sur le lit pour les compter avant d'en couper un en deux. Les douleurs au dos dont je me plaignais ne me permettaient d'obtenir qu'un nombre limité de comprimés auprès de mon médecin. Après en avoir avalé un demi, je l'avais fait passer avec un demi-verre de chablis, suivi d'un second que j'avais siroté devant la télé dont je montais le volume chaque fois que le téléphone sonnait.

Pendant que j'attendais dans la file, je décollai mon chemisier de ma poitrine pour sentir un peu d'air frais. Mon haut avait un col montant qui cachait mes cicatrices et de longues manches afin d'attirer l'attention le moins possible sur le fait que j'étais une femme.

Le sourire de l'agent McNulty trahissait son âge. Un dentier blanc avait remplacé ses dents jaunies par le tabac.

« Comment ça va, Merry ? » Il me soumit à un contrôle succinct. « J'ai appris par ton père que tu travaillais dans un palais de justice.

— Oui, je travaille avec des victimes. »

Il hocha la tête. « C'est bien. C'est bien pour toi. »

Il avait dit cela comme si travailler dans le domaine du droit pénal remettait de l'ordre dans mon karma.

« Passe une bonne visite. Ton père attend ce moment plus que tout. Tu es une brave fille. »

Tout le monde le savait, même si Lulu le disait comme une insulte.

J'avançai sur le sol immuable. Le lino moucheté continuait à m'évoquer des éclaboussures de sang et des fragments de cervelle – le chemin qui menait vers mon père.

Un grand sourire éclairait son visage, le même putain de sourire chaque fois. Aime-moi ! Rends-moi heureux ! Laisse-moi être un père pendant une heure !

Ses bras se refermèrent sur moi. Faisant fi du règlement, il me serra et m'embrassa sur la joue. *Un de ces jours, papa*, le mettais-je toujours en garde. Un de ces jours, il n'aurait pas le bénéfice du doute, et un nouveau gardien le choperait et le *kloperait* dans le dos.

Mon père sentait la fumée et le renfermé. Une odeur métallique lui collait à la peau. À cause des barreaux de sa cellule ? De l'atelier où il fabriquait des lunettes pour les détenus ? Nous ne parlions presque jamais de ce qui se passait à Richmond, tenant la prison à l'écart comme on l'aurait fait d'une tante cinglée.

« Bon anniversaire, papa. » Je pris sa main en la serrant très fort une seconde et me dégageai de sa poigne d'acier. « J'ai laissé un paquet pour toi. Après être passé aux rayons X, j'espère que ce sera encore bon.

— Tu as l'air bien, ma jolie. » Nous nous assîmes et il m'observa depuis l'autre côté de la table. « Mais fatiguée. Tu n'as pas recommencé à brûler la chandelle par les deux bouts, dis-moi ?

— Recommencé ? Quand est-ce que j'ai déjà fait ça ?

— Ne joue pas au plus fin avec moi. » L'air inquiet, il s'efforçait d'être un vrai père au milieu du parloir.

Les yeux me piquèrent le temps de me ressaisir. On distinguait des poils gris dans sa barbe de plusieurs jours. Pauvre papa, il ne se rasait jamais de près. Ses rasoirs devaient lui durer un bout de temps. Depuis quand utilisait-il cette lame trop usée qui lui raclait la figure ?

« Tu as besoin que je remplisse ton compte, papa ? »

Il repoussa ma question d'un geste des deux mains. « Ça va. Je travaille, non ?

— Oui. » Dès mon retour, je lui enverrai de l'argent. Je tâchai de me rappeler combien j'avais sur mon compte. Trois cents dollars ? Je lui en enverrai vingt.

« Alors, c'est qui ce gars ?

— Quel gars ?

— Celui qui te file ces valises sous les yeux. »

J'effleurai la peau fine sous mes yeux.

« Écoute, Tootsie, quel que soit ce type, il n'est pas bien pour toi. Tu ne t'es quand même pas remise avec ce joueur de football ?

— Ce n'est pas un joueur de football, papa. C'est un ancien joueur. Il est propriétaire d'une salle de gym.

— De gym, tu parles ! Il a une femme et des gosses. Ce type est un nase. Débarrasse-t'en. » Il tapa sur le bord de la table pour accentuer ses propos. « Il n'y a qu'un nase pour tromper sa femme comme ça ! Tu diras ce que tu voudras, mais je n'ai jamais trompé ta mère. »

Mon Dieu, prenez-moi maintenant ! « Je n'ai pas dit que j'allais retourner avec lui.

— Ni que tu ne l'avais pas fait.

— C'est sans importance. Je ne le vois plus.

— Les tricheurs trichent, ils ne font rien d'autre. Il te faut un homme en qui tu puisses avoir confiance. Quelqu'un sur qui t'appuyer.

— Oui. Tu as raison, papa. » Lui parler de Quinn avait été une folie, un appel à l'aide désespéré à un minimum d'intimité.

« Je me fais du souci, Sugar Pop.

— Je sais. » Je cherchai dans ma tête une conversation que j'aurais pu avoir avec mon père sans que me prenne l'envie de me plonger un couteau dans le cœur.

« Alors, et l'anniversaire de ta sœur ?

— C'est dans une semaine.

— Oui. Je sais bien. » Il se passa la main sur le menton. « Bon sang, ces rasoirs… J'ai l'air d'un clodo. Je sais quand est l'anniversaire de ta sœur, Merry. Ce que je voulais dire, c'est qu'est-ce que vous avez prévu ?

— On sortira sans doute dîner quelque part. Avec Drew.

— Drew, hein ? On dirait qu'il est toujours dans les parages, celui-là. Tu crois qu'il va devenir mon gendre ? »

Je hochai la tête. « Sûrement, papa. Il fait partie des types bien, comme tu en voudrais un pour moi.

— Ce n'est pas un tricheur ?

— Non, ce n'est pas un tricheur. » Ni un tricheur ni un cogneur.

Désormais, le crime de mon père avait un autre nom. Mon boulot m'obligeait à le qualifier d'autre chose que de tueur, je savais maintenant qu'il s'agissait de violence domestique. Mon père était un tueur spécialisé. J'avais à présent une autre chose à laquelle je ne supportais pas de penser.

Lulu disait que violence domestique sonnait trop bien pour ce que notre père avait fait. Elle ne voulait pas en parler. Le terme de criminel lui suffisait. Elle disait que rien d'autre ne comptait.

Je savais cependant qu'elle avait tort.

« Est-ce que Lulu prend de mes nouvelles ? » Mon père faisait ses yeux d'épagneul.

« Elle veut en général savoir comment s'est passée la visite. »

Elle veut savoir si tu es enfin tombé à genoux pour demander pardon. Si tu as enfin hurlé avec les loups et admis que tu avais foutu nos vies en l'air.

« Elle me demande si tout va bien. » En proférant ce mensonge, je croisai les doigts, sachant pertinemment que Lulu serait folle de rage si elle m'entendait.

« Ça n'ira jamais bien. Je suis coincé ici pour toujours. » Il abattit sa main sur l'autre, et je sursautai. « Bon sang, qu'est-ce qu'il faut que je fasse pour la persuader de venir ? Elle est aussi têtue que l'était votre mère ! »

Je restai assise là, raide et tendue, mes chevilles croisées serrées l'une contre l'autre.

« Qu'elle écrive à la commission des libérations conditionnelles aiderait sacrément, tu sais. »

J'attendis qu'il se soit tu. « Je lui en reparlerai. »

Il leva les deux pouces en l'air. « Hé, c'est tout ce que je peux demander, pas vrai ? Merci, Tootsie. »

18

Merry, juin 1990

En juin, le jour du mariage de Lulu se leva rempli de promesses. En l'aidant à s'habiller, je m'appliquai à garder l'atmosphère aussi pure et magnifique que la lumière de Caroline du Nord qui filtrait à travers la porte-fenêtre. Le ciel était d'un bleu printemps du Sud, et nous avions vue sur Asheville qui s'étendait à nos pieds. L'élégance de la chambre d'hôtel reflétait l'allure royale de ma sœur. « Tu es splendide. »

Lulu se regarda dans le miroir. « Drew et moi, on aurait dû s'enfuir.

— Maman aurait adoré cette robe. » Le satin ruisselait sur ses hanches comme de la crème épaisse. « Tu as un si beau corps… Comme maman.

— C'est toi qui lui ressembles, Merry. Pas moi.

— Mais tu es faite comme elle.

— Qu'est-ce que tu en sais ?

— Je le sais.

— Non, dit-elle en secouant la tête. Maman avait des courbes. Comme toi. Tu penses que je suis faite comme elle parce que je suis grande, grande comparée à toi, mais tu as ses formes. Tu es elle en miniature. »

En regardant dans le miroir, je vis le contraste entre mes cheveux noirs et ma robe rose dragée. Mme Winterson, la mère de Drew – *appelez-moi Peg, chérie* – serait horrifiée par le décolleté trop sage, tout comme elle l'avait été par la robe cache-cicatrice que j'avais portée au dîner la veille au soir. J'étais passée pour une nonne à côté d'elle. Elle avait arboré, assortie à ses talons de dix centimètres, une robe en soie jaune moulante qui lui permettait d'afficher sa paire de seins comme son principal atout.

« Chérie, regardez-moi cette belle poitrine et cette taille toute fine ! » Peg m'avait toisée de haut en bas de ses yeux enduits de trois couches de khôl. « Vous devriez porter quelque chose de très décolleté, chérie. »

Drew était intervenu avant que sa mère n'aille plus loin. Saoule comme elle l'était, je n'aurais pas été étonnée de la voir sortir une paire de ciseaux et découper ma robe de cocktail jusqu'au nombril.

« Maman, entre toi et Daphné, nous aurons largement de quoi faire, avait dit Drew, en montrant du menton les seins énormes de sa sœur.

— Drew ! » l'avait réprimandé celle-ci, appuyée contre son mari beurré.

Peg Winterson avait fait résonner son rire de fumeuse. « En tout cas, Merry, ne venez pas vous plaindre si vous avez vos vapeurs… Sincèrement, un col montant et des manches en plein mois de juin ! »

Lulu avait dû lire dans mes pensées pendant qu'elle continuait à se contempler dans le miroir. Mettant ses mains en coupe sous ses seins, elle les remonta pour les faire pigeonner et demanda : « Assez opulent pour Peg, tu crois ? »

Ses cheveux châtain clair étaient rassemblés en un chignon bas bouclé. Elle avait enduré avec grâce les manipulations du coiffeur auxquelles Peg avait tenu à la soumettre. « J'ai l'air d'une fille de ferme, non ? dit-elle en caressant sa robe blanche toute simple.

— Tu as l'air aérienne. Laisse le côté olé olé à Daphné et à Peg.

— Mamie… » Lulu pinça les lèvres pour fixer son rouge à lèvres. « Tu te rappelles qu'elle me disait de ne pas porter de minijupes ?

— Parce que tu aurais eu l'air d'une danseuse olé olé. J'aimerais tellement qu'elle soit là… Tu n'aimerais pas qu'elle soit là ? »

Lulu croisa les bras sur sa poitrine. « Elle aurait un décolleté qui suffirait à tout le mariage.

— Et elle aurait plus fière allure que n'importe qui dans la Heritage Ballroom.

— Que n'importe qui dans tout l'hôtel *Grove Park Inn*, ajouta Lulu.

— Que n'importe qui dans tout l'État de Caroline du Nord. » Je tournai la tête d'un côté puis de l'autre. « Tu trouves vraiment que je lui ressemble ?

— Arrête de chercher les flatteries… Tu sais bien que oui !

— Papa dit que tu tiens de son côté de la famille.

— Mamie aurait quatre-vingt-sept ans, je crois, dit Lulu. Et Mimi Rubee, soixante-six ou soixante-cinq ans. Mon Dieu, elle était si jeune quand maman est née !

— Papa m'a demandé de vous remettre un cadeau de sa part à toi et à Drew. » À la seconde même où je prononçai ces mots, j'eus envie de les ravaler.

« Quoi donc ? Sa timbale en fer-blanc ?

— Ne sois pas méchante, Lulu. Pas aujourd'hui.

— Alors ne prononce pas son nom, d'accord ? Et ne me donne pas de cadeau venant de lui. » Ma sœur secoua la tête. « C'est le jour de mon mariage. Sois de mon côté – les parents ivrognes de Drew s'apprêtent à me dévorer toute crue. Je voudrais seulement que ce soit parfait, juste aujourd'hui.

— Et demain ?

— Que ce soit calme. Bien. Doux et agréable. Est-ce trop demander ?

— Non. » Je pris ma sœur par la main, sa main gantée de blanc jusqu'au coude, et nous partîmes la marier.

Lulu et Drew passèrent leur lune de miel en Islande, où la température moyenne en juin était de douze degrés, le record de chaleur ne dépassant guère les vingt et un. Les étés que Drew avait passés dans sa famille en Caroline du Nord lui avaient donné une allergie à la chaleur. Au mois d'août précédent, lors d'une visite à ses parents, il avait eu une éruption de plaques rouges qu'il avait mise sur le compte du climat. Lulu avait pensé qu'il était allergique à son ivrogne de mère volubile, mais elle avait gardé ça pour elle et l'avait tartiné de lotion apaisante à la calamine.

Par ailleurs, l'idée d'aller en Islande plaisait à Lulu. Il lui aurait été difficile d'aller plus loin et d'être encore de ce monde. En Islande, elle pourrait renoncer à toute supercherie. Elle n'aurait pas à se souvenir de son passé inventé. S'ils avaient des romans à lire et si Drew trouvait à l'occasion à jouer au poker à l'hôtel, ils seraient toujours heureux. À condition d'être ensemble.

Dans un moment de vulnérabilité prémaritale, Lulu avait dit que laisser tomber le nom de notre père était son plus beau cadeau. Je comprenais ce qu'elle ressentait – j'aurais bien aimé pouvoir prendre le nom de Drew. Sauf que jamais je n'irais briser le cœur de papa comme ça.

Durant les quelques semaines que dura leur voyage de noces, en les attendant, j'avais emballé mes affaires. Je me préparais à emménager dans l'énorme maison biscornue qu'ils avaient achetée à Cambridge avant de se marier. Nous n'allions pas vivre dans le même espace, bien sûr ; je disposerais de mon propre appartement avec une entrée à moi. Il y a longtemps, un ancien propriétaire avait divisé la maison en deux habitations. La demeure victorienne occupait un immense terrain en angle. Mon entrée serait dans une rue, et la leur dans une autre.

Vivre à côté de ma sœur et de mon beau-frère était sans doute pathétique, mais ça nous rassurait Lulu et moi, et Drew semblait ne rien y trouver à redire.

Le jour où j'avais fait la connaissance de Drew, je n'avais pas pu ne pas remarquer que Lulu et lui étaient attirés comme deux poupées aimantées. Et bien que la vie de Drew n'ait jamais connu la dimension tragique de la nôtre, il avait grandi en côtoyant des éléments de folie. Son père attribuait à ses origines du Sud le penchant pour la boisson, les liaisons et la personnalité écrasante de sa mère. Laquelle mettait le côté congelé de son mari sur le compte du Nebraska. La glace et le feu avaient donné lieu à une maison familière des orages.

Quant à Lulu et à Drew, ils adoraient tous les deux la paix.

La semaine suivante, lorsque j'emménageai dans la nouvelle maison, je montai une courte volée de marches pour entrer dans mon trois-pièces. Je soupçonnai mon appartement d'avoir abrité autrefois les quartiers des domestiques, ce qui me semblait juste dans la mesure où mon beau-frère finançait l'ensemble de l'opération.

Drew et Lulu s'installèrent dans une partie beaucoup plus vaste dont l'arrière donnait sur une immense terrasse. La maison comportait quelques touches modernes pour plaire à ma sœur, notamment la cuisine au goût du jour et la baignoire gigantesque, tout en conservant des détails d'origine, tels que les moulures en stuc ou les médaillons au plafond qui avaient déclenché chez Drew une passion pour l'architecture. J'avais entendu suffisamment d'envolées poétiques sur les boutons de porte anciens en ambre pour ne plus vouloir aborder le sujet le restant de ma vie.

De leur côté, Lulu et Drew disposaient de tonnes de pièces. Ils pourraient avoir des enfants, ainsi que des bureaux, des salles de jeux, et même un salon de massage si l'envie leur en prenait. Pour moi, c'était parfait ; trois pièces me convenaient. Je n'avais pas l'intention de procréer. La maternité vous rendait prisonnière. Je me rappelais Mme Cohen surveillant sa petite-fille et la collant en permanence de peur qu'elle ne passe par une fenêtre ou ne subisse autre chose. Chaque fois que Rachel était là, Mme Cohen rangeait sous clé tout ce que l'enfant aurait pu avaler en risquant de s'étouffer, de s'étrangler ou de s'empoisonner.

Quant à moi, chaque fois que je gardais Rachel, je n'osais plus cligner des yeux, car je serais restée aveugle un quart de seconde à sa mort imminente. Je ne voulais pas d'enfant et, bien que je n'aie jamais dit un mot là-dessus, j'espérais bien que Lulu et Drew n'en auraient pas non plus. Nous nous suffirions très bien à tous les trois, en constituant notre propre bande de réfugiés du dysfonctionnement familial à Cambridge.

Mon ancien appartement me paraissait plus petit et plus sale à mesure que j'empaquetais mes affaires. Chaque affiche masquait un détail sordide que j'avais oublié, par exemple le trou dans le mur qu'avait fait Quinn la dernière fois que je l'avais prié de partir après l'avoir menacé de téléphoner à sa femme si jamais il me rappelait. Ou encore l'endroit où j'avais vomi le manischewitz bu lors d'un dîner de Seder foireux que Lulu, Drew et moi avions tenté d'organiser. J'avais planqué la grosse tache rosâtre sur la moquette grise sous une descente de lit au crochet.

La radio passa une chanson de Whitney Houston qui me faisait un peu trop penser à Quinn. Aussitôt je l'éteignis et mis à la place un CD carrément hargneux de Janet Jackson. *What Have You Done for me Lately ?* Oui, qu'est-ce que tu as fait pour moi dernièrement ?

Mon paquet de cigarettes était pratiquement vide. Il ne m'en restait plus qu'une. Ce qui ne me suffirait jamais pour la soirée, sans compter que ranger m'avait fait suer sang et eau. Il me fallait la clim pour accompagner ma cigarette.

Le lendemain matin, je me réveillai dans l'appartement de Gary. Gary, dont le nom de famille m'échappait, ronflait en émettant des gargouillis. Il en pinçait pour moi depuis un bon moment, je le savais. Sa petite amie, Sheila, qui était infirmière, avait été de garde la veille au soir pendant que Gary traînait au bar en jouant au billard. Je me rappelais m'être penchée pour qu'il m'allume ma cigarette, lui montrant mes seins en même temps que ma cicatrice et m'en fichant éperdument, assoiffée que j'étais d'admiration comme une prostituée de billets de cent dollars.

Nous étions allés chez lui pour la simple et bonne raison que mon appartement était un vrai foutoir. Le problème était que nous soyons allés dans un appartement tout court, quel qu'il soit. Je soulevai la couverture le plus doucement possible. J'avais mal au crâne. Je posai un pied par terre, puis l'autre. Sous la couverture râpée, les draps étaient d'un vilain blanc grisâtre.

Néanmoins, Gary avait la clim.

Ne m'étais-je pourtant pas juré de ne jamais mettre les pieds au *Burke's* un samedi ?

Qu'est-ce qui avait bien pu me passer par la tête ? Pourquoi n'étais-je pas allée acheter mes cigarettes à la station-service du coin ?

Sur la pointe des pieds, je gagnai la salle de bains en marchant sur le plancher rugueux de cet appartement typique des immeubles à trois étages. Rien de nouveau pour moi. Quand on a dormi dans un, on a dormi dans tous.

« Hé, ne file pas en douce ! »

Je me retournai et lui fis un faux sourire.

« Il vaut mieux que je m'en aille. Et si Sheila arrivait ?

— Elle n'a pas la clé. » Gary roula sur le côté en remontant le drap sur lui comme une fille, sans doute pour cacher son bide à bière. « Ce n'est pas comme si on était fiancés ni quoi que ce soit. »

Ses cheveux filasse retombèrent sur son front dégarni. Je n'avais vu Gary qu'avec sa chemise de base-ball et sa casquette des Red Sox qui dissimulaient tous ses points faibles.

Soudain, ma nudité m'apparut comme une provocation. Je ramassai mes vêtements et les plaquai devant moi comme je pus afin de couvrir mon sexe et ma poitrine. « Il faut que je rentre chez moi emballer mes affaires.

— Je peux t'aider. Je suis un super emballeur, dit-il avec son sourire de gamin.

— C'est bon. Mon appart est dans un bazar total. »

Gary montra la pièce d'un geste de la main. « Ici, ce n'est pas non plus le Taj Mahal. Laisse-moi au moins te préparer un petit déjeuner.

— Un café. Un café serait super. » Je me précipitai dans la salle de bains où je m'habillai avec une rapidité à rendre jaloux Superman. Après avoir étalé du dentifrice sur mon index, je me le passai sur les dents et sur la langue, pressée de me débarrasser du goût de la bière et de Gary. Le miroir me renvoya des traces de mascara clownesques sous mes yeux. J'ouvris le placard en me demandant ce que Gary pouvait avoir là qui me tiendrait lieu de démaquillant, ce qui me déconcerta un peu. De la vaseline ? Pour finir, je me rabattis sur un tube de lotion Jergens un peu cracra, qui appartenait probablement à Sheila-qui-n'avait-pas-la-clé.

Je m'en passai une goutte sous les yeux et ne réussis qu'à étaler le noir en un cercle plus large et huileux. Mes lunettes de soleil étaient restées dans ma voiture. J'aurais volontiers sauté par la fenêtre de la salle de bains pour aller les chercher, seulement nous étions au premier étage.

Quand j'entrai dans la cuisine, Gary me lança un regard appréciateur. « Tu es mignonne, le matin. »

Il vint vers moi et m'enlaça par la taille. Son haleine fétide me fit reculer. Bon sang, cet homme n'avait-il pas besoin d'aller pisser ? « Merci. La salle de bains est libre.

— Le café est bientôt prêt. Je reviens tout de suite. Ne t'en va pas. »

J'aurais pu pleurer de frustration tellement j'avais envie d'être chez moi, de sortir de l'appartement de Gary et d'échapper à son regard affamé d'amour, de sexe et de romance qui me dévorait tel un ours bourlingueur irlandais. Je regardai le café tomber goutte à goutte avec des yeux en manque de caféine. Quand enfin la cafetière eut fini de crachoter, je rinçai deux tasses, une jaune à l'intérieur barré d'une grande fêlure marron, l'autre relativement intacte sur laquelle était écrit « Meilleur petit ami du monde ». Face à ce choix limité, j'optai pour la tasse fêlée.

« Ah, ça y est ! » Gary prit sa tasse et me la tendit. « Désolé. »

Ne sachant pas trop s'il s'excusait pour la saleté de la tasse ou pour le message qu'elle proclamait, je haussai les épaules. « Pas de problème. »

Il s'approcha de moi et écarta l'encolure de mon tee-shirt. Grâce au grand décolleté en V, il n'eut aucun mal à trouver une épaule à embrasser, quand bien même je portais en dessous un débardeur. Je me dégageai en me tortillant. Il me serra plus fort. « Tu as tellement bon goût.

— Il faut que j'y aille, Gary.

— Pas tout de suite. » Il suivit le tracé de ma clavicule, d'abord du bout de sa langue, ensuite de son doigt calleux. « J'ai envie de toi. »

Je me laissai entraîner sur une chaise de la cuisine. Baissant son caleçon, il s'assit, m'attira vers lui, puis, d'un geste vif et adroit, m'enleva tout ce je portais en dessous de la taille. Il me fit mettre à califourchon sur lui et se mit à grogner. La tête enfouie dans le creux de son cou, j'attendis qu'il ait joui.

L'eau chaude ruisselait sur moi. Je me savonnai les bras, les pieds et me débarrassai de Gary en me frottant entre les cuisses jusqu'à ce que le savon Ivory me pique. Je me lavai les cheveux deux fois de suite. Je m'aspergeai ensuite de talc, du Cashmere Bouquet, celui dont mamie nous saupoudrait. Lulu disait que maman s'en servait, elle aussi. Quand il faisait chaud, maman nous rafraîchissait avec un gant mouillé imbibé d'alcool avant de nous talquer pour nous éviter de transpirer pendant qu'on dormait.

J'enfilai mon tee-shirt le plus léger et mis un vieux pantalon que Lulu m'avait donné. Je me versai une troisième tasse de café, mis un muffin dans le toaster, puis étalai dessus une grosse couche de beurre et des tranches de cheddar. Je pris ensuite la pile de courrier que j'avais abandonnée dans un coin et la répartis en plusieurs tas.

À payer.

À jeter.

La lettre de papa.

Après avoir terminé mon muffin, j'ouvris la lettre de mon père et lus :

> *Chère Merry,*
> *Comment s'est passé le mariage du siècle ? Il me tarde que tu me racontes. Et surtout, je suis impatient de voir les photos. N'oublie pas de me les apporter. Et vérifie qu'elles ont bien le format que je peux garder – tu le connais, non ? Sinon, tu n'as qu'à appeler, ils te le diront.*

Comme si je ne savais pas depuis que j'étais gamine ce que la prison de Richmond autorisait ou non à garder !

> *Une fois encore, je voudrais bien que tu arrives à persuader ta sœur de venir me voir. Je pense que si je la voyais en face de moi, je pourrais tout lui expliquer. Tu crois qu'il lui arrive de lire mes lettres ?*

La dernière fois que je lui avais posé la question, Lulu m'avait répondu de m'occuper de mes oignons. Un peu plus tard, sans doute après qu'elle en avait parlé avec Drew, elle m'avait dit qu'elle les lisait de temps à autre, mais que, en général, elle les déchirait et les réduisait en confettis. *S'il se passait quelque chose d'important, tu me préviendrais, non ?* Sans doute voulait-elle dire si notre père avait un cancer ou la lèpre. Est-ce qu'elle irait alors le voir ?

De mon côté, j'ai une sacrée nouvelle : ils veulent que je prenne davantage de responsabilités à l'atelier d'optique. Nous fournissons à présent trois installations de plus. Ton père dirigera le plus gros atelier du système.

Installations. Système. Ils. Nous communiquions prudemment par une série de codes.

Je pense que ça m'aidera la prochaine fois que je demanderai ma mise en liberté conditionnelle, mais tu sais bien ce qui serait vraiment utile. Je t'en prie, tâche de convaincre ta sœur. Je vais me retrouver ici vieillard.

Incapable de résister plus longtemps, je me frottai la poitrine, ma main passant de la peau fine et lisse aux bourrelets tout plissés.

Dans trois ans, j'aurai la cinquantaine. Si tu voyais les vieux, ici – on dirait des morts vivants. Je ne veux pas finir comme ça. J'espère tenir un jour des petits-enfants dans mes bras. S'il te plaît, Tootsie, tu es mon seul espoir. Je t'embrasse très fort,

Papa.

TROISIÈME PARTIE

19

Lulu, juillet 2002

Le lundi matin, je me réveillai avant que le réveil n'ait sonné, la bouche sèche à cause de l'air conditionné. Cassandra, ma fille aînée âgée de dix ans, était penchée au-dessus de moi, les mains sur les hanches et les yeux plissés, l'air furibarde mais indemne. Une fois la poussée d'adrénaline redescendue, je me préparai au récit qu'elle ne manquerait pas de me faire sur la disparité qui régnait dans la famille Winterson. Très tôt, Cassandra avait endossé le rôle du dispositif de surveillance familial. Chaque jour elle décrétait ce qui était juste, bien ou mal. Être une actrice en herbe ne faisait que conforter ses performances théâtrales au sein de notre famille. Je regrettais parfois de l'avoir inscrite au cours de théâtre qu'elle suivait comme si elle était une future Meryl Streep.

« Parce qu'elle est plus petite, Ruby a toujours tout ce qu'elle veut, dit Cassandra, sans me laisser le temps de passer en mode éveil. Toi et papa, vous la traitez comme un bébé, et moi, je n'ai jamais droit à rien !

— Qu'est-ce qui ne va pas ?

— Ruby voulait des pancakes, moi je voulais des gaufres, alors papa a dit qu'on allait décider à pile ou face. Mais comme elle s'est mise à pleurer, évidemment, le gros bébé a eu ce qu'elle voulait. »

Je me doutais bien que cette histoire cachait autre chose, mais l'idée de creuser m'épuisait d'avance. « Viens ici, ma chérie », dis-je en soulevant la couette.

Cassandra se glissa sous l'édredon bleu ciel et respira à fond, se préparant à faire la liste de ses griefs. Ma fille embaumait mon savon de luxe, qu'elle croyait appartenir à tout le monde, et plus particulièrement à elle.

Je ne devais pas être au travail avant dix heures, mais les filles partiraient bientôt s'adonner à l'activité que Drew avait prévue pour elles pendant les vacances d'été. Aujourd'hui, la plage – si je me souvenais bien. Drew travaillait à la maison, où nous lui avions installé un atelier sous les combles.

Cassandra se blottit contre moi. Ma chambre avait quelque chose de frais et d'agréable. Les meubles rustiques blancs m'évoquaient Martha's Vineyard. Les volets blancs, ma collection de vases en porcelaine, les boules translucides posées sur la bibliothèque et la commode, tout dans cette pièce m'apaisait. Drew avait peint les murs d'un blanc neigeux et accroché le tableau de lui que je préférais. Des iris bleus sous un soleil d'une telle intensité qu'il irradiait depuis la toile.

« Papa cède toujours tout à Ruby, se plaignit Cassandra.

— Il te fera des gaufres demain matin, j'en suis sûre.

— Oui, mais moi je les voulais aujourd'hui ! C'est qu'un bébé qui pleure… Je parie que sa coupure lui fait même pas mal !

— Sa coupure ? dis-je en me redressant brusquement.

— C'est rien, maman. » Cassandra s'écarta de moi pour s'allonger sur le dos et croisa une jambe sur son genou replié. « C'est idiot que papa la laisse couper les fraises en morceaux… De toute façon, c'est un petit bobo de rien du tout. Elle a juste fait semblant de pleurer pour avoir ses pancakes.

— Il vaudrait mieux que j'aille la voir. »

Cassandra tira sur ma chemise de nuit pour m'empêcher de me lever. « Elle a même pas saigné, à peine une minuscule goutte… Tout le monde fait toujours tout pour Ruby !

— Ça suffit, Cassandra ! » L'impatience me gagnait. Il fallait que je voie Ruby avant de filer sous la douche.

« Tu n'es pas juste ! grogna Cassandra. Personne ne l'est avec moi !

— Qu'est-ce que tu veux ? » Je m'efforçai de ne pas élever la voix, sachant déjà que c'était raté, mon agacement se répandant dans la pièce.

La maternité n'avait jamais été mon rêve. Je n'avais jamais cru que je serais très douée pour ça. *Tu vois, Drew. C'est pour cette raison que tu restes ici à faire la maman et que je pars au boulot.* Non qu'il eût jamais remis en cause notre manière de nous répartir les tâches. Drew avait travaillé d'arrache-pied pour me vendre l'idée d'enfanter. À la fin, la force de sa volonté l'avait emportée, même si la perspective de devenir mère m'avait terrifiée. Et elle me terrifiait toujours autant – c'était même pire que je l'avais imaginé. Jamais je ne m'étais douté que les filles prendraient possession de moi à ce point, ni que la moindre de leurs chutes me laisserait des bosses.

« Pourquoi est-ce qu'aujourd'hui tu ne nous emmènes pas à la plage ? » demanda Cassandra.

Pourquoi êtes-vous si difficiles à contenter alors qu'on vous donne tant ? « Papa vous emmène chacune avec une amie, non ? Tu n'as pas besoin de moi. »

Peut-être que nous leur donnions trop.

Cassandra s'agenouilla en me suppliant de la comprendre. Ses longs cheveux châtains qui lui tombaient sur les épaules me rappelaient les miens. « Si, j'ai besoin de toi ! Tu ne viens jamais avec nous ! Tu n'as même pas vu comme je nage bien le crawl !

— Nous irons tous ensemble ce week-end. Je te le promets.

— Tu parles ! Ça m'étonnerait. »

À l'entendre, je passais mon temps à revenir sur mes promesses. Était-ce ainsi que me voyait ma fille ? « Et nous irons à la librairie acheter une pile de nouveaux livres pour l'été. »

Quelle que soit ma façon d'être mère, je décevais quelqu'un. Ruby et Cassandra étaient comme deux nations en guerre, réclamant sans cesse des choses différentes, sans jamais s'estimer satisfaites en même temps. J'étais à chaque instant en butte à la déception, à l'échec ou à la terreur. À un moment donné, l'un ou l'autre se produirait sûrement, non ?

Tu vois, Drew ? Je le savais. Avoir des enfants était la garantie d'endurer les pires foutaises de la vie. En me harcelant et en me soudoyant pour que je tombe enceinte, Drew m'avait forcée à devenir un otage de la terreur. Vous donniez naissance, et l'inquiétude devenait votre lot pour la vie.

Ma mère avait-elle ressenti la même chose ? L'idée qu'un danger nous menaçait Merry et moi l'avait-elle empêchée la nuit de dormir ? Essayer de garder des souvenirs de maman revenait à vouloir attraper la pluie. Je ne me rappelais pas l'avoir sentie inquiète, mais, puisqu'elle était ma mère, elle avait bien dû s'inquiéter. Je me réconfortais avec ce genre de pensées.

Ruby entra en trombe dans la chambre. Drew arriva derrière elle, une tasse à la main.

« Tu l'as réveillée ? » demanda Ruby à sa sœur. Puis elle se tourna vers son père. « Elle va se faire gronder ?

— Non, elle ne va pas se faire gronder, dis-je. Ne joue pas les instigateurs.

— C'est quoi ? fit Ruby.

— Quelqu'un qui pousse un autre à accomplir quelque chose, mais pas dans le bon sens, dis-je.

— Quelqu'un qui se comporte comme un bébé, ajouta Cassandra. Et qui pleure sans arrêt.

— T'as fait caca dans ta culotte ! » Ruby, huit ans, concluait ainsi la plupart des disputes.

« Ruby ! Combien de fois faudra-t-il te répéter de ne pas dire ça ? » Drew me mit la tasse de café dans la main. Depuis ce jour où nous étions revenus de Cape Cod et où Cassandra avait eu une intoxication alimentaire si épouvantable qu'elle n'avait pas pu attendre d'aller aux toilettes, cette phrase était devenue la réplique favorite de Ruby dès qu'elle voulait se moquer de sa sœur. « Cassandra était malade, tu le sais bien.

— Tu ne devrais pas être grossière et méchante comme ça », ajoutai-je.

Cassandra tira la langue à sa sœur, puis posa un regard accusateur sur Drew.

« J'ai dit à maman que tu avais fait des pancakes à Ruby alors que c'est moi qui avais gagné ! »

Chercher comment venir à bout des travers de mes filles, le besoin de justice tatillonne de Cassandra et sa tendance à jouer les victimes ou les efforts de Ruby pour se mettre en avant, me semblait une tâche digne de Sisyphe. Mes filles étaient épuisantes... Les éduquer me dépassait. Sans doute aurait-il été plus simple de leur jeter des tas de cadeaux comme à des chiens enragés. Bonbons ! Jouets ! Hot-dogs ! Venez chercher, les filles ! Tenez, prenez ça ! Aimez-moi !

« Oui, mais moi je me suis fait mal », claironna Ruby. Elle me tendit sa main pour me montrer le pansement Belle au bois dormant sur sa paume minuscule. « Regarde !

— Cassandra, Ruby s'est vraiment fait mal, dit Drew. Nous en avons déjà parlé. Demain, tu auras tes gaufres. »

Cassandra se laissa tomber contre moi. Je caressai ses cheveux magnifiques en ayant envie de tous les fuir. Cassandra soupira de dépit. Puis elle se tourna vers moi et, prenant mon visage entre ses deux mains, elle me regarda intensément dans les yeux.

« S'il te plaît, maman, reste à la maison avec moi, implora-t-elle. Ruby va avec papa, et toi, tu restes aujourd'hui avec moi. Ne va pas travailler. Je t'en supplie !

— Lulu ? Drew ? » La voix stridente de Merry coupa court au mélodrame. « Je vous pique du café, d'accord ?

— Bien ! » hurlai-je en retour.

Drew pressa doucement le genou de Cassandra. « Allons, ma chérie, tu sais bien qu'il faut que maman parte travailler. Et en plus, on doit aller chercher vos amies. »

Entourant les épaules affaissées de Cassandra, je la serrai dans mes bras avant qu'elle s'en aille. « Tout ira bien. »

Bien était mon mot de ce matin. *Bien* que je ne voie pas Cassandra une seule journée entière cet été, *bien* que Merry vienne se servir du café. *Bien*, ça l'était d'ailleurs quatre jours de la semaine sur cinq, le café déjà passé de Drew dissuadant en général ma sœur de s'en préparer.

Que Merry sorte de chez elle en pantoufles et en pyjama ne me dérangeait pas, ni qu'elle tourne le coin de la rue en courant de chez elle jusque chez nous. À Cambridgeport, l'excentricité était la norme. Se balader en tenue de nuit n'était pas près de nous tailler une place à part parmi nos voisins bizarres, pas dans cette partie de Cambridge où Drew, Merry et moi habitions.

D'un côté de chez nous vivait la dame aux marionnettes, qui trimballait des pantins en bois qui parlaient à sa place, de l'autre, un drag-queen blond platine qui mesurait un bon mètre quatre-vingt-quinze sans ses talons aiguilles. Plus étonnant encore, ici même, au cœur de Cambridge, nous avions également un républicain. Il accrochait des drapeaux américains sur sa maison et faisait des claquettes tous les soirs sur son perron.

L'année précédente, après le 11 Septembre, notre quartier ultra-démocrate avait déclaré une courte trêve avec le voisin républicain. Pendant quelques semaines, tout le monde s'était rassemblé devant chez lui à la tombée de la nuit pour le voir danser. À présent, près d'un an plus tard, les voisins avaient recommencé à le traiter comme un marginal farfelu.

Parfois, j'étais stupéfaite de me réveiller dans la peau d'une mère de deux filles et d'une femme mariée, et non plus dans celle d'une quasi-orpheline s'escrimant à se cantonner à un seul tiroir ou à une seule pièce, bien que pouvant désormais se déployer entre une chambre carrément superbe et un sous-sol bien rangé. Même après avoir vécu plusieurs années dans cette maison, et dans cette identité, je ne savais toujours pas comment faire pour habiter tous les coins de mon univers.

Malgré ces signes extérieurs de richesse, je soupçonnais la proximité de Merry d'être la seule garantie de ma stabilité. Quelquefois, bien que je n'en parle jamais à personne, la réalité de mes filles et de mon père secret enfermé dans une prison de l'État de New York retentissait en moi tel un coup de tonnerre. Maman continuait à vivre en moi comme la mère belle et colérique de mon enfance. J'avais toujours dû cacher à mes filles la réalité de mes relations avec maman. Plus triste, lorsque je cherchais comment être mère et ce que voulait dire la maternité, les souvenirs que je gardais de maman ne me servaient à rien.

Je remontai la rampe jusqu'au dernier étage du garage adjacent au centre médical Cabot. Dans le parking réservé au personnel, les premiers arrivés étaient les premiers servis, conformément au principe le-premier-sur-place-survit en vigueur à Cabot. À partir de dix heures moins dix, on était obligés de s'exiler dans les coins les plus éloignés du parking où nos voitures se trouvaient exposées à la pluie, à la neige ou au soleil cuisant.

Le centre médical Cabot vivait au rythme des sournoises bagarres pour les places de parking ou de notre suivi attentif des victoires des Red Sox et de leurs défaites. Étant donné que nous travaillions tout près de Fenway Park, nous priions le ciel pour qu'ils perdent, dans l'espoir d'un abrègement de la saison des matchs qui donnait lieu à une intense circulation. Tant pis pour le championnat.

J'étais passée directement de la fac de médecine Cabot au centre médical Cabot. On m'avait proposé un poste, et je l'avais accepté.

Me précipitant dans l'escalier, je descendis en courant au niveau de la rue et traversai la cour brûlante pour gagner l'entrée tout en verre et en bronze. Monter ou descendre les marches en petites foulées était ma seule forme d'exercice.

« Bonjour, docteur Winterson. » Jerry tenait la cafétéria dans le hall. Paraplégique, les bras énormes, il avait adapté l'endroit à son propre confort, mettant au défi quiconque de se plaindre de devoir se mettre à quatre pattes pour attraper du sucre ou de la crème. J'admirai sa capacité à utiliser son handicap pour se gagner un revenu supplémentaire. Personne n'osait ne rien lui acheter, Jerry laissant entendre que dédaigner ses muffins, son thé ou ses sandwichs trahissait notre manque de générosité envers les handicapés.

« Depuis le temps, Jerry doit être propriétaire d'un château », avait marmonné Maria, la réceptionniste, la semaine précédente. Néanmoins, elle avait dit cela en tenant à la main un cookie au chocolat fait par la femme de Jerry.

« J'ai déjà bu mon café et j'ai apporté mon déjeuner, dis-je lorsque je passai devant le chariot de Jerry, ma boîte en fer de LL Bean [1] brandie en guise de preuve. Je viendrai tout à l'heure chercher une douzaine de cookies pour la réunion du personnel.

— S'il en reste ! fit Jerry d'un air sombre, comme si le fait qu'il puisse tout vendre serait regrettable, et sans doute de ma faute.

— Je prends le risque ! » Je poussai la porte donnant sur l'escalier, grimpai les trois étages jusqu'au service de médecine interne et débouchai dans le grand hall moquetté de gris industriel qui desservait les modules intitulés A, B et C. Lorsque j'entrai dans le module B, Maria me fit bonjour de la main depuis son bureau d'accueil circulaire, sans cesser de hocher la tête et de parler dans son casque. Les patients qui

1. Chaîne de magasins spécialisés dans les vêtements et le matériel de camping.

attendaient se penchèrent vers ma blouse blanche comme des fleurs fanées.

Une série de Post-it voletait sur l'écran de mon ordinateur. Les secrétaires du service bourraient tellement nos casiers de notes administratives et de publicités de laboratoires pharmaceutiques que tous les médecins et infirmières du module B communiquaient au moyen de Post-it ou de bouts de papier scotchés sur les fauteuils.

Le centre médical Cabot était devenu un cabinet qui incitait à la haine, nous harcelant quotidiennement de rappels d'ordre financier : *Gardez en tête le compte de résultats ! Pensez à la prise en charge forfaitaire ! Plus de patients en moins de temps ! Croissez ou crevez !* J'attendais le jour où les technocrates nous ordonneraient d'aller dans les salles de bingo chercher de nouveaux patients.

Le tableau de service sur lequel figuraient mes patients avait fini par former un gros bloc de femmes que je considérais comme des presque-vieilles ; les médecins hommes semblaient avoir moins de patience pour ces femmes en transition. Moi, je les plaignais. J'en serais bientôt une moi-même et, contrairement à nombre de gens de ma connaissance, je ne faisais pas comme si ce n'était pas le cas. Je n'avais pas envie de devenir une de ces femmes surprises par la rapidité de leur déchéance, de ces femmes qui avaient à peine le temps de dire adieu à l'idée d'être belles, indispensables ou courtisées que déjà elles glissaient vers la retraite et l'univers gris de l'invisibilité.

Par conséquent, je consacrai pas mal de temps aux presque-vieilles ; et en retour, elles étaient aux petits soins avec moi, comme si j'étais leur faiseuse de miracles attitrée.

J'épluchai les messages scotchés sur mon fauteuil et mon ordinateur. Un Post-it rose fluo plus grand que les autres hurlait sur ma lampe de bureau.

> *Où es-tu ? J'ai dû boire mon café toute seule avec le maître de l'ennui. Le docteur Denton m'a gardée prisonnière vingt minutes en me racontant des histoires barbantes de jardinage. S'il te plaît, viens épousseter mon aura et écouter le récit de mon dernier RENDEZ-VOUS. Qu'est-ce que tu as prévu demain pour ton anniversaire ? Je t'emmène déjeuner ? Vérifie sur l'emploi du temps la bousculade de patients qui t'attend. Désolée.*
>
> *Bisous, Sophie.*

Sophie, l'infirmière avec laquelle je faisais équipe, était devenue ma meilleure amie depuis que Marta avait quitté Boston pour suivre un mari bourré de fric. Les patientes venaient à Cabot pour Sophie autant que pour moi. Elle savait comment les réconforter et les câliner quand elles pleuraient sur leur utérus disparu, leur vie sexuelle envolée et l'alopécie qui les horrifiait chaque fois qu'elles se regardaient dans un miroir. En échange, ces dames gardaient l'œil ouvert pour trouver un mari à Sophie et un père pour ses trois fils cauchemardesques.

« Ça a l'air super, avais-je dit lorsque Sophie m'avait parlé du énième neveu d'une patiente semblant remplir ces conditions. N'oublie pas de rappeler à

Mme Doherty que, quand il viendra te chercher, son neveu devra apporter son fouet et son tabouret à dompter les lions. »

Sophie passa la tête dans l'embrasure de la porte. « Ton dix-heures-vingt attend et ton dix-heures-quarante vient d'arriver. En plus, j'ai dû caser Audra Connelly. Elle vient de trouver du travail et a besoin d'un certificat médical avant de démarrer. »

J'examinai mon agenda sur l'ordinateur, une courtoisie codée par couleurs des technocrates de là-haut. « Et je fais ça comment ? D'un coup de baguette magique ?

— C'est toi le médecin. Débrouille-toi. »

J'acquiesçai d'un signe de tête. Le mari d'Audra était mort récemment d'un cancer du pancréas, le flic autrefois massif et jovial devenant jaune et squelettique tandis qu'il supportait la douleur en se repliant sur lui-même. Je trouverai bien. « À quelle heure ? Oh, attends… je vois. »

Sophie avait ajouté le rendez-vous d'Audra à seize heures dix. Je me massai la base du cou.

« Que dirais-tu demain d'un déjeuner d'anniversaire ? » demanda Sophie.

Anniversaire demain.

Anniversaire de la mort de ma mère aujourd'hui.

Merry et moi appréhendions d'y repenser, mais vu que nous aurions attendu un châtiment inévitable toute l'année si nous n'avions pas marqué ce jour-là d'une façon ou d'une autre, nous faisions toujours un truc ensemble. Certaines années, nous étions allées déposer des roses rouges sur sa tombe. Dans mes souvenirs brumeux, ma mère était devenue Blanche-Neige, ses lèvres de la couleur du sang frais, ses cheveux plus noirs que la laque, sa peau blanche comme celle d'une geisha.

En général, nous regardions un film triste en hommage à maman. Régulièrement, nous avions entendu Mimi Rubee répéter *Ma Celeste était une telle beauté qu'elle aurait pu être mannequin ou vedette de cinéma.* Du temps où nous vivions à Duffy, nous gardions les sous que mamie Zelda nous donnait pour aller en cachette au cinéma Loewe's le jour de la mort de maman. Et quand nous étions parties habiter chez les Cohen, nous avions perpétué la chose. Leur demander de nous emmener sur la tombe de maman n'avait jamais semblé envisageable.

Chaque année, nous choisissions le film le plus triste avec l'actrice la plus tragique, d'abord et pendant une dizaine d'années au Loewe's à Brooklyn, ensuite sur des cassettes vidéo et des DVD. Nous sanglotions à nous en étrangler devant *Le Choix de Sophie* ou *Tendres passions* tout en nous demandant quel aurait été le dévouement de notre mère si elle avait vécu. J'avais du mal à l'imaginer laisser ses racines grisonner comme le faisait la mère de *Tendres passions* pendant la maladie de sa fille. Cette idée me rendait malade de culpabilité. Ce soir, c'était Merry qui était censée louer le film. Nous le regarderions. Elle boirait. Nous pleurerions. Puis nous irions dormir. Joyeux anniversaire, maman.

À quatre heures, recevoir une patiente que je connaissais suffisamment pour discuter avec elle un moment m'apporta plus de réconfort que je n'en avais eu de toute la journée. Au diable les technocrates ! Mes pieds me tuaient. La faim me tiraillait. Les patients supplémentaires m'avaient coûté mon déjeuner.

« Comment allez-vous, Audra ? lui demandai-je lorsqu'elle entra.

— Je vais bien. Je crois que j'ai trouvé un travail.

— Vous êtes certaine de vous sentir prête ? » Son mari était mort depuis à peine quatre mois.

« Plus que prête. Encore quelques soirées devant la télé, et je casse l'écran ! Je suis allée aider à Ocean View, vous savez, la maison de retraite où sont ma mère et le père de Hal, mais je crois que même eux en ont marre de moi. » Audra sourit, sa bouche colorée par ce qui restait du rouge à lèvres qu'elle n'avait pas mangé d'inquiétude. Elle me paraissait plus mince que la fois précédente, ce qu'elle ne pouvait pas se permettre dans la mesure où elle faisait partie de ces rares femmes irlandaises qui n'avaient pas des kilos à perdre. « Les enfants passent trop souvent me voir. Il faut qu'ils vivent leur vie.

— Voyons un peu… Et c'est quoi, ce travail ? demandai-je tout en commençant à l'examiner.

— Assistante bibliothécaire des écoles de Brooklyn. Je crois que ce serait idéal pour moi.

— Ce sont eux qui auront de la chance… La tension est bonne. En revanche, votre poids est trop bas. Vous vous sentez bien ?

— Très bien, sauf que je passe de trop nombreuses soirées à avaler un bol de céréales au lieu de me préparer un vrai dîner.

— Il faut vous occuper de vous aussi bien que vous vous êtes occupée de votre mari. » Je réchauffai le stéthoscope entre mes mains. « Respirez à fond.

— Vous connaissez des femmes qui le font ? demanda Audra en expirant. On fait ça uniquement pour les autres.

— Vous avez à vous plaindre de quelque chose ?

— Rien que des choses habituelles – j'entends les filles de mon club de bridge dire pareil. On a mal partout, les pieds douloureux… Notre visage n'est plus aussi bien… » Elle sourit. « Heureusement que ce travail ne demande pas d'être belle !

— Vous serez toujours ravissante, dis-je en lui touchant l'épaule. Vous avez cette beauté classique dont rêvent toutes les femmes. Comme Katharine Hepburn. »

Un peu plus tôt, Merry m'avait laissé un message pour me dire qu'elle avait loué *Le Docteur Jivago.* Je préférais Geraldine Chaplin, l'épouse, à Julie Christie. Les yeux sombres de la première et la douceur de son visage me paraissaient plus réconfortants que la beauté de la seconde.

Brusquement, la panique me prit. De quelle couleur avaient été les yeux de ma mère ? Bleus ? D'un brun profond comme ceux de Merry ? Nous n'avions d'elle que des photos en noir et blanc. Qui le saurait ? À qui demander ?

« En tout cas, j'ai le cou aussi plissé que le sien ! Mais qui s'en soucie ? » Audra tapa dans ses mains, me tirant de ma rêverie. « Vous m'écoutez ? Mon Dieu, j'ai eu une vie merveilleuse, et voilà que je me prépare à vivre une nouvelle aventure !

— Une nouvelle aventure, oui. On ne sait jamais ce que la vie nous réserve… Bon, si vous voulez bien ouvrir votre chemisier et vous allonger pour que j'examine vos seins, nous en aurons bientôt terminé. »

La poitrine parsemée de taches de rousseur d'Audra témoignait de ses grossesses. La peau fine comme du papier était plissée, et on devinait à ses tétons qu'elle avait nourri ses enfants. « Vous pouvez lever les bras ? » Je m'approchai et repoussai mes lunettes sur mon nez. « Mettez les mains derrière la tête. »

Le papier posé sur la table d'examen se froissa quand Audra se redressa. Sous la lumière vive, réverbérée par les armoires en acier blanc et les installations chromées, chaque grain de beauté et tache de vieillesse ressortait sur sa peau. Les doigts posés à plat sur ses petits seins, selon la nouvelle méthode que l'on m'avait enseignée, je palpai chaque section tour à tour en appliquant trois différents niveaux de pression. Au lieu de me déplacer en cercle autour du sein, je passai sur le torse de haut en bas, afin d'examiner également le tissu mammaire entre la clavicule à l'endroit du soutien-gorge et le dessous des aisselles.

Rien ne semblait bizarre, sinon une petite rugosité au bout d'un des mamelons. J'ajustai la lampe, l'approchai encore un peu et, en me penchant, je notai une rougeur ainsi qu'un dépôt du côté droit. Je passai mon doigt dessus, puis le pinçai pour vérifier s'il suintait. Le mamelon gauche ne présentait aucune altération de la peau. Revenant sur le sein droit, je suivis le dépôt avec mon doigt, puis palpai l'aréole.

« Vous avez eu un problème au mamelon droit ?

— Non. Il y a un problème ? » Audra se tourna vers moi. Jusqu'à cet instant, elle avait adopté l'attitude habituelle d'une femme à qui l'on fait un examen intime, fixant le plafond avec autant d'immobilité qu'un mannequin. L'inquiétude se lisait à présent sur son visage.

Je regardai sa poitrine puis Audra elle-même. « Je note une légère irritation. Vous l'aviez remarquée ?

— Ça me démange un peu, maintenant que vous m'en parlez. Je dois m'inquiéter ?

— Laissez-moi me charger de ça », dis-je avec sérieux. Mes collègues m'accusaient de toujours vouloir chercher midi à quatorze heures. La terreur de poser un mauvais diagnostic m'incitait à procéder à des examens que les technocrates me reprochaient régulièrement. « C'est juste une petite irritation. Avez-vous changé de savon ? Ou acheté un nouveau soutien-gorge ?

— Je suis allée nager à la piscine de Brighton. Est-ce que ça pourrait être à cause du chlore ?

— C'est fort possible. Le chlore est un irritant puissant. Mais puisque vous devez de toute façon passer une mammographie, je vais y ajouter quelques examens.

— Je dois m'inquiéter ? » répéta-t-elle.

On devrait toujours s'inquiéter. À chaque seconde de chaque journée.

« Étant donné que vous avez déjà eu de l'eczéma dans le passé et que vous avez été soumise à un stress considérable, il est très probable que vous ayez de l'eczéma sur le mamelon.

— Oh, mon Dieu, pourvu que ce ne soit pas encore de l'eczéma ! » se désola Audra.

Pourvu que ce soit encore de l'eczéma…

Le bol de pop-corn était pratiquement vide. Merry et moi y plongions la main chacune notre tour pour attraper les grains de maïs éclatés au milieu de ceux qui ne l'étaient pas. Pourquoi certains grains étaient-ils si obstinés ?

« Tu t'inquiètes pour un rien, dit Merry. Un mamelon qui démange, et tu la vois déjà morte et enterrée ! » Je lui avais fait part de mes craintes à la suite de l'examen d'Audra.

« Comme si tu ne pensais jamais à la mort ! » répliquai-je. Ma sœur et moi passions notre vie dans l'attente de voir disparaître ou mourir nos proches. Je n'arrivais pas à imaginer ce que je ferais le jour où Cassandra et Ruby seraient assez grandes pour sortir de la maison sans que leur père ou moi les accompagnions.

« C'est pour ça que je sais que tu es folle. » Merry enfonça la touche « Open » du lecteur de DVD d'où elle retira *Le Docteur Jivago.* « Maman aurait aimé ce film. Sauf qu'elle aurait trouvé le personnage de Geraldine Chaplin trop beau pour être vrai. Elle aurait préféré Julie Christie. »

J'ignorais où ma sœur allait chercher ces âneries, étant donné qu'elle n'avait même pas six ans à la mort de maman. Merry s'était fabriqué une mère à partir de bouts de souvenirs, de photos et de ce que je lui avais raconté au fil des années.

« Et toi ? demandai-je.

— J'ai détesté la façon qu'a Geraldine Chaplin d'être archibonne et de toujours s'occuper de tout le monde ! Et à la fin, elle se retrouve avec quoi ?

— Elle s'éloigne de tout.

— Mais c'est Julie Christie qui a Omar Sharif. » Merry remplit son verre de vin et posa ses pieds sur la table basse. L'idée qu'elle aurait trente-sept ans en décembre me paraissait inconcevable. Elle continuait à se comporter comme une enfant qui attend que la vie commence. Elle était sans âge, comme ses meubles, un vieux bureau que lui avait donné Drew, des bibliothèques faites de planches et de briques, et, en guise de table, une bobine de câble électrique géante qu'avait dû lui filer un réparateur de téléphone avec lequel elle avait couché.

« Omar Sharif n'en a jamais rendu aucune des deux heureuse, fis-je valoir.

— Tu ne penses pas qu'il les a rendues heureuses pendant un petit moment ?

— Et d'ailleurs, pourquoi est-ce qu'elles voulaient de lui ? Il est franchement lamentable.

— Moi, je le trouve romantique. Il croyait en chacune d'elles. » Elle replia ses jambes sous elle et se passa la main sur la poitrine. « Je pense que papa a cru en maman pendant longtemps. Beaucoup trop.

— Et c'est ce qui explique ce qu'il a fait ? C'est là ta dernière théorie ? » Je pris la boîte de pizza vide en la tenant de façon à ne faire tomber aucune miette. « Dire une chose pareille est épouvantable. Surtout aujourd'hui.

— Je me posais la question, c'est tout. Pourquoi est-ce que ça te met en rage que je m'interroge et cherche à comprendre les choses ? » Merry ramassa les assiettes en carton tachées de gras.

« Parce que maman mérite qu'on lui consacre cette soirée, et elle voudrait qu'on le laisse en dehors. »

20

Lulu

Sans même la décacheter, je froissai la carte d'anniversaire que m'avait envoyée mon père. Mes doigts se figèrent sur le papier grossier que je m'évertuais à éliminer de ma maison et de ma vie. Mes filles, Drew et Merry m'attendaient dans la salle à manger. Un quart d'heure plus tôt, je les avais quittés pour aller non sans bruit et avec force cérémonie dans mon bureau, le temps de les laisser préparer mon gâteau d'anniversaire « surprise ».

Après avoir jeté l'enveloppe de la prison, je me mis à trier sans enthousiasme la pile de courrier accumulé sur mon bureau. Cette correspondance donnait à la pièce un côté désordonné qui me déplaisait. Le chaos me rendait nerveuse, mais je me sentais trop migraineuse pour m'attaquer aux factures. Mon envie de monter prendre une douche fraîche puis d'aller me coucher le disputait à la responsabilité qui m'incombait de me réjouir de faire la fête, surtout devant les filles.

Récupérant l'enveloppe froissée en boule, je lissai le papier, me refusant à laisser mon père avoir le dessus. Après avoir ouvert l'enveloppe, je sortis la carte écrite à la main décorée de ballons rouges et bleus.

Chère Lulu,
Bon sang de bois… Si tu as quarante-deux ans, ça veut dire que j'en ai soixante-deux ! Je vais devenir ici un vieil homme – et, crois-moi, Cookie, ce n'est pas un endroit où il fait bon vieillir ! (Non que j'imagine que tu puisses te retrouver dans un endroit pareil.) D'après ce que me raconte Merry, tu réussis encore mieux chaque année. Pas mal, Cocoa Puff.

Si un jour j'écrivais à mon père, ce serait pour lui demander de ne plus jamais m'appeler Cocoa Puff. Je l'entendais encore prononcer ces mots, les lancer dans l'interstice de la porte entrebâillée.

T'en fais pas, Cocoa Puff. Maman ne se fâchera pas. Je te le promets.

Maman ne s'était pas fâchée. Maman était morte.

Un instant, je fermai les yeux, rassemblant mes forces pour lire la suite.

Ta mère serait stupéfaite. Je l'entends me dire : d'où Lulu tient-elle donc cette cervelle ? Je pense qu'elle te vient de ton grand-père maternel – je ne vois personne d'autre d'assez intelligent dans notre famille pour aller en fac de médecine.

Je refermai la carte, de peur de succomber à une crise cardiaque pour cause de fureur si je lisais plus avant. Comment arrivait-il à faire allusion à ma mère sur un ton aussi enjoué, comme si elle était à Boca

Raton[1] et non en train de se décomposer au fond d'un cercueil ? Papa, j'ai un scoop pour toi : « notre famille » n'existe pas.

Les adultes devraient pouvoir proposer de se faire adopter. Je me serais trouvé une famille qui se réunirait au moindre jour de congé inventé – vite, décorez l'arbre de Columbus Day ! – et qui offrirait une foule d'occasions de sortir nos blagues familiales et nos histoires rien qu'à nous. Une famille qui fêterait les anniversaires autrement qu'en envoyant des cartes bricolées du fond d'une prison.

Je mourais d'envie de prononcer des phrases comme *Oh, mon Dieu, il y a des lustres que je n'ai pas appelé tante Mary !* D'arriver dans une maison chaleureuse et de voir des gens inquiets me prendre par le bras en me demandant « La route n'a pas été trop pénible, Lulu ? » tandis que je secouerais la neige de mes cheveux.

Adopter des adultes devrait faire autant envie que sauver de ravissantes petites Chinoises.

Peut-être serait-ce cette année que j'exigerais de l'administration de la prison qu'on lui interdise de m'envoyer du courrier. Mes filles étaient assez grandes pour déchiffrer *Programme de correspondance des détenus, Joseph Zachariah, 79-X-876* sur le rabat de l'enveloppe et *Richmond County Prison* dans l'adresse de l'expéditeur. On lui avait déjà interdit de m'appeler depuis le jour où j'avais eu mon premier téléphone.

---

1. Ville balnéaire de Floride.

Notre déchiqueteuse à papier gémit tandis qu'elle transformait en confettis la carte de mon père, suivie de l'enveloppe.

Je fis pivoter ma tête à droite puis à gauche pour chasser les tensions. J'imaginais ma famille en train de mettre des bougies sur mon gâteau d'anniversaire. Les filles avaient eu de la peine à contenir leur excitation à l'idée du dessert surprise. Du gâteau ! De la glace ! Du sucre, du sucre, du sucre !

Drew savait que je détestais ce jour, et en bon mari qu'il était, il compatissait, mais seulement jusqu'à un certain point, celui où mes névroses empiétaient sur la nécessité pour nos filles de mener une vie de famille normale. S'il n'avait tenu qu'à moi, j'aurais évité toutes les fêtes, comme je l'avais toujours fait avant de devenir parent. Cependant, être une mère digne de ce nom exige de vous absolument tout, y compris de faire semblant d'être heureuse le jour de votre anniversaire et de laisser vos enfants s'approprier une part de cette prétendue joie.

Les yeux clos, je m'appliquai à faire comme si le mal de dos dû au stress qui rongeait ma colonne vertébrale n'existait pas. Je me frictionnai le creux des reins. Puis j'avalai deux Excedrin que je fis descendre avec un reste de café froid. Après quoi je respirai à fond et ouvris la porte, cédant aux piaillements impatients de mes filles qui attendaient de me voir soupirer de ravissement devant les ballons roses et violets – les premiers choisis par Ruby, les seconds par Cassandra – gonflés à l'hélium et flottant au plafond tels des nuages égarés, frôlant dangereusement les pales du ventilateur qui tournoyait au-dessus de la table.

« Maman ! s'écria Ruby en se jetant dans mes bras. Devine ce qu'on a pour toi, maman ! »

Je la serrai contre moi, adorant sentir son petit corps parfait, le contact soyeux de ses cheveux bruns contre ma joue. À huit ans, Ruby ressemblait plus à ma sœur et à mon mari qu'à moi – comme si Drew et Merry s'étaient accouplés et avaient ensuite introduit l'embryon dans mon utérus. Au milieu du visage de Ruby me regardaient les yeux de Merry, comme deux Tootsie Pops au chocolat en miniature, entre les sourcils très arqués et le nez retroussé de Drew.

« Joyeux anniversaire, maman. » Le ton guindé de Cassandra traduisait la solennité du moment.

Drew me renversa en arrière pour me donner un baiser hollywoodien qui arracha des hurlements de plaisir aux filles, lesquelles adoraient voir leur père me débaucher. Merry m'entraîna vers la table où elle me fit asseoir devant une montagne de cadeaux. Je fermai les yeux une seconde en invoquant les dieux de la fausse gaieté.

« Chaque chose en son temps », dit Merry. Elle s'assit en face de moi et prit Ruby sur ses genoux, toutes deux ayant l'air d'être la mère et la fille. Si maman avait été là, le tableau aurait été complet : trois générations de beautés. Ruby se blottit contre la poitrine de ma sœur, les mèches de leurs cheveux exactement de la même couleur s'entremêlant.

Cassandra resta debout près de moi, sa main fine posée sur mon genou. Elle mit sa tête une seconde sur mon épaule, et j'embrassai sa joue toute fraîche. Pâle, aérienne, elle était d'une beauté austère, comme la mère de Drew, avec les mêmes yeux verts pailletés d'or.

Quant à moi, comme dans mon enfance, j'avais l'impression d'être quelconque, et ce que me disait Drew constamment pour me rassurer tombait à l'eau dès que je posais les yeux sur ma sœur. Peut-être que je me serais choisi une famille d'adoption sans prétention – histoire d'être la jolie fille, pour une fois ! En même temps, mon côté direct me rendait facile d'approche. Mes patients me dévoilaient leurs secrets avec la prédictibilité des marées. *Je bois tous les soirs, mais personne ne le sait*, m'avait confié le conducteur de bus. *J'ai trompé ma femme, faites-moi passer tous les tests*, m'avait supplié le professeur d'histoire. *Je cache des barres de chocolat au fond du panier à linge*, m'avait avoué l'infirmière déprimée qui souffrait d'un diabète incontrôlé.

Merry me mit un paquet dans les mains, et je tirai sur les rubans aux frisottis opulents qui entouraient la boîte. Finalement, Drew me passa une paire de ciseaux pour les couper. Les filles m'observaient en se faisant signe de se taire.

« C'est spécial ! s'exclama Ruby. Ça vient de chez…

— Chut ! fit Merry en lui mettant un doigt sur les lèvres.

— Laisse la surprise à maman », ajouta Drew. Il vint s'asseoir près de moi et prit Cassandra sur ses genoux.

J'arrachai l'emballage du paquet, qui me semblait lourd par rapport à son format, puis soulevai le couvercle d'une boîte en carton argenté, dans le style de celles que l'on donne dans les boutiques de luxe. Merry conservait des boîtes de ce genre depuis la nuit des temps. Avant d'arriver au cadeau, je dus d'abord retirer plusieurs couches de papier de soie aux couleurs éclatantes – rose vif, bleu néon, vert perroquet. « Je sais qui a emballé ça.

— Papa a fait un beau paquet pour toi, déclara Ruby. Mais tante Merry… »

De nouveau, ma sœur la fit taire. J'écartai les papiers. Dessous brillait une boîte de forme hexagonale. Je la reconnus sur-le-champ. Cette boîte faisait partie de ce que ma mère appelait *la collection de papy*, des trésors exotiques avec lesquels elle avait décoré notre salon. Des triangles de nacre ornaient la surface polie autour d'un cercle en pierre verte scintillante. Il y avait des années que je n'avais pas vu cette boîte. La dernière fois remontait à mon ultime visite chez tante Cilla, le jour où je m'étais rendu compte que la sœur de ma mère s'était approprié toutes ses affaires.

Mme Cohen avait jugé important de mettre une sorte de limite aux relations que nous entretenions avec notre tante et notre oncle. Elle nous conduisait Merry et moi chez tante Cilla à Brooklyn, nous laissant seules là-bas pendant trente minutes épouvantables afin que nous puissions « parler ».

« Qu'est-ce qu'il y a, qu'est-ce que tu regardes ? m'avait demandé tante Cilla quand elle m'avait vu fixer la bague en améthyste qu'elle portait à la main droite. Je n'ai pas le droit d'avoir un souvenir de ma sœur ? »

Voyant que je ne répondais pas, elle s'était tournée vers Merry. « Et toi, qui t'emmène voir le monstre, à présent ? »

« Comment as-tu eu cette boîte ? » demandai-je à ma sœur.

Elle se fendit d'un immense sourire, comme si elle avait réussi un bon coup, trop excitée pour remarquer la tension dans ma voix.

Cassandra répondit à sa place. « C'est tante Cilla qui la lui a donnée.

— Tante Cilla l'avait chez elle à New York ! ajouta Ruby. Tante Cilla ! » Elle répéta *tante Cilla* avec plaisir, bien qu'elle ne l'ait jamais vue. Les filles n'avaient jamais rencontré aucun membre de ma famille – en dehors de Merry, bien sûr. Ruby, notre fille athlétique, qui jouait au base-ball en Little League avec les familles fortunées de Cambridge, revenait régulièrement en nous racontant des histoires sur les grands-parents, cousins et oncles de ses coéquipiers.

« Elle l'a donnée à tante Merry pour TOI, précisa Ruby. Tante Cilla. »

Pour moi. En effet, voilà qui rompait avec la tradition. La sœur de ma mère n'avait jamais levé le petit doigt pour nous depuis qu'elle nous avait virées de chez elle et expédiées à l'orphelinat.

« Je me souvenais que tu adorais cette boîte, dit Merry. C'était ta préférée. »

Je faillis lui rappeler qu'elle ne pouvait avoir aucun souvenir antérieur à la mort de maman, puis me ravisai. « Merci. » Je passai mes doigts sur le couvercle aussi lisse et froid que dans mon souvenir.

Une fois par mois, lorsque maman descendait les boîtes de l'étagère, Merry et moi nous inventions des petits mondes. Maman les déposait délicatement sur la moquette et nous laissait les épousseter pour qu'elles brillent. Sept boîtes en onyx noir de formes et de tailles différentes, certaines incrustées de nacre et de pierres vertes ou rouges.

« Elle appartenait à ta mère », dit Cassandra tout bas d'un air émerveillé. Ma mère, du fait de son absence et de la rareté de son évocation, avait été élevée, comme mon père, au rang de sainte fantomatique. Mes enfants vivaient à fond le mythe selon lequel un accident de voiture fatal nous avait enlevé nos deux parents. Seuls Drew, Merry et moi connaissions la vérité, ainsi que la famille très réduite qui me restait à New York que nous ne voyions jamais, et que jamais nous ne verrions.

« Oui, elle appartenait à ma mère. » Je passai ma main dans les cheveux de Cassandra. Je n'avais qu'une envie : planquer la boîte, ne voulant qu'aucun fragment de mon passé ne vienne s'immiscer dans la vie de mes filles. « Je vois qu'il y a un autre cadeau. C'est pour moi ?

— Ta mère ne te manque pas ? me demanda Cassandra pour la millionième fois. C'est triste qu'elle soit morte, non ? Elle est morte quand tu étais petite ? » Elle croisa les mains, comme pour témoigner de son respect.

« Pas si petite que ça. J'avais ton âge, et tu n'es pas si petite que ça, n'est-ce pas ? » Je lui pinçai le menton d'un air enjoué.

Ruby croisa les mains à son tour en imitant l'attitude pieuse de sa sœur. « Qui est-ce qui s'occupait de toi ? »

Mes filles sautaient sur la moindre occasion pour me bombarder de questions.

« Tu le sais bien, ma chérie… Merry et moi étions dans une pension spéciale.

— Pourquoi vous n'êtes pas allées vivre chez tante Cilla ? » demanda Cassandra comme si c'était la première fois.

Je remballai la boîte en rabattant les papiers de soie. « Tu connais déjà l'histoire.

— Allons, les filles, laissez maman ouvrir son autre cadeau. » Drew prit un petit paquet qu'il tendit à Cassandra. « Tu peux donner ça à maman. »

Cassandra prit la boîte, mais sans me la donner. « Mais pourquoi ? insista-t-elle. Pourquoi elle ne vous a pas prises chez elle ? C'est votre tante. Et vous étiez toutes seules ! »

Merry serra Ruby plus fort dans ses bras. « Elle n'était pas une tante comme moi, ma chérie. Moi, je prendrai toujours soin de vous, quoi qu'il arrive. Mais tante Cilla avait beaucoup trop d'autres responsabilités.

— Et elle était trop triste parce que tout le monde était mort, c'est ça ? demanda Ruby, reprenant la litanie familiale. Alors elle était trop primée. À cause de l'accident. »

Drew prit le relais. « DÉ-primée. Oui, tante Cilla était déprimée. Maintenant, Cassie, donne son cadeau à maman. »

Je pris le paquet qu'elle me tendit. L'emballage écologiquement correct de Cassandra, des pages des bandes dessinées du *Boston Sunday Globe's*, recouvrait une petite boîte à bijoux en velours. À l'intérieur, posés sur une couche de coton parsemé de minuscules rognures de rubans, deux macaronis trempés dans des paillettes dorées. Chacun décoré d'un « L » tremblotant en paillettes roses.

« "L" comme Lulu, précisa Ruby.

— Elle sait, dit Cassandra. Elles te plaisent ?

— C'est nous qui les avons fabriquées ! » Les yeux de Ruby jetaient des étincelles. « Des boucles d'oreilles ! »

Je les effleurai du bout du doigt. Drew avait appliqué je ne sais quel produit magique d'artiste pour rendre les macaronis-bijoux aussi lisses et glissants que du beurre. « On dirait du vrai or.

— C'est moi qu'ai fait les lettres. » Ruby attrapa les boucles d'oreilles et me les tendit. « Elles sont jolies, non ?

— Elles te plaisent ? redemanda Cassandra.

— Je les adore. » J'enlevai les petits clous d'oreilles en or massif que je portais la plupart du temps et mis les macaronis.

« Oh, qu'est-ce que t'es belle, maman ! » s'extasia Ruby.

M'approchant du miroir accroché au-dessus du buffet en chêne, je tournai la tête d'un côté puis de l'autre. Les paillettes piégées dans la résine durcie scintillèrent.

« On les a fabriquées ensemble… Papa, Cassandra et moi ! » Ruby passa sa menotte sur mon bras, puis m'attrapa la main et l'embrassa. « Parce qu'on t'aime, maman. On s'occupera toujours de toi. »

Je bordai Ruby sous sa couette rose et blanc de princesse de conte de fées et l'embrassai selon le protocole qu'elle avait depuis longtemps établi : d'abord sur la joue droite, ensuite sur la joue gauche et enfin sur le menton. Lorsque j'arrivai dans la chambre de Cassandra, elle s'était déjà blottie sous sa couette en patchwork. Après avoir donné un dernier verre d'eau à Ruby et un énième baiser à Cassandra, je me faufilai dans la cuisine où je me penchai au-dessus de l'évier en respirant à fond plusieurs fois de suite, histoire de laisser ma colère battre en retraite avant d'aller rejoindre Drew et Merry au salon.

Je m'efforçai d'imaginer ce qu'avait dû être pour ma sœur de revoir tante Cilla. Le souvenir le plus clair que je gardais d'elle serait toujours ces heures qui avaient suivi l'enterrement de Mimi Rubee, quand tout le monde s'était réuni chez tante Cilla après le cimetière. J'avais quoi, onze ans ?

Il n'est pas question que les filles de Joey vivent ici. Pas dans ma maison. Chaque fois que je les vois, je pense à lui. *Elles sont comme des taches noires sur la mémoire de ma sœur, une ombre noire sur le nom de ma mère. Elles m'arrachent les* kishkes.

J'avais avalé les paroles de tante Cilla en silence, hochant la tête comme si j'étais d'accord avec elle et que, oui, Merry et moi étions exactement ce qu'elle disait : des ombres noires, des taches noires, des arracheuses de *kishkes*.

J'allai rejoindre ma sœur.

« Au nom du ciel, qu'est-ce qui t'es passé par la tête, Merry ? » Je m'assis sur le canapé près de Drew, avide de sentir la chaleur de son corps. Il préférait que l'air conditionné soit réglé à la température fraîche de dix-neuf degrés. Même au mois de juillet, je mettais un gilet en coton.

« Je me suis cassé le cul pour te récupérer cette boîte, dit Merry. Et au moins, j'ai vu tante Cilla. »

La curiosité qui me démangeait de savoir ce qu'elle devenait n'avait d'égale que mon envie de hurler *non !* Non aux boîtes du passé. Non à tante Cilla. Non au fait de les laisser pénétrer chez moi.

Non à l'idée que Merry transmette désormais la moindre information me concernant à notre père.

Sur la table, mon cadeau brillait de son vert empoisonné. Des tentacules gluants rampaient vers moi depuis la boîte en onyx. Je grattai X après X sur mon bras.

« Je n'en veux pas, dis-je en croisant les bras sur ma poitrine. Je ne veux rien de cette époque-là dans ma maison. »

Merry, qui se balançait sur le rocking-chair en bois tourné, s'immobilisa en avant, un doigt tendu dans ma direction. « Il faut bien que tu aies *quelque chose* de cette époque-là, sans ça tu ne t'en remettras jamais.

— Pour ta gouverne, sache que je n'ai pas l'intention de m'en remettre. C'est ce que tu fais, quand tu vas à la prison ? Tu t'en remets ? Ha !

— Tu comptes laisser croire aux filles *ad vitam aeternam* que leurs grands-parents sont morts dans un accident de voiture ?

— Qu'est-ce que tu proposes ? » Je n'arrivais pas à avouer que j'espérais que notre père serait mort avant d'être confrontée à une ultime décision. Je remontai mes genoux contre ma poitrine pour me protéger des vibrations qui émanaient de la boîte. « Que je te laisse les emmener avec toi la prochaine fois que tu lui rendras visite en prison ?

— Ce serait mieux que de vouloir cacher la vérité à tout jamais. Est-ce que tu es la seule à avoir le droit à la parole ? » Elle se tourna vers Drew. « Cet énorme mensonge que vous racontez à vos enfants ne t'inquiète pas ?

— Ce n'est pas à lui qu'il faut le demander, mais à moi ! dis-je en hurlant presque, me retenant uniquement à cause des filles.

— Doucement, dit Drew. Je ne suis pas un meuble, bon sang ! »

Je m'écartai de lui et pris le verre de vin de Merry dont je bus une longue gorgée, sachant très bien que ça le rendait fou. Vous mettiez ensemble une femme qui boit et une femme émotive, et vous voyiez le regard de mon mari se durcir comme du ciment.

« Bonne idée, Lulu. Jette donc de l'huile sur le feu…

— C'est mon feu ! Et toi, Merry, arrête de me rappeler des souvenirs.

— Ça explosera un jour à la figure de tes filles, tu le sais ? Tu ne peux pas vivre éternellement dans le déni. » Ma sœur ne lâchait jamais.

« Moi, au moins, je ne me roule pas là-dedans jour après jour. Contrairement à toi, je n'ai pas besoin que des criminels représentent toute ma vie.

— Va te faire foutre ! Si je suis conseillère de probation, ce n'est pas à cause de papa. Voilà une chose à laquelle tu devrais réfléchir… Et dire que je pensais que la boîte te ferait plaisir ! »

Drew se leva et prit la bouteille de vin vide sur la table. « Il est l'heure de rentrer. Et d'aller dormir. La soirée est terminée. »

Sans lui prêter attention, Merry s'approcha du canapé et s'allongea, la tête sur mes genoux. En lui frottant le dos, je sentis ses larmes mouiller mon pantalon. Au bout d'un moment, elle roula sur le côté et me sourit, les yeux brillants de larmes. « Je suis désolée. Je voulais juste que tu sois contente…

— Je sais. » Merry avait un sourire très cher, avec des dents très chères, substituées aux dents qui avaient pourri en raison du système d'orphelinat de la ville de New York et des gènes désastreux qu'elle avait hérités de Dieu sait quel côté de la famille. Il y avait de cela dix ans, je l'avais aidée à arranger ces dents en dépensant des milliers de dollars. Mon mariage, avec lequel était arrivé le magot confortable de Drew, m'avait permis de le lui payer. Heureusement que je ne m'étais pas doutée qu'il était si aisé au moment où nous étions sortis ensemble, sans quoi j'aurais pu être tentée de l'épouser uniquement pour son argent ! Néanmoins, je m'étais mariée par amour, pour l'aisance de Drew à être au monde, sa façon de s'occuper de moi et pour avoir pris Merry comme faisant partie du lot.

Parce qu'il exigeait de moi moins que d'autres ne l'avaient fait.

Parce qu'il veillait sur nous.

Parce qu'il avait décidé d'ignorer comme moi l'existence de mon père.

Je pouvais donc lui pardonner son envie de mettre le holà lorsque nous dépassions les bornes, tout comme son irritation face aux sables mouvants que Merry et moi gardions à la lisière de nos vies.

« Je t'aime, Drew, dis-je du fond du canapé.

— Je sais.

— Je te demande pardon.

— D'accord. » Fuyant mon regard, il rassembla les restes de l'anniversaire qui traînaient dans la pièce.

« Et je t'aime, Merry.

— Je le sais aussi. N'empêche qu'il faudra bien un jour que tu leur dises. »

Pas forcément, songeai-je. Mais je laissai passer, trop lasse pour discuter, imaginant notre père succomber d'un coup de poignard au cours d'une bagarre entre prisonniers.

Merry et moi restâmes sur le canapé, drapées dans notre amour-haine passablement aviné, jusqu'à ce que Drew vienne nous séparer. Il raccompagna ma sœur chez elle. J'entendis sa clé tourner dans la serrure, puis la porte qui s'ouvrait. Lorsqu'elle entra dans son appartement, je perçus le bruit de ses pas au-dessus de moi sur le plancher.

Le passé nous piégeait. Aujourd'hui encore, à quarante-deux et trente-huit ans, nous restions prisonnières de la guerre finie depuis longtemps entre nos parents, demeurant enfermées dans une prison de mauvais souvenirs, échangeant des regards furtifs, des secrets connus et d'autres enfouis qui lançaient des éclairs entre nous.

« Tu viens te coucher, Lulu ? » Drew se tenait à l'entrée du salon. Les scènes à répétition fatigantes que ma sœur et moi lui infligions semblaient avoir troublé son regard plein de compassion.

« Dans un instant… Je te rejoins dans un instant. »

21

Merry

J'embrassai mon beau-frère, qui avait l'air tendu, en lui souhaitant bonne nuit et entrai dans mon appartement, où j'allumai toutes les lumières en allant vers ma chambre. Je me déshabillai, enfilai un vieux tee-shirt de basket chipé un jour sur le tas de fringues à donner de Drew et mis la télé en marche.

En dépit des effets de l'alcool qui me faisaient planer, je me forçai à passer par la salle de bains, où je m'enduisis d'une crème très chère qui me garantissait une existence à tout jamais sans rides et parfaitement hydratée. Même morte, je serais jolie.

Une fois crémée, je m'écroulai sur mon lit pas fait et ma pile d'oreillers. La délinquance des loubards faisait la une des actualités. J'écoutai avec attention, guettant lequel de mes jeunes voyous libérés sur parole avait été arrêté pour un nouveau viol ou meurtre. Mon Dieu, je vous en supplie, si c'est un de mes clients, faites que ce soit pour une simple agression ! En tant que conseillère de probation, j'étais responsable de centaines de voyous et de violeurs, et chaque fois que l'un d'eux commettait un nouveau délit, je me sentais responsable de la douleur de toute une famille.

Ce soir, à Dorchester, la police recherche l'agresseur de…

J'écoutais le nom de la victime et du meurtrier.

… Julius Trager, abattu alors qu'il sortait de son domicile de Rutherford Street. Diplômé de Roxbury Community College, il avait commencé récemment une formation d'assistant vétérinaire.

Je ne voyais aucun de mes probationnaires rêvant de travailler avec des animaux. Avoir un client pareil eût été formidable, sauf que, si l'un des miens avait suivi une formation vétérinaire, nul doute que ça aurait été dans l'intention d'organiser des combats à mort entre chiens.

Une vague jalousie me tenailla lorsque je vis la présentatrice enceinte à l'air suffisant commenter le nombre d'homicides toujours en hausse à Boston. Je la scrutai, aussi parfaite qu'une image, même enceinte, en tripotant ma cicatrice d'un geste machinal. Passer mes doigts sur le bourrelet que je connaissais par cœur était devenu une telle habitude que la perdre me paraissait inimaginable. Je ne le touchai que quand j'étais seule – c'était ma seule victoire.

Trois fois de suite, et à bonne distance de ma cicatrice, je me tapotai le milieu de la poitrine. Qu'avait dit le masseur et thérapeute, celui que mon amie Valerie m'avait envoyé voir à Noël dernier ? Que ça libérerait mon *chi* ? Relâcherait mon *chi* ? Cuirait mon *chi* ?

Était-ce bien réaliste d'espérer changer de *chi*, alors que je n'arrivais même pas à me souvenir de son emplacement et de son utilité ? Valerie essayait sans cesse de rectifier ma vie, que ce soit en me trouvant un homme ou en transformant mon rapport avec mes clients. Elle-même était conseillère de probation auprès des mineurs – nous travaillions au même tribunal, mais dans des départements différents. Sa vie, aussi catastrophique que la mienne, était remplie de bars et de petits amis minables, mais parce qu'elle ne s'inquiétait pas à haute voix, elle s'imaginait être supérieure.

Peut-être avais-je commis une erreur en récupérant cette boîte pour obliger ma sœur à ravaler le passé. Toutefois, un beau jour, Ruby et Cassandra apprendraient certainement qu'elles avaient un grand-père bien en vie qui croupissait en prison. Comment peux-tu ne pas te soucier du Jugement dernier ? avais-je envie de crier à Lulu.

Pauvre Drew, je comprenais sa fureur. Il avait été au courant de l'opération boîte, et le rejet de Lulu l'avait blessé. Drew vivait pour être apprécié, reconnu – tout ce qu'il n'avait jamais eu de la part de sa mère ou de son père. Dès qu'il n'était pas estimé et se sentait ignoré, il devenait un peu méchant.

À la vérité, la gorge me faisait mal à force de ne pas hurler ma vérité la plus profonde. *Arrête de me laisser seule avec papa !* L'espoir fou de partager un jour le fardeau avec Lulu ne me quittait jamais, quel que soit le nombre de fois où je me traînais péniblement à la prison de Richmond.

Le week-end précédent, rendre visite à la méchante tante Cilla m'avait procuré une sorte de soulagement pour la simple et bonne raison que, l'espace d'un instant, j'avais eu plaisir à ne pas être obligée de mentir sur mon passé. Non que ma tante m'ait posé la moindre question sur mon père : elle n'avait même pas prononcé son nom une fois pendant les deux heures qu'elle m'avait accordées.

Après avoir frappé, j'avais attendu sur le perron écrasé de chaleur que tante Cilla vienne ouvrir la porte – ou plutôt l'entrouvrir. Ma tante, qui avait sept ans de plus que maman et donc soixante-huit ans, ressemblait comme dans un miroir déformant à ce que ma mère aurait été, j'imagine, si on avait retravaillé sa photo sous un logiciel de morphing pour la vieillir. Ma tante fatiguée n'avait jamais été aussi jolie, mais elle lui ressemblait suffisamment – les pommettes, la bouche pulpeuse – pour me flanquer des frissons.

Tante Cilla vivait toujours à Brooklyn, mais dans une maison où je n'étais jamais allée. Le temps qui passe avait été bon avec elle et oncle Hal, contredisant les tenants de la morale selon lesquels les humbles hériteront de la terre. La maison spacieuse de tante Cilla, quand elle finit par m'y laisser entrer, non sans réticence, étincelait grâce aux soins et aux achats auxquels se livre toute femme fière de son intérieur.

Les lèvres pincées, elle me montra le salon. J'aperçus oncle Hal et cousin Arnie dans des cadres en argent, ainsi que des photos d'événements familiaux auxquels personne ne m'invitait jamais – la bar-mitsva de mon cousin, le mariage d'un couple que je n'avais jamais vu. Mon cousin avait toujours la même apparence fragile. Ma tante était toujours aussi mauvaise.

« Tiens, me dit-elle. Elle est enveloppée. Tu veux la regarder ?

— Pour quoi faire ? » demandai-je, perplexe.

Elle haussa les épaules. « Je pensais que tu voudrais peut-être vérifier que je ne t'ai pas arnaquée. »

Comment ça, m'arnaquer ? En faisant passer du pyrex pour de l'onyx ?

« C'est bon, dis-je.

— Tu peux me faire entièrement confiance, je t'assure.

— Tu n'es pas curieuse de savoir comment je vais ? Comment va Lulu ? Et tes petites nièces ?

— Pour quelle raison ? Aucune d'entre vous n'a pris de mes nouvelles. Et pour une fois que tu m'appelles, c'est pour me réclamer quelque chose. » Elle croisa les bras sur sa poitrine. « Tu ne t'es jamais dit que je pouvais me demander comment vous alliez ?

— Pourquoi n'as-tu pas… » Je m'interrompis, cherchant quoi dire.

« Je n'avais aucune idée de l'endroit où vous étiez. Vous avez disparu, toi et ta sœur. » Elle posa la main sur la boîte. « J'ai dû aller chercher ça dans le grenier. Qui savait que j'avais encore ces boîtes ? Je te les aurais toutes emballées, mais tu ne m'en as demandé qu'une.

— J'aimerais bien récupérer tout ce que tu as de ma mère… Je veux dire, tout ce dont tu ne te sers pas, ajoutai-je en la voyant agripper le col de son chemisier.

— Les rares choses qu'a laissées ta mère sont les seuls souvenirs qui me restent d'elle.

— Nous n'avons rien, tante Cilla. Juste les quelques photos qu'avait mamie Zelda.

— Zelda… *Ptoi !* » Tante Cilla émit un bruit, une sorte de crachat.

Je sursautai, comme si elle venait de me gifler. « C'est ma grand-mère.

— Cette femme a élevé un monstre. »

Le dégoût que m'inspirait tante Cilla me souleva le cœur. « Elle nous a aimées. Toi, tu nous as abandonnées. C'est qui, le monstre ? »

La visite ne s'était pas très bien passée.

Dès que la présentatrice enceinte souhaita bonne nuit, j'éteignis la télé, heureuse de cette nouvelle soirée sans qu'aucun de mes protégés ne soit passé aux actualités. En guise de berceuse, je tapai mes oreillers pour les mettre en forme et passai en revue ma journée du lendemain.

Le matin, je devais rencontrer une nouvelle association, Communauté pour la paix. Colin, le chef du service de probation et mon patron, chez qui la graisse remplaçait les muscles et la politique les idéaux, avait pris l'habitude de m'attribuer le rôle d'intermédiaire avec tous les groupes qu'il considérait être doux. Son expression, « les doux », était toujours prononcée d'un ton moqueur. Colin qualifiait de doux tout ce qui passait par la stratégie des mots : les stratégies en faveur de la paix, de moins de crimes, de plus d'emplois, de moins de violence policière, de plus d'attention accordée aux enfants au tribunal, bref, ce qu'il appelait « les groupes *We are the world* ». Lorsque seuls des Blancs étaient présents, il parlait des « groupes de la diversité », non sans ponctuer ses paroles d'un sourire méprisant.

Remontant la couette, je fis la liste de mes clients de l'après-midi. Jesse Turner, quasi meurtrier. Shaundra Ellis, pickpocket. Victor Dennehy, dealer de cocaïne et cogneur. Oliver Peterson, violeur. Soit, dans l'ordre, un déprimé, un facile, un connard et une ordure doublée d'un lèche-cul. Dormeur, Simplet, Grincheux et Sordide.

Après le boulot, grâce à Drew, j'avais un énième rendez-vous galant. Me marier semblait être son violon d'Ingres. Le type en question était un médecin qui travaillait dans le même hôpital que Lulu, mais qui jouait au handball avec mon beau-frère, et qui, je crois, faisait également partie de son club de poker. Il exerçait une spécialité qui commençait par un *o*. Orthopédiste ? Ophtalmologiste ? Ornithologiste ?

Le lendemain matin, je sortis de la réunion avec les associatifs, stimulée d'avoir côtoyé des gens qui ne portaient pas de pantalon laissant voir le haut de leur raie des fesses et qui n'avaient pas un paquet de Marlboro coincé dans la manche de leur tee-shirt.

« Comment s'est passée la réunion ? » me cria Colin depuis son bureau alors que je passai dans le couloir.

Je me retournai et m'avançai sur le seuil de sa porte. « Tu veux vraiment le savoir ? »

Il balança ses jambes massives sur son bureau. « Non. Communauté pour la paix, tu parles !

railla-t-il. Pourquoi ne pas dire qui ils sont : “Les démocrates blancs de Dorchester qui adorent s'écouter parler” ! » Colin éclata de rire. Régulièrement, il se faisait rire tout seul. Il avait les yeux bouffis, comme s'il ne dormait jamais ou buvait sans arrêt.

« Tu vas être surpris, Colin. Il s'agissait essentiellement de femmes afro-américaines.

— Et alors ? C'est toujours les mêmes conneries.

— Oui, les conneries de femmes qui ne veulent pas que leurs fils butent des gens ou qu'eux-mêmes se fassent descendre. Je comprends ton point de vue.

— Ne me sers pas cette merde… Que prévoient de faire ces saintes femmes, à part venir se plaindre que c'est notre faute ? » Il tapa sur son genou avec son crayon. « Peut-être qu'elles feraient mieux de botter le cul de leurs gamins. »

Je m'assis sur la chaise en face de lui. « Tu n'en as pas marre d'être ce que tu es ? »

Colin me décocha un grand sourire. « Même Bill Cosby est d'accord avec moi.

— Toi et Bill Cosby, allez vous faire voir. Tu adores te servir de lui comme d'un portemanteau commode sur lequel accrocher ton racisme.

— Je suis raciste parce que je pense que les parents devraient surveiller leurs enfants ? »

Je me relevai sans prendre la peine de répondre à sa question. « Les femmes veulent se réunir une fois par mois, et il leur faut un endroit tranquille. Je leur ai dit qu'elles pourraient se retrouver ici. Trouve-moi de l'argent pour du café et des beignets. »

Le monde de la probation carburait au café et aux beignets.

De retour dans mon bureau, je passai un coup de fil tout en me fourrant un brownie dans la bouche. Une sorte de prédéjeuner.

« Lulu était vraiment furieuse contre moi ? demandai-je lorsque Drew me répondit.

— Elle était furieuse, mais ça n'a rien de définitif.

— Qu'est-ce qu'elle a fait de la boîte ? »

Je l'entendis prendre une inspiration avec sa tempérance à la Nebraska.

« Vas-y, Drew, je suis capable d'encaisser. Elle l'a jetée contre le mur ? Balancée à la poubelle ? Planquée sous le lit ?

— Elle l'a emportée à son boulot.

— À son boulot ? » J'imaginai la scène : ma sœur fourrant la boîte dans sa sacoche et l'emportant dans sa voiture. Pour en faire quoi ? Y ranger son stéthoscope ?

« Elle voulait simplement qu'elle ne soit plus à la maison et elle ne savait pas quoi faire d'autre, je pense. Tu connais Lulu : ce qui ne se voit pas, etc. Bon, il faut que j'y aille. Je dois terminer un projet avant que les filles rentrent à la maison.

— Attends une seconde. Tu es toujours fâché contre Lulu ?

— Je dirais que ça ne te regarde pas. Tu veux savoir si je suis encore fâché contre toi ? »

Dieu merci, il ne pouvait pas me voir lever les yeux au ciel. « Qu'est-ce que j'ai fait ?

— Tu m'as une fois de plus convaincu d'essayer. »

Je pris le café de la veille, qui avait l'air encore buvable, et bus une gorgée du liquide froid et amer. « Je ne t'ai quand même pas collé un revolver sur la tempe ! Ça concerne tes enfants, non ?

— Non. Je crois que ça vous concerne toutes les deux. Tu cherches juste à me convaincre du contraire. Bon, tu me raconteras comment se sera passée ta soirée. Sois gentille.

— C'est quel genre de médecin, au fait ? Je ne me rappelle plus. »

Drew soupira, assez fort pour aplatir les herbes des plaines du Midwest. « Ophtalmologue. Je te l'ai déjà dit.

— J'avais oublié. Tu n'as qu'à me faire un procès. »

En raccrochant, je me dis que j'allais reprendre cette putain de boîte et la poser au milieu de ma putain de table basse, ce qui obligerait ma sœur à la voir chaque putain de fois qu'elle monterait ce putain d'escalier. Et pour leur anniversaire, j'offrirais à Drew et à Lulu un séjour chez un thérapeute. Prise d'un soudain mal de crâne, j'avalai deux Advil avec le reste de café froid.

« Madame Zach ? » Jesse passa la tête dans l'encadrement de la porte en tapotant l'énorme montre en or qu'il portait sur son poignet décharné, histoire de bien me montrer qu'il était à l'heure. « Surprise ? »

Il se laissa tomber sur la chaise en face de moi. Un mètre soixante-quinze, aussi mince qu'un fil de fer, avec des lunettes noires carrées et un sourire d'enfant vedette, Jesse n'avait rien d'un jeune homme qu'on imagine tabasser quelqu'un en le laissant à moitié mort. Dans ce dossier, la victime avait couché avec sa petite copine, et Jesse, sous l'emprise d'une colère décuplée par la vodka, n'avait pas vu d'autre moyen de s'en sortir qu'en éliminant la concurrence.

« Yo, vous n'allez pas me féliciter ? » Il haussa les sourcils, l'air de dire *Hé, hé, tu m'aimes, hein ?*

« Yo ? Tu me prends pour un de tes potes ? Félicitations pour être arrivé à l'heure.

— Félicitations ? »

J'attrapai son dossier et mes lunettes en marmonnant, le temps de parcourir plusieurs pages. « D'après ce que je vois, tu as raté une semaine entière de réunions aux AA.

— Ma mère était malade. »

Je fronçai les yeux. « Ta mère était déjà malade le mois dernier.

— Eh ben, elle est encore malade. »

Je sortis le rapport de son éducateur en gestion de la colère.

« Comment se fait-il que tu ne participes pas aux cours ? Tes comptes rendus de Stop-Danger (Seigneur, je détestais ce nom !) ne sont pas fameux.

— Oh, ils n'y connaissent que dalle !

— "*Participe peu. Arrive en retard. Semble ne pas s'investir*", lus-je. Qu'est-ce qui se passe ?

— Parce qu'il faudrait que je m'investisse avec des connards qui nous font jouer des sketchs ? Bon sang, madame Zach, comment vous voulez que je parle à une bande de types blancs qui font semblant d'être mes potes ?

— On appelle ça un jeu de rôles. C'est destiné à t'aider à apprendre comment garder le contrôle dans certaines situations.

— Je sais. Vous croyez que je le sais pas ? D'ailleurs, je la contrôle, la situation, ah ça oui ! » Il mit sa main sur sa hanche comme s'il tenait une arme.

« Qu'est-ce qu'il y a, Jesse ? Tu cherches à m'intimider ? » Je reposai le dossier et mis mes deux mains à plat sur le bureau. « Nous avons consacré un temps fou à mettre ce programme en place. Si tu veux tout envoyer promener, dis-le. »

Il s'appuya au dossier et étendit les jambes en prenant une moue boudeuse comme l'auraient fait Ruby ou Cassandra. « Je les déteste. Ils n'arrêtent pas de nous faire raconter des conneries stupides.

— Quel genre de *choses* stupides ?

— Nos mères. Nos pères. Vous pensez que ces gens savent ce qu'ils foutent ?

— *Foutent* ?

— Vous pensez que ces gens savent ce qu'ils font ? »

Il prit un stylo sur mon bureau et se mit à retirer puis à remettre son capuchon. Je le lui repris.

« Jesse, tu as reçu l'ordre de suivre ce programme – ce que je pense d'eux ou pas n'a aucune importance. Ce qui compte, c'est que le juge voie que tu fais ce que tu t'es engagé à faire. Ce qui compte, c'est que tu restes sobre. Ce qui compte par-dessus tout, c'est que tu obtiennes ton GED [1]. Or, je ne vois rien de tel arriver. »

---

1. *General Educational Development*. Équivalent d'un diplôme de fin d'études secondaires.

Jesse racla ses baskets délacées sur le sol.

« Attache tes lacets. Quand tu viens ici, tu dois avoir l'air respectueux. Nouvelle règle de probation : toujours lacer ses baskets. Si je te revois te balader dans le coin avec des baskets pas lacées, tu files devant le juge Jackson. »

Je soupirai pour relâcher un peu de ma frustration en attendant mon prochain client. Un gosse sacrément secoué, malin, drôle et talentueux. Son travail écrit, les devoirs que Stop-Danger m'avait envoyés, montrait une écriture à vif brillante. Une fois qu'il aurait décroché son GED, il pourrait s'inscrire à l'université, et ensuite, Dieu sait quoi d'autre.

Et surtout, je voudrais remercier ma conseillère de probation, Mme Zachariah. Sans elle, je croupirais en prison. Cet oscar du meilleur scénario lui revient à elle autant qu'à moi.

Enfin de retour chez moi, je me préparai à ressortir et surlignai mes yeux d'un trait épais d'eye-liner bleu. Sans doute ce choix n'était-il pas des plus subtils, mais ça me plaisait de voir du bleu cobalt border mes yeux sombres. J'adorais me regarder dans le miroir. Quand j'avais l'air aussi bien, j'aurais pu m'embrasser.

Ce n'était pas ce qu'on attendait des femmes. Nous étions censées nous répandre en *oh, je suis trop grosse* et autres *non, vraiment, regarde, j'ai les yeux beaucoup trop rapprochés*, et pourtant, mon physique était ma seule source de réconfort, la seule chose sur laquelle je pouvais compter. Craignant de m'y être déjà accrochée au-delà de la date de péremption, je me faisais du souci pour ma peau, mes cheveux ou mon profil et les tripotai comme le ferait un enfant avec un ours en peluche à moitié en lambeaux. Je finirai comme une de ces vieilles femmes peinturlurées qui se baladent avec les cheveux couleur réglisse et du blush rouge fraise plâtré sur leurs joues ridées.

La sonnette retentit. L'ophtalmo. Prenant le verre de vin posé en équilibre sur le bord du lavabo, je bus la dernière gorgée. Je passai un débardeur, en vérifiant bien le décolleté, puis enfilai mon jean. Je me tournai de profil pour voir si je pouvais encore me promener sans soutien-gorge.

Tant pis. Autant laisser l'ophtalmo se rincer l'œil.

Entre chez moi et le restaurant qu'il avait choisi, je me rendis compte que Michael Epstein, médecin des yeux, arborait un autocollant du drapeau américain sur le pare-chocs de sa voiture, portait ce qui avait l'air d'un costard à dix mille dollars et jugeait probablement toute invasion justifiée au nom de la protection de l'Amérique et de l'approvisionnement en pétrole de sa Mercedes suceuse d'essence. Peut-être parlait-il aux valeurs républicaines enfouies de Drew…

« Après toi », dit-il en me tenant la porte.

Je lui fis un petit sourire, et il me prit par le bras pour entrer dans le restaurant. Un grill. Michael semblait être un habitué de *Capital Grille*, celui de Chestnut Hill – même pas celui de Newbury Street.

Dieu interdisait qu'on mange autre chose que du steak en banlieue. Si j'écrivais un jour *Les us et coutumes des Américains la première fois qu'ils sortent une fille*, je préviendrais les femmes que ceux qui les emmènent dans des restaurants de viande élégants au premier rendez-vous soit ont des petits pénis, soit votent républicain, soit les deux.

Ce qui n'empêche que je pris plaisir à regarder Michael en face de moi. De temps en temps, j'avais très envie d'un corps dense et compact comme le sien, même si constater qu'une version masculine du mien m'excitait me faisait légèrement douter de moi. Je préférais me dire qu'il me plaisait, car il était l'exact opposé du genre de Quinn. L'opposé, voilà une bonne chose – ça m'éviterait de penser à lui. Peut-être serais-je alors moins disposée à le laisser passer me voir à l'occasion, ses visites commençant toujours dans la joie pour se terminer dans la déprime. Notre dernière sortie, moins une sortie qu'une double séance de baise, remontait déjà à plusieurs mois.

« Alors, dit Michael après que le serveur eut pris notre commande, parle-moi de Merry Zachariah.

— Un aperçu rapide ? J'aime marcher sur la plage au soleil couchant, courir toute nue dans les bois et faire la catéchèse aux scouts de la paroisse.

— C'est drôle, étant donné que ta sœur est juive. » Il me regarda droit dans les yeux – je notai que les siens étaient marron pâle. « Déjà dressée contre moi ?

— Désolée. » Je haussai les épaules en ce que j'espérais être un geste charmant. Je n'avais pas envie qu'il aille raconter à Drew et à Lulu que je m'étais comportée comme une salope. J'entendais d'ici ma sœur : *Tu n'essaies même pas.* « Mon travail me rend trop sûre de moi.

— Il ne t'arrive jamais de te tromper ?

— Demande-moi plutôt s'il m'arrive d'avoir raison. » Le serveur nous interrompit en apportant les apéritifs, un Martini dry pour le toubib, du vin pour moi. « Merci. » Prenant mon verre, je fis tourner le pied délicat en observant le liquide rouge sombre. Je vis alors que mes ongles rongés jusqu'à l'os contrastaient avec le cristal étincelant et repliai aussitôt mes doigts.

« Le vin a de belles jambes. » Michael gloussa en montrant mon verre d'un signe de tête, mais je ne compris pas la blague.

« Les jambes du vin sont drôles ? »

Il but une gorgée de Martini et poussa un long soupir de satisfaction. « Ah… Parfait. Si sec qu'on pourrait le plier. »

J'étais sûre qu'il trouvait cette remarque pleine de finesse et qu'il l'avait déjà maintes fois utilisée. Une phrase pour draguer les filles. J'en avais un stock moi aussi.

« Les jambes, reprit-il. Le prétendu indicateur mythique de la qualité d'un vin. On devine qu'on a affaire à un novice quand quelqu'un essaie de juger un vin de cette façon, mais ce n'est à vrai dire rien d'autre que de la physique, une question de rapport entre la tension du vin en surface et le degré d'alcool. On appelle ça l'effet Marangoni, le fait que l'alcool s'évapore plus vite que l'eau, ce qui ne dit toutefois rien de la qualité du vin étant donné que… »

Étant donné que je m'en fous.

« Je parle trop, c'est ça ? »

Je haussai les sourcils.

Il posa sa main sur mon poignet. « Drew ne m'avait pas dit que tu étais aussi jolie. On ne dirait pas que vous êtes sœurs, toi et Lulu. Non que ta sœur ne soit pas séduisante, mais tu es tellement… Vous avez les mêmes parents, tu en es sûre ? Oh, mon Dieu, je suis désolé… »

Il prit un air affligé pour m'expliquer que Drew lui avait raconté la triste histoire de nos parents morts dans un accident de voiture. Pauvres petites orphelines… Les hommes bandaient rien qu'à l'idée qu'ils allaient nous sauver.

« Ma sœur est très belle.

— Oh, oui, très. »

Menteur, tu n'en penses pas un mot.

« C'est seulement que tu es, euh… que tu es fantastique. Lulu a plus une beauté du genre Association de parents d'élèves. »

Je secouai la tête. Pourquoi les hommes croyaient-ils m'impressionner en me déclarant la gagnante de la compétition qu'eux-mêmes venaient d'annoncer ? « Parle-moi de toi », dis-je.

Je me réveillai en sentant l'odeur de l'ophtalmo sur ma peau, un musc un peu sucré. Je me tournai pour regarder l'heure sur mon réveil. Trois heures du matin. Il ronflait doucement, étendu sur le dos les deux bras en croix, ouverts au monde. Apparemment, il n'avait pas besoin de se rouler en boule comme un fœtus pour dormir.

Je lui tapotai l'épaule du bout du doigt. Pas de réaction. J'accentuai la pression et le secouai un bon coup.

« Mmm ?

— Michael ?

— Mmm ?

— Il est temps de partir. »

Il se retourna vers moi en clignant des yeux, tâchant sans doute de se rappeler dans quel lit il avait dormi. Ah oui, la belle-sœur facile de Drew Winterson ! Celle qu'il essaie probablement de fourguer dans l'espoir qu'elle déménage. « Tu veux que je m'en aille ?

— Je préférerais, oui.

— Tu plaisantes ? »

Ben voyons, je te réveille en pleine nuit en te priant de décamper histoire de te faire marrer ! « Je ne peux pas dormir avec quelqu'un que je ne connais pas.

— Mais tu peux coucher avec ? » Il roula sur le côté, la tête appuyée sur sa main gauche. Il caressa mon bras nu et souleva la bretelle de ma nuisette qui avait glissé sur mon épaule. « Tu me plais.

— Tu ne me connais même pas. » Je m'assis dans le lit en remontant le drap sur mes bras.

Il effleura le haut de ma cicatrice qui dépassait de mon haut en dentelle. Je me reculai.

« D'où te vient cette marque ? »

De combien de façons pouvait-on se retrouver affublée d'une cicatrice qui courait comme une route sur la moitié de la poitrine ? Une cicatrice qui donnait l'impression qu'on avait essayé de vous trancher un sein.

« Une bagarre au couteau étant gosse.

— C'est vrai ? Pauvre chérie.

— Le foyer dans lequel nous vivions était assez dur. » *Écoute*, m'avait dit Lulu le jour où elle avait inventé cette histoire à mon intention, *ça aurait très bien pu se passer. Pense à ce qui nous est arrivé à Duffy-Parkman.* Oui, j'aurais très bien pu me retrouver mêlée à une bagarre au couteau à Duffy.

« Pourquoi étiez-vous dans un foyer ? »

Que lui avait raconté Drew ? Les hommes ne partageaient pas des secrets entre deux passes de handball. Surtout Drew le silencieux. Lulu ? Elle n'avait pas dû lui en dire beaucoup. Ils n'étaient que des collègues. Des médecins. Ils ne se racontaient pas leur vie entre un frottis et un test de dégénérescence maculaire.

« Après la mort de notre grand-mère, il ne restait plus personne pour s'occuper de nous. » J'avais réduit ça à une phrase glacée dépourvue de pathos.

« Ouah… Ça a dû être horrible. » Il me caressa la hanche, excité par ma tragédie. Si Lulu m'avait laissée raconter la véritable histoire, les hommes auraient fait la queue devant chez moi jusqu'au milieu de la rue.

« Ce n'était pas génial. Nous n'avons vécu à Duffy que quelques années avant d'être placées chez des parents adoptifs. Notre père adoptif était médecin.

— Ouah… Une chance.

— Oui. On a eu de la chance. »

Il m'agrippa par la hanche en m'attirant contre lui. « Viens ici. Laisse-moi te rendre heureuse. »

En dépit de mes craintes, je lui obéis. D'accord, une dernière fois, puis je le renverrais chez lui. Michael était l'un de ces grands amants républicains qui veulent vous bercer comme s'ils étaient des cow-boys.

Pas grave, pensai-je. Je peux bien le laisser me rendre heureuse.

22

Merry, septembre 2002

Je me réveillai en ayant besoin d'un café bien fort, mais sans avoir l'énergie de me le préparer. La veille au soir, Valerie et moi avions fait la fermeture du *Parish Lounge*, où je m'étais imposé un Coca nature après chaque autre arrosé de Jim Beam [1]. Des points en plus pour ne pas repartir accompagnée d'un homme trop beau, trop jeune et trop intéressé.

Je tournai le coin de la rue pour aller de chez moi à chez Lulu, traînant mes pantoufles sur les feuilles d'érable et m'efforçant de voir dans l'automne une promesse de changement. J'en avais grand besoin.

Pendant l'été, j'avais revu Michael Epstein cinq ou six fois, dans l'espoir que l'ophtalmo pourrait être le passage à une vie différente. Le jour du Labor Day, je l'avais repoussé presque aussi vite que je l'avais laissé venir dans mon lit. L'ophtalmo ne s'était pas révélé le genre d'homme avec qui je pouvais assumer la double personnalité qu'exigeait mon passé d'orpheline. Il

1. Marque de bourbon.

s'était montré trop honnête pour que je lui mente sans vergogne. Pas plus qu'il ne possédait je ne sais quelle qualité magique que, selon Lulu, je reconnaîtrais d'emblée, quelque chose qui m'aurait fait comprendre en une seconde que je ne risquerais rien à partager mes secrets.

Parfois, il me semblait que Drew était le seul homme vivant qui méritait cet honneur, et c'était Lulu qui l'avait.

« Maman dort encore, annonça Ruby au moment où j'arrivai dans la cuisine.

— Papa a préparé du café ? demandai-je en me penchant pour l'embrasser.

— Tu sens mauvais. T'as pas pris ta douche ?

— Pas encore. Si tu me servais une tasse de café, Miss Mal Élevée ?

— Tu sais bien que j'ai pas le droit de toucher à ce qui brûle. Tu voulais me mettre à l'épreuve ? C'est ça ?

— C'est ça. » Lulu et Drew fixaient des règles, et moi je les mettais à l'épreuve. Je sortis une tasse du placard.

Drew entra dans la cuisine en se frottant les cheveux avec une serviette. « Tu n'as plus de café chez toi ?

— J'ai oublié de faire les courses. »

Il sortit du réfrigérateur un pot métallique qu'il me tendit. J'ajoutai la crème épaisse dont raffolait Drew-du-Nebraska en regardant les tourbillons éclaircir le café noir fumant comme mon lait écrémé ne le faisait jamais.

« C'est un nouveau mélange, dit Drew. Comment tu le trouves ? »

Drew était un obsédé du café. Je goûtai une petite gorgée, puis une deuxième. « Super. Parfait. » Si je me mariais, mon mari aurait sans doute une horrible obsession qui ne ferait que nous couvrir de honte, comme par exemple le porno ou les frites au fromage.

Drew secoua la tête. « Tu es très mauvais juge. Tu aimes tout.

— Alors pourquoi tu me demandes ?

— Enfin, non, pas tout. Michael continue à prendre de tes nouvelles.

— Ne me parle plus de lui. »

Il me tendit une soucoupe pour mettre sous ma tasse. « C'est un brave type, Merry. »

Je m'écroulai sur une chaise. « Ruby, apporte-moi un bol, tu veux ? »

Elle leva le nez du livre grand ouvert devant elle. « Je lis.

— Et moi j'ai besoin de l'aide de ma nièce, parce que je suis tellement fatiguée qu'il faut que je finisse mon café avant de trouver la force de me servir des céréales. Allez, sois gentille et va me chercher un bol. »

Ruby émit un bruit désobligeant pour montrer ce qu'elle pensait de moi, mais elle se leva. « Tu sais, tante Merry, samedi, je vais dormir chez mon amie Jessica. Son père nous emmène à notre leçon de natation. Je ne serai pas là pour te servir. » Elle approcha un petit tabouret blanc du comptoir et attrapa un bol. Elle était petite pour son âge, comme je l'avais été.

« Tant mieux pour toi. » Je bâillai et redressai la tête.

« Tu es affreusement fatiguée, dit Drew.

— J'ai lu jusqu'à une heure du matin.

— Il devait être sacrément intéressant… ce livre. » Apparemment, il m'avait entendue rentrer hier soir.

« Merci, chérie. » Je pris le bol que m'apporta Ruby. « Oui, très », dis-je à Drew. Je terminai mon café et, la main tremblante, lui tendis ma tasse.

Il me resservit. « Ça m'inquiète, que tu lises tard aussi souvent. »

Je pris une petite cuillerée de céréales avec du lait en m'efforçant de dissimuler mon dégoût. Mon estomac était pile dans cet état d'équilibre précaire entre l'envie de vomir et la nausée supportable. Manger évitait parfois le pire – je priai pour que ce soit le cas.

« Bonjour ! » Lulu arriva en bâillant, tenant le *Boston Globe* encore roulé et entouré d'un élastique rouge. « C'est curieux, je n'arrive pas à réveiller Cassandra. » Elle prit la tasse que lui tendit Drew. « Va t'habiller pour l'école, Ruby. »

Ruby enlaça sa mère par la taille. « Cassandra ne t'a même pas encore embrassée, hein ?

— Allons, viens t'habiller. » Drew hissa Ruby sur ses épaules et me lança un regard appuyé avant de sortir. Qu'essayait-il de me dire ? Que j'étais une traînée ? Désolée, on ne peut pas toutes être aussi pures que Lulu.

Lulu secoua la tête. « Si un jour Cassandra doit prendre des médicaments parce qu'elle a de l'acné, Ruby se plaindra en disant : *C'est pas juste, et moi, pourquoi j'ai pas des boutons ?* Et Cassandra lui répondra : *C'est moi qui les ai eus la première. Elle a pas le droit d'en avoir.* »

Je ressentis une bouffée débordante d'amour pour ma sœur assise là, les pieds sur la chaise, adorable et débraillée dans son vieux tee-shirt blanc et son short. Ses cheveux avaient une façon de retomber sur son front qui me plaisait davantage que quand elle les tirait en arrière. Sans rouge à lèvres, Lulu paraissait plus jeune que d'habitude. Or, elle faisait toujours jeune. Sans maquillage, elle se plaignait d'avoir l'air anémique, alors que je lui trouvais quelque chose de sain et d'émouvant.

« On n'a jamais fait ça, toi et moi, dis-je.

— Fait quoi ?

— Se plaindre constamment à propos de qui a quoi. » J'avalai une nouvelle cuillerée de céréales.

« À qui se serait-on plaintes ? Et à propos de quoi se serait-on disputées ? Nos trois bouquins ? »

Je perçus le signal STOP dans sa voix, mais comme la caféine et la nourriture avaient fini par avoir raison de mon mal de tête et de ma nausée, l'absence de douleur à elle seule suffisait à me procurer une étrange sensation de bien-être. J'avais envie d'extorquer un moment sentimental et de partager un peu de bonhomie entre sœurs.

« C'est vrai, n'empêche qu'on ne faisait pas ça, insistai-je. On ne se battait jamais pour des trucs. On faisait toujours attention à l'autre. »

Lulu retira ses pieds de la chaise. « Je suis ravie quand Ruby et Cassandra se bagarrent. J'adore qu'elles se comportent comme des sales mômes.

Nous, nous n'avons pas été gâtées cinq minutes de toute notre enfance.

— Peut-être qu'on l'a été avant que tout ça n'arrive. C'est bien possible… »

Lulu posa le bol de céréales de Ruby au bord de l'évier. « On ne peut pas prendre un petit déjeuner sans se pencher sur le passé ? » dit-elle en me tournant le dos.

Je mis les coudes sur la table et pris mon visage entre mes mains. « Tu ne penses pas que nous avons eu quelques bons moments ? Papa dit que nous avions des chouettes trucs. Tu crois qu'il invente ? »

Lulu se retourna brusquement. « Arrête, tu veux ? Tout ce qui est lié à notre enfance est déprimant. Absolument tout dans cette saleté d'enfance.

— Moi y compris ? » Sentant monter les larmes, je me pinçai le bras un bon coup.

« Oui, toi y compris, quand tu es comme ça. »

Le temps d'arriver au travail, j'avais remis cette conversation en perspective et ravalé ma peine. Lulu détestait se réveiller. Le matin était le pire moment pour lui parler. D'autant qu'elle savait repérer les signes d'une gueule de bois et que le seul fait de le savoir la rendait mauvaise. Ma sœur savait sans doute combien de verres j'avais bus exactement, que j'avais été à deux doigts de coucher avec le type qu'il ne fallait pas et combien de cuillerées de Pepto-Bismol j'avais avalées après mon petit déjeuner.

Je balançai mon sac sur le bureau, soulagée d'avoir évité Colin en arrivant. Lui aussi semblait deviner quand je me sentais nulle pour ensuite enfoncer le couteau dans la plaie et me torturer.

En écoutant mes messages sur le répondeur, j'entendis les minables lamentations d'un client après l'autre, m'expliquant pour quelle raison ils ne viendraient pas : grand-mère morte, oncle mort, cousin dans le coma, sœur renversée par une voiture. Ou frère tué par un oncle. Au fil des ans, mes clients avaient occis la moitié de la population de Boston pour éviter d'avoir à se présenter à nos réunions de probation. Tout en écoutant les messages, je passai en revue mon emploi du temps de la journée, mon surligneur à la main.

« Ça va ? »

Je levai les yeux. Une Valerie au regard vaseux se tenait sur le seuil. « Dis-moi, on s'est particulièrement biturées hier soir… Ou on devient trop vieilles pour picoler ? »

Ce matin, elle ne s'était pas donné la peine de discipliner ses cheveux, se bornant à attacher ses boucles avec des épingles en un vague chignon. Je lui enviais sa capacité à être tantôt banale tantôt superbe. Si jamais elle se réveillait fatiguée, elle s'en foutait. Elle ne se maquillait et ne se pomponnait que les jours où elle se sentait déborder d'ambition. *Si vous avez un problème avec moi, c'est votre problème*, telle était sa devise.

Et ma devise à moi, c'était quoi ? Sûrement pas *in vino veritas*, étant donné que je sortais boire avec Valerie au moins deux fois par semaine. Or, le plus près que je me sois approchée de la vérité correspondait à une fausse confession selon laquelle j'avais un oncle dans une prison à New York. La devise que je m'étais fixée se résumait à « tergiverser pour avoir la paix ».

Le doigt levé, je fis signe à Valerie de patienter et rembobinai le répondeur afin de repasser le dernier message en activant le haut-parleur pour le lui faire écouter.

Michael Epstein, à l'appareil. Oui, encore moi. Tu ne voudrais pas nous offrir une seconde chance ? Si c'est oui, j'aimerais t'inviter à venir avec moi à New York, où je dois aller assister à une conférence. On descendra au Waldorf. *Qu'est-ce que tu en dis ? Prête à voir comment vit l'autre moitié du monde ? Rappelle-moi. À New York, je t'achèterai une tenue splendide. Non, je plaisante. Enfin, pas vraiment. J'adorerais être celui qui te gâte. Allez, rappelle-moi.*

« Est-ce que je dois me sentir insultée ? Tu crois que Drew est dans le coup ?

— Peut-être. Je parie que, après t'avoir vue ce matin, il a appelé d'urgence l'ophtalmo. *Si tu me débarrasses de ma belle-sœur, je te fais un pont d'or !* Mais tu devrais quand même y aller. »

Je surlignai d'un trait le dernier client qui avait annulé. « Pourquoi ?

— Tu ne lui as jamais vraiment donné sa chance. Et ce n'est pas le sinistre gamin que tu as failli ramener hier soir qui t'emmènerait au *Waldorf.* » Valerie prit ma tasse de café dont elle but une longue gorgée.

« Sinistre ? Il était splendide ! » Je lui repris la tasse. « Regarde, tu as mis du rouge à lèvres partout.

— C'est du rouge à lèvres, pas de l'herpès. Une tête splendide et une âme sinistre. D'ailleurs, splendide ou pas, ça ne change rien. Ce type n'était qu'un étudiant attardé qui traînait dans un bar.

— Et nous, deux femmes ayant passé l'âge qui traînaient dans un bar minable. Qu'est-ce que ça fait de nous ?

— Deux femmes horriblement désespérées. Le toubib était super au lit, non ? » Valerie leva les jambes et posa ses mocassins éculés sur mon bureau.

« Jack l'Éventreur était sûrement super au lit lui aussi, dis-je. Les hommes les pires le sont toujours.

— Des tas de mecs nuls sont des amants nuls. Crois-moi, je le sais mieux que toi.

— Tu crois ? » Je déplaçai les papiers sur mon bureau en rapprochant la pile *À faire* du téléphone. « Tu veux qu'on compare pour voir laquelle s'est fait baiser par le plus grand nombre de types nuls ? »

Mon mal de crâne redémarra de plus belle. J'appuyai mon front contre le métal froid du bureau. « Non. Je n'ai pas envie que ça figure dans mon dossier comme la seule compétition que j'aie pu gagner. »

Une demi-heure plus tard, la franchise cuisante de Valerie résonnant encore dans un coin de ma tête, je laissai un message à Michael en acceptant sa proposition. Après quoi je pris de l'Advil en quantité suffisante pour affronter Victor Dennehy. Il débarqua en se pavanant comme s'il s'attendait à me voir m'allonger, écarter les jambes et gémir de plaisir. Son pantalon descendait si bas que j'aperçus le haut de son derrière pâlichon.

« Salut, *mizzz* Zachariah. Je suis à l'heure, non ? »

Encore un pour qui être à l'heure symbolisait l'apogée de la réussite. Victor me lança un sourire satisfait, s'effondra sur la chaise en face de moi et écarta les cuisses.

« Assieds-toi droit, Victor.

— Vous êtes quoi, ma conseillère de probation ou mon prof de bonnes manières ?

— En ce qui te concerne, les deux. Si tu te présentes à un entretien en t'asseyant comme ça, personne ne t'embauchera.

— De toute façon, personne n'embauche un type avec un casier.

— Pas s'il se comporte de cette façon, en effet. »

Il me jeta un regard noir, mais il se redressa et referma les jambes sur ses précieux bijoux de famille. J'ouvris son épais dossier et consultai les divers rapports. « On dirait que tu continues à mal te comporter avec les gens du programme de gestion de la violence. Et en plus, tu leur dois de l'argent.

— C'est la seule chose qui les intéresse. Le fric, le fric, le fric ! Comme si c'était leur religion ou je ne sais quoi. » Il prit un coupe-papier et se mit à taper sur le bord de mon bureau. « Ils devraient faire ça gratis. »

Je me penchai et lui repris le coupe-papier. Mes clients jouaient avec des objets sur mon bureau comme s'ils étaient des gosses de six ans. « Tu travaillerais pour rien, toi ? »

Mêmes questions, mêmes lamentations. Chaque semaine, je me sentais un peu plus intoxiquée. Au moment où Jesse, mon dernier client de la matinée, entra dans mon bureau, j'étais prête à lui faire passer un mauvais quart d'heure pour l'unique raison que j'étais épuisée et que je mourais de faim.

« Ça va, madame Zachariah ? lança-t-il à peine arrivé. Vous n'avez pas l'air en grande forme. »

J'émis un vague petit rire. « Merci beaucoup.

— Non, c'est vrai. »

Des larmes me piquèrent les yeux. Je détestais ça. Je détestais que le moindre signe de gentillesse me fasse réagir comme si je venais de recevoir un million de dollars. « Ça va, dis-je en me redressant. J'ai juste une allergie.

— À nous ? » Jesse fit un grand geste de la main englobant tous les types perdus qui arpentaient les couloirs de la justice.

« Au pollen.

— Impossible. Le pollen, c'est une allergie d'été. En automne, c'est l'ambroisie.

— Bon, dis-je en prenant son dossier. À l'ambroisie, alors.

— Vous n'êtes pas de très bonne humeur, pas vrai ? » Il pencha la tête sur le côté. « Je vais vous faire retrouver le sourire.

— Et comment ? »

Jesse sortit une feuille de papier pliée de sa poche arrière. « Regardez ça », dit-il en me la tendant.

Je dépliai la feuille et lus. « Tu as réussi ! Tu as eu ton GED ! »

Il se fendit d'un immense sourire. « Ouais. Vous aviez raison. Ce n'était pas si compliqué. J'en savais plus que je croyais. » Il roula des épaules, reprenant son air cool après l'avoir laissé tomber une seconde.

« Et ?

— Et ? fit-il en m'imitant. Ouais. Je me suis inscrit à des cours. Et pas au Roxbury Community College – je sais que je dois rester à distance de Machinchose. »

Je n'appréciais pas trop qu'il appelle le garçon qu'il avait failli tuer Machinchose, mais bon, il faut savoir ce qu'on veut.

Michael était tout excité de m'emmener à New York. Il ne savait pas que, depuis que j'avais quitté les Cohen, j'y étais retournée un million de fois pour aller rendre visite à mon père, au moins une fois par mois.

Prendre l'avion pour New York se révéla plus compliqué que louer une voiture et y aller par la route comme je le faisais d'habitude. Désormais, prendre l'avion signifiait qu'on était coupable jusqu'à ce qu'on apporte la preuve qu'on ne l'était pas tant que ça. Les agents de la sécurité de l'aéroport de Logan se montrèrent méticuleux, pour ne pas dire suspicieux. Mes clients étaient-ils confrontés à cela tous les jours ? S'ils nous traitaient Michael et moi comme des terroristes potentiels, mes clients aux allures de gros durs auraient dû ramper à plat ventre jusqu'à l'avion, les mains attachées dans le dos.

« De nos jours, la sécurité passe avant la courtoisie », observa Michael avec complaisance en m'entendant râler.

Notre taxi s'arrêta devant le *Waldorf Astoria*. J'attendis qu'il ait payé le chauffeur, notant au passage qu'il lui laissait un gros pourboire. En tout cas, je n'aurais pas à lui reprocher d'être radin en plus de ce qui se confirmait comme une attitude de plus en plus républicaine. Un portier en livrée bleue ouvrit la portière et me tendit sa main gantée comme si j'étais une princesse d'occasion.

En entrant dans le gigantesque lobby, je me retins de pousser un cri d'extase. Subjuguée par le marbre, les appliques en cuivre et tout ce putain d'éclat, surtout comparé à mes chaussures empruntées à Valerie et à mes habits achetés en solde, je me contentai de railler : « Avec l'argent dépensé ici, on pourrait nourrir pas mal d'orphelins, non ? »

Michael m'enlaça par les épaules. « Si tu préfères, on peut aller manger dans le Bowery. Et même ramener quelques clodos pour qu'ils partagent notre chambre. »

Je lui souris. « Quand on est à Rome…

— Rome, c'est moi ou c'est l'hôtel ? » Il m'entraîna vers la réception.

Michael avait l'air plus malin que je ne l'avais jugé au premier abord, ce qui me mit mal à l'aise. Avant que j'aie pu trouver une repartie subtile, nous arrivâmes devant l'employée de la réception. Son maquillagc ćtait plus habile que ne l'aurait été le mien pour la plus sophistiquée des occasions.

« Soyez le bienvenu, docteur Epstein », dit-elle en hochant la tête. Là encore, traitement royal façon *Waldorf*. « La chambre 445 est prête. »

La lumière capturée étincelait sur les lustres.

De la soie moirée tapissait les couloirs.

Des plafonds en stuc sculpté sortaient des anges et des chérubins.

Puis je vis la chambre. Ah, la chambre… Un lit plus vaste que mon salon. Avec plus d'oreillers que je n'en avais jamais eus, et plus moelleux – de vrais oreillers pour tête de princesse. L'armoire – avec des incrustations en quoi, en or ? – n'attendait que les vêtements que je pourrais lui confier.

Une fois le chasseur reparti avec le billet qu'il lui glissa dans la main, Michael me donna un baiser de cinéma. Je m'attendais à entendre le réalisateur crier *Coupez !* à tout moment.

« On commence par quoi ? Boire ? Manger ? Faire les boutiques ? murmura-t-il à mon oreille tout en me grignotant.

— Oui, oui et oui, mais avant tout, un verre. Absolument. » Peu m'importait qu'on soit encore l'après-midi. Quelle que soit l'opulence de l'environnement, j'étais dans la ville de la prison. Brouiller les contours figurait en première ligne sur ma liste.

Nous revînmes du bar dans une réalité joliment floue. Je passai sous la douche, déjà emballée par les carreaux en céramique couleur crème, les robinets en argent brossé et le peignoir en éponge épaisse qui m'attendait. Friande des articles de toilette de *cocotte*, comme aurait dit mamie Zelda. Dans une salle de bains comme celle-ci, on pouvait y rester des heures entières.

Michael me rejoignit alors que je tendais mon visage sous le jet d'eau chaude. « Ça ne t'ennuie pas ? »

Je me penchai en arrière et sentis les poils de son torse me chatouiller le dos. « Ça ne m'ennuie pas.

— Je te lave les cheveux ?

— S'il te plaît. Et merci. »

Je fermai les yeux tandis qu'il faisait mousser le shampooing. Une délicieuse odeur d'amande nous enveloppa. Ses doigts appuyaient fort.

« Je t'abîme les cheveux ? demanda-t-il. Je frotte trop fort ?

— Ils s'en remettront. Vas-y, frotte. »

Les fantômes se présentèrent le lendemain après-midi au moment où je montai sur le ferry pour Staten Island. Il y avait des années que je n'avais pas pris le bateau, mais puisque je n'avais pas de voiture, je n'avais d'autre choix que de prendre le ferry et un taxi. Michael passait la matinée à suivre des conférences médicales. Je lui avais dit que j'irais acheter des cadeaux pour les filles de Lulu, ce qui me ramena à l'époque où je mentais à mes camarades de classe en leur parlant de ces samedis où le docteur Cohen m'accompagnait voir papa.

Dès que j'aperçus la statue de la Liberté, le souvenir de ma grand-mère me scia de douleur. En regardant le trou où s'était élevé le World Trade Center, je me tapai tant de fois sur la poitrine que j'eus peur que les passagers me croient en train de faire un infarctus. Les choses cessent d'être d'un seul coup, et on se demande si elles ont seulement existé.

Lorsque le taxi me déposa devant la barrière en barbelés de Richmond, je me sentais déjà vidée. L'agent McNulty avait pris sa retraite, et je me surpris à le regretter beaucoup plus que ne l'aurait dû la fille d'un détenu. Susannah et Coriander n'étaient plus là depuis longtemps, et la grosse Annette ne venait plus rendre visite à Pete. Mon père m'avait raconté qu'elle avait perdu quarante-cinq kilos. *Quarante-cinq kilos, tu imagines ? C'est comme te perdre toi !* Après son régime, Annette avait demandé le divorce. À présent, Pete avait une nouvelle femme qu'il avait trouvée sur le Net, une grosse elle aussi.

Comme toujours, l'odeur rance d'un trop grand nombre de corps angoissés emplissait la salle du parloir. Mon père était assis à notre table, le vieux bois un peu plus entaillé au fil de mes visites, les encoches marquant le passage du temps. Ses cheveux avaient beau être maintenant poivre et sel, même à soixante-deux ans, il avait gardé ses muscles de prison.

« Regarde-toi, Sugar Pop ! Un million de dollars ! Non, attends, il faut que je calcule l'inflation… Un milliard de dollars – t'es aussi belle que ça ! »

Il me disait la même chose chaque fois sous une forme ou sous une autre, mais je souriais quand même, toujours avide d'entendre ses compliments.

« Alors, comment va ?

— Bien, bien. Devine ? Je suis venue à New York avec quelqu'un. » Je haussai et abaissai mes sourcils comme Groucho Marx. « Un médecin, rien de moins.

— Ta sœur est là ? » Mon père se raidit sur son banc. « Où est-elle ? »

Oh, doux Jésus, j'aurais pu me trancher la gorge !

« Non. Non, désolée, papa. Je ne voulais pas te faire de fausse joie. Je parlais d'un homme. Il est ophtalmologiste. Médecin des yeux. Hé, ça doit te plaire, non ? »

Il se tapa le front. « Qu'est-ce que je raconte ? Si elle était là, elle serait évidemment venue avec toi.

— Désolée, papa. » Je le regardai ravaler sa déception. « En tout cas, c'est un ophtalmo. Pas mal, non ?

— Depuis combien de temps vous êtes ensemble ?

— Plusieurs mois. » J'exagérai un peu histoire que ça sonne mieux.

« Et tu ne m'avais rien dit ?

— Je voulais être sûre qu'il resterait.

— Et ? »

J'écartai les mains, l'air de dire *Qui sait ?* « Peut-être. Qu'est-ce que tu en penses ?

— Tu sais déjà ce que je pense. Aucun homme n'est assez bien pour ma petite fille. » Il croisa les doigts. « Mais je m'inquiète de savoir qu'un type t'emmène à Manhattan pour se maquer. Qu'est-ce qu'il te veut ? Je sais comment sont les mecs, et ils n'achètent pas la vache si tu leur laisses avoir le lait. À la fin de la journée, un homme aime retrouver une fille à l'ancienne. Sinon, c'est juste qu'il veut se payer du bon temps. »

Je glissai mes mains sous mes cuisses pour les empêcher de remonter sur ma poitrine.

« Tu as apporté des photos ? » Il se frotta les mains de plaisir à l'avance.

Je sortis de ma poche des photos de Ruby et de Cassandra prises le premier jour à l'école. Elles portaient des tenues Gap flambant neuves et levaient les mains en souriant devant la fenêtre du salon.

Mon père regarda les photos, un sourire aux lèvres. « Bon sang, qu'est-ce qu'elles sont belles ! La petite ressemble à ta mère. Comme toi. Et tu as des nouvelles photos de Lulu ? »

Je lui en montrai une de Drew et de Lulu en train de faire griller des hamburgers le jour du Labor Day.

Il secoua la tête en souriant.

« Lulu ne veut plus que tu lui écrives. Les filles deviennent trop grandes », dis-je brusquement.

Des années auparavant, je lui avais avoué nos mensonges, raconté comment nous l'avions tué. Depuis, mon père et moi faisions allusion à ce mensonge de la même manière biaisée qu'employait ma famille pour parler de tout.

« Qu'est-ce que vous comptez faire quand je sortirai d'ici, les filles ? Me cacher ? »

Quand il sortirait.

« Ta peine ne se termine que dans deux ans. On avisera à ce moment-là.

— J'ai une bonne nouvelle. Je la gardais au chaud. Mon avocat pense que j'ai une chance à la prochaine commission des libérations conditionnelles. »

Combien de fois avais-je déjà entendu cette phrase ? « C'est bien, papa.

— Tu risques d'être surprise, mademoiselle. »

Lulu affirmait que ma relation avec mon père s'était figée comme de la glu à l'âge de cinq ans et demi, l'âge que j'avais quand on l'avait mis en prison, et qu'elle n'avait pas évolué depuis. Je lui répondais qu'un stage en psychiatrie ne faisait pas d'elle un psychiatre, n'empêche que, régulièrement, sa remarque me revenait à l'improviste. Dommage que ce soit sans effet sur mon comportement.

« Je sais, je sais, tu crois que je suis du genre à mettre la charrue avant les bœufs, dit-il. Mais il est possible que je tienne là ma chance. Tout ce temps où j'ai fait preuve d'une bonne conduite s'additionne. C'est que j'ai été un prisonnier modèle, Tootsie. »

Je frissonnai, comme si le diable venait de marcher sur ma tombe. Le rêve de sortir de mon père était pour Lulu et moi un cauchemar. « La commission se réunit en décembre, non ? Dans combien de temps pourrais-tu être dehors ? »

Mon père se fendit d'un grand sourire, comme s'il ne m'avait jamais poignardée et n'avait jamais tué maman. « S'ils votent oui, et le vote pourrait avoir lieu bientôt, je pourrais être sorti au printemps. »

Je n'allais pas m'inquiéter. Lulu affirmait que jamais il n'obtiendrait une mise en liberté conditionnelle.

« Alors, parle-moi un peu plus de ce toubib. Est-ce que j'ai des chances que tu fasses de moi un grand-père ?

— Michael nous a réservé une suite au *Waldorf Astoria*. Il assiste à une conférence médicale. Hier, nous sommes allés chez Saks. » Je passai mes mains sur mon pull en cachemire léger comme une caresse. « Ça te plaît ?

— Tu es toujours bien en rouge. » Il m'observa sans son habituel sourire admiratif. « Alors comme ça, il t'a emmenée faire des courses. Pour qui il te prend ? Il te traite comme une pute de luxe. Tu n'es pas une traînée. C'est quoi, ce connard ? »

J'ouvris la porte de la chambre. Michael était allongé sur le lit, un bras replié derrière la tête, pieds nus, en train de regarder un match de base-ball sur l'écran plat incrusté dans l'armoire.

« Où étais-tu ? Je me suis inquiété.

— Excuse-moi. » Je m'assis sur une chaise tapissée de soie et envoyai promener mes nouvelles chaussures à l'autre bout de la pièce. Cette chaise me rendait folle – si inconfortable et si minuscule que je me demandais quel postérieur pouvait s'asseoir dessus.

« Ça va ? demanda Michael en redressant la tête.

— Je suis juste fatiguée », répondis-je en haussant les épaules.

Il braqua la télécommande vers la télévision, l'éteignit et vint me rejoindre. « Pauvre petite chérie, qui a erré toute la journée toute seule dans New York... Tu as pris des taxis, comme je te l'avais conseillé ? »

Et pour lesquels il m'avait donné de l'argent. Était-ce ce qu'il voulait me rappeler ? Je me raidis quand il posa ses pouces sur les nœuds au niveau de ma nuque en appuyant fort. Est-ce qu'il attendait sa monnaie ?

« Tu es toute tendue... Où es-tu allée ? » Il jeta un regard dans la chambre. « Pas de paquets ? Ils vont te les monter d'en bas ? » Il sortit son portefeuille comme s'il se préparait à filer un nouveau pourboire new-yorkais.

« Arrête de me cuisiner ! » Je le repoussai d'un coup d'épaules en chassant sa main de mon cou. « Pas de cadeaux, pas de paquets, ni rien, d'accord ?

— Ouah ! Du calme. J'étais seulement curieux de savoir ce que tu avais fait. Tu es allée dans un musée ?

Il y a une exposition Renoir au Met. Je voulais te prévenir. »

Bon sang, il avait l'air si sérieux et cultivé, si propre et bien repassé… J'avais envie de boire de la bière et de mettre de la musique à fond jusqu'à ce qu'il hurle.

« Oui, Michael. J'ai fait la tournée des musées. Et ensuite, j'ai fait un tour sur le ferry pour Staten Island. » Je me laissai tomber sur le lit.

Son visage se décomposa. « J'avais prévu de prendre le ferry demain. Oh, bon, on n'aura qu'à rester un peu plus longtemps au lit. »

Il me rejoignit, effleura les courbes de mon corps et commença à déboutonner ma veste. « Tu veux un massage ? »

Massage, le code pour « Baisons ». Merry, Merry, la source de son plaisir instantané ? Je le repoussai et me levai d'un bond. « Tu pourrais arrêter de me peloter, s'il te plaît ? Mon Dieu, ce voyage était une complète erreur ! »

Le teint blême, Michael s'écarta et ralluma la télévision. « Tu me diras quand tu auras faim. On peut se faire servir dans la chambre. » Il me regarda avec une expression indéchiffrable. « Ou sortir. Mais si tu préfères, si tu as peur que je continue à te peloter, on peut aussi manger chacun de son côté. »

Je croisai les bras. « Comme tu voudras. »

23

Lulu

Drew entra dans la chambre, l'air inquiet et désemparé. Chacun son tour, songeai-je. « Lulu, il faut qu'on parle. »

Je lui fis signe de s'en aller et mis ma main sur mon oreille, celle qui n'était pas collée au téléphone.

« C'est important », insista-t-il.

Je terminai ma conversation avec Sophie, raccrochai et sortis mes jambes de sous la couette. « On dirait une des filles, quand tu viens m'interrompre comme ça !

— J'ai dérangé une sacro-sainte conversation médicale ?

— Ne sois pas sarcastique. Sophie vient de m'apprendre de mauvaises nouvelles. Il faut que je parte plus tôt que prévu. » L'attitude de Drew aurait dû me mettre la puce à l'oreille, mais les résultats d'analyses que Sophie venait de me transmettre me préoccupaient tellement que j'avais fait passer ma patiente devant et au centre. Les examens avaient révélé un sale pronostic pour Audra Connelly, une de mes malades préférées.

Pauvre Audra, son eczéma s'était tout d'abord avéré être une maladie de Paget du mamelon. Elle avait ensuite découvert qu'elle avait un cancer du sein, comme en développent la plupart des patientes dans ce cas, avec extension ganglionnaire. Sophie m'avait dit qu'Audra voulait, devait me parler. Audra faisait confiance au docteur Denton sur le plan médical, seulement il l'intimidait. Les médecins comme Denton, englués dans leurs statistiques et leurs analyses, n'étaient pas capables de gérer les émotions et les besoins d'une femme d'un certain âge.

J'allai chercher des sous-vêtements dans mon tiroir et attachai mes cheveux encore mouillés en chignon.

« Lulu, attends. » Drew m'attrapa par le bras.

« Il faut que je file. » Quand je voulus me dégager, il m'obligea à me retourner.

« Arrête et écoute-moi », aboya-t-il. J'arrondis les épaules et me glaçai. Drew savait que j'avais horreur des manifestations de colère. Une des choses que j'aimais chez lui était sa patience peu commune. « Il faut qu'on aille voir l'institutrice de Cassandra.

— Qu'est-ce qui ne va pas ? » Je plaquai mon soutien-gorge contre ma poitrine.

« Elle traverse une nouvelle crise de panique. Je sais que c'est fréquent à son âge. L'institutrice est d'accord, mais, apparemment, elle perd pied. Je t'en aurais parlé hier soir, mais tu dormais déjà quand je suis arrivé.

— J'étais épuisée. » J'enfonçai mes ongles coupés court dans mon bras en traçant des petits c. « Qu'est-ce qui se passe, que fait Cassandra ?

— Elle raconte des histoires aux autres en leur disant qu'ils pourraient avoir été adoptés sans le savoir, ou qu'ils devraient faire attention à ne pas se faire kidnapper. Que peut-être quelqu'un les suit. » Drew ôta ses lunettes et se frotta l'arête du nez. « Une mère a fini par appeler l'école parce que Cassandra parle trop souvent de kidnappeurs qui tuent des enfants.

— Oh, mon Dieu ! » Je me laissai tomber sur le lit. « Tu crois que ma sœur a raconté quelque chose aux filles ? Elle fait n'importe quoi, depuis qu'elle est rentrée de New York.

— Il ne s'agit pas de Merry, dit Drew en s'asseyant à côté de moi. Je pense que les enfants absorbent des choses par osmose. »

Par osmose. Je repensais à ma mère qui oubliait de nous acheter à manger, laissant le soin de nous nourrir au *Harry's Coffee Shop* ou aux tourtes au poulet congelées-brûlées. À huit ans, c'était moi qui lcs jctais dans le four. Je savais que maman était malheureuse avec nous, avec papa, avec notre vie. Elle n'avait pas besoin de le formuler. Les tourtes parlaient pour elle.

Pourtant, ici, nous avions une belle vie.

Drew et moi restâmes un instant comme deux idiots à contempler les photos de notre lune de miel où des icebergs laiteux flottaient au milieu de lagons bleus.

« Je parie que Merry lui a dit quelque chose. J'en suis certaine. Je vais la tuer.

— Il ne s'agit pas de Merry, répéta Drew. Jamais elle ne ferait une chose pareille. Pas sans ton autorisation. »

J'éclatai de rire. « Mon autorisation ? Merry pense que tout appartient à la communauté. Je suis étonnée qu'elle ne t'ait pas encore pris comme mari. Qu'elle ne nous ait pas transformés en mormons.

— Voyons, Lulu, elle adore les filles, insista Drew, ignorant ma pique. Pourquoi irait-elle faire ça ? » Il ramassa le tee-shirt et le pantalon qu'il avait balancés la veille sur le fauteuil, après être rentré en sueur et éreinté de son match de handball avec Michael.

« Ça ne veut pas dire qu'elle sache s'y prendre pour montrer son amour, dis-je en m'éloignant vers la salle de bains.

— Il ne s'agit pas de Merry et toi. » Voyant que je restais sans réaction, il jeta sa ceinture par terre. « Oh, mais attends, qu'est-ce que je raconte ? Bien sûr qu'il s'agit de toi et de Merry ! Et de ta maudite famille.

— Peut-être que c'est à cause de ses cours de théâtre. Cassandra ne s'arrête jamais de jouer la comédie. Bon, il faut que je parte au boulot. On en reparlera plus tard.

— Est-ce que ça t'arrive d'écouter ? Tu ne vas quand même pas ignorer le problème et t'en aller…

— Je n'ignore rien du tout. Prends rendez-vous avec l'institutrice. Je serai là. Laisse-moi un message.

— Il n'y a pas que le rendez-vous avec l'institutrice. Il y a tout le reste. »

Quand je ne lui répondais pas, Drew donnait toujours l'impression de compter jusqu'à dix. Je reconnus les signes. Il me toucha l'épaule. « Il est temps qu'elles sachent. »

Je m'écartai. « Sujet clos. Tu as été au courant à la minute où nous nous sommes rencontrés.

— Tu as entendu ce qu'a dit ta sœur à son retour de New York. Ils vont sans doute relâcher ton père. Peut-être même dès le printemps prochain.

— Mon père répète sans arrêt ces conneries. Il n'ira nulle part.

— Et si c'est le cas ? » Drew me suivit dans la salle de bains. « Alors, Lulu ?

— Alors, rien. Pour nous, il reste mort.

— Il n'est pas mort pour Merry.

— Très bien. » Je mis la douche en marche. « Qu'elle le garde. »

Drew se plaça devant moi comme je m'apprêtais à tirer le rideau de douche. « Et les filles ? Tu ne peux pas faire comme s'il n'était pas leur grand-père. »

Je le repoussai et entrai dans la baignoire. « Leur grand-père est aussi inexistant que l'est mon père. » Je mis la pomme de douche sur « Pulser ». « Il est mort en même temps que ma mère. Laisse tomber. »

Drew tira le rideau de douche. « Tu ne peux pas souhaiter la mort de quelqu'un. Autant te faire à cette idée. » De l'eau coula dans la manche de son polo en coton.

« Non. Il n'en est pas question. » J'avais l'impression d'être sur un grand huit sur le point de basculer. « Si tu ne peux pas l'accepter, il vaut peut-être mieux que tu t'en ailles.

— Tu préférerais que je parte plutôt que d'affronter ton père ? C'est ce que tu es en train de me dire ? »

Seigneur, qu'avais-je dit ? Si Drew me quittait, j'en mourrais. Je sortis de la douche. « Ne me quitte jamais. Promets-le-moi. Je suis désolée. Seulement, je ne peux pas. Je suis désolée. Pardon. » Je l'attrapai. « Je t'en prie, Drew. Ne t'en va pas…

— C'est bon, Lu. Chut, chut… C'est bon. » Il me jeta une serviette sur les épaules. « Je ne m'en irai jamais.

— Je crée tellement de problèmes…

— Ça fait partie du fait d'être une famille. Calme-toi. Cassandra s'en remettra, je parlerai à son institutrice. Je vais prendre rendez-vous. »

Audra était d'une extrême pâleur et d'une maigreur excessive. Deux kilos de moins qu'il y a trois semaines, alors qu'elle avait déjà tout d'un spectre. Je lui pris la main et la serrai doucement. « Comment allez-vous ?

— Pas très bien.

— J'imagine. »

Elle se recroquevilla sur elle-même. « Je sais que la maladie progresse et que les choses s'annoncent mal. Je voudrais que vous m'aidiez à prendre des décisions. »

Je posai une main légère sur son bras. « Vous devriez en parler avec vos enfants.

— Le docteur Denton pense qu'il faudrait commencer une nouvelle chimio, dit-elle sans relever ma suggestion. Et vous, docteur Winterson, qu'en pensez-vous ?

— Je peux vous aider à envisager les options possibles. » Ce qui ne jouerait pas en ma faveur si je voulais être désignée l'employée du mois au centre médical Cabot. Sophie m'avait déjà rappelé deux fois que je n'avais pas encore répondu à la note du directeur médical – *Veuillez expliquer les fréquentes visites d'Audra Connelly. Ne viennent-elles pas en surplus de celles chez le docteur Denton ? Quelles sont les raisons justifiant ces consultations ?* « Peut-être qu'il va vous faire passer des tests cliniques. »

Audra hocha la tête, prête à remettre sa vie entre mes mains.

« En fin de compte, c'est toujours vous qui choisirez, lui rappelai-je.

— Que feriez-vous, si j'étais votre mère ? » Le papier qui recouvrait la table d'examen bruissa. Audra se redressa. « C'est ce que ma fille m'a dit de vous demander. »

Une bonne fille ferait tout pour sauver sa mère, pensai-je. « J'ai besoin de savoir quelle voie vous voulez suivre. Si vous désirez être agressive ou pas.

— J'aimerais voir grandir mes petits-enfants. »

Je grattai sur mon bras *Articles*. Puis *Essais cliniques*. Il ne me restait plus qu'à annuler mon déjeuner avec Sophie, prendre un sandwich chez Jerry et le manger pendant que je consulterais des articles sur le Net.

Par chance, le reste de mes patients de la matinée étaient des cas faciles – une grippe, une angine à streptocoque, une crise d'angoisse, une gastrite, un orteil foulé, un frottis et une élongation d'un muscle dorsal. Je descendis au chariot ambulant de Jerry à onze heures et demie, trop tard à ses yeux pour espérer disposer d'un grand choix.

« J'ai presque tout vendu. » Il rapprocha son fauteuil roulant. « Vous auriez dû venir plus tôt.

— Quand ça ? Au petit déjeuner ? » Je me penchai pour regarder les sandwichs.

« La plupart des gens les achètent en arrivant. Si vous n'apportiez pas votre déjeuner si souvent, vous le sauriez. Il me reste thon ou œuf-salade. Vous voulez quoi, Doc ? » Vu l'impatience dans sa voix, on aurait pu croire que les clients faisaient la queue jusqu'au fond du parking. « Les gens vont arriver dans une minute.

— C'est quel genre de pain ? demandai-je en montrant le pain jaunâtre du sandwich œuf-salade.

— Anadama.

— Qu'est-ce que c'est ?

— C'est ma femme qui le fait. » Il roula son fauteuil de façon à se placer devant les sandwichs et en attrapa un. « C'est du maïs, comme dans les muffins au maïs. Vous aimerez. »

Sans attendre mon avis, il fourra le sandwich dans un sac en papier, le plus fin qu'ait jamais vu l'humanité. Même si, à dire vrai, j'avais le souvenir d'un autre encore plus fin.

« Un café ? » Jerry le servit sans attendre ma réponse.

« Oui. » J'avais eu l'intention de boire un Coca, mais je n'étais plus d'humeur à discuter. Je lui tendis un billet de dix dollars et attendis qu'il me rende la monnaie. Monnaie que je mettrais bien entendu dans le pot en verre sur lequel était marqué *Anciens combattants paraplégiques* de la grosse écriture de Jerry. Personne n'avait le culot de demander qui, quoi et où étaient les anciens combattants paraplégiques. La plupart des gens supposaient qu'il s'agissait de Jerry et de deux ou trois de ses copains de beuverie.

« Louise… »

Et merde… J'adressai un faux sourire au directeur médical. Peter Eldon était né pour être mesquin. Étant gosse, j'étais certaine qu'il avait été le cafardeur, le chef de classe, celui qui levait la main chaque fois que le prof réclamait un volontaire. Il était à présent un technocrate de la médecine dominateur, dingue de sa propre autorité et de tout ce qui était anglais. Aujourd'hui, il portait ce qui semblait être une veste de chasse.

« Peter… Comment allez-vous ?

— Pas très bien. Certains membres de mon personnel ne répondent pas à mes e-mails. » Il se pencha au-dessus de Jerry. « Un café. Noir. Et un muffin au son. » Il se retourna vers moi. « J'établis les comptes mensuels et je dois boucler ceux de votre service. Vous êtes ma roue qui grince, Louise. » J'aurais juré qu'il avait pris un accent anglais depuis notre dernière rencontre.

Après avoir servi le café, Jerry alla chercher au fond du chariot le plus petit muffin qu'il put trouver, puis le posa sur le couvercle du gobelet sans prendre la peine de le mettre dans un sac ou un papier huilé et le tendit à Eldon. Le muffin absorbait l'humidité tandis que nous parlions. Bien joué, Jerry !

« Deux dollars cinquante », dit-il.

Sans un mot, Eldon lui donna trois dollars et tendit la main pour qu'il lui rende la monnaie. « Quand puis-je les espérer, Louise ? Et que faites-vous exactement avec cette patiente qui vous oblige à doubler le travail de Denton ?

— Cette patiente a besoin de davantage.

— Davantage de quoi ?

— Son mari est décédé d'un cancer à peine un mois avant que soit posé son diagnostic. Elle a besoin d'un soutien. Besoin d'aide.

— Adressez-la à une assistante sociale », dit-il tout en jonglant avec son café et son muffin.

Je pris le temps de respirer. En me retenant d'attraper son café brûlant et de le lui renverser sur les couilles. « Je ne suis pas sûre que Denton ait le temps de répondre à toutes ses demandes. C'est un homme, et chaque fois qu'il l'examine, elle se sent affreuse.

— La personnalité n'est pas notre créneau. Concentrez-vous sur les patients de médecine interne et laissez l'oncologie à Denton. »

Jerry nous interrompit. « Hé, docteur Winterson, attendez ! J'avais oublié ça. » Il attrapa un cookie au chocolat qu'il glissa dans un sac à mon intention.

« Envoyez-moi vos rapports mensuels, Louise, conclut Eldon. Je signalerai ça. »

Quand il entra dans l'ascenseur, Jerry grogna dans sa barbe.

« Merci pour le cookie, Jerry. »

Il agita la main pour dire *Il n'y a pas de quoi.* « Ce type est un vrai connard. » Sur ce, il mit un terme à notre amitié en roulant plus loin afin d'aller servir la foule du déjeuner qui commençait à arriver.

Je me dirigeai vers l'escalier. Je resterais aussi tard qu'il le faudrait pour en terminer. Il n'était pas question que ce type ou quiconque remette mon travail en cause en me soupçonnant de commettre des erreurs.

24

Lulu

Après avoir passé des heures à rédiger des rapports, la seule chose dont j'avais envie en rentrant chez moi était de m'écrouler sur mon lit, mais à peine eus-je mis un pied dans le salon, le parfum de ma sœur m'accueillit. Merry laissait dans son sillage une odeur de rose citronnée – un parfum raffiné qui devenait vulgaire sur moi quand je l'essayais. La douceur du feu de bois dans la cheminée embaumait la maison.

En me voyant, Drew et Merry parurent mal à l'aise. Ma sœur se roula en boule sur le canapé, réussissant à avoir l'air à la fois sexy et innocemment vulnérable dans son jogging bleu trop grand. Mon mari, affalé sur le rocking-chair, avait l'air épuisé après sa journée de travail à la maison puis avec les filles. Les enfants vous suçaient le sang, les molécules qui alimentaient leur maturation siphonnaient directement l'adulte responsable qui se trouvait près d'eux.

« Ce feu sent bon… Quel plaisir ! » Au lieu de filer droit au lit, je m'approchai de Drew, l'embrassai sur le sommet de la tête, respirant sur lui l'odeur musquée du shampooing qu'il achetait au drugstore du coin, en même temps que les effluves du dîner et un vague souvenir de l'eau de Cologne dont il s'aspergeait le matin.

Il se raidit. « Il est huit heures et demie. Où étais-tu ? »

Troublée, je reculai d'un pas. « J'ai dû travailler tard. Une urgence. Tu n'as pas eu mon message ?

— Et toi, tu as eu le mien ? rétorqua-t-il en croisant les bras sur sa poitrine. Tu as oublié que tu devais me retrouver à l'école des filles pour discuter avec l'institutrice de Cassandra ? »

Je me donnai une tape sur la tête. Comment avais-je pu oublier Cassandra ? Qu'est-ce qui ne tournait pas rond chez moi ces temps-ci ? « Je suis vraiment désolée.

— Désolée ? répéta Drew en élevant la voix. J'ai annulé un rendez-vous avec un client qui était prévu depuis trois semaines ! Un nouveau client. Pour une série à laquelle je tiens énormément. »

Merry se déplia. « Peut-être vaut-il mieux que je vous laisse.

— Oui, s'il te plaît, dis-je en me tournant vers elle.

— Non, reste », ordonna Drew.

Merry se pencha en avant, puis en arrière, avant de décider de rester assise toute droite.

« Quelle était cette super urgence ? » demanda Drew.

Je respirai à fond et tournai ma langue dans ma bouche, décidée à condenser mon erreur en un minimum de mots. « Eldon m'en veut. Soit je terminais de rédiger ces rapports, soit il débranchait la prise de ce qu'il considère comme des consultations non indispensables avec l'une de mes patientes. Un cancer du sein. Qui progresse à une vitesse foudroyante.

— Des consultations non indispensables ? » Il tapa de la main sur l'accoudoir en bois.

Je sursautai comme s'il venait de me donner une gifle et battis en retraite.

« Où as-tu la tête, Lulu ? Rien que pour une fois, ne serait-il pas possible qu'on passe avant ton travail ? »

Je saisis le bord de la cheminée et m'y agrippai. « D'accord, j'ai oublié ce rendez-vous. Mais ce n'est pas la peine de réagir comme si j'avais poussé Cassandra du haut d'une falaise.

— Qu'en saurais-tu ? »

Ne sois pas fâché contre moi, ne sois pas fâché contre moi. « Elle raconte partout qu'elle a été adoptée, et alors ? Tous les enfants ont ce fantasme et font des cauchemars. Moi-même, je m'étais inventé toute une famille.

— Comparer quoi que ce soit à ton enfance tordue ne me soulage en rien. Ce n'est pas comme si tu avais la moindre expérience sur laquelle t'appuyer pour être une mère géniale, ou même à moitié correcte.

— Arrête, dit Merry. Les filles vont t'entendre. Et être méchant avec Lulu n'aidera en rien Cassandra. Ne dis pas des choses que tu regretteras ensuite.

— Merci. J'avais oublié l'experte que tu es en relations humaines. » Malgré sa remarque, Drew en resta là.

Ma sœur vint me rejoindre et me passa la main dans le dos. « Assieds-toi, Lu. »

Je la laissai m'entraîner vers le canapé sur lequel je m'affalai et posai un coussin jaune pâle sur mon ventre tout en pétrissant le duvet sous la housse de coton. « J'ai juste oublié, Drew. Je n'avais pas l'intention de te laisser t'occuper tout seul de cette histoire.

— Je sais, je sais… » Il tripota sa montre. « Quand même… Comment as-tu pu oublier ta fille à cause d'une patiente ? »

Je me posai la même question. Les enfants n'étaient-ils pas ce qu'il y avait de plus important dans la vie d'une mère ? N'étaient-ils pas censés occuper la plus grande partie de l'espace dans son cerveau ? Ne vous rendaient-ils pas conscient des autres au point que tout le monde devenait plus ou moins votre enfant ? Un raisonnement idiot. Mon père était un père.

« Tout m'est tombé dessus d'un seul coup, me défendis-je.

— Ta fille a besoin de toi. Il ne s'agit pas que de fantasmes d'adoption. » Il me tendit une enveloppe en papier kraft posée sur la table. « Voici les dessins de la famille de Cassandra. »

Je compulsai le tas de feuilles au papier granuleux. Cassandra nous avait tous dessinés, y compris Merry, dans le coin en bas à droite de la feuille. Tout le monde était souligné. Un demi-cercle ondulé nous entourait. Des hommes et des femmes fantomatiques, plus grands que nature, flottaient au-dessus de notre famille.

« Tu veux connaître l'interprétation du psy de l'école ?

— Ils l'ont envoyée chez un psy ? »

Drew balaya ma question d'un geste. « Chez la conseillère pédagogique. Écoute ce que je te dis, au moins. Les enfants qui estiment que leur famille est fragile soulignent les personnages qu'ils dessinent.

— Tu veux dire que Cassandra se sent fragile, ou qu'elle croit que nous le sommes ? » Je me refusais à entendre ces bêtises.

« Le système familial dans son ensemble, dit Merry. Elle pense que notre famille est fragile.

— Toi aussi, tu es devenue psychanalyste ? » Je crispai et décrispai mes orteils en m'efforçant de tenir ma langue.

« La conseillère pédagogique ne savait rien de notre famille, pas plus que sur notre mère ou notre père, répliqua ma sœur. Et pourtant, tu vois ce qu'elle a dit.

— Alors ça nous concerne tous ?

— Laisse Drew terminer, avant de te réfugier dans le monde du déni. »

Je pinçai les lèvres. Un reflux acide me monta dans la gorge.

« Tu vois les personnages dans les ballons ? D'après la conseillère, ils pourraient représenter des secrets. Elle m'a demandé si nous avions des problèmes, si Cassandra avait peur que nous divorcions… Bon sang, elle a même insinué que j'avais une liaison ! »

J'observai le dessin, cherchant à reconnaître des ballons dans les cercles flous de Cassandra.

« D'accord, dis-je. Je comprends. Mais est-ce que c'est vraiment si exceptionnel ? »

Apparemment, Merry ne put se retenir plus longtemps. « Son institutrice suggère qu'elle aille consulter un psy. Une psychologue. Tu m'écoutes ? Est-ce que tu es aveugle, sourde et muette ?

— Toi, écoute-moi. Tu te comportes comme si l'institutrice avait dit que Cassandra devait être enfermée dans un asile de fous. » Comment osaient-ils ? Comment cette institutrice osait-elle insinuer que ma fille était une enfant perturbée, en danger ? « Je m'y connais un peu en psychologie moi aussi.

— Tu as fait quoi, un stage d'un mois il y a cent ans ? demanda Drew.

— Et son institutrice ? Elle a suivi un cours il y a mille ans ? »

Drew ramassa les dessins sur la table et les fourra dans l'enveloppe. « Nous en aurons besoin à la réunion avec la psychologue pour enfants. J'ai pris rendez-vous la semaine prochaine. Je l'enregistre dans ton Palm Pilot ? Est-ce que ça t'aidera à t'en souvenir ? »

Je levai les bras au ciel. « Comment as-tu pu prendre rendez-vous sans me laisser d'abord me renseigner sur ce médecin ? »

Le visage de Drew exprimait assez de dureté pour fendre du bois. « Elle est attachée à l'école.

— Raison de plus pour s'en méfier.

— Non, mais est-ce que tu t'entends ? s'exclama Merry en tapant sur le bras de son fauteuil. Cassandra a des problèmes d'ordre familial. Elle s'imagine que quelqu'un pourrait la tuer, a peur d'être enlevée, craint d'être abandonnée… Rien de tout ça ne te paraît familier ? Tu ne penses pas que c'est une chose dont une fille *et* sa mère doivent discuter ?

— Je t'ai demandé ton avis ?

— Depuis quand faut-il que je te demande l'autorisation d'ouvrir la bouche ? Est-ce que je ne fais pas partie de cette famille ? N'est-ce pas ce que tu répètes toujours, que nous n'avons que nous et personne d'autre ? Que nous devons nous soutenir tous les cinq ? » Elle se laissa tomber à côté de moi sur le canapé. « Eh bien, nous sommes SIX, tu ferais mieux de l'accepter.

— L'accepter ? As-tu déjà seulement imaginé comment je pourrais leur présenter un grand-père qui a tué leur grand-mère ? Tu ne crois pas que j'y ai réfléchi un millier de fois depuis qu'elles sont nées ? Quoi ? Tu es si noble, si puissante ? Merry la fille extraordinaire qui accepte son père ? »

Merry refoula ses larmes. Je repoussai l'envie de la consoler, de faire en sorte qu'elle se sente mieux et de ravaler ma rage.

« Cassandra pourrait réagir au fait que nous avons perdu nos parents pratiquement au même âge qu'elles, dis-je. Elle s'identifie trop à nous qui nous sommes retrouvées orphelines à la suite d'un accident de voiture. » *Elle va bien. Cassandra va bien. Tout à fait bien.*

Merry me regarda d'un air incrédule. « Mais ce n'est pas ce qui s'est passé !

— C'est ce qu'elle croit qui s'est passé, par conséquent, c'est ce qui s'est passé. Laisse tomber, tu veux ? Je préfère que Cassandra et Ruby s'inquiètent que Drew et moi ayons un accident plutôt qu'elles sachent que j'ai passé ma vie à oublier que j'ai vu maman mourir sous mes yeux. »

Quoi ? Rien de plus à dire ?

« À ton avis, qu'est-ce que je vois la nuit quand je ferme les yeux ? demandai-je. Toi et papa en train de vous vider de votre sang sur le lit de maman. Depuis, toute ma vie j'ai dû être responsable de tout et de tout le monde, à commencer par toi. »

Lentement, Merry secoua la tête, comme si j'étais une parfaite étrangère. « Il ne s'agit pas de nous, là. Pour l'instant, il faut s'occuper de Cassandra. »

Je jetai le coussin par terre et me levai. Mon bras trembla quand je tendis un doigt vers Merry. « Je prends soin de ma fille. Je dicte les règles. C'est ma famille, et si ma façon d'être mère ne te plaît pas, il est peut-être temps que tu ailles voir ailleurs. Que tu te trouves un mari. Que tu aies des enfants. Arrête de vampiriser ma vie ! »

Furieuse, je sortis de la pièce et filai dans ma chambre en claquant la porte derrière moi. Je balançai un coup de pied dans la commode et traçai des lignes profondes sur mon bras tout en me demandant quoi faire. Puis je me laissai tomber par terre, la tête posée sur mes genoux. Les bras refermés autour de mes jambes, je priai pour avoir quelque part au monde une personne, une grande personne, qu'il m'aurait été possible d'appeler.

Écœurée par la faiblesse de mon comportement, je me déshabillai en vitesse, jetai mes vêtements en tas sur le fauteuil, enfilai une chemise de nuit toute douce et m'écroulai sur le lit.

La porte s'entrebâilla. J'attendis que Drew entre et vienne m'embrasser pour sécher mes larmes.

« Maman ? Ça va ? Tu es fâchée contre moi ? » Cassandra entra sur la pointe des pieds, comme si le bruit de ses pas risquait de me mettre en colère.

Je m'essuyai les joues et tapotai le lit pour lui faire signe de venir près de moi. « Je ne suis pas du tout fâchée contre toi, ma chérie. »

Le lit enregistra à peine son poids plume lorsqu'elle s'allongea et se lova dans mes bras, repliant son long corps menu et se faisant la plus petite possible pour que je la serre comme un paquet. « J'ai des problèmes, hein ? » Elle serra les lèvres.

« Tu n'as pas de problèmes. Tu es perturbée. C'est très différent.

— Mais papa a dû aller parler à ma maîtresse, dit-elle d'une voix sourde, le visage enfoui au creux de mon épaule.

— Parce qu'elle voulait qu'on sache que tu as peur de quelque chose. »

Cassandra resta immobile. Je la sentis se raidir.

« Tu veux qu'on en parle ? Qu'on parle d'enlèvement ? De ce que c'est que d'être adopté ? »

Je la sentis secouer la tête.

« Tu sais que tu n'es pas une enfant adoptée ? » De nouveau, elle secoua la tête. « Quand j'étais petite et que j'avais à peu près ton âge, je me demandais si je n'avais pas été adoptée. Je crois que toutes les petites filles de dix ans se posent cette question à un moment donné.

— Mais tu l'étais… adoptée. Après.

— Après que mes parents sont… morts, oui. Mais j'y avais déjà pensé avant, ma chérie. » Je la serrai plus fort contre moi. « Peut-être que tu penses ça parce que tu as peur de nous perdre papa et moi, comme moi j'ai perdu mes parents.

— Et si ça arrivait ? »

J'appuyai ma joue sur sa tête. « Ça ne t'arrivera pas.

— Tu n'en sais rien. » Elle s'écarta et croisa les jambes. « Toi et papa, vous êtes tout le temps en voiture. Vous pourriez mourir comme eux. »

Alors que je m'apprêtais à la rassurer en lui disant qu'elle aurait toujours tante Merry, j'imaginais ma sœur leur présentant notre père. La fatigue se faisait sentir, m'entraînant peu à peu vers le monde de l'inconscience. « Ne t'en fais pas, ma chérie. Ça n'arrive jamais deux fois dans une même famille. »

Cassandra plissa les yeux d'un air sceptique. « Tu n'en sais rien.

— Si, je le sais. À cause des statistiques. C'est une chose qu'on apprend au lycée. Et qui ressemble un peu aux mathématiques.

— Aux mathématiques ? » Cassandra croisa les mains, entrelaçant ses doigts en formant un clocher dont elle se couvrit la bouche. « Comment ça peut dire ça ?

— Les statistiques ont un rapport avec le hasard. La probabilité qu'il arrive quelque chose. Quand tu seras plus grande, tu apprendras ce genre de formule mathématique pour déterminer quelles sont les chances que quelque chose arrive ou pas. Et, statistiquement, les chances que tu puisses me perdre sont infinitésimales, ajoutai-je avec un sourire. Ce qui veut dire que ça n'arrivera pas. »

Son corps se détendit, se fit plus lourd contre moi. « Tu en es sûre ?

— J'en suis sûre », dis-je en hochant la tête. Je soulevai les couvertures et me glissai dans le lit. « Endormons-nous toutes les deux. »

Elle se pressa contre moi jusqu'à ce que nous soyons comme deux poupées emboîtées. Peu à peu, son corps se relaxa, sa respiration se fit plus lente, puis elle s'endormit.

J'adorais cette enfant. Elle était mon souffle et ma chair. Plus que tout, je me devais de la protéger. Rien d'autre n'avait d'importance.

Des larmes s'échappèrent sous mes paupières closes, des larmes de peur, la peur de ne plus être jamais capable de rassurer quelqu'un avec autant de facilité.

25

Merry

Le lendemain matin, je me réveillai avant la sonnerie du réveil, soulagée d'être libérée d'un sommeil peu réparateur. Les yeux encore pleins de sable, je regardai par la fenêtre en buvant du café et attendis de voir Drew se diriger vers la voiture avec Cassandra et Ruby. Mes nièces lui donnaient la main en avançant sous la pluie fine.

Ruby à petits pas déterminés pour suivre le rythme. Cassandra à grandes enjambées en portant sa couronne d'aînée – l'enfant solide, maintenant et à jamais. Toutes deux marchaient sous la protection de Drew. Quelle impression cela faisait-il ?

Dès que la voiture se fut éloignée, je fonçai chez Lulu. « Tu le penses vraiment ? éructai-je à la seconde où elle répondit aux coups frénétiques que je frappai à la porte.

— Quoi donc ? » Son regard direct démentait sa question.

« Tout ce que tu as dit, tu le penses vraiment ? »

À contrecœur, Lulu ouvrit la porte en grand pour me laisser entrer. « Pas de drame de si bon matin, d'accord ? Je dois partir au boulot à neuf heures. » Elle traversa l'entrée, et je trottinai derrière elle.

Dans la cuisine, je pris une tasse. Lulu s'assit sur un tabouret devant le comptoir et continua à manger ses céréales au son dans le bol que je lui avais offert, un bol blanc décoré de tournesols.

« Moi aussi, je dois aller bosser. » Je versai de la crème dans mon café. « Je veux juste te parler une minute. »

Lulu jeta un regard appuyé à la pendule, puis à sa montre. Ma sœur-ô-si-importante avait-elle besoin d'être synchrone ? Je serrai la tasse chaude entre mes mains pour les empêcher de trembler. Mon pied droit battait la mesure comme un métronome.

« Hier soir, nous avons exagéré toutes les deux, dit-elle. Oublie. »

En quoi exactement avais-je exagéré ? J'enroulai ma jambe autour du pied de la chaise. « Je voulais seulement aider. Tu ne te fais pas du souci pour Cassandra ? »

Lulu lâcha sa cuiller dans le bol d'un geste brusque. « Qu'est-ce que tu ne comprends pas, quand on te dit *Oublie* ?

— Comment puis-je oublier ce que tu as dit ? *Occupe-toi de ta vie, Merry. Trouve-toi un mari, Merry. Aie des enfants à toi, Merry.* C'est vraiment ce que tu veux ? » Prise d'une violente envie de cigarette, j'attrapai le paquet familial de Cheerios et me fourrai une énorme poignée de céréales dans la bouche.

Lulu ferma les yeux. « Voilà pourquoi je ne voulais pas me lever. »

Je finis de mâcher la bouillie que j'avais dans la bouche et demandai : « Tu ne crois pas que j'aimerais avoir un Drew moi aussi ?

— Tu as en tout cas auditionné suffisamment de candidats. »

En la voyant sourire, je décidai qu'elle avait voulu être drôle et non pas méchante, du moins, pas délibérément. « Ce n'est pas comme si j'avais eu une pioche formidable dans laquelle choisir, dis-je.

— Les bars ne sont pas les meilleurs endroits pour trouver des maris.

— Tu étais complètement saoule, le jour où tu as rencontré Drew, lui rappelai-je en reprenant une poignée de céréales.

— Mais nous n'étions pas dans un bar. Et lui n'était pas saoul du tout. » Sainte Lulu rinça son bol avant de le mettre dans le lave-vaisselle. « Et Michael ? Il ne t'aimait pas ?

— Avec lui, j'ai tout fichu en l'air. » Je n'avais pas raconté à ma sœur à quel point j'avais été épouvantable avec lui pendant notre week-end à New York. Il devait avoir un brin d'amour-propre, car il ne m'avait plus jamais rappelée.

« Tu devrais peut-être lui téléphoner. Et t'excuser.

— C'est trop compliqué. » Quelle raison aurais-je pu lui donner à ma routine docteur Jekyll-mister Hyde ? Par ailleurs, Michael était trop gentil pour moi.

Lulu vaporisa du nettoyant écologique sur le comptoir. Elle détestait qu'il y ait de la poussière dans sa maison. Autant qu'elle détestait qu'il y ait des produits chimiques à proximité des enfants. Elle aurait volontiers enveloppé ses filles dans du plastique, si elle l'avait pu. Non, elle aurait demandé à Drew de les envelopper. Ma sœur m'inquiétait. Ne pas être en mesure de contrôler l'environnement des enfants pouvait la rendre dingue à tout instant.

« Il faut que tu laisses tomber l'histoire de papa. » Elle avait dit cela en me tournant le dos. Après s'être essuyé les mains sur un torchon bleu à carreaux, elle se tourna vers moi. « Il va nous déchirer. Et je ne veux pas non plus que Drew m'en parle, alors sois gentille, arrête de l'y inciter. »

« Tu crois que je devrais appeler Michael ? » demandai-je à Valerie pendant le déjeuner. Nous allions tour à tour dans les restaurants les moins minables proches du palais de justice. Aujourd'hui, c'était au *Dumpy's Sandwich Shoppe*. Malgré une fine pellicule de graisse sur les tables en plastique, l'endroit offrait ce qu'il y avait de mieux parmi les mauvais choix.

« Tu veux l'appeler ? » fit-elle en picorant la croûte de son petit pain auquel elle n'avait pas touché. Valerie était en vitesse surmultipliée. J'aurais parié n'importe quoi qu'un coupe-faim se baladait dans son estomac vide. Elle avait lissé ses cheveux pour les raidir en dépit de la pluie d'octobre qui menaçait de les faire friser. Hier, elle avait mis un pull bouloché et un pantalon froissé ; aujourd'hui, les plis de sa jupe étaient repassés de façon impeccable.

« Tu es qui, ma psy ?

— Tu as besoin d'un psy ?

— Très drôle. » Je pris mon sandwich œuf-salade et mordis dedans à belles dents. De l'œuf noyé de mayonnaise me dégoulina sur le menton.

Tout en m'essuyant la bouche avec la serviette en papier rugueux, j'observai Valerie tracer des chemins à la fourchette en travers de ses macaronis au fromage orange vif.

« Il te plaît ? Tu le veux ? » insista-t-elle.

J'écartai les mains, paumes ouvertes, pour signifier ma totale absence d'avis sur la question.

« Comment peux-tu ne pas savoir ce que tu veux ?

— Je crois que, en général, je veux qui veut bien de moi.

— Seigneur, c'est lamentable ! Pas étonnant que tu bosses avec des loosers !

— Tu bosses avec les mêmes loosers.

— Non, non, dit-elle en secouant ses cheveux, visiblement ravie de les sentir virevolter. Seulement avec des mineurs. Il leur reste encore une chance.

— C'est vrai. Tu es la Mère Teresa du tribunal et moi une névrosée. Alors, tu penses que je devrais l'appeler ?

— Je pense que tu devrais, oui. »

Avant que j'aie pu lui demander en vertu de quoi, mon client Jesse entra dans le restaurant. Je devais le voir après le déjeuner, mais il se contenta de lever deux doigts pour me saluer, l'air décontracté, me prêtant à peine attention.

« C'est qui ? demanda Valerie.

— Jesse. Celui qui vient de décrocher son GED. Il est inscrit au Bunker Hill Community College. » Du menton, je dis bonjour à Jesse. « Preuve qu'il n'y a pas que les mineurs qui peuvent évoluer.

— On verra. » Elle froissa sa serviette qu'elle jeta sur son assiette, bien qu'elle n'ait avalé en tout et pour tout que deux bouchées. Je poussai ce qui restait de mon sandwich vite englouti dans ma bouche. « Appelle Michael », m'ordonna Valerie au moment où nous sortions du *Dumpy's*.

De retour au palais de justice, Jesse, qui m'attendait dans le hall, me suivit jusqu'à mon bureau, traînant des baskets comme pour me signifier sa mauvaise humeur.

« Écoutez, madame Zachariah, j'ai d'autres choses en tête que d'étudier des conneries comme l'histoire de Ronald Reagan. » Affaissé sur sa chaise, Jesse croisa mon regard. « Des bêtises, je veux dire. »

Cette réunion était loin d'être la meilleure que nous ayons eue jusqu'à présent. Il était irritable et d'humeur à se moquer de la dame blanche. Le deviner n'était pas sorcier, mais, par gentillesse, je le laissai croire que je n'y voyais que du feu.

« Jesse, à l'école, on ne choisit pas ce qu'on étudie. L'école n'est pas un restaurant chinois.

— Bunker Hill est un endroit pour les attardés qui font des études.

— Ce n'est pas vrai, puisque tu y vas. Or, tu es plutôt très intelligent, quand tu ne joues pas les idiots.

— C'est vous qui le dites. » Jesse se renfrogna et fixa ses chaussures. Des baskets d'un blanc éclatant.

Je préférais ne pas savoir où il avait trouvé l'argent pour les acheter.

« C'est moi qui le dis, oui, et je suis ta conseillère de probation. Ce n'est pas comme si j'étais ta mère. »

Il s'affaissa encore un peu et émit un petit rire narquois. « C'est sûr, vu que vous n'êtes pas ivre morte et que vous ne proposez pas de tailler une pipe au premier mec qui passe…

— Redresse-toi, dis-je, lasse de le voir s'apitoyer sur lui-même. Grandis. Personne ne t'accordera de faveurs parce que ta mère boit ou que ton père est mort. Ce n'est pas parce qu'on te tend un paquet de cochonneries que tu dois le garder. À toi de le lâcher, Jesse. Personne d'autre ne le fera à ta place. » Je n'étais pas certaine que mon petit discours soit d'une grande utilité. Il repartit en traînant les pieds, l'air aussi hargneux qu'à son arrivée.

Une bière, du vin, un bourbon… Une envie d'alcool me prit dans le train qui me ramenait chez moi. Je descendis de la Green Line à Boston University et traversai péniblement le pont qui reliait Boston à Cambridge. Le manteau qu'il m'avait fallu ce matin ne servait plus qu'à coller davantage mon chemisier trempé de sueur.

Je passai au Whole Foods du coin m'acheter un sandwich poulet-salade bourré de mayonnaise, une quasi-réplique de mon déjeuner. N'importe quoi de plus sain m'aurait obligée à aller au comptoir. Or, parler à quelqu'un était au-dessus de mes forces. Je choisis la bouteille de vin la moins chère du magasin, puis allai payer.

À peine arrivée devant ma porte, les cris de Drew et des filles me parvinrent du coin de la rue, des cris qui témoignaient de leurs jeux et de toutes ces choses merveilleuses qu'ils faisaient en famille. N'ayant aucune envie de leur dire bonjour, je cherchai tranquillement ma clé au fond de mon sac bourré à craquer.

Après avoir fourré le sandwich au réfrigérateur, je débouchai la bouteille et me servis un grand verre de vin. Après quoi je me regardai dans le miroir et portai un toast à ma compagne de dîner.

« Joyeuse journée de looseuse ! » Je m'approchai pour voir à quel point j'avais vieilli depuis le matin. On voyait des particules de peau sèche sur les ailes de mon nez. Les vilaines ridules qui se creusaient autour de mes yeux faisaient ressembler mon visage à de la porcelaine craquelée. Quant à mes boucles folles luisantes de gel effet mouillé, elles étaient trop jeunes et trop longues pour ma vieille tête ridée. Je lançai un regard mauvais dans le miroir à la looseuse-à-la-peau-desséchée-ridée-affaissée. Et je n'avais même pas une putain de voiture !

Pas étonnant que Michael m'ait rejetée…

Comme je n'avais pas eu le courage de l'appeler, j'avais préféré lui envoyer un e-mail, que j'avais écrit et réécrit jusqu'à trouver ce que j'espérais être un ton enjoué et spontané.

Michael,

[Pas « Cher », qui aurait paru trop formel, trop désespéré.]

Trop tard pour te présenter mes excuses d'avoir été une horreur absolue à New York ? Puis-je te proposer un dîner en guise d'acte de contrition ? Je cuisinerai et fournirai le vin, avec ou sans jambes. Affectueusement, Merry.

Vingt minutes plus tard, Michael me répondit :

Chère Merry,
Je te remercie pour cette gentille invitation, mais mieux vaut en rester là. Tu as beau être charmante, à ce stade de ma vie, je n'ai pas envie de revirements émotionnels, ni ne suis en mesure d'acquérir les capacités d'interprétation qu'une relation avec toi semble exiger.
Bien à toi, Michael.

Bien à moi, tu parles ! Cherchant désespérément un peu de consolation, aussi froide fût-elle, je me mis à analyser ce « charmante ». Fallait-il le prendre dans le sens de jolie ou dans celui de tendre ? Sans doute voulait-il dire jolie, quoique pas assez pour compenser un « revirement émotionnel ». Tendre, je ne l'avais pas été un quart de seconde.

Qu'il aille se faire foutre.

Je me versai un troisième verre de vin et grignotai mon sandwich, que je reposai entre deux bouchées pour attraper la télécommande. Changeant soudain d'avis, je vidai mon verre cul sec et décrochai le téléphone. Je savais ce qu'il me fallait.

La dernière fois que j'avais couché avec Quinn remontait à plusieurs mois. Lorsque nous étions partis dans un motel si loin au nord sur la côte que, si nous l'avions voulu, nous aurions pu aller à pied au Canada. Il m'avait fait miroiter un voyage romantique, mais dès notre arrivée, j'avais compris que la seule atmosphère garantie là était un parfait anonymat. Nous avions passé deux nuits à baiser sur ce mode frénétique que nous faisions semblant de prendre pour de la passion.

Et maintenant, il était là, de nouveau dans mon lit. J'aurais sans doute dû éprouver un sentiment de fierté ; j'avais réduit mon histoire avec un homme marié à quelque chose comme trois fois par an.

Quinn grimpa sur moi et fit glisser les bretelles de ma nuisette noire. Mes seins touchèrent sa poitrine lorsqu'il me pénétra. Les jambes nouées autour de ses reins, je le sentis à peine à travers les brumes dans lesquelles m'avait plongée le vin. Il me laboura quelques minutes avant de jouir. Un vague courant d'air me balaya la joue lorsqu'il se retira en poussant un grognement à peine audible. Deux handicapés de l'émotion. Voilà ce que nous étions lui et moi.

« Tu as besoin de quelque chose ? » me demanda-t-il au bout de quelques secondes, enfouissant ses mots au creux de mon cou.

Il voulait juste savoir si j'avais joui. « Ça va. »

Quinn me prenait telle que j'étais. Sans jamais s'inquiéter de mes revirements émotionnels. Se hissant sur les bras, il roula sur le dos pour contempler le plafond. Il replia son bras sur ses yeux, faisant comme toujours l'autruche après le sexe. Du moment qu'il ne me voyait pas, il ne trompait pas sa femme. Telle était la manière de faire de Quinn.

« Pas mal, pour un vieux, non ?

— Si tu veux des compliments après, il faudrait peut-être que tu bosses un peu plus. » Je me penchai au-dessus de lui et attrapai mon verre sur la table de nuit.

« Si tu veux avoir des orgasmes, il ne faudrait peut-être pas que tu picoles autant. »

Je terminai ce qui restait de vin au fond de mon verre. « Ça n'a jamais été un obstacle. Peut-être que tu deviens trop vieux.

— Peut-être que c'est toi. Tourne-toi vers moi, que je vois ça. » Il me fit rouler sur le côté. Quinn n'avait rien perdu de sa force de footballeur. De son pouce calleux, il effleura les cernes sous mes yeux. « La peau est plus fine là, non ? Et ça, ce sont des rides ? »

Je le repoussai. « Et ça, c'est du ramollissement ? dis-je en lui appuyant sur le ventre. Tu sens se rapprocher le Viagra dans ton avenir ?

— Et toi le Botox dans le tien ? » Il se rallongea sur le dos, le bras tendu, attendant de moi que j'épouse son corps. « Je suis le seul à savoir la garce que tu es sous tes airs de jolie poupée.

— Jolie poupée ? Espèce de vieux schnock ! chantonnai-je en ravalant mes larmes pour nc pas lui montrer qu'il m'avait blessée.

— Regarde la réalité en face, Merry. On dit bien qu'en vieillissant on a la tête qu'on mérite, non ? Peut-être que ce n'est pas vrai. Regarde-nous, toujours aussi beaux et séduisants… Sans doute a-t-on les partenaires qu'on mérite, en fin de compte. »

26

Merry

Une semaine plus tard, certaine d'avoir permis à Quinn d'accéder à mon lit pour la dernière fois, je me lançai dans un grand ménage de l'appartement en vue d'effacer les moindres traces qu'il avait laissées dans ma vie. Les rares photos que j'avais de nous deux, je les déchirai. Le médaillon en toc qu'il m'avait offert, je le mis à la poubelle. Le vase en verre dans lequel je mettais les fleurs qu'il m'apportait, je le donnai à un organisme de charité.

J'avais décidé de renoncer aux hommes. Les hommes mariés, les gros, les maigres, les musclés, les mecs d'acier, les sensibles, les malins, les dingues ou les dandys, j'en avais fini avec eux. Je poussai ce processus de purification jusqu'à arrêter l'alcool et les M&M's. Je m'inscrivis à un club de gym réservé aux femmes, en prévision de Thanksgiving que l'on fêterait dans une semaine, voulant pouvoir dire merci d'être devenue forte à la fois sur le plan physique et émotionnel. Je partais au travail de bonne heure dans l'intention de sauver les âmes et rentrais chez moi en planant à l'idée d'avoir dispensé de judicieux conseils tout au long de la journée.

Avant de monter chez moi, je vérifiai si j'avais du courrier. Une lettre portant le tampon familier de la prison de Richmond brillait d'un éclat toxique au milieu de mes factures. J'attendis que ma première réaction – me servir un Jack Daniel's – se soit dissipée, sans passer à l'acte, puis allai chercher un V8 dans le réfrigérateur, non sans me répéter que ma peau s'était nettement améliorée depuis que j'avais remplacé l'alcool par du jus de légumes. Un bref instant, j'envisageai de m'étaler le liquide rouge sang sur la figure jusqu'à ce que j'aie l'air d'avoir vingt ans.

Accroupie devant le réfrigérateur, je m'accordai un répit avant de lire la lettre, le temps d'avaler quelque chose histoire de me doper. Sur le rayon du bas, j'aperçus un bol de tomates ratatinées dans une mare d'huile, de vinaigre et de feuilles de coriandre. Après avoir reniflé la mixture, j'en pris un peu avec une fourchette, espérant que le vinaigre agirait comme un antidote naturel aux bactéries alimentaires.

Ensuite seulement j'ouvris la lettre.

> *Chère Merry,*
> *Trop débordée pour venir voir ton vieux père ? Aurais-tu un nouveau petit ami ? Non seulement je ne t'ai pas vue depuis ta dernière visite en octobre, mais je n'ai reçu qu'une carte. Même pas une lettre, rien qu'une carte achetée dans un magasin. Je n'ai pas vu de photos des filles depuis un temps fou, et à cet âge, les gosses poussent comme de la mauvaise herbe.*

Mon père, l'expert des diverses phases de l'enfance.

Bon, ce n'est pas grave. J'ai de bonnes nouvelles. D'ici peu, je pourrai voir les petites en personne. Tu sais quoi ? Je sors en mars prochain !
Je sais que tu n'as jamais cru qu'une telle chose se produirait, mais mes années de bonne conduite ont fini par payer. Étant donné que les prisons sont trop pleines, ils se débarrassent des vieux comme moi (ah ah !) pour faire de la place aux violeurs et aux dealers. Cet endroit grouille de voyous. Ces jeunes gars n'ont aucun respect. Ma foi, tant pis pour eux. Le malheur des uns fait le bonheur des autres, pas vrai ?

J'avalai un deuxième verre de V8.

Du coup, bien que ma peine ne se termine que dans deux ans, je vais sortir. J'ai besoin que tu viennes le plus vite possible. Je t'ai appelée je ne sais combien de fois (quand bien même je dois faire la queue pendant une heure avec ces abrutis pour passer un coup de fil), mais tu n'es jamais chez toi, et je n'avais pas envie de laisser cette nouvelle sur ton répondeur.
Il faut qu'on fasse des projets, Tootsie. Je ne sais pas si tu as un grand appartement. Et il va falloir que j'arrange les choses avec Lulu. Tu dois la convaincre de venir ici. Viens ce week-end pour qu'on parle de tout ça. Par ailleurs, renseigne-toi sur les opticiens qu'il y a à Boston, parce que je dois leur faire transférer ma mise en liberté conditionnelle dans le Massachusetts (tu peux m'aider, pas vrai ?), et il me faut la liste des adresses où je pourrai trouver du travail. Ainsi que d'autres choses. Avec les relations que tu as, ça devrait être facile.

La peur qui tétanisa mon corps peu à peu se propagea dans mes veines comme de la novocaïne, me paralysant d'une façon pour le moins bienvenue.

Je n'avais personne à appeler, personne à qui parler. J'allais devoir ménager Lulu. Quant à Drew, la seule autre personne au monde avec laquelle j'aurais pu en discuter, il se devait d'être loyal envers ma sœur. Drew serait mon partenaire pour s'occuper d'elle, mais il ne pourrait pas m'aider.

Ma gorge se serra. Me forçant à respirer, je me labourai la poitrine de haut en bas. J'allai à la salle de bains en titubant et ouvris l'armoire à pharmacie en quête de soutien. Finalement, derrière l'aspirine et le Pepto-Bismol, je trouvai un demi-flacon de Vicodin qui me restait de l'année précédente après qu'on m'avait dévitalisé une dent. Je l'emportai dans la cuisine et avalai deux cachets avec du V8.

Pour l'amour du ciel, que pouvais-je faire ?

Passant dans ma chambre, je me jetai sur mon lit impeccable. Là, couchée sur le ventre, je pensai à ma mère. Des images spectrales enveloppaient ces réminiscences. Chaque année, l'image que j'avais de maman se transformait un peu plus en Vierge Marie, de sorte que mes souvenirs d'elle ressemblaient désormais aux peintures à l'huile de la Sainte Mère accrochées dans le hall de Duffy.

Des flashs du passé me remontèrent de la Vicodin et du V8. J'imaginais les cachets blancs me ronger l'estomac en flottant au milieu du jus rouge. Je fis une prière pour que les médicaments se dissolvent et m'assomment rapidement.

Maman hurlait et hurlait encore tandis que j'étais étendue pétrifiée sur le lit. J'avais arraché des morceaux du dessus-de-lit en chenille de ma mère pendant que mon père me déchirait la peau. Une sensation humide avait succédé à la douleur fulgurante. Papa essayait de me tenir, les mains couvertes de sang. Et soudain, tout devenait noir, et je n'avais pas d'autre souvenir jusqu'à ce que Lulu soit venue dans le gigantesque hôpital où j'étais restée toute seule une éternité et m'ait offert une minuscule poupée.

Lulu.

Comment lui annoncer la nouvelle ?

Le vendredi, je l'emmenai dîner au *Delfino's*, juste elle et moi pour une soirée entre sœurs.

Lulu montra mon verre de vin d'un signe de tête. « Et ta phase de purification, alors ?

— Tout peut basculer dans l'extrême, même la sobriété. Tu es prête à passer commande ?

— Ce que tu es nerveuse… Qu'est-ce qui ne va pas ? Tu es dans cet état depuis des jours. » La lumière de la bougie jetait des ombres sur son visage détendu par le vin. Elle mordit le bout d'un gressin.

Je plongeai le nez dans le menu. « J'ai faim, c'est tout. Commandons, et ensuite, nous pourrons parler. »

Lulu eut un petit sourire en coin. « Tu vois… Je savais bien qu'on avait à parler de quelque chose. » Elle chaussa ses lunettes de lecture, souriant de plaisir d'avoir découvert la vérité.

Je captai l'attention du serveur et lui montrai mon verre vide. Lulu, qui n'avait bu que la moitié du sien, le remarqua et prit un air étonné. « Deux verres avant de manger ?

— Choisis donc ce que tu veux, d'accord ?

— Bien, bien. Tu es une grande fille, après tout. » Elle examina le menu un instant, puis le reposa. « N'empêche que ça a été merveilleux de te voir en si bonne santé. »

Je faillis frapper du poing sur la table en verre, imaginant les bris se répandre et le sang couler. Au lieu de quoi je souris. « Leurs manicottis sont sublimes. »

Le petit restaurant était propice à l'intimité. J'avais amené ma sœur ici comme un homme sort une fille, en tremblant de nervosité à force de vouloir son amour. J'avais espéré que les bougies, les murs rouges et les tables en verre avec des nappes en dentelle lui donneraient envie de ce tête-à-tête. Lulu et Merry contre le monde entier, sans personne entre nous. Je vous en prie, mon Dieu…

« D'accord. Je vais prendre les manicottis. Comment as-tu trouvé cet endroit ? Qui t'a fait connaître ce quartier ? »

Le *Delfino's*, c'était Quinn qui m'y avait emmenée. Que ce soit loin de South Boston, où il habitait, était parfait pour nous. « Tu ne connaissais pas l'existence de Roslindale ?

— Si, je savais que ce coin existait, mais pas qu'il y avait de bons restaurants. Tu m'as fait découvrir quelque chose. » Elle leva son verre. « À toi !

— À nous ! dis-je en trinquant avec elle.

— À nous ! répéta Lulu avant de boire. Oh, c'est formidable ! Pas d'enfants. Pas de paperasse… Une fois de temps en temps, c'est bon d'être juste entre nous.

— Je te l'avais dit. »

Nous discutâmes de tout et de rien pendant le plat principal et le dessert. Après quoi, j'eus envie d'un cognac, d'un Sambuca ou de n'importe quoi d'autre et espérai que Lulu prendrait elle aussi un digestif un peu costaud.

« Viens chez moi, dis-je. Il faut que je te montre quelque chose. J'ai acheté une bouteille de B&B. » La liqueur épaisse amadouerait ma sœur.

« J'ai l'impression d'être à une sorte de rendez-vous pervers. Chercherais-tu à me saouler ?

— Je t'aime, Lulu.

— Moi aussi, je t'aime. » Elle éclata de rire, toujours mal à l'aise devant l'émotion exprimée avec franchise.

« Tu te rappelles le jour où tu es venue me voir à l'hôpital, juste après ?

— J'ai bien dû marcher des dizaines de kilomètres… » Lulu pinça un peu de cire qui dégoulinait le long de la bougie. « Et il devait faire au bas mot quarante degrés.

— Tu m'as sauvé la vie.

— À peine. Je t'avais acheté une poupée à trois sous ou je ne sais plus quoi.

— J'étais restée seule tellement longtemps… Mimi Rubee n'est venue qu'une seule fois.

— Je n'arrive toujours pas à croire que personne ne soit venu te voir. » Assombrie par ce souvenir, elle entortilla sa serviette en forme de corde.

« J'imagine que tout le monde était trop flippé pour se rappeler que j'existais. Mamie devait poireauter devant la porte de la prison jour et nuit à attendre qu'ils l'autorisent à voir papa. Et Mimi Rubee devait avoir les nerfs en pelote.

— Quand même, quelqu'un aurait dû venir.

— Peut-être que tout le monde croyait que quelqu'un d'autre s'occupait de moi. » Je ramassai les miettes de copeaux de chocolat, en fis un tas dans ma main et les laissai tomber dans mon assiette à dessert.

« Je crois que personne n'a pensé assez longtemps à nous pour se poser la question.

— C'est toi qui prenais soin de moi, et de nous, dis-je. Je ne sais même plus si je t'en ai déjà remercié. »

Elle haussa les épaules. « On n'avait personne d'autre.

— Excepté Anne Cohen. Tu ne crois pas qu'elle nous aimait bien ? »

Lulu posa son menton sur ses deux mains croisées. « Non, répondit-elle après un long silence. Si ça avait été le cas, après sa mort, quelqu'un aurait veillé sur nous. Elle s'en serait assurée. C'est ce qu'on fait en général pour ses enfants. Anne voulait nous aimer comme ses propres enfants, mais elle n'y arrivait pas, ce qui devait affreusement la culpabiliser.

— C'est peut-être ce qui explique qu'elle m'achetait tout le temps des vêtements hors de prix. » Je me souvenais de cette brève période pendant laquelle j'avais eu l'impression d'être une fille de riches. « Toi, tu ne voulais jamais rien de ce qu'elle t'achetait, en dehors des trucs indispensables.

— Je ne voulais pas m'habituer à ce que je ne pourrais jamais me permettre par la suite. » Avec ses cheveux défaits, Lulu me rappelait l'époque où, adolescente, elle portait des chemises en flanelle et des salopettes qui masquaient sa maigreur, et des grosses chaussures de marche noires qui annonçaient sa colère lorsqu'elle entrait dans une pièce d'un pas lourd.

« Est-ce qu'il t'est déjà arrivé de te sentir en sécurité ? »

Lulu referma les bras autour de ses épaules. « Comment ça ?

— Tu sais bien… En sécurité. Parce que moi, je crois que ça ne m'est jamais arrivé. »

Lulu ne dit rien, sa douceur s'évanouissant à mesure qu'on se rapprochait des non-dits. *Ce jour-là. Après. Lui. Elle.*

« Parce que je ne me suis tout simplement jamais sentie comme ça, enchaînai-je malgré son silence. Alors je me demandais ce qu'il en était pour toi. S'il était possible que l'une de nous se réveille un matin en étant heureuse. Peut-être que toi, tu y arrives, grâce à Drew et aux filles.

— Tu n'as jamais été heureuse ?

— Je n'en sais rien. »

Lulu releva ses cheveux au sommet de sa tête. « Moi non plus, je n'en sais rien. Je ne sais pas comment se sentent les gens normaux. Depuis ce jour-là, j'ai observé tout le monde, histoire d'avoir une idée de ce qu'est la bonne façon de se comporter. À quoi ressemblent les gens heureux ?

— À quoi ressemblent les gens qui se sentent en sécurité ? Comment prennent-ils des décisions ? » Je ramassai ma carte de crédit et mon reçu. « Viens. Il est temps d'aller boire ce B&B.

— Bonne idée. Et merci pour le dîner.

— Merci pour ma vie. »

Lorsqu'elle lut la lettre de notre père, ses mains se mirent à trembler. J'observai son visage pour avoir un aperçu de ce qui m'attendait. Des plaques rouges parsemaient son teint pâle. Du pied droit, elle gratta des cercles ou des carrés par terre, sans que je puisse distinguer quoi. Longtemps après avoir fini de lire les quelques paragraphes écrits par papa, elle garda les yeux fixés sur la lettre.

« Tu veux boire quelque chose ? Un verre d'eau ? » demandai-je pour combler mon besoin de parler, et m'empêcher de lui sauter dessus. *Est-ce que tu m'aideras ? Qu'est-ce que je dois faire ? Que va-t-il se passer ?*

« Je pourrais le tuer. » Son visage blêmit. C'était de nouveau la Lulu qui avait vécu à Duffy puis chez les Cohen. « Pour qui il se prend, bon sang ?

— Calme-toi. On va en discuter.

— Il n'y a pas à discuter, Merry, dit-elle sans me regarder.

— Et ce qu'il dit ? Ce qu'il demande ? Qu'est-ce que je vais lui répondre ? »

Elle froissa la lettre en boule et la jeta par terre. « Tu n'as qu'à faire ça. »

Je pliai mes genoux et les remontai contre ma poitrine.

« Rien. Tu ne t'occupes pas de lui. » Elle insista sur chaque mot en agitant un doigt devant moi. « Compris ? »

Je me tassai sur moi-même, désespérant de trouver des mots à même d'arranger les choses. De nous faire nous sentir en sécurité. D'éviter qu'elle ne se mette en colère. « Ça ira, Lu.

— Ça ira ? » En entendant son rire guttural, je me tapotai la poitrine. « Regarde-toi. Tu es déjà une épave… Bon sang, Merry, pour l'amour du ciel, ne me dis pas que tu envisages de le faire venir ici ? » Avant que j'aie pu dire quoi que ce soit, elle ajouta : « Il n'est pas question que cet homme s'approche à moins de dix mille kilomètres de moi ou de ma famille.

— Je croyais que j'en faisais partie, de ta famille, murmurai-je.

— Évidemment, que tu en fais partie ! Laisse-moi une minute pour digérer ça. » Elle se pencha et ramassa la lettre chiffonnée qu'elle brandit sous mon nez. « Et d'ailleurs, tu l'as reçue quand ?

— Il y a quelques jours.

— Pourquoi ne m'as-tu pas prévenue tout de suite ?

— Tu sais bien comment tu es, dès qu'il s'agit de papa.

— Comment je suis ? Qu'est-ce que tu imagines ? Comment faudrait-il que je sois ? Vas-y, dis-moi !

— Ne crie pas, implorai-je. Ce n'est pas ma faute.

— Alors tu es contente, maintenant ? N'est-ce pas ce que tu m'as toujours supplié de faire ? *Envoie-lui une lettre, Lulu. Appelle-le, Lulu. Va le voir, Lulu. Écris à la commission des libérations conditionnelles, Lulu.*

— Je ne t'ai jamais demandé d'écrire à la commission des libérations.

— Mais toi, tu leur as écrit, non ?

— Je ne savais pas quoi faire d'autre. Je ne savais pas comment refuser.

— Eh bien, à présent, vous avez ce que vous vouliez tous les deux ! » L'air dégoûté, elle jeta la lettre, puis s'essuya la main sur son chemisier comme si elle venait de toucher un truc répugnant.

« Ne fais pas ça, Lulu. » Calée dans le coin du canapé, j'attrapai un petit coussin et me concentrai sur des objets familiers, le temps de me calmer. Les gros livres jamais lus. Les magazines jamais ouverts miroitants de promesses. Le lecteur de DVD qui clignotait.

« Ne fais pas quoi ? Tu vois, c'est pour ça que j'ai gardé mes distances avec lui… Pour ne pas me retrouver dans ce merdier. »

Je balançai le coussin à l'autre bout de la pièce. « Tu as pu garder tes distances parce que j'étais là.

— N'importe quoi… Qu'est-ce que c'est supposé vouloir dire ?

— Et ça, depuis le début. Car il a bien fallu que je m'occupe de lui. Il a bien fallu que je sois sa famille pendant que toi, tu faisais ce qui te chantait. Mamie ne te traînait pas à la prison semaine après semaine.

Oh, non ! Lulu était spéciale. Si intelligente. Si sûre de tout… Personne ne pouvait te forcer à faire quoi que ce soit.

— J'étais spéciale ? Bon sang, Merry, c'était qui la petite princesse ? Tellement belle qu'Anne t'habillait comme si tu étais sa poupée Barbie personnelle ?

— Tu crois que c'est ce que je voulais ? Qu'on me traite comme un animal domestique ? J'étais en train de me noyer. D'être étouffée par les besoins de tout le monde pendant que toi, tu devenais médecin. Que tu te mariais. Que tu avais des enfants. Que tu avais un avenir devant toi, Lulu.

— Tu aurais pu le laisser tomber quand tu voulais. Je t'ai suppliée de le faire.

— Et moi je t'ai suppliée de m'aider. » Je m'approchai et lui pris les mains, passant mon pouce sur la jointure de ses doigts, sa peau devenue rêche à force de la laver au savon médical. Je posai sa main sur ma poitrine. « Aide-moi, Lulu. Je ne peux pas me débrouiller toute seule. Qu'est-ce qu'il faut que je fasse ? Aide-moi. »

27

Lulu

« Drew ? » Doucement, je posai la main sur son dos, hésitant à le réveiller tout en mourant d'envie qu'il se réveille. Notre chambre était plongée dans le noir, où perçait toutefois la lueur vacillante des actualités de onze heures.

« Hmm… » Il se retourna vers moi, son expression moins fermée qu'elle ne l'avait été ces dernières semaines après notre dispute. Parce qu'il était à moitié endormi ? Ou parce qu'il était prêt à baisser la garde ?

Depuis que nous avions accepté d'envoyer Cassandra chez une thérapeute, nous avions vécu dans une détente circonspecte, tout en marchant sur des œufs comme lorsqu'on est d'accord pour ne pas l'être. J'avais d'abord cédé à l'idée d'envoyer ma fille chez un psy en dépit de mes réticences. Ensuite, après qu'il avait fini par me convaincre, Drew s'était mis à me rabâcher ses peurs. Il s'était convaincu que ne pas raconter la véritable histoire de la famille à la thérapeute n'aboutirait qu'à perturber Cassandra et à lui faire du mal plus qu'à l'aider. Finalement, il s'était rangé à mes arguments frénétiques en voulant bien laisser les choses telles qu'elles étaient.

« Tu es réveillé ?

— Eh bien, maintenant, oui. » Il sourit. Puis il me toucha l'épaule en me repoussant doucement. « Tu ressembles à Nixon, quand tu rentres ton cou comme ça dans les épaules. Qu'est-ce qu'il y a ? »

Les mains jointes en forme de clocher, je les plaquai sur mes lèvres. Drew les écarta. « Qu'est-ce qui se passe, ma chérie ?

— Il sort. » Je n'avais pas besoin d'en dire davantage. Dans notre famille, il n'y avait qu'un seul « il ». « Merry vient de me l'annoncer.

— Merde... C'était donc ce que cachait ce dîner. » Drew se redressa et me passa la main en rond dans le dos. J'adorais qu'il lutte contre son envie de dormir sans m'obliger à m'allonger contre lui. « Tu as besoin de quoi, à l'instant même ?

— D'un tueur à gages ? » Je ravalai mes larmes. « Merry veut que je l'aide.

— Que tu l'aides à quoi, exactement ?

— Avec le fait qu'il compte venir s'installer ici. » Je me tus, le temps de reprendre ma respiration. Mon bras me faisait mal. Médecin, guéris-toi toi-même ! Je reconnus les signes d'une crise d'angoisse. Je traçai *NON*, *NON*, *NON* sur mon bras.

Drew me fit tourner vers lui et me regarda droit dans les yeux. Puis il serra ma main au creux de la sienne. « Tu n'es pas toute seule. Tu n'es pas une petite fille. Nous nous en sortirons. Ensemble. Je te le promets. »

Ma respiration s'échappa en petits halètements lancinants tandis que je me balançai pour me consoler comme j'avais depuis longtemps appris à le faire.

« Personne ne te fera de mal, Lulu. Personne ne fera de mal à personne. » Il se rapprocha. « Tu n'es pas toute seule. Jamais je ne te laisserai seule. »

Le centre médical Cabot grouillait de patients désireux qu'on leur délivre un diagnostic avant les vacances. Thanksgiving n'était plus que dans trois jours. À la maison, Cassandra tournait en rond. La remise en liberté imminente de mon père se rapprochait comme une mauvaise plaisanterie. Merry ployait sous son fardeau, implorant de l'aide du regard, bien qu'elle n'ait plus abordé le sujet. Drew et moi retrouvions notre complicité, même si sa surveillance constante de Cassandra me rappelait de quelle façon précaire nous nous reposions tous sur mes mensonges.

J'étais heureuse d'être au travail.

Avant d'entrer dans la salle où j'allais examiner Audra, je parcourus sa fiche en remettant l'inévitable à plus tard. Les drogues expérimentales qu'on lui avait administrées avaient ralenti la propagation du cancer en même temps qu'entraîné de pénibles effets secondaires.

En passant près de moi, Sophie me tapa sur le bras avec les fiches des patients. « Je me suis arrêtée dire bonjour à Audra. Elle est prête et folle d'angoisse.

— Je sais, dis-je, consciente de ma propre irritation.

— Je sais que tu sais. Mais est-ce que tu sais que tu ne tiens pas chaque vie entre tes mains ? Ton complexe du docteur égale Dieu devient incontrôlable. Je t'en prie, relaxe-toi un peu. Tu as une mine épouvantable. »

Les sourcils froncés, j'examinai la fiche dans tous les sens dans l'espoir d'y déceler un miracle. « J'aime bien Audra.

— Moi aussi, je l'aime bien. J'ai envie qu'elle vive. J'ai envie que tous nos patients vivent, mais là, tu y laisses trop de plumes. Qu'est-ce qui t'arrive ? »

Depuis que j'avais appris la libération prochaine de mon père, des scènes de mon enfance n'arrêtaient pas de me revenir inopinément. Alors même que je tenais la fiche d'Audra, j'entendais mon père frapper à la porte. Je sentais l'odeur métallique du sang mêlée à la bière.

« Ce n'est rien, dis-je. C'est juste que le mari d'Audra est mort il y a si peu de temps, et puis ses enfants, tout ça… Ce n'est rien. »

Sophie ne fit même pas semblant d'écouter mon raisonnement confus. « Tâche de te distraire ce week-end. Tu as quatre jours entiers devant toi.

— Oui, un pour cuisiner et trois pour ranger.

— Au moins, tu ne vis pas avec des monstres. Imagine passer Thanksgiving avec mes garçons !

— C'est vrai. » Je frappai doucement à la porte de la salle d'examen avant d'entrer. « J'oublie parfois la veine que j'ai. »

Le visage d'Audra était tellement creusé qu'il se réduisait à deux pommettes saillantes. Ses fins cheveux roux se clairsemaient sur le sommet de son crâne. Aucun des effets secondaires temporaires de son traitement ne m'inquiétait outre mesure, en revanche, je me méfiais à long terme de son muscle cardiaque affaibli par les médicaments.

Je posai une main légère sur son bras. « Comment vous sentez-vous ? »

Audra haussa les épaules. « On m'a dit que la progression du cancer avait nettement ralenti. C'est plutôt positif, non ? » En me voyant prendre mon stéthoscope, elle fit glisser sa chemise pour que je voie les points noueux sur ses épaules.

« Oui. C'est une excellente nouvelle. » Je réchauffai mon stéthoscope avant de le poser sur son dos. « Respirez… Retenez votre respiration. » Sa respiration laborieuse et son cœur ralenti semblaient dans un état similaire à celui de l'examen de la semaine précédente.

Elle attendit que j'aie terminé de l'examiner avant de dire : « Mais mon cœur va moins bien, c'est ça ?

— Pour l'instant, je ne constate aucun changement par rapport à la semaine dernière. Sinon que vous avez encore perdu cinq cents grammes. »

Audra haussa les épaules. « J'arrive à peine à manger, et quand je mange, soit je vomis, soit ça repart de l'autre côté. »

Je lui palpai la cheville, vérifiant qu'il n'y avait pas d'œdème, ce qui aurait été le signe d'une aggravation du problème cardiaque. « Ce n'est pas enflé. Bien.

— Traci, ma cadette, est très en colère. Elle pense que le traitement est en train de me tuer. Est-ce qu'elle peut vous appeler ? » Comme je ne répondais pas, Audra m'attrapa par le bras, sa main devenue si maigre et ses os si fins qu'on aurait dit une griffe. « S'il vous plaît… J'ai besoin que vous lui parliez. Elle veut qu'on la rassure, mais je suis tellement affolée que je ne sais pas comment lui dire de ne pas s'inquiéter. Quant au docteur Denton, Dieu le bénisse, ce n'est pas sa tasse de thé.

— Je ne peux pas dire à votre fille de ne pas s'inquiéter. Mais ce n'est certainement pas sans espoir. »

Le sourire d'Audra s'étala sur presque tout son visage. « Alors, c'est ce que vous lui direz. »

« Vous faisiez quoi à Thanksgiving, Merry et toi, quand vous étiez orphelines ? » demanda Cassandra. Mes filles me dévisagèrent avec de grands yeux, me confondant une fois de plus avec Anne de *La Maison aux pignons verts*.

Merry remplit son verre de vin, puis proposa la bouteille à Drew, qui hocha la tête. J'écarquillai les yeux aussi grands que ceux de mes filles. *Un peu de vin par ici, s'il vous plaît*.

« Quand nous vivions chez les Cohen, nous faisions des grands repas comme celui-ci.

— Qui était là ? » Cassandra me scrutait de ses yeux laser, avide d'en savoir davantage sur mon enfance. Depuis qu'elle allait voir la thérapeute, c'était de pire en pire. *Qui, pourquoi, quand, où*... Aucun détail ne semblait trop infime à ma fille pour être disséqué.

« Voyons voir... Il y avait les Cohen, bien sûr.

— Anne et Paul, c'est bien ça ? Le docteur Cohen ? » demanda Cassandra.

J'essayai d'avoir l'air détendue. Penchons-nous sur nos souvenirs, m'sieurs dames ! « C'est bien ça. Et leurs enfants. Qui étaient déjà des adultes. » Cassandra m'écoutait comme si une précieuse information allait soudain faire surface. « Et les petits-enfants d'Anne et de Paul, je crois. C'est ça, Merry ?

— C'est ça. » Elle beurra un petit pain et s'en fourra la moitié dans la bouche.

« Ben quoi, maman, tu te souviens pas ? » Ruby secoua la tête en plissant le front. Ma petite reine de beauté aux jugements catégoriques.

Cassandra regarda sa sœur comme une convive débarquée sans invitation. « Maman était traumatisée, dit-elle en traînant sur le mot. Parce qu'elle était orpheline.

— C'est le docteur Joanna qui t'a appris le mot traumatisé ? » demanda Drew.

Cassandra fit signe que oui. « Elle m'a dit que j'avais peut-être pris le traumatisme de maman. » Puis elle se tourna vers moi, l'air plein de compassion. « Mais pas à cause de quelque chose que tu as fait, maman. C'est tout au niveau inconscient. Ça veut dire sans qu'on sache qu'on l'a fait.

— Je pense que tu veux dire subconscient, ma chérie, dit Drew. Inconscient signifie qu'on est comme endormi. Subconscient qu'on fait quelque chose sans s'en rendre compte.

— Tu vois, Cassandra ? se moqua Ruby. Tu n'es pas si intelligente que ça !

— Si nous disions tous de quoi nous sommes reconnaissants ? suggéra Merry. Moi, je suis reconnaissante d'avoir des nièces aussi brillantes.

— Et jolies. Pas vrai, tante Merry ? » Ruby se rengorgea dans la robe en velours souple qu'elle avait tenu à mettre bien que nous soyons tous habillés de façon décontractée. Elle était assortie à la porcelaine opalescente avec laquelle Drew avait dressé la table. Le vin rouge pour les adultes et le jus d'airelles pour les filles scintillaient dans les verres irlandais en cristal taillé, un cadeau de mariage de parents éloignés de Drew.

« Être jolie n'est pas tout », rappelai-je à Ruby. Qu'elle s'imagine pouvoir traverser la vie en se contentant d'être jolie et de remporter des compétitions de natation m'inquiétait. « La façon dont on traite les gens est plus importante que l'apparence. »

L'air nullement convaincue, Ruby envoya en arrière sa chevelure soyeuse. « Tu es reconnaissante de quoi, maman ? »

De ne pas être morte.

Je bus une gorgée de vin, troublée. « Je suis reconnaissante d'avoir un mari merveilleux, deux filles merveilleuses et une sœur merveilleuse.

— On dirait tante Merry, se lamenta Ruby. Tu n'as pas le droit de la copier. Tout le monde doit dire quelque chose de différent.

— Qui a dit ça ? demanda Cassandra.

— C'est la règle. La nouvelle règle, décréta Ruby en redressant le menton. Sinon, c'est pas du jeu.

— D'accord, dit Drew. Je suis reconnaissant que la dinde soit délicieuse, que la farce de maman soit aussi parfaite que d'habitude et que tante Merry ait préparé une tarte à la cerise pour que je ne sois pas obligé de manger de la citrouille.

— Non, papa ! se fâcha Ruby, au bord des larmes. Il faut faire ça sérieusement ! Comme à l'école.

— Qu'est-ce que tu as dit, à l'école ? »

Ruby se rengorgea. « J'ai dit que j'étais reconnaissante d'avoir ma famille, parce qu'ils m'aimaient beaucoup… Que j'étais reconnaissante que personne ne soit mort au World Trade Center le 11 Septembre… Et qu'Oussama ben Laden ne vienne pas à Cambridge. »

Peut-être que les peurs de Cassandra n'avaient rien à voir avec moi. Peut-être que notre problème était le 11 Septembre. Depuis, tous les enfants vivaient dans l'attente d'une catastrophe. Le traumatisme ne venait pas forcément de chez nous…

« C'est formidable, Ruby, dit ma sœur.

— Tu es reconnaissant de quoi, papa ? Et ne dis pas des choses qu'on mange », le mit en garde Cassandra.

Drew reposa son couteau et se cala contre le dossier de sa chaise. « Tout ce dont je suis reconnaissant se trouve ici dans cette pièce. Et copier ce qui est bien n'est pas grave, Ruby.

— Papa a parfaitement raison. Et maintenant, savourons ce repas dont nous sommes tous si reconnaissants. » *Je t'aime, Drew. Tu m'as sauvée.*

Cassandra piqua un petit morceau de farce du bout de sa fourchette. Son air frémissant laissait présager des larmes sentimentales. « Est-ce que tu te sens toujours comme une orpheline, maman ? Est-ce que tu penses tout le temps à ta mère et à ton père ? »

Jésus, Marie, Joseph, sauvez-moi de mon passé ! Donnez-nous aujourd'hui notre avenir quotidien. Mon Dieu, soufflez-moi ce que je dois dire ! Accordez-moi un passé paisible. Je voudrais tant me reposer…

« Je pense à eux de temps en temps, parvins-je à dire. Pas toujours. »

Cassandra pencha la tête sur le côté, les yeux brillants d'une compréhension qui l'excitait – encore une trace de la sagesse du docteur Joanna qui colorait nos vies, sans doute. « Est-ce que ça te fait de la peine d'en parler ? Mais comme ils vivent dans ton cœur, tu les as toujours avec toi, non ? Alors, ça va, dis ? »

J'avalai la moitié d'un verre d'eau pour aider les mots à franchir mes lèvres sèches. « Bien sûr que ça va.

— Alors on va tous bien, dis ? » insista Cassandra.

Ruby mordit dans un petit pain comme au ralenti, des miettes tombant sur la nappe tandis qu'elle attendait ma réponse. Dans les conflits qui les opposaient parfois, le jugement de Cassandra prévalait.

Drew pressa ses mains à plat l'une contre l'autre, les doigts écartés et bien droits. « Nous allons bien. Nous sommes tous tristes que les parents de maman et de tante Merry soient morts, mais c'est un drame qui n'arrive qu'une seule fois dans une vie. Nous allons bien. »

Il prononça ces derniers mots avec plus de fermeté qu'il n'en avait sans doute eu l'intention. Les filles sursautèrent comme deux chatons nerveux.

Drew sourit pour compenser l'austérité de son message, puis entassa de la farce dans son assiette qui débordait déjà. « Nous fêterons bientôt Noël et vous recevrez un million de cadeaux de mamie et papy Winterson. C'en est fini du passé. Concentrons-nous sur ce qui est à venir, d'accord ? »

Je comptais prendre les paroles de Drew au pied de la lettre. Et vivre pour aujourd'hui, être dans le présent. Peu importait si ça sonnait comme un truc New Age, j'avais besoin d'arrêter de passer de la peur à l'horreur, consciemment ou non. Peut-être, malgré moi, avais-je transmis aux filles les contes de fées sordides des Zachariah. Dorénavant, je me surveillerai.

Plus question d'observer les croque-mitaines qui venaient frapper à la porte.

Pendant deux semaines, je réussis à tenir ma promesse. Je sifflotais un air joyeux. Me réveillais avant Drew, lui apportais du café, puis allais réveiller les enfants en dégageant les vibrations d'une mère enjouée. Courais en rond pour éviter de me retrouver face à face avec Merry, incapable d'affronter le fait que je ne devrais pas la laisser se débrouiller seule sans m'en soucier, tant était grand mon besoin de fuir le cauchemar que représentait la sortie de mon père.

Merry avait respecté ma demande de me laisser en parler à Drew en temps voulu, mais je n'avais pas encore dit à ma sœur que je lui avais tout avoué. La chose serait alors devenue trop réelle.

Je chassais mon père de mes pensées et vivais dans un pays de cocagne.

Et puis le matin du troisième lundi de décembre, je m'écroulai. Tout le monde s'était réveillé dans les affres de l'angoisse. Ruby, qui avait un dossier à rendre à l'école, n'avait pas encore colorié la couverture ou le dos, ni ne l'avait agrafé. Cassandra avait besoin d'un cadeau d'anniversaire pour la fête à laquelle elle était invitée le lendemain et avait peur qu'on oublie. Drew avait un rendez-vous avec un client, une occasion pour lui d'illustrer la nouvelle série d'un auteur de livres pour enfants un peu connu. Il avait passé le week-end entier à dessiner différentes versions de je ne sais quelle tribu magique de guerriers tamias écolos. Je les trouvais sensationnels, mais il n'arrêtait pas d'ajouter ou d'enlever un brin d'herbe ou un gland.

De mon côté, Audra avait fait un incident cardiaque et passé le week-end à entrer et sortir des soins intensifs. Ses enfants m'assiégeaient de coups de fil, me harcelant pour que je leur prédise à quoi s'attendre, me voulant à la fois médecin et devin. Denton n'était pas en ville, et aucun oncologiste de service ne prendrait la décision d'arrêter le traitement du cancer, une décision qui risquait de sauver ma patiente en même temps que de la tuer. *Vous êtes celle qui la connaissez le mieux*, m'avait fait remarquer le dernier cancérologue.

« Tu m'entends, Lu ?

— Quoi ?

— N'oublie pas qu'aujourd'hui, c'est toi qui vas chercher les enfants. » Drew avait l'air nerveux. « Je te téléphonerai pour te le rappeler.

— Tu penses vraiment que j'oublierais d'aller les chercher ? » Je regardai les filles avaler leurs céréales. L'expression de Ruby disait qu'elle croyait que tout pouvait advenir, pourvu que ça soit négatif, tandis que Cassandra s'en tenait à son air le-docteur-Joanna-dit-que-tout-va-bien.

« Il faut que je termine la couverture de mon dossier, dit Ruby.

— Je vais régler ma montre pour t'envoyer un message, Lu, proposa Drew.

— Pour l'amour du ciel, tu seras en plein milieu d'une présentation ! Dépêchez-vous, les filles. Il est bientôt l'heure de partir.

— Je peux mettre ma montre sur "vibrer". Cette présentation n'a rien de formel.

— Je n'ai pas fini ma couverture ! hurla Ruby. PERSONNE NE M'ÉCOUTE !

— Et personne ne pourrait ne pas t'entendre. Maintenant, écoutez-moi. Tous. » Je fis signe à Cassandra qui venait d'ouvrir la bouche, voulant sans doute s'assurer que ses besoins à elle aussi figuraient sur la liste. « Taisez-vous. Drew, j'irai chercher les enfants. Concentre-toi sur ta réunion dans l'idée de te vendre. Ruby, file tout de suite dans le salon et va terminer, papa viendra t'aider dans une minute. Et toi, Cassandra, nous nous arrêterons au centre commercial de Cambridgeside quand nous rentrerons de l'école.

— Moi aussi ? demanda Ruby. Je pourrai avoir un jouet ?

— Tout ce que tu voudras, ma chérie. » Acheter du bonheur à mes enfants me paraissait aujourd'hui une excellente solution.

La fille cadette d'Audra, Traci, sentait le tabac froid. Elle m'agrippa par le bras lorsque je voulus m'éloigner du lit de sa mère, dont le pronostic vital était désormais engagé. La famille attendait l'oncologiste de service, un médecin qu'ils n'avaient rencontré qu'une seule fois auparavant.

« Docteur, je vous en prie... » Traci planta ses yeux bleu pâle dans les miens. « Restez jusqu'à ce qu'il arrive. C'est tellement difficile de parler avec lui... Il intimide tout le monde. Vous êtes la seule en qui maman a confiance.

— Arrête, Traci, fit la voix aiguë d'Audra. Tu es impolie.

— Je ne suis pas impolie, maman. » Elle enroula ses mains autour de la rambarde du lit en fer. « Dis-lui, toi, Owen », lança-t-elle à son frère.

Ses enfants rendaient visite à Audra à tour de rôle. Elle en avait tellement que je me rappelais à peine leurs noms, mais je me souvenais de Traci, la sérieuse.

Owen se leva de la chaise en plastique qu'il s'appropriait à chacune de ses visites. Il ressemblait à son père tel que j'imaginais qu'il avait dû être avant son cancer. Le teint rougeaud. Bâti comme une armoire à glace.

« Calme-toi, Traci, dit-il en prenant sa sœur par l'épaule. Docteur Winterson, vous nous feriez une énorme faveur si vous vous libériez pour nous aider à parler à ce nouveau médecin. » Il regarda Audra avec un sourire triste. « Vous donnez de l'espoir et de la volonté à ma mère. »

Je m'attendais à ce qu'elle lui dise de se taire, de laisser partir le médecin débordé. Au lieu de quoi ses yeux bleus larmoyants me supplièrent tandis que la vie lui échappait.

Je me penchai sur elle. « Audra, que voulez-vous ? »

Sa main fine comme du papier frôla la mienne. « Vous êtes ma bouée de sauvetage. »

J'allai voir si Merry pouvait passer chercher les filles.

28

Merry

J'observai mes nièces derrière la vitre de la garderie du palais de justice. Cassandra lisait un *Bugs Bunny* à une petite fille qu'elle embrassait sur le sommet de la tête en tournant les pages. Ruby faisait rouler un ballon vert moucheté d'avant en arrière entre les jambes de jumeaux d'environ deux ans et applaudissait chaque fois que l'un d'eux arrivait à l'attraper.

Ces filles me ravissaient.

Une heure plus tôt, après être allée les chercher à la sortie de l'école, j'avais eu une réunion qu'il m'était impossible d'annuler. Histoire dc couper court aux récriminations de mes nièces selon lesquelles elles n'étaient pas des bébés, je leur avais demandé d'aider les puéricultrices de la crèche, leur laissant en prime une boîte de beignets bourrés de gras et de sucre, le genre de friandises que Drew et Lulu n'auraient jamais autorisées chez eux.

Le service de garderie était ouvert depuis seulement quelques mois. Les jouets en plastique étaient encore rutilants, et les puzzles complets. Plusieurs associations s'étaient battues afin d'obtenir cette salle de jeux, lassées de voir les enfants regarder leurs pères et leurs mères se présenter, certains avec défi, d'autres avec honte, devant les juges.

Colin, dans une rare démonstration d'humanité, ne s'était pas opposé à la salle de jeux une fois les indispensables obstacles bureaucratiques franchis par les associations. Lui-même détestait voir des enfants se tenir immobiles dans leurs petites chemises et robes bien repassées, comme si porter des vêtements impeccables était susceptible d'aider maman ou papa. Cela dit, peut-être qu'il détestait simplement les enfants, un point, c'est tout. Cette garderie permettait de les laisser hors de vue. Quoi qu'il en soit, nous avions eu gain de cause.

Je soufflai des baisers à mes nièces derrière la vitre avant d'aller les rejoindre. « Il est l'heure de s'en aller. » Après être entrée, je refermai soigneusement la porte derrière moi. Que des enfants disparaissent dans l'enceinte du palais de justice ne me ferait pas gagner de bons points.

« Encore deux minutes ? » implora Ruby.

Cassandra leva les yeux du livre qu'elle était en train de lire en me jetant un regard de grande fille, et que j'interprétai comme voulant dire « plus que quelques pages ».

Perchée sur une chaise en bois taille enfant, je continuai à observer les filles, l'air si sérieuses et si adorables que je me demandais si je n'avais pas eu tort d'enquiquiner Lulu pour qu'elle leur dise la vérité. Peut-être pouvait-on enterrer son passé et vivre avec.

Regardez mes nièces, comme elles sont charmantes et serviables…

Les filles aimaient bien jouer les adultes en miniature, sauf que, à la différence de Lulu et moi, elles n'avaient jamais été obligées d'endosser ces rôles pour de vrai. Peut-être que si j'arrêtais de vouer un culte à la vérité, elles garderaient leur innocence. Durant toutes ces années, peut-être n'avais-je pas pensé à Ruby et à Cassandra. Peut-être avais-je seulement voulu être seule avec papa.

Je devrais retenir la leçon que m'avait enseignée Lulu. Compartimenter. Enfermer mon père dans une boîte. Je n'avais toujours pas répondu à sa lettre. La semaine prochaine, j'irais à la prison de Richmond. Je m'occuperais de lui, mais en le maintenant à bonne distance des filles. Je les protégerais de la laideur. S'il le fallait, je pouvais contrôler mon père. Et s'il voulait mon aide, il allait devoir laisser tomber toutes ces foutaises à propos de « mes petites-filles ».

Cassandra ferma son livre et fit lever la gamine assise sur ses genoux. « Viens, dit-elle à Ruby. Tante Merry nous attend.

— C'est pas parce que t'as fini que moi aussi », fit valoir Ruby. Elle secoua la tête. Ses nattes défaites voltigèrent. « Je leur ai promis qu'on jouerait dix tours. »

Je lançai un regard suppliant à Asia, la directrice de la garderie.

« Ne t'en fais pas, Ruby, dit-elle. Il n'y a pas beaucoup de monde, je vais jouer avec eux. »

Je n'avais aucune envie que ma sœur nous trouve ici. Non pas que j'aurais demandé aux filles de lui mentir. Je voulais juste qu'elle n'ait pas à nous chercher.

Ruby donna le ballon à Asia. « C'est le tour de Kenny », lui dit-elle. Puis elle alla prendre son cartable et se tourna vers moi. « Est-ce qu'on pourra revenir ? Est-ce que je pourrai travailler ici ? Pas pour de l'argent, juste pour aider. »

Cassandra roula des yeux. « Ben voyons, maman te laissera sûrement travailler ici !

— C'est gentil de vouloir aider, ma chérie, mais tu es encore un peu jeune. » Je les entraînai vers le service de probation. « La loi ne le permettrait pas.

— Ni maman, ajouta Cassandra.

— À propos de maman, nous allons retourner dans mon bureau avant qu'elle arrive. Elle m'a promis qu'elle serait là avant mon prochain rendez-vous. »

Je devais comparaître avec un client devant le juge. Or, je ne pourrais pas m'occuper des filles pendant ce temps-là. Je jetai un coup d'œil à ma montre en priant pour que Lulu ne soit pas en retard. Ce juge était particulièrement à cheval sur le règlement, et ce client particulièrement casse-pieds.

« Elle sera fâchée si on l'attend pas ? demanda Ruby.

— Pas fâchée, mais sans doute un peu inquiète. »

Arrivée dans mon bureau, je libérai le bout de la table. « Vous n'avez qu'à lire ou faire vos devoirs, dis-je en jetant un œil à ma montre. Maman devrait être là dans dix minutes.

— Je vais dessiner le portrait de Kenny et Sean, annonça Ruby, faisant allusion aux jumeaux avec lesquels elle venait de jouer. Après que j'aurai fini mes devoirs. »

Je poussai un paquet de biscuits déjà entamé vers les filles. « Soyez gentilles. Attendez d'être arrivées chez vous pour parler de la salle de jeux à maman.

— On n'avait pas le droit d'y aller ? demanda Cassandra.

— Elle pourrait se faire du souci du fait que c'est dans un palais de justice.

— C'est dangereux ? renchérit Ruby. Parce qu'il y a des criminels partout, c'est ça ?

— Oui, dis-je. Mais il y a aussi partout des policiers.

— Est-ce que des tueurs viennent ici ? » La question de Ruby était teintée d'excitation, comme si je travaillais avec des célébrités : des assassins, des violeurs, des voleurs !

« Pauvre maman, elle se fait tout le temps du souci... Sûrement parce que vos parents sont morts et qu'elle a peur, me dit Cassandra sur le ton de la confidence.

— Peut-être qu'on lui parlera pas de la salle de jeux, alors. » Ruby s'agenouilla sur la chaise en bois et se pencha sur son cahier d'exercices.

« Vous pouvez ne pas lui en parler, dis-je. Mais il ne faut pas mentir. » Leur expliquer la différence entre un péché par omission et un péché délibéré me semblait un brin compliqué, mais j'espérais qu'elles comprendraient.

« Tante Merry, ça fait combien douze fois douze ? demanda Ruby.

— Ce n'est pas ce que tu es censée trouver ? » J'examinai divers dossiers avant de tomber sur le rapport que je cherchais.

« J'ai déjà trouvé. Je veux juste savoir si je me suis pas trompée. »

Je pris son cahier. « C'est très bien, ma chérie.

— Salut, *mizz* Zachariah ! »

Mon client, Victor Dennehy, se tenait sur le seuil. « C'est qui, ces gosses ?

— Qu'est-ce que tu fais ici, Victor ? » Je me levai pour aller le rejoindre et l'empêcher d'entrer. Son rendez-vous avec le juge n'était prévu que dans une heure. « Tu devais me rejoindre dans la salle d'audience. »

À la seconde où je m'approchai, je sentis l'odeur de l'alcool. Ses yeux tombants contredisaient son air relax. J'avais vu Victor plus tôt dans la semaine et nous avions examiné ses derniers rapports exécrables. Il avait séché toutes les réunions que j'avais fixées comme condition à sa probation : alcooliques anonymes, gestion de la violence domestique, narcotiques anonymes, ainsi qu'un cours sur l'éducation parentale. Il avait fait deux analyses d'urine attestant qu'il se droguait. Après quoi j'avais reçu un appel affolé de sa petite amie qui m'avait dit qu'il avait recommencé à la frapper. « Faites-le désintoxiquer ! m'avait-elle suppliée. Pour le bébé ! »

« Pourquoi vous n'avez pas de respect pour moi ? » Victor avait pris son accent de Boston du jeune-blanc-qui-parle-comme-un-voyou-noir. Une casquette irlandaise de gamin des rues dissimulait ses cheveux brun roux. Étant donné que les gardiens avaient dû la lui faire enlever quand il était entré, il avait dû la fourrer dans sa poche et la remettre dès qu'il avait été plus loin. La semaine précédente, j'avais dû lui demander à deux reprises de la retirer.

« Je dois passer devant le juge… » Il donna un grand coup dans sa main gauche de son poing droit. « À cause de vous…

— Calme-toi, Victor. On en parlera dans trois minutes. » Je lui montrai le hall d'entrée, à l'écart de mon bureau. « Attends-moi dans le hall, tu veux ? Trois minutes.

— Allez vous faire foutre ! »

Je priai pour que quelqu'un l'ait entendu et appelle la sécurité.

« Victor, j'ai des enfants avec moi. Trois minutes.

— Ce sont les vôtres ? » Avant que j'aie pu répondre, il éclata de rire. « C'est carrément idiot, d'amener vos gamines ici ! Et vous dites que c'est moi qui suis idiot ?

— Je n'ai jamais dit que tu étais idiot, Victor.

— Si, vous l'avez dit. » Il avait l'air d'être sur le point de fondre en larmes.

L'humeur de Victor passait par tous les stades pos sibles et imaginables. Était-il ivre, camé… ou bien les deux ? Je choisis mes mots avec précaution. « Je t'ai dit que le fait de ne pas assister aux réunions et aux cours était idiot. Pas que tu l'étais. Tu es loin d'être idiot. Tu es un garçon intelligent. C'est d'ailleurs pour cette raison que je sais que tu vas aller m'attendre.

— Pourquoi vous voulez me renvoyer en prison ? Je n'y retournerai pas. »

Victor, bien que costaud, était petit. Je le regardai droit dans les yeux. « Bien sûr que non. Nous allons en parler. Tout à l'heure. Comme je viens de te le dire.

— Vous feriez mieux de me parler tout de suite, fit-il en martelant chaque mot d'un coup de poing dans le mur. Au lieu de faire du baby-sitting.

— Je t'ai entendu. » Je me déplaçai sur la gauche de façon à bloquer au mieux le passage, ne voulant pas qu'il entre dans le bureau.

Il roula des épaules et bomba le torse. « J'ai une convocation au tribunal dans une heure, vous le savez ?

— Oui, je le sais. » Me retournant un instant, je vis que Cassandra et Ruby se tenaient immobiles comme des statues. « Et je vais y aller avec toi.

— Vous pouvez pas empêcher ça ? Leur dire d'annuler ? »

Je hochai la tête et pris un ton compréhensif. « D'accord, je dirai au juge que tu fais des progrès.

— Vous me le promettez ?

— Mais oui, je te le promets.

— Et je ne retournerai pas en prison, c'est sûr ? » Sa voix tremblait. Avec ses joues rondes, il paraissait plus jeune que ses vingt-deux ans.

« C'est sûr.

— Ma copine n'arrête pas de se faire du mouron à cause du bébé. Qui c'est qui la fera vivre ? Et qui fera vivre la môme ? Et puis ma mère me tuera, si jamais je retourne en taule…

— Je comprends. » Je ne pouvais pas m'empêcher d'éprouver de la compassion pour ce gamin tordu qui pensait que sa mère serait en colère contre lui.

J'imaginais une femme dure, le cheveu rare, la silhouette déformée par les grossesses, l'alcool et l'inquiétude.

« Vous devez me le promettre », supplia Victor en élevant la voix. *Très bien, vas-y, gueule tant que tu voudras !* pensai-je.

La porte du bureau adjacent s'ouvrit. Paul Lunden en sortit. Chauve, cent trente kilos et dingue de chemises de chez Brooks Brothers. Nul ne s'intéressait jamais à Paul ni ne l'ignorait. « Ça va, fiston ? lança-t-il en s'approchant d'un air menaçant.

— Je suis pas votre fiston, espèce de sale espion ! rétorqua Victor en vacillant légèrement. Alors là, madame Zachariah, vous avez vraiment fait une connerie d'appeler votre copain ! »

Il était plus saoul que je l'avais cru. Et en plus, il avait dû prendre de la coke.

Paul leva les mains en l'air, adoptant la posture du type qui s'écrase. « On peut discuter. Tu ne veux pas dire des choses que tu risquerais de regretter, pas vrai ?

— Pédé ! » cracha Victor. Il me bouscula sans ménagement et entra dans le bureau. Saisissant Ruby par le bras, il la plaqua devant lui. « Alors, vous êtes décidée à me parler, madame Zachariah ? Ou bien il faut encore que j'attende ? »

Ruby poussa un cri quand il lui serra plus fort le bras.

« Tante Merry ! hurla Cassandra. Aide-la !

— Vous me faites mal, pleurnicha Ruby.

— La ferme ! » L'avertissement semblait s'adresser à tout le monde. Victor, qui tenait Ruby de la main gauche, entoura sa gorge de la droite. « Sinon, je lui tords le cou. »

Je m'avançai d'un pas. « Lâche-la, Victor. Nous allons voir le juge. C'est promis.

— Tu parles ! À la seconde où je la relâche, ce gros con me saute dessus, dit-il en montrant Paul du menton. Faites venir le juge ici avec un papier qui garantit que je n'irai pas en prison. Écrit noir sur blanc. Et je veux mon avocat. Sans quoi vous repartirez chez vous avec une gamine morte. »

Paul s'éloigna de la porte. « Je vais la chercher. Tout de suite.

— Et je ne veux pas de cette salope de juge. Amenez-moi un homme. Un Blanc. »

Ruby gémit. Cassandra était assise immobile sur sa chaise, le bout de son pied touchant celui de sa sœur.

Je m'arrachai la peau des paumes avec mes ongles. Je m'ordonnai de rester calme.

« Je comprends, Victor.

— Vous comprenez que dalle, oui !

— Mais si. Tu es en colère. Tu penses que personne ne fait rien pour toi et que tout le monde t'en veut.

— C'est vrai. C'est quand même pas ma faute, tout ce merdier ! »

29

Lulu

Encore un feu rouge, et j'allais me mettre à hurler.

La famille d'Audra m'avait retenue si longtemps à l'hôpital que j'allais être très en retard pour récupérer les enfants. La pauvre Merry devait être folle d'impatience. Ne m'avait-elle pas dit avoir un rendez-vous ? Une audience ? Je ne sais plus quoi au tribunal ?

Ce matin, Merry m'avait sauvée. Ces derniers temps, je m'étais montrée trop dure avec elle. Je manœuvrai autour d'une voiture garée en double file dans Washington Street, n'étant plus maintenant qu'à quelques rues du palais de justice.

La persuader d'aller chercher les filles avait été d'une simplicité lamentable. Dès que je l'avais appelée, elle avait déplacé des rendez-vous et emprunté la voiture de Valerie pour passer les prendre à l'école. Peut-être que ma sœur pensait que me rendre service nous aiderait à nous rabibocher.

« Ne t'en fais pas, m'avait-elle dit. Tout ira bien pour les filles. »

Et même mieux que bien ! La patience de Merry à leur égard était très supérieure à la mienne, probablement parce que être tante était un boulot plus facile qu'être mère, et non parce qu'elle était plus gentille.

Pendant toutes ces années où je l'avais harcelée parce qu'elle allait voir papa, ma sœur avait-elle été meilleure que moi qui me planquais comme une sale môme ? Avais-je laissé les actes de mon père déterminer les miens tout au long de ma vie ? Peut-être avais-je été sa prisonnière…

La circulation ralentit. Encore un feu rouge. Seigneur ! Je tambourinai des doigts sur le volant, une manie que Drew détestait.

Audra avait décidé d'abandonner le traitement. Elle avait voulu que je sois présente parce qu'elle ne se sentait pas capable de tenir tête à ses enfants et au cancérologue. Audra avait besoin que quelqu'un lui donne l'autorisation d'arrêter de se battre.

Le feu passa au vert. À peine eus-je parcouru un pâté de maisons que je me retrouvais à nouveau bloquée. Bouillant d'impatience, j'enfonçai la pédale de freins. Voir les voitures de police qui bouchaient la rue me rendit folle de rage – le palais de justice était à moins de cent mètres. Derrière moi, la sirène d'une ambulance hurlait. Fusillades, meurtres… Ce quartier défavorisé voyait toutes sortes d'horreurs. Je branchai la radio, mais les nouvelles me déprimaient tellement que je changeai de station pour en mettre une qui ne passait que des vieux tubes. Chuck Berry chantait *No Particular Place to Go*.

Je jetai un œil à ma montre. Eh bien, moi, j'avais quelque part où aller ! Merry devait être furieuse.

À tous les coups j'allais la mettre en retard pour son rendez-vous au tribunal. Nul doute qu'elle penserait que c'était ma façon de lui faire comprendre que mon travail avait plus d'importance que le sien. Ma sœur croyait-elle que je passais ma vie à chercher des moyens de la rabaisser ?

La foule qui s'agglutinait sur le trottoir débordait jusque sur la chaussée, avec ce regard excité qu'ont les gens quand ils se trouvent à proximité d'une catastrophe et se sentent concernés mais à l'abri. Des inconnus demandaient à d'autres ce qui se passait, devenant temporairement très familiers.

J'enclenchai la vitesse sur « Park », ouvris la portière et me dévissai le cou pour essayer d'apercevoir quelque chose au-delà de la Jeep Cherokee arrêtée devant moi. Des Klaxon retentirent. Des conducteurs coincés crièrent : « Qu'est-ce qu'il se passe, bon sang ? C'est quoi, ce bazar ? »

Je jetai des coups d'œil alentour en réfléchissant aux options possibles. Le brouillard donnait une atmosphère sinistre à la rue déjà hideuse. Sur ma droite, des carcasses de voitures s'entassaient dans la cour d'un garage. Une grille en fer rouillé protégeait la vitrine d'une épicerie. Les badauds semblaient s'être enracinés là pour ne plus en bouger.

« Que se passe-t-il ? » m'époumonai-je plusieurs fois de suite en tentant de capter un regard. Finalement, une femme d'un certain âge coiffée d'un turban coloré me prit en pitié.

« Un dingue retient des gens en otage, fit-elle en secouant la tête. Ce monde est devenu fou. »

Les gens disaient ça comme si la folie datait de la veille et qu'avant, tout allait pour le mieux. Je me calai contre l'appuie-tête. À présent, la radio passait un chant de Noël. Ce genre de chansons m'exaspérait, même si celui-là faisait partie des moins agaçants. *Have Yourself A Merry Little Christmas.* Le pathos semblait être l'émotion de mise à Noël. Qu'on me préserve de tout ce joli houx joyeux !

Dans ma tête, je décidai du menu du dîner. Pain de viande à la dinde. Un plat rapide, mais avec un côté fait maison. Drew apprécierait. Combien de fois lui était-il arrivé de manger un plat qu'il n'avait pas lui-même préparé ? Une chance qu'il ait son handball et son poker, sans quoi je l'aurais déjà rendu fou…

Et voici le bulletin d'informations sur 103.3. Les renseignements encore très vagues concernant la prise d'otages au palais de justice indiquent que l'enfant retenu dans le service de probation du tribunal de Dorchester…

Je coupai le moteur et descendis de voiture.

« Madame, ils vont embarquer votre bagnole ! » me cria la femme au turban.

Je ne fis pas attention à sa mise en garde, ne fis attention à rien, sinon vérifier si j'avais bien ma sacoche en bandoulière. Je l'avais attrapée d'un geste machinal. Réflexe médical. En cas d'urgence. Pour entrer, il me faudrait peut-être montrer patte blanche. Les médecins jouissent de certains privilèges.

Les gens se donnèrent des coups de coude en m'injuriant tandis que je me frayai un chemin à travers la foule.

« Hé, vous vous prenez pour qui ?

— Faites donc un peu attention !

— Ben, vous gênez pas, poussez-moi !

— Mes enfants ! m'écriai-je alors que la foule de plus en plus dense me barrait le passage. Mes enfants sont à l'intérieur !

— Nous avons tous quelqu'un dedans, madame, me lança une grosse femme en me repoussant avec force.

— On retient mes enfants en… » Ma voix se brisa. L'idée même que ce pût être vrai me donna l'énergie de continuer à pousser. « Il faut que j'aille les retrouver. »

Personne ne bougea d'un pouce.

« Poussez-vous, bon sang ! » Je tapai sur les épaules ou les dos à portée de ma main. « La police m'attend… » Et soudain, mon poing se transforma en bélier et je hurlai : « LAISSEZ-MOI PASSER ! »

Pour finir, un homme immense, qui sur l'instant me fit l'effet d'être aussi grand que Dieu, me prit en pitié et sépara la marée d'hommes et de femmes. « Laissez-la passer, m'sieurs dames… Il faut qu'elle passe. »

C'était avec un ton comme le sien que se produisaient les miracles. Outre sa taille imposante, je notai au passage qu'il avait une vieille parka militaire, une boucle d'oreille, le teint olivâtre… Une barbe ?

Un vieux flic décharné, l'air blasé et indifférent, me barra le passage lorsque enfin j'arrivai en haut de l'escalier. « Vous ne pouvez pas entrer, madame. »

Je soufflai une seconde, le temps de reprendre haleine. « Mes enfants… À l'intérieur du palais de justice. »

Son visage se fit tout à coup humain. « Des filles ou des garçons ? Quel âge ?

— Huit et dix, dis-je dans un soupir. Des filles. Avec ma sœur. Agent de probation. Meredith Zachariah. »

Il me prit par le bras et m'entraîna vers la porte. « Venez avec moi. »

Il me guida jusqu'à une grande salle qui ouvrait sur de plus petits bureaux. Un autre agent de police m'attrapa par le coude, un Hispanique corpulent avec des armes et toute une quincaillerie pendouillant à sa ceinture.

Il m'indiqua une chaise au fond de la salle, alors que je ne désirais qu'une chose : flanquer des coups de pied dans tous les sens pour voler au secours de mes filles. Un autre flic me mit au courant de ce qui se passait. Je fus prise de frissons pendant qu'il me décrivait la situation et le dingue qui retenait mes petites en otage. J'allais le tuer. Piquer une de leurs armes et le tuer.

Lorsque enfin ils m'emmenèrent plus loin dans la salle, au cas où ils auraient besoin de moi pour négocier, j'aperçus en biais ce qui se passait dans le bureau de Merry. La pièce était si proche que je reconnus le dos de ma sœur. Le type entra dans mon champ de vision. Très jeune. Très jeune, très certainement camé, et persuadé que rien d'autre que ce moment ne comptait. Convaincu d'être le centre du monde.

En voyant Ruby, je cessai de respirer. Le jeune type la tenait.

« Du calme », dit l'inspectrice en charge. Elle s'était présentée à moi en ces termes – l'inspectrice en charge. Ses cheveux noirs coupés au carré encadraient son visage. Elle me paraissait trop jolie pour lui laisser la vie de ma fille entre les mains. « Ne dites rien avant qu'on ne vous le demande. Restez calme. Vous voyez ce qu'il y a par terre ? »

Le cou tendu, je plissai les yeux et aperçus le coupe-papier sous la semelle du type.

« Tout à l'heure, il le lui pointait sur le cou, dit l'inspectrice en charge. Gardez votre calme, sinon nous ne pourrons pas vous permettre de rester ici. »

Je plissai plus fort les yeux et me concentrai sur la porte ouverte du bureau. Merry se tenait à l'entrée de la pièce, Cassandra était assise raide comme un piquet sur une chaise devant le bureau. Et Ruby, ma pauvre Ruby… Le type la serrait en la plaquant contre lui, sa main autour de son cou. Le silence était tel que j'entendais ce qu'ils disaient.

« Je croyais que c'était vos gamines, dit le jeune type, ou plutôt le gosse.

— Mes nièces, ce sont mes nièces. » Le ton ferme de ma sœur avait quelque chose d'inhabituel.

« Vous m'avez menti ?

— Je ne t'ai jamais menti, Victor. »

Merry savait-elle ce qu'elle faisait ?

« Quoi, alors ? Vous jouez sur les mots ? »

Ne venait-il pas de serrer Ruby plus fort contre lui ?

« Vous voulez jouer avec sa vie ? » cria-t-il.

Le policier, et non l'inspectrice en charge, posa une main sur mon épaule.

« Victor… » Merry avait l'air sincère, sereine.

« Ma mère va me tuer… » Les larmes déformaient sa voix. Je percevais son hystérie.

« Je parlerai à ta mère. Je lui expliquerai.

— Vous me racontez des salades. Vous en avez rien à foutre de moi ! »

Il tripotait la natte de Ruby. Un trop-plein d'énergie et de nervosité. J'arrêtai de respirer.

« Personne ne s'intéresse à moi… Peut-être que mon bébé le fera, lui. Mais vu que vous allez m'enfermer, ça n'a pas d'importance… Vous me prenez juste pour un de ces petits cons. Comme tout le monde.

— Non, Victor, pas du tout. » Merry se baissa et s'accroupit près de lui. « Tu permets ? J'ai mal aux jambes. Tu ne veux pas te reposer un peu ? On pourrait s'asseoir tous les deux. » Elle s'assit par terre et croisa les jambes. Je retins mon souffle.

Le jeune type se laissa glisser par terre en maintenant ma fille entre ses jambes, les deux mains sur les épaules, sans plus la tenir par le cou. Ruby fit une grimace. Il devait appuyer très fort sur ses petits os fragiles…

Je croisai les bras et enfonçai mes doigts dans la peau tendre sous mon pull. La police avait-elle prévenu Drew ?

Est-ce que je serrerais de nouveau Ruby un jour dans mes bras ? Cassandra, les yeux écarquillés de terreur, s'efforçait de voir si j'étais là…

« Tu te sortiras de là sans problème, Victor, dit Merry. Je peux t'aider.

— Tu parles ! La partie est terminée. » Ce type, ce gamin, avait la tête posée sur celle de ma fille, alors même qu'il était en train de lui broyer les os. « Je ferais aussi bien de me supprimer.

— Dites à tout le monde de reculer, ordonna l'inspectrice au policier posté près d'elle. On ne veut pas de bavure.

— Ne parle pas comme ça, Victor, dit ma sœur. Il te reste de l'espoir. Écoute-moi. Je fais ce boulot parce que je m'intéresse aux garçons comme toi.

— Tu parles ! »

Merry se pencha en avant, comme s'ils étaient partis tous les deux pour une longue conversation. « Pourquoi crois-tu que je suis si exigeante avec toi ? Parce que je ne veux pas que tu deviennes un homme désespéré. »

Elle avait l'air au bord des larmes. Jouait-elle la comédie ?

« Qu'est-ce que vous voulez dire ?

— Ce que je veux dire, c'est que j'ai envie que tu ailles bien. Que tous ceux dont je m'occupe aillent bien. » Elle joignit les mains comme pour prier. « Je te comprends. J'ai connu pire que toi.

— Ouais, sûrement ! » Ses bras se refermèrent autour de Ruby, comme s'il l'embrassait, comme si elle lui appartenait. « Je vais sortir d'ici. En me servant de la gosse comme bouclier. Ça marchera, non ?

— Non, Victor, dit Merry en mettant les coudes sur ses genoux. Tu vas te faire du mal.

— Non, j'y arriverai. » Ses mains descendirent sur la taille de Ruby, prêtes à la soulever.

« Attrapez-le, dis-je à l'inspectrice. Allez le chercher ! »

Elle se tourna vers moi en murmurant : « D'après son dossier, il a étranglé quelqu'un, frappé un autre avec la crosse d'un fusil, tapé la tête de sa petite amie sur du béton. Et poignardé encore quelqu'un d'autre. Nous voulons que les choses se passent en douceur. Votre sœur se débrouille bien.

— Ton bébé a besoin d'un papa, dit Merry.

— Qui voudrait d'une merde comme moi pour père ? »

Je n'arrivai pas à détacher mes yeux du coupe-papier. Sa main avait-elle bougé ? Ses doigts avaient-ils remué ? Merry le surveillait-elle ?

« Tous les enfants aiment leur père. Quoi qu'il arrive. »

Sans lui prêter attention, il passa ses mains sur les bras de Ruby en secouant la tête. Puis il se mit à pleurer.

« Mon père est en prison, Victor. Et pourtant, je l'aime. »

Il redressa la tête. « Votre père ? En prison ? » Il relâcha sa prise sur Ruby et se pencha en avant. « Arrêtez vos conneries ! Vous mentez.

— Non, c'est la vérité. Mon père a tué ma mère. Et ensuite, il a essayé de me tuer. Cette histoire a gâché ma vie. » Merry avait l'air plus sérieuse et plus sincère que jamais. « Regarde, je vais te montrer. »

Elle tira sur le col de son pull, révélant ses vilaines cicatrices. « Tu tiens à foutre en l'air la vie de ton bébé ? »

Sans rien dire, Victor fixa l'affreux bourrelet qui lui barrait la poitrine. Elle relâcha son pull qui masqua de nouveau ses cicatrices.

« Ma sœur est là dehors... Leur mère. » D'un signe de tête, elle lui montra Ruby et Cassandra.

Un bref instant, les yeux injectés de sang me cherchèrent.

« À cause de sa honte et de sa colère, elle n'a jamais raconté ce qui s'était passé à ses filles et a préféré leur dire que son père était mort. Elles ne découvrent la vérité qu'aujourd'hui, à cette seconde même. N'est-ce pas, les filles ? »

Ruby et Cassandra hochèrent la tête. La stupeur se lisait sur leurs petits visages blêmes. Même un monstre aurait vu qu'elles ne mentaient pas. Les mains de Victor se relâchèrent quelque peu sur les épaules de Ruby tandis qu'il fixait ma sœur du regard.

Elle se releva, d'abord sur un genou. « Je suis restée de son côté parce qu'il fallait que quelqu'un le fasse. Je vais le voir en prison. Bien que je déteste aller là-bas. Si je travaille avec toi, c'est pour que ton bébé ne se retrouve pas obligé un jour d'aller te voir en prison. En prison, mon père est devenu un vieil homme. » Elle le regarda droit dans les yeux. « Ne gâche pas la vie de ta fille, Victor. »

Il s'écroula sur Ruby, emprisonnant ma petite dans ses bras. Doucement, Merry avança la main pour retirer le coupe-papier de sous son pied. Puis elle mit le second genou par terre et écarta les bras qui emprisonnaient Ruby.

« Ruby ! m'écriai-je. Je suis là ! »

L'inspectrice et le policier me retinrent quand je voulus courir rejoindre mes enfants. Je me débattis et m'efforçai de les repousser en les griffant.

« Attendez ! m'ordonna l'inspectrice alors que des policiers s'avançaient vers mes filles.

— Ruby ! » cria Cassandra. Elle se leva d'un bond, renversant la chaise pour se précipiter sur sa sœur.

Merry prit Victor dans ses bras et lui caressa le dos, les joues brouillées de larmes.

Cassandra rejoignit sa sœur avant la police. Ruby lui sauta dans les bras. Mes deux filles s'enlacèrent en se serrant si fort que les policiers ne purent que rester là devant elles.

Ils menottèrent Victor.

Ils me relâchèrent.

J'entrai dans le bureau et me jetai à genoux devant mes enfants.

La fourrière avait embarqué ma voiture. Puis Drew était arrivé, et nous étions maintenant de retour à la maison. Les filles étaient saines et sauves. J'ignorais s'il leur serait désormais possible de se sentir en sécurité, toujours est-il que Drew et moi pouvions les serrer dans nos bras, les regarder et les embrasser tandis que nous étions tous là réunis au salon.

Sur le comptoir, les restes des plats chinois avaient refroidi, la graisse figée dans les barquettes blanches. Sophie nous avait apporté à manger. Nous avions appelé la thérapeute de Cassandra, qui pensait que ce serait une bonne chose de regarder les informations. De laisser le soin à la télévision d'amorcer la discussion. Après le dîner, on alluma la télé où l'on vit Ruby à l'écran, agrippée à mes bras alors qu'on emmenait Victor Dennehy menotté et en pleurs.

« Qu'est-ce qu'ils vont lui faire, tante Merry ? » Ruby se pelotonna dans les bras de Drew en frottant son pouce au coin de ses lèvres – une vieille manie.

« Le mettre en prison.

— Est-ce qu'il restera enfermé toute sa vie ? » Ruby fourra son pouce dans sa bouche.

Ma sœur plissa les yeux, réfléchissant sans doute à ce que serait la meilleure réponse. Et sa sincérité, où était-elle donc passée ?

« Il restera en prison jusqu'à ce qu'il comparaisse devant le juge. » Elle se roula en boule dans le fauteuil. « Et là, ils décideront. Il est probable qu'il restera un bon moment en prison, mais pas toute sa vie. » Elle me regarda. J'étais assise sur le canapé à côté de Drew. La tête de Ruby, couchée sur son père, frôlait mon épaule. Cassandra, assise de l'autre côté, était appuyée contre moi.

« Est-ce que notre grand-père restera toujours en prison ? » demanda Cassandra.

Drew éteignit la télévision. Le bruit que faisait Ruby en suçant son pouce résonna dans le silence. « Non, dit-il. Votre grand-père ne restera pas toujours en prison. »

Cassandra ouvrit la bouche, puis se ravisa, comme si elle ne savait pas trop quoi dire. Elle changea de position et se cala contre le bras du canapé.

« Pourquoi tu ne nous as jamais dit où il était ? »

La tête sur le dossier du canapé, je fis un effort pour ravaler mes larmes et grattai des petits cœurs sur le dos de Ruby. « Je voulais vous protéger. » C'était la réponse la plus honnête que je pouvais leur donner.

« De quoi ? demanda Cassandra. De lui ?

— Non. Pas de lui. Il est en prison.

— Alors de quoi ? » Cassandra se leva et alla s'asseoir dans le rocking-chair.

« Je ne voulais pas que vous sachiez que vous aviez un homme si mauvais pour grand-père.

— Parce qu'il l'est ? demanda Ruby. C'est un mauvais homme ?

— Évidemment ! » Le soupir qui échappa à Cassandra la fit paraître tout à coup affreusement vieille. On aurait dit tante Cilla il y a très longtemps. « Il a tué la mère de maman.

— Mais il ne t'a jamais manqué, maman ? Tu n'as jamais eu envie de le voir ? » Ruby jeta un coup d'œil à son père, puis se redressa pour me regarder dans les yeux. « Peut-être qu'il voulait te dire qu'il regrettait. »

Ruby, mon amour, les regrets ne ramènent pas les morts. Je tournai la phrase un instant sur le bout de ma langue avant de la ravaler.

Une fois les filles couchées dans mon lit, je redescendis au salon. Drew et moi avions passé une heure en haut avec elles, et il était resté après qu'elles s'étaient endormies. Nous comptions nous relayer chacun notre tour jusqu'au moment où nous irions tous nous coucher, ensemble, de façon à ce qu'elles ne soient pas seules lorsqu'elles se réveilleraient.

Je m'effondrai sur le canapé. Merry semblait ne pas avoir bougé du fauteuil dans lequel je l'avais laissée tout à l'heure. Je pris son verre sur la table basse et m'octroyai une longue gorgée de cognac.

« Comment te sens-tu ? demanda Merry.

— Hébétée. Et toi ?

— J'aimerais bien l'être, dit-elle, la main posée sur son ventre. J'ai encore l'impression d'être sur le point de vomir.

— Te saouler n'arrangera rien. » À la seconde même où je prononçai ces mots, je les regrettai. Critiquer ma sœur était la dernière chose que je voulais à cet instant. « Pardon. Ce n'est pas ce que je voulais dire. Tu dois être en mille morceaux. Encore plus que moi.

— Assister à cette scène a dû être pire que se retrouver prise au milieu. »

Je confirmai d'un signe de tête. « C'était assez dur.

— Tu es fâchée ?

— Contre toi ? Ce n'est pas ta faute. Jamais je n'aurais dû proposer que tu les emmènes au palais de justice. Fâchée à cause de ce que tu as dit ? Ça a marché, non ? Tout de même… » Je laissai ma phrase en suspens, ne sachant quoi dire.

Merry vint s'asseoir près de moi et posa une main sur ma cuisse. « Ça m'a fait mal… De le dire. Avec les filles qui étaient là pour entendre… Surtout dans des conditions pareilles…

— Mais ce sont mes filles. Je me demande si tu arriveras à comprendre ça un jour.

— Ce sont mes nièces, ma famille. Je les aime. La vie de Ruby était entre mes mains.

— Je te suis reconnaissante de ce que tu as fait. Sauf que maintenant, elles savent tout. » Je terminai le verre de cognac. « Tu attendais une occasion de ce genre ?

— Lulu… » Elle pressa la main sur son front. « Je ne voulais pas révéler tes secrets. Uniquement sauver la vie de Ruby. Je savais très bien ce que je faisais. Il ne t'arrive jamais de penser que je peux avoir raison ? »

D'un geste, elle me coupa la parole et enchaîna :

« Il arrive parfois que quelqu'un d'autre que toi ait la réponse. » Elle croisa les jambes et me prit la main. « Parfois, il faudrait qu'on travaille ensemble. Qu'on décide des choses ensemble. N'as-tu donc rien appris, après ce qui s'est passé aujourd'hui ? Tu n'as pas compris qu'il ne servait à rien de tout dissimuler ? »

Je mourais d'envie d'aller me coucher, de m'allonger contre Drew, de respirer son odeur et de souffler. « Ce que j'ai appris, je le savais déjà.

— C'est-à-dire ?

— Le monde n'est pas un endroit sûr pour nous. »

30

Merry

Le train surchauffé pour Dorchester s'arrêta à Park Station et repartit au bout de quelques minutes. Je dénouai mon écharpe qui m'étouffait et la fourrai dans ma poche. Un bref instant, j'envisageai de m'épargner le bus bondé – l'étape suivante de mon trajet jusqu'au tribunal – et de parcourir les trois derniers kilomètres à pied. L'odeur de laine mouillée se mélangeait à celle de l'eau de Cologne entêtante de l'homme collé contre moi. J'avais peur de vomir et priai pour tenir le coup jusqu'à U Mass, d'où je voyagerais dans le sens contraire à l'heure de pointe.

Sans être assise, il était impossible de lire, aussi n'essayai-je même pas d'ouvrir mon bouquin. Histoire de m'occuper, je jouai à des petits jeux, mémorisant les publicités suspendues au plafond pour fabriquer des anagrammes avec les mots qui vantaient les écoles de langues et les carrières paramédicales, jusqu'à ce que je n'arrive plus à faire semblant. Une seule chose me trottait dans la tête : je n'avais aucune envie de remettre les pieds au palais de justice.

J'étais restée chez moi une semaine. Nous étions tous restés à la maison. À part Drew, qui faisait quelques excursions le temps d'aller chercher de quoi manger et des DVD, nous n'avions pas mis le nez dehors. Le temps s'était mis de la partie en nous envoyant de gros flocons de neige. Nous avions emmitouflé les filles dans des couvertures sur le canapé, où, serrés les uns contre les autres, nous avions vécu comme ça de film en film.

Même Lulu n'était pas allée travailler, ne se levant du canapé que pour répondre aux coups de fil de Sophie. De mon côté, je n'avais parlé à personne, laissant le soin au répondeur de prendre mes appels et à Colin de trier les messages. J'avais envoyé un bref e-mail à Valerie. *Remercie tout le monde pour les cartes, et fais-leur savoir que je vais bien.*

Mais je n'allais pas bien.

Jour après jour, j'avais tenu Ruby contre moi et appuyé ma joue sur ses cheveux tout doux. Après avoir passé leur vie à vouloir déterrer ce qu'elles pouvaient de l'histoire familiale, Cassandra et Ruby ne faisaient plus aucune allusion à notre père. Elles n'avaient parlé de rien d'important pendant si longtemps que nous nous étions affolées. D'un seul coup, Lulu insistait pour partager et soulager son âme.

« Cassandra, avait-elle dit, devine quels étaient mes livres quand je vivais chez Mimi Rubee et que j'avais ton âge ?

— Pas maintenant, maman, avait-elle répondu en haussant les épaules. Je suis en train de lire. »

Un peu plus tard, au beau milieu d'une partie de Monopoly, ma sœur avait de nouveau tenté sa chance.

« Ruby, tu veux savoir quels jeux tante Merry et moi avions inventés à l'époque où on vivait à Duffy ? »

Sans même lever les yeux, Ruby avait attrapé une poignée de pop-corn dans le saladier en disant : « On pourrait pas simplement jouer ? »

Désormais, Lulu et moi nous étions associées pour tenter de dénouer tout cet écheveau de tromperies tandis que les filles s'acharnaient à cautionner le moindre mensonge. Elles rejetaient tout ce que nous proposions. Apparemment, le mystérieux grand-père en prison qui avait tué leur grand-mère et qu'elles croyaient mort dans un accident de voiture depuis longtemps était moins intéressant que la lecture de *Harry Potter*. Tout le monde, aussi bien Drew que la thérapeute des filles ou leur pédiatre, affirmait à ma sœur que Ruby et Cassandra ne pouvaient ingérer le traumatisme qu'à petites doses. Lulu voulait leur faire avaler toute l'histoire, qu'elles la digèrent et passent ensuite à autre chose. Quant à incorporer Victor dans l'équation, il n'en était même pas question.

Et en plus, papa continuait d'attendre là-bas.

« Ça va, madame Zachariah ? » Jesse entra dans mon bureau, comme si l'air qui y régnait était si fragile qu'il devait se déplacer avec précaution pour éviter que les molécules ne se touchent, au risque de déclencher une catastrophe.

« Bien, très bien. » Je feuilletai les papiers sur mon bureau, cherchant à m'occuper pour ne pas partir en courant.

« Je vous ai apporté quelque chose. »

Je levai les yeux, m'attendant à voir un nouveau document stipulant que Jesse avait franchi une nouvelle étape cruciale et qu'il avait besoin que je l'abreuve de compliments pour sceller son bonheur. Il me tendit un gros paquet de brochures. Curieuse, je posai la pile sur mon bureau et lus les titres l'un après l'autre.

Faculté de droit de Nouvelle-Angleterre.

École de travail social de Boston University.

École vétérinaire Cummings de Tufts University.

Je les passai en revue une seconde fois. « Tu envisages de t'inscrire dans toutes ces disciplines ? » Je craignais que ma voix paraisse manquer d'enthousiasme. J'espérais que je n'allais pas déprimer le pauvre Jesse au point de le renvoyer à une vie de délinquant.

« Je les ai prises pour vous, madame Zachariah.

— Pour moi ? » Je regardai le dos de la brochure de l'école vétérinaire, m'attendant à y voir des chiots aux grands yeux implorants mais ne vis que des étudiants en blouse blanche qui avaient l'air d'avoir quinze ans.

« Il faut que vous partiez d'ici, madame Zach. » Il frappa dans ses mains et les pointa vers moi. « Non que vous ne soyez pas capable de vous occuper de nous – regardez ce que vous avez fait avec Victor, qui n'est rien de plus qu'un petit garçon à sa maman… Pardon.

— J'apprécie, Jesse, mais il ne s'agit pas de moi. Ta probation prendra fin dans quelques semaines. Nous avons encore beaucoup de travail à faire.

— Vous avez raison. Ma probation se termine. Je serai sûrement le dernier client à bénéficier de vos conseils avant longtemps, non ? Pourquoi vous n'arrêtez pas tant que vous avez encore le dessus ? » Il sortit une feuille de papier froissée de sa poche. « J'ai dû écrire ça pour le cours d'anglais. À Bunker Hill. En tout cas, le professeur m'a dit que je devrais vous le montrer. »

Je lissai la feuille, la posai sur mon bureau et me mis à lire.

> *L'ÉVÉNEMENT QUI A CHANGÉ MA VIE*
> *Il s'agit de ma conseillère de probation. Il y a moins (pas de beaucoup) que les six cents mots qu'on était supposés rendre, mais je pense que ça devrait faire l'affaire.*
> *Depuis l'âge de douze ans, j'ai essayé toutes les drogues à part le crack (parce que ceux qui en prennent autour de moi ont l'air de vrais morts vivants). Couché avec un maximum de filles en leur racontant ce qu'elles avaient envie d'entendre. En les frappant si elles n'écoutaient pas. Et en les forçant à se débarrasser des bébés – parce que je n'avais pas envie de devenir le petit papa de quelqu'un, vu que je savais que je serais aussi nul que le mien. Sorti ma mère de la rue quand elle donnait l'impression qu'elle allait mourir, et laissée là la même mère quand je me fichais pas mal de ce qu'on deviendrait tous les deux. Volé des portefeuilles, y compris à des vieilles dames. Séché l'école. Failli tuer un type.*
> *Depuis qu'on m'a arrêté et placé en probation (pour avoir failli tuer un type), j'ai passé mon GED, parce que ma conseillère de probation a fixé cette condition à ma probation. Réussi à rester clean parce que ma conseillère de probation m'a forcé à faire des analyses d'urine*

deux fois par semaine – en m'obligeant à payer ces fichues analyses. Trouvé un boulot, parce que ma conseillère de probation me l'a imposé. Lu des livres, parce que ma conseillère de probation m'y a obligé. Pour finalement me retrouver ici, au Bunker Hill Community College, parce que ça faisait partie de ma probation.

Maintenant que ma probation se termine, je quitte Bunker Hill. C'est fini. J'ai fini. Je vais aller à l'université de Northeastern. Parce que ma conseillère de probation m'a remis le formulaire d'inscription. En me disant qu'elle était fière de moi.

Au tout début, ma conseillère de probation a écrit une phrase sur mon programme : « Beaucoup de gens ont une idée fausse de ce qu'est le vrai bonheur. On ne l'atteint pas à travers la gratification personnelle, mais en restant fidèle à un objectif qui en vaille la peine. Helen Keller[1]*. »*

Le pire, c'est que je ne savais même pas qui était Helen Keller, et j'étais trop gêné pour l'avouer ou lui montrer que j'étais content de ne pas le savoir. Mais je me suis quand même renseigné – même si j'ai commencé par regarder le film qui raconte son histoire. Après, j'ai lu son livre (alors qu'il n'était pas sur la liste). C'était la première fois de ma vie que je lisais un livre que je n'étais pas obligé de lire. J'ai découvert que j'aimais plutôt lire.

Peut-être que cette citation a été l'événement qui a changé ma vie. À moins que ce soit mon arrestation. Ou le fait qu'on m'ait mis assez longtemps dans une

1. Une enfant aveugle, sourde et muette devenue un écrivain reconnu. Sa vie a inspiré le film d'Arthur Penn, *Miracle en Alabama*.

cellule pour que je comprenne que je n'aimais pas dormir sur une paillasse. Je ne veux plus jamais chevaucher ce cheval de fer.

Je ne sais pas si ma conseillère de probation donne cette citation à tous les gars dont elle s'occupe ou si elle a senti quelque chose en moi. Peu importe. Ce qui compte, c'est qu'elle m'a permis de voir quelque chose en moi. Qu'elle m'a permis de me préparer à trouver un objectif qui vaille la peine. Par conséquent, j'imagine que rencontrer Ms. Zachariah et l'avoir comme conseillère de probation a été l'événement qui a changé ma vie.

Je levai les yeux. Jesse scruta mon regard.

« Vous n'avez jamais l'air heureuse, madame Zach. Je ne crois pas que cet endroit soit pour vous un objectif qui vaille la peine. »

Ce soir-là, me préparer pour l'arrivée de Quinn se solda par une succession frénétique de corvées pour me faire belle. Je me coupai à la jambe droite en me rasant. M'enfonçai le pinceau de l'eye-liner dans l'œil. Sortis pull après chemise après pull dans l'espoir de trouver quelque chose qui ne clamerait pas *Je n'ai absolument rien à part la vie des autres, les familles des autres et les maris des autres, alors baise-moi là en vitesse et rentre chez toi.* Ma décision de renoncer aux hommes, et en particulier à Quinn, s'était une fois de plus soldée par un échec.

À peine arrivé, Quinn me demanda : « Tu vas bien ? » Il me tint à bout de bras en m'examinant comme s'il voulait constater les dégâts. « J'ai lu l'article dans le journal. Tu as géré la situation comme un vrai soldat.

— C'est pour ça que tu m'as appelée ? dis-je en lui tendant une bière. Pour me féliciter ?

— Il ne te vient pas à l'idée que j'aie pu m'inquiéter pour toi ? »

Je préférai ne pas répondre. Je ne voulais qu'une chose : aller au lit – ce qui se fit sans tarder.

Pendant que Quinn me pilonnait, il m'apparut avec de plus en plus de clarté que, quel que puisse être mon objectif qui vaille la peine, ce n'était pas Quinn. Mon excitation retomba au point qu'il dut avoir l'impression de baiser une momie. En tout cas, c'était la mienne. Mes seins s'écrasèrent sous lui lorsqu'il se colla plus fort contre moi. Que je le veuille ou non, la méthode de Quinn pour me forcer à l'orgasme ne marchait pas.

Ce soir, on aurait dit qu'il me prenait avec hargne.

Connaissant la maîtrise remarquable qu'il avait de lui-même, et qu'il considérait probablement comme son total dévouement à mon plaisir, à moins que je ne fasse quelque chose, il continuerait ainsi jusqu'à ce que j'aie joui. Vu que nous n'avions rien d'autre que le sexe, il tenait toujours à emballer la chose de jolis rubans. Sa façon à lui d'être fidèle, sans doute.

« Oh, Quinn ! » soupirai-je, sentant le frisson d'excitation que lui procurait mon mensonge. Les talons plantés dans ses reins, je m'arc-boutai pour l'attirer plus loin en moi en lui labourant le dos avec mes ongles, histoire de réaliser ses fantasmes putassiers.

Chéri, chéri, chéri.

Oh, prends-moi.

À force de frottement et de patience, Quinn m'arracha un triste orgasme avant de jouir à son tour.

Se faisait-il du souci pour moi ? me demandai-je lorsqu'il s'écroula sur moi. Si je mourais, viendrait-il à mon enterrement ? Et moi, est-ce que j'irais au sien ? Est-ce que j'oserais ?

Comment m'était-il possible de coucher avec un homme dont je n'étais pas sûre qu'il viendrait ou non à mon enterrement ? Un homme à l'enterrement duquel je n'aurais pas le droit d'assister ? Comment faisais-je pour embrasser un homme que je ne pourrais pas enterrer ? « Qu'est-ce que je fous ici ? murmurai-je à son épaule.

— Non, Merry, je t'en prie. Ne recommence pas. » Il se redressa tant bien que mal et roula sur le flanc. « J'ai déjà dû te le dire un million de fois, on a ce qu'on a. Si tu n'en veux pas, très bien, je m'en irai. Sans te faire de scènes. »

Et c'était vrai. Quinn ne m'avait jamais fait de scènes ni ne m'avait jamais menti. Il avait été le plus constant des hommes de ma vie, du moins le plus constant qui ne soit pas enfermé entre quatre murs, même si, pour le peu qu'il me touchait, il aurait tout aussi bien pu être en prison.

Et c'était justement cet homme-là que j'avais choisi.

31

Lulu

Je roulai à deux à l'heure vers l'hôpital, distinguant à peine la route à cause de la neige et craignant de déraper au fond d'un fossé. Une tempête d'une violence inouïe se déchaînait sur Boston. La seule joie de mon existence était que Noël, la journée par excellence des faux-semblants, était passé.

Au bout de trente minutes de trajet, un feu rouge vint à mon secours en m'autorisant à relâcher mes doigts engourdis crispés sur le volant. En temps normal, une demi-heure m'aurait suffi à faire trois allers-retours entre chez moi et l'hôpital. Les énormes flocons s'intensifiaient de seconde en seconde.

Quand le feu passa au vert, la circulation resta bloquée sans avancer. Au bout de dix minutes coincée dans ma voiture pour faire moins de cent mètres, je me garai sur un parking McDonald's. Par une journée pareille, je doutais que ma voiture gêne qui que ce soit, néanmoins, par précaution, je plaçai mon caducée sur la lunette arrière et m'emmitouflai pour parcourir à pied les dix pâtés de maisons qui me séparaient de l'hôpital.

J'espérais que mon chapeau jaune fluo me donnerait une visibilité suffisante pour dissuader les conducteurs de camion de me faucher dans les rues glissantes obscurcies par la tempête. Ma belle-mère, grande partisane du « Rehausse donc ton visage d'un peu de couleur, ma chérie ! », m'avait envoyé ce chapeau pour Noël. Sur le moment, je n'avais pas imaginé le porter, mais j'étais maintenant ravie de l'avoir laissé dans la voiture. J'aperçus mon reflet dans le rétroviseur. Sur mon visage qui ressemblait à de la bouillie d'avoine, le chapeau ressortait comme une balise.

Un vent mordant chahuta mon chapeau alors que j'avançai péniblement tête baissée vers l'hôpital. Très vite, ma doudoune qui m'arrivait au genou noircit à mesure que le tissu extérieur n'arrivait plus à repousser l'humidité. Des piétons enveloppés dans des couches de vêtements passaient près de moi, le visage rougeaud rentré dans le cou, l'air de taupes rembourrées.

J'entrai dans le hall bien chaud de Cabot en dégageant une odeur froide et humide de chien mouillé. Je saluai le vendeur de journaux d'un signe de tête, dénouai mon écharpe et fourrai mon chapeau dans mon sac.

« Bonne année, docteur Winterson ! me dit le vendeur de journaux.

— À vous aussi, Kelli. » Je n'avais jamais su si Kelli était son prénom ou son nom.

« Vos filles vont bien ?

— Elles vont mieux, merci. »

Passer à la télé avait transformé ma famille en sujet d'actualité. Ce que j'avais redouté ma vie entière était devenu réalité ; les journaux avaient fait voler en éclats ma vie privée. Après le silence traumatisé dans lequel elles s'étaient réfugiées au début, les filles m'avaient assaillie de questions à propos de leur grand-père et de leur grand-mère. Et si elles n'avaient pas encore demandé à rencontrer mon père, ça viendrait certainement. Restait à savoir quand.

Je m'efforçai de ne pas en vouloir à Merry. Pour être franche, je ne pensais pas lui en vouloir, pourtant, plus rien n'était pareil. Ma sœur m'avait obligée à sortir de ma vie parfaitement cloisonnée.

Bien qu'il soit synonyme de mort imminente, le service de soins palliatifs de Cabot m'apportait plus de réconfort que le reste de l'hôpital. Sans les machines qui clignotaient et sifflaient, et avec moins de tubes emmêlés autour des lits, il s'y infiltrait comme une impression d'humanité. Aussi frêle et faible que fût Audra, elle avait à nouveau l'air d'une personne, et non plus d'une expérience au milieu d'un carnage médical.

Elle semblait dormir, mais à l'instant où j'entrai dans la chambre, elle ouvrit les yeux. « Docteur », murmura-t-elle. Elle était d'une telle maigreur qu'elle en devenait transparente. « Merci d'être venue.

— Inutile de me remercier, Audra.

— Vous avez vécu des moments durs. » Elle toussa, puis reprit son souffle. « Vos pauvres petites…

— Ne vous inquiétez pas pour les filles. Elles vont bien.

— Et vous ? » Audra leva le bras pour attraper ma main et je la lui donnai, en prenant garde à sa peau très fine. « Les enfants nous rapprochent de Dieu, mais on est parfois si proche qu'on se brûle. Mes moments les plus durs, ceux où j'ai vraiment cru mourir de peur, ont toujours été liés à mes enfants. »

Voir les mains de Victor sur le cou de Ruby m'avait fait beaucoup plus peur que le tablier de Teenie imbibé du sang de maman. Beaucoup plus que Merry quasi mourante après ce que lui avait fait subir mon père, et qui avait failli m'anéantir. Envisager de vivre sans Ruby ou Cassandra me semblait impossible. Des gens y parvenaient, mais comment ? Dans quel genre de force allaient-ils puiser ?

Comment mon père avait-il pu donner un coup de couteau à son enfant ?

Merry disait toujours ne se souvenir de rien. J'avais du mal à le croire. Avait-elle crié et hurlé pendant que j'allais chercher Teenie ? Avait-elle vu mon père tuer ma mère ? Avait-elle regardé ? Était-ce pour cette raison que mon père avait voulu la tuer et se tuer ensuite, afin d'éliminer la douleur de savoir, d'effacer cette image ?

Il fallait que je le sache.

Un gant trempait dans un seau à glace. « Dehors, il neige à gros flocons, dis-je en essorant le gant et en le pressant sur les lèvres d'Audra.

— Remontez le volet… Je voudrais voir. » Elle se tourna vers la fenêtre. Après avoir laissé pénétrer la lumière, je lui calai le dos à l'aide d'oreillers supplémentaires. Derrière la baie vitrée, la tempête faisait rage. Nous restâmes un moment en silence à contempler le spectacle.

« C'est magnifique, dit Audra. L'œuvre de Dieu. »

Je lui enviais la conviction de sa foi. « C'est magnifique à condition de ne pas être dessous ! Ça ne me dérangerait pas du tout que Dieu nous épargne les tempêtes de neige.

— Chaque chose dans l'univers a sa place.

— La guerre ? Les enfants qui meurent ? » Je regardai la neige fondre au contact de la chaleur en glissant sur la vitre.

« J'espère que c'est ce que la mort nous apporte... la possibilité de rassembler enfin toutes les pièces du puzzle. Peut-être que ces choses ont pour but de nous mettre à l'épreuve. De séparer le bon grain de l'ivraie.

— Mais pourquoi ?

— Vous savez ce que j'ai découvert ? Il est plus facile de mourir que de regarder ses enfants souffrir. » Son regard se détourna de la fascinante tempête pour se poser sur moi. D'un doigt léger, elle repoussa les mèches folles que l'humidité avait plaquées sur mon front. « À partir du moment où l'on reconnaît l'insignifiant pour ce qu'il est, peut-être arrive-t-on à se concentrer sur ce que l'on aime le plus, sur ce qui nous est le plus cher. »

Staten Island me paraissait banal. Sans doute m'étais-je attendu à voir la ville à feu et à sang tout au long de la route qui menait à la prison de Richmond.

Drew engagea la voiture dans une rue où se succédaient des concessionnaires de voitures et des stations-service. Je m'imaginai Merry empruntant ces routes lorsqu'elle était enfant et adolescente, puis adulte.

Elle n'avait pas revu notre père depuis qu'il avait envoyé la lettre annonçant sa prochaine libération. Malgré sa carte de Noël implorante, Merry était demeurée implacable. Elle ne se sentait pas en état de le voir et était dans l'incapacité de dire quand elle le serait. Jamais ! espérais-je. Après avoir passé sa vie entière à enfouir sa colère pour le bien de notre père, voir le coupe-papier sur le cou de Ruby avait mis fin à l'emprise qu'il exerçait sur elle, au point qu'elle ne lui avait même pas écrit pour lui expliquer pourquoi elle ne viendrait pas.

Quant à moi, la vision de la lame sur la gorge de ma fille avait rendu impérative la nécessité d'aller le voir.

Du coup, j'étais là.

Drew gara la voiture sur un terrain adjacent à la prison. Les barbelés noirs qui entouraient le bâtiment semblaient tenir debout par miracle. Bien qu'ordinaire, notre voiture étincelait au milieu des épaves qui remplissaient le parking.

« Tu es sûre que tu ne veux pas que je vienne avec toi ? me demanda Drew lorsqu'il coupa le moteur.

— J'ai besoin de faire ça toute seule. »

Doucement, il me serra le genou. « Il n'y a aucune gloire à cela. Nous faisons équipe, Lu. »

J'entrelaçai mes doigts pour calmer mes mains tremblotantes et les portai à ma bouche. Le parfum de crème à la lavande ne parvenait pas à masquer l'odeur âcre de mon appréhension. J'avais obligé le pauvre Drew à s'arrêter dans tous les McDonald's et Burger King entre chez nous et Staten Island, ayant besoin d'arrêts pipi constants pour vider ma vessie contractée, ainsi que de Ginger Ale tiédasses pour apaiser mes brûlures d'estomac.

« Si je n'affronte pas toute seule cette épreuve, je n'irai pas au fond des choses. Je ne sais pas encore très bien ce que je vais lui dire, mais, si tu es là, je risque de céder à la facilité et de te laisser le plus dur.

— Ce serait si épouvantable ? » La main qu'il posa sur mon épaule pesa sur moi avec la promesse de la délivrance. « Tu t'es toujours débrouillée seule toute ta vie, avec ton père. »

Je secouai la tête. « Je ne sais même pas vraiment pour quelle raison je suis là. » Je m'étais raconté que j'avais planifié cette visite pour Merry, comme une compensation pour toutes ces années pendant lesquelles j'avais érigé des barrières en laissant ma sœur se cogner contre les murs.

« Pour faire face à tes fantômes ?

— Je ne sais pas. » Je grattai le bord de mon sac en cuir usé et essuyai mes mains moites sur mon pantalon en laine noire. Mes bottes d'hiver comprimaient mes pieds dans la voiture surchauffée. Je portais un simple pull gris. Des vêtements de deuil, eût-on dit. Comment s'habillait-on pour aller voir le père qui avait tué votre mère il y aurait bientôt trente-deux ans ?

De quoi fallait-il parler avec lui ?

J'avais posé la question à Merry.

De tout et de rien. De mon boulot. De Ruby et de Cassandra. De toi.

Ma peau se glaça à l'idée qu'elle ait parlé de mes filles et les ait fait entrer dans la prison. Qu'elle m'y ait fait entrer moi.

« Parle-moi, Lu. Laisse-moi t'aider. » Drew posa sa main chaude sur ma cuisse.

Je me détendis un peu. « Mais tu m'aides tous les jours. » Je glissai mes doigts dans sa main rassurante. « Savoir que tu seras là quand je sortirai est la seule chose dont j'ai besoin. »

J'ouvris la portière, m'arrêtant à mi-chemin pour cracher les mots qui m'étouffaient depuis 1971. « J'ai toujours pensé que maman était morte par ma faute.

— Pourquoi ? » En ne se récriant pas aussitôt *Oh, non* ou *C'est impossible* et en me demandant simplement pourquoi, Drew me faisait un énorme cadeau – une raison de plus de l'aimer.

« Quand maman m'a dit : "Va vite chercher de l'aide, dépêche-toi, il a un couteau, il va me tuer"… » Je me tus, la main plaquée sur ma bouche.

« Dis ce que tu veux… Ça va. » Il me frotta le dos en dessinant un petit cercle. « On va bien.

— J'ai attendu… Je suis restée là figée sur place.

— Ça t'a sûrement paru long, mais ça ne l'a pas été.

— Comment le saurais-tu ?

— Parce que, peu importe l'âge que tu avais à l'époque, je te connais.

— Peut-être que si j'avais été plus rapide, elle aurait survécu.

— Non. Tu n'aurais pas pu arrêter ton père. Tu n'étais qu'une petite fille. » Il me serra dans ses bras. Je me sentais aussi paralysée que ce jour de juillet où Teenie et moi avions trouvé le corps de ma mère. Je sentais à peine les bras de mon mari.

Je descendis de la voiture.

Le vent cinglant me fouetta le visage alors que je marchais vers le panneau *Visiteurs* dont les lettres d'un rouge délavé s'écaillaient sur la porte noire en métal. Merry m'avait expliqué à quoi m'attendre, mais seul le fait de voir par moi-même l'endroit pourrait le faire exister, me permettre de comprendre à quel point venir ici avait dû être difficile pour ma sœur.

Je n'avais sur moi que mon permis de conduire et un paquet de mouchoirs, les deux glissés dans ma poche, suivant les conseils de Merry. Elle m'avait prévenue qu'il n'y avait jamais de papier dans les toilettes réservées aux visiteurs. Je me plaçai au bout de la file derrière une vieille femme d'une maigreur squelettique. Sous sa peau, la graisse avait fondu, la laissant aussi desséchée qu'une vieille pomme. Elle serrait sur ses épaules un gilet couleur lilas. Des boucles tristes et tombantes encadraient son visage.

Elle se retourna vers moi. « Votre mari ou votre père ?

— Pardon ? » fis-je, stupéfaite qu'elle m'adresse la parole. Je m'étais imaginé cette scène comme un gros plan sur mon père et moi. Aucun autre personnage ne figurait dans le champ.

— Vous venez voir qui ? » Elle avait l'air impatiente. Sa question n'était sans doute qu'une façon normale de se comporter. Merry ne m'avait pas dit que les gens se parlaient dans la file d'attente. Si je m'étais imaginé quoi que ce soit, c'était plutôt des murs invisibles séparant les visiteurs. « Votre mari ? Je ne vous ai encore jamais croisée.

— Mon père. » Étant donné que les gens préféraient parler d'eux qu'entendre parler des autres, je lui posai à mon tour une question, présumant qu'elle avait quelque chose à me confesser. « Qui vous amène ici ?

— Mon fils, grommela-t-elle. Le fléau de mon existence. »

Pourquoi venait-elle ici pour son fléau de fils ? Qu'avait-il fait ? J'ignorais tout des protocoles de la prison, des propos qu'échangeaient les femmes – car il s'agissait en majorité de femmes. Je hochai la tête d'un air compréhensif, tout en priant pour que la file avance plus vite.

« Il m'avait promis que jamais il y retournerait », dit-elle. Mes hochements de tête pleins de compassion l'encouragèrent. « La drogue, ils ne peuvent plus s'en défaire une fois qu'ils sont accrochés, pas vrai ?

— C'est vrai, dis-je.

— Vous m'avez l'air d'une femme qui a de l'éducation, je me trompe ?

— J'ai fait des études, oui.

— Je m'en doutais. Alors peut-être que vous savez ce qui ne va pas dans ce monde. Est-ce que c'est juste le diable ? » Elle tripota une de ses boucles, le petit rouleau semblant la rassurer. « Mon fils a vendu mes bagues. » Elle me montra ses mains dépourvues de bijoux en guise de preuve. « Et pourtant, je suis là. Est-ce qu'on en tire un jour des leçons ? »

Je repensai à la fidélité indéfectible de mamie envers mon père. Aurais-je fait tout ce trajet pour venir voir Ruby ou Cassandra ? « Je suppose qu'être mère exige de donner sa vie entière.

— Ah, c'est mon tour… » La bouche fardée de rouge à lèvres cerise découvrit un dentier étincelant. Elle me tapota la main. « Bonne chance. C'est notre croix, pas vrai ? »

Notre croix. J'effleurai ma boucle d'oreille en macaronis à paillettes dorées, le cadeau des enfants qui avait résisté si longtemps grâce à Drew. Le fléau de nos existences, ces hommes ? À l'origine, le mot fléau signifiait frapper, blesser.

Le gardien me regarda en fronçant les sourcils, bien que je porte des vêtements faciles à fouiller, sans poches ni manchettes. Il ne s'attarda pas une seconde sur mes bonnes manières ou ma tenue correcte, comme si nulle personne franchissant la porte de la prison n'était digne de respect.

Il me laissa passer. Le seul obstacle qui m'attendait à présent était la confrontation avec mon père. J'avançai le long du couloir.

La salle du parloir empestait l'ammoniaque, me rappelant le mois que j'avais passé à la morgue où l'odeur du formol s'incrustait partout sur moi. Des tables et des bancs rivés au sol étaient alignés dans la salle. Il n'y avait pas d'écran en verre pour me protéger. Merry m'avait prévenue : il n'y aurait rien entre nous, et les gens se serraient dans les bras, ne serait-ce que furtivement. Une image qui ne cessait de me tourmenter.

Elle m'avait assuré par ailleurs que notre père me reconnaîtrait – il avait vu des photos. Je ne pensais pas le reconnaître, pourtant je le reconnus aussitôt. Plus maigre, les cheveux grisonnants et portant des lunettes qu'il avait dû lui-même fabriquer, l'homme qui se tenait devant moi dans l'uniforme orange des détenus se doublait en surimpression du fantôme de mon père étant jeune. Ses yeux étaient trop avides, trop grands, trop assoiffés de me voir. Prise d'un mouvement de recul, je regrettai tout à coup l'absence de Drew.

D'un pas résolu, j'avançai vers lui, sans prendre le temps de m'arrêter pour réfléchir. Je croisai les bras sur ma poitrine. Ne m'approche pas ! prévenaient mes bras.

« Lulu… Oh, mon Dieu, c'est bien toi… Quand ils m'ont annoncé que tu venais, je ne l'ai pas cru. » Il cligna des yeux, les essuya d'un revers de manche orange prison et me tendit sa main. Je ne me reculai pas assez vite ; il m'attira vers lui et m'embrassa. Sa joue qui piquait toucha la mienne. Il sentait le désinfectant, comme à l'hôpital.

« Les mains ! » lança un gardien.

Mon père se recula. « Ici, on n'a pas le droit de s'embrasser plus d'une seconde. » Il sourit. Bon sang… Il me dévorait des yeux…

Arrête de me regarder.

« Mais ce ne sera plus très long, maintenant. Ta sœur t'a dit, non ? Que j'allais sortir ? »

Je hochai la tête en silence.

« T'as perdu ta langue ? » Il rit. « C'est bon, ma chérie. C'est que ça fait un bout de temps. Je comprends. »

C'est sûr, ça fait un bout de temps que tu as tué maman.

Il s'assit et me fit signe de m'asseoir en face de lui. « Là, ma chérie. »

Raide comme un piquet, je m'assis sur le banc, les mains croisées sur les genoux.

« Tu n'es pas venue jusqu'ici juste pour me dévisager, dis ? » Il pencha la tête, comme il le faisait quand j'étais petite et qu'il s'apprêtait à raconter une blague.

« Toc, toc ! » Mon père se tapa sur le front, s'efforçant de me faire entrer dans notre petit jeu d'autrefois.

Toc, toc !

Qui est là ?

C'est la police.

La police qui ?

La police qui veut entrer. Il fait froid dehors.

« Tu es censée dire : "Qui est là", tu te souviens ? » Son sourire s'atténua quelque peu.

Toc, toc !

Qui est là ?

C'est Doris.

Doris qui ?

Doris qui est enfermée, c'est pour ça que j'ai frappé !

« Merry va bien ? Elle ne m'a ni appelé ni écrit. Je suis inquiet. » Il tambourina des doigts sur la table en bois avec nervosité. « Mon Dieu, Lu, tu n'es pas venue m'annoncer de mauvaises nouvelles ? »

Toc, toc !
Qui est là ?
Je suis amoureux.
Amoureux de qui ?
Je ne sais pas. Dis-le-moi, toi !

« Il est temps que tu laisses Merry tranquille », dis-je.

Mon père secoua la tête, comme s'il ne comprenait pas ce que je disais.

« Il est temps pour elle de vivre sa vie. Tu as essayé de la lui prendre, d'une certaine façon. Mais tu n'as pas réussi, et ensuite, tu t'es débrouillé pour y parvenir autrement.

— C'est pour ça que tu es venue ? » Il semblait être sur le point de pleurer. Je jetai un regard au gardien le plus proche. Un jeune Afro-Américain si impassible qu'on aurait pu le croire mort. Je priai pour que le règlement interdise aux détenus de fondre en larmes.

« Tu es venue ici dans l'intention de me torturer ?

— Je suis venue te dire que tu n'iras pas à Boston. »

Son air blessé laissa place à un regard de défi. « Parce que c'est toi qui décides où je vis ? »

Autrefois, à Brooklyn, il changeait tout le temps d'humeur comme ça. Ton père pouvait changer en moins d'une seconde, disait Mimi Rubee lorsqu'elle se massait le visage avec un baume blanc – une crème au parfum de fleurs qui promettait une peau lisse à tout jamais – et que Merry était déjà endormie.

Lorsque Mimi Rubee et moi avions fini de regarder nos séries télévisées – *Ma sorcière bien-aimée, La*

Nonne volante, Les Allumés de Beverly Hills –, nous nous préparions à nous mettre au lit, moi en me brossant les dents, elle en traquant ses rides. Pendant ce temps, nous parlions, nous sentant suffisamment à l'abri pour nous laisser aller quelques minutes, étant donné que le sommeil viendrait bientôt nous arracher au cauchemar dans lequel nous vivions.

Prends garde à lui.

Mais il est en prison, Mimi Rubee.

Peu importe la prison. Jusqu'à sa mort, il tendra la main. Derrière ses apparences, ton père est un homme faible, Lulu. Un raté qui n'a même pas réussi à se tuer. Les hommes faibles sont les plus redoutables, et l'échec les rend encore pires. Reste à distance de lui. J'avais prévenu ta mère, mais elle ne m'a jamais écoutée.

« Je ne décide rien. Mais puisque tu sors plus tôt que prévu, tu seras en liberté conditionnelle. Aussi je m'occupe de vérifier en détail toutes les conditions de cette liberté conditionnelle. Tu te souviens des lettres que tu voulais que j'écrive ? Si tu viens à Boston, j'écrirai des lettres comme tu n'en croiras pas tes yeux.

— Voilà qui me rend très triste. Le pardon est la plus grande qualité, le savais-tu ? J'ai suivi des séminaires, ici. Pardonner aide à guérir, Lulu.

— Est-ce que tu plaisantes, papa ? » La phrase m'avait échappé. Je sentis le goût étrange du passé sur la langue.

Agrippé au bord de la table, il se pencha en avant et me fixa dans les yeux. « Ne te moque pas de moi. Regarde-toi… Tu ne m'as pas revu depuis l'enterrement de ta grand-mère, et la première chose que tu trouves à me dire, c'est de rester à distance de ta sœur ? Ta sœur est un ange. Je sais que ça lui fait du bien, l'amour qu'elle me donne. Écoute, j'ai retenu ça par cœur à ton intention. »

Il leva la main pour couper court à mes protestations. Puis il se racla la gorge, exactement comme il le faisait quand il me fredonnait une chanson autrefois à Brooklyn, et se mit à citer une parabole sur la prison. « *Refuser le pardon, c'est comme être en prison. Celui qui ne pardonne pas reste enfermé entre quatre murs.* Ce n'est peut-être pas tout à fait la phrase exacte, mais ce n'est pas loin. »

Les yeux de mon père avaient la même forme que ceux de Merry, les mêmes longs cils. Ce qui avait un côté féminin sur lui et habillait le visage déjà charmant de ma sœur. Sur Ruby, ces mêmes cils évoquaient un coup de pinceau parfait.

Les yeux n'étaient en rien les fenêtres de l'âme. Je fixai ceux de mon père en voulant plonger tout au fond pour voir ce que j'y trouverais. Quelque chose d'épouvantable ? Comme la poupée de Merry le jour où son œil de verre était tombé, ne laissant qu'un vide noir et terrifiant ?

« Comment pourrais-je te pardonner ce que tu as fait ? Comment peux-tu te pardonner à toi-même ?

— J'essaie de ne plus y penser. C'est un chapitre clos. J'étais ivre. Je n'étais qu'un gamin. Je n'avais aucune idée de ce que je faisais. Je l'ai payé ma vie entière.

— Non. Maman a payé.

— Ta mère n'est plus là. Je ne peux pas la faire revenir.

— Où sont tes remords, papa ? Où est ton chagrin ?

— Ne présume pas me connaître, Lulu.

— Comment le pourrais-je ? Tu t'es toi-même détruit. Tu as bousillé nos vies.

— Ça n'excuse rien, mais, bon sang, ta mère n'avait rien d'une sainte ! Pas une seule fois tu n'es venue me voir, Lulu. Pas une. Tu es pourtant ma fille.

— Je ne le suis plus. Demande à Dieu de te pardonner, pas à moi. Ce n'est pas à moi de le faire. Ça ne l'a jamais été et ne le sera jamais.

— Tu ne crois pas que j'aimerais pouvoir revenir en arrière ? Ne sais-tu donc pas que ta mère me hante ? Je l'aimais, je l'aimais infiniment. » Il s'affaissa. « Si je regrette ? Ce mot n'exprime pas ce que je ressens. »

Éprouver de la pitié pour mon père étant trop douloureux, je m'accrochai à ma colère. En outre, pour qui avait-il du chagrin ? Avait-il du remords d'avoir tué ma mère ? Ou bien du regret pour lui ?

« Je veux ma famille. Il nous reste si peu d'années… » Il tendit les mains, paumes ouvertes. « D'accord. Je n'ai aucun droit, Lulu. Je ne viendrai pas à Boston, pas si tu ne veux pas de moi. »

Je me mordis la lèvre jusqu'à ce qu'elle soit engourdie et traçai *NON*, *NON*, *NON* à l'intérieur de mon bras. Après quoi je déglutis et repris la parole. « J'ai mis quinze mille dollars sur un compte à ton intention. Pour quand tu sortiras. Pour démarrer ta vie. Je veillerai à ce que tu les reçoives. »

Pour toi, mamie. Je t'avais promis de m'occuper de tout ça, maintenant, c'est fait.

« Est-ce que je peux t'écrire ? demanda-t-il.

— Est-ce que j'ai déjà pu t'en empêcher ? » L'estomac en vrac, je me levai pour partir.

Il croisa les mains. Mon père. Un pénitent. Ma malédiction.

Alors que je m'éloignai, je me retournai vers lui. « Maman avait les yeux de quelle couleur ?

— De la même couleur que toi, Lulu. Tu n'as qu'à te regarder dans une glace. »

32

Merry, avril 2003

Dès que j'avais reçu la lettre de mon père m'annonçant sa libération, j'avais cessé d'aller lui rendre visite. Sept mois plus tôt, après avoir été pendant des années sa fille fidèle, sa gentille fille, la fille sur laquelle il comptait, brutalement, j'avais arrêté.

Sa lettre m'avait pétrifiée. Tout ce qui avait suivi, Victor, mes problèmes avec Lulu, m'expédiait au fond d'un trou noir d'où j'avais un mal fou à remonter.

Et à présent, j'étais là. De retour à Brooklyn, en train de chercher la maison de mon père.

Au milieu des épais buissons qui bordaient la rue, les forsythias étaient en fleur. Bensonhurst, un quartier où je n'étais encore jamais venue, semblait fait d'une brique différente du Brooklyn de mon enfance. J'avais grandi au milieu des immeubles rose défraîchi de Flatbush. Ici, la brique paraissait plus rouge.

À mesure que j'avançais, je vérifiai les numéros sur les maisons. À pas lents. Repoussant le moment fatal. À deux reprises, je sortis mon téléphone. J'avais beau avoir envie d'entendre Lulu me dire que tout irait bien et de ne pas m'inquiéter, je résistai à la tentation. Il fallait que je me rassure moi-même. Ma sœur ne savait pas que j'étais venue le voir, ni que j'avais quitté Boston à six heures ce matin. Si elle l'avait su, elle m'aurait convaincue de me dispenser du voyage.

Mon père a tué ma mère.

Cela fera trente-trois ans en juillet.

J'avais alors cinq ans et demi.

Lulu n'était jamais allée le voir.

J'y étais toujours allée.

Tout irait bien.

Arrivée à la moitié de la rue, j'aperçus mon père devant le portail. Le voir libre me sidéra. Aucun règlement ni gardien n'était là pour interdire qu'il me prenne dans ses bras et m'embrasse. Les visites minutées ne limiteraient pas le temps que nous passerions ensemble. Mon estomac se retourna avant de me remonter dans la gorge. Je me tapai plusieurs fois sur la poitrine, m'accordant l'entière liberté de tripoter mes cicatrices à travers mon pull léger de printemps. Personne ne retira mes doigts de la marque qu'avait laissée mon père.

Son sourire s'élargit. Il remua la tête en me faisant signe, *Viens, viens*. Je me forçai à mettre un pied devant l'autre, mes pas ponctués de soupirs hésitants. S'il n'avait pas été là-dehors à m'attendre, j'aurais fait demi-tour illico vers ma voiture de location.

Finalement, l'air impatient, mon père détacha la chaîne et s'avança vers moi. Je cherchai à repérer des traces de la prison dans sa démarche – marchait-il comme un homme qu'on surveille ? Avait-il l'air nerveux, comme s'il y avait trop d'espace autour de lui ? Je ne vis cependant qu'un homme grisonnant encore musclé qui marchait avec fière allure.

Des lunettes en métal rectangulaires avaient remplacé la monture à la Clark Kent qu'il portait en prison, lui donnant un air étrangement à la mode, tout comme sa chemise blanche style Gap rentrée dans un pantalon en toile beige.

Mamie Zelda disait toujours que mon père était une vraie gravure de mode.

« Ma poupée..., dit-il doucement. Tootsie. » Me prenant dans ses bras, il me serra longtemps et très fort. Serre-le, toi aussi ! m'asticotai-je. Je passai un bras dans son dos, l'obligeant à embrasser le bout de bois inanimé que j'étais soudain devenue. Il pressa mes bras tout raides contre mes côtes.

« Eh bien, regarde... Tu es là. » Il laissa une main refermée sur mon coude, même quand il me relâcha.

« Belle maison. » D'un geste vague, je montrai l'immeuble quelconque, histoire de m'occuper le bras.

Son regard rayonna. « Je me suis pas mal débrouillé, non ? Viens. » Du menton, il indiqua les buissons. « Des forsythias. La fleur officielle de Brooklyn.

— Je ne savais pas. » Mes paroles me semblaient gauches, trop lourdes pour ma langue.

« L'appartement que j'ai est pas mal. Enfin, tu vas voir. C'est petit. Au sous-sol. Une annexe. Mais bon, faut bien commencer quelque part. » Au bout de l'allée, il m'entraîna vers une entrée de service, ouvrit la porte et me fit signe de passer la première. « Prends l'escalier sur la gauche. »

Une moquette râpée recouvrait le centre des marches au bois usé qui descendaient au sous-sol.

« Vas-y, dit-il. Entre. »

J'ouvris la porte qui n'était pas fermée à clé et me retrouvai dans une cuisine d'une douloureuse propreté.

« Je l'ai loué meublé, mais ce n'est pas trop mal. Pour l'instant.

— Je suis sûre que tout est bien, papa. » Ma mâchoire aurait eu besoin d'huile. Je me sentais aussi rouillée que l'homme en fer-blanc du *Magicien d'Oz*.

Des sets de table noirs étaient alignés au cordeau sur une table en Formica veinée de gris. Quatre chaises étaient disposées pile au milieu de chaque côté de la table. Des clous ronds en cuivre maintenaient les assises en Skaï rouge aux montants métalliques des chaises. Des placards blancs en tôle émaillée étaient accrochés au-dessus d'un évier en porcelaine craquelée. Le réfrigérateur et la cuisinière donnaient l'impression de contenir des pains de glace. J'avais le sentiment d'être tombée au fond d'un trou spatio-temporel.

« Le reste se trouve par ici. » Tout fier, il me montra une porte et me fit signe de le suivre. Des tapis recouvraient presque entièrement le plancher éraflé dans la pièce qui faisait à la fois office de chambre et de salon. Il avait placé un divan et un fauteuil en tweed de façon à former un parfait angle droit. Dans le coin, un bureau et une commode se dressaient tout raides, avec une malle entre les deux.

Les Tournesols de Van Gogh étaient accrochés dans un cadre en plastique jaune.

« C'était meublé, répéta-t-il. Mais c'est moi qui ai acheté l'affiche et la malle.

— C'est bien rangé.

— Question d'habitude. Dans ma cellule, la moindre chose dérangée me rendait fou. » Il se racla la gorge et changea de sujet. « Bientôt, je vais repolir le parquet. »

Il me montra la petite salle de bains, équipée d'une baignoire et d'un lavabo rose fané, et où le sol était recouvert du même lino à roses énormes que dans la cuisine. Un savon, du dentifrice et un gobelet en plastique vert étaient posés sur le rebord du lavabo immaculé.

Avant de revenir dans la cuisine, je m'extasiai sur le petit garde-manger qui contenait un mélange pour soupe Lipton, des Fruit Loops et des boîtes de thon.

« Assieds-toi, dit-il. Nous allons déjeuner. »

Du bout du doigt, j'effleurai le set de table flambant neuf, certaine d'être la première à m'en servir et sa première invitée. Il posa deux assiettes incassables bordées d'un liseré bleu, avec les tasses et les soucoupes assorties. « Tu bois du café ? Je n'ai rien de plus fort dans la maison. C'est le règlement. »

Je hochai la tête, comme si obéir à un règlement chez soi était la chose la plus naturelle du monde. « Du café, c'est très bien. Super.

— Tu le prends comment ? » Le pot de crème et le sucrier avaient quelque chose d'incongru dans ses mains calleuses, bien qu'il les tienne avec une certaine délicatesse.

« Juste avec du lait. » Je pris sur moi de ne pas pleurer en constatant que mon père ne savait même pas comment je buvais mon café.

« C'est de la crème. Je vais te donner du lait.

— Non, pas la peine, papa. De la crème, c'est encore mieux.

— Tu vois ? C'est ce que je me suis dit. » Rayonnant, il posa le pot de crème devant moi. « Regarde-toi, pas un gramme en trop ! Aussi parfaite que d'habitude. » Il tendit le bras pour me montrer la galerie de portraits encadrés sur le mur. Une rafale de photos montées style collage ou dans des cadres individuels. Il avait conservé pieusement toutes les photos que je lui avais données et les avait enfermées dans du bois. On distinguait encore les marques de Scotch sur celles qu'il avait collées aux murs de sa cellule.

J'aperçus mes nièces étant bébés, puis un peu plus grandes, puis à huit et dix ans. Ruby en tutu rose, Cassandra en grande section de maternelle. Ma remise de diplôme à l'université. Le mariage de Lulu. Certaines photos donnaient l'impression d'avoir été agrandies. Les heures de travail qu'il y avait manifestement passé s'étalaient sur le mur.

« J'ai fabriqué moi-même les cadres, dit-il. Je me suis installé un petit atelier dans la cave. Je n'en ai fait encore que la moitié. Ma propriétaire trouve que j'ai la plus belle famille de Brooklyn.

— Sauf qu'on ne vit pas à Brooklyn, papa.

— Mais moi, si… Et puis, est-ce que vous n'avez pas commencé par vivre avec moi ? » Il déposa une assiette remplie de bagels, six chacun… « Comme je ne savais pas lesquels tu préférais, j'ai pris un assortiment. Regarde, il y en a des à l'ail, des nature, des au pavot et d'autres "à tout". Celui-ci, je ne me souviens plus à quoi il est... Je ne crois pas qu'ils en faisaient des comme ça avant. Sers-toi la première », insista-t-il, comme si nous risquions de manquer.

Retournant vers le réfrigérateur, il revint avec un plat de saumon fumé et un tube de fromage blanc fouetté Temptee.

« Je n'ai pas mangé de Temptee depuis la mort de mamie.

— J'ai encore l'impression que je pourrais décrocher le téléphone et l'appeler, dit mon père. Elle ne m'a jamais laissé tomber. Dieu sait pourtant si je l'ai déçue ! »

Qu'attendait-il que je dise ? *Non, papa. Tu as été un bon fils ?* « Elle a toujours été bonne avec nous. Étant petite, je ne me suis jamais sentie aussi bien avec un autre adulte, dis-je en prenant un bagel "à tout". Seulement avec mamie.

— Même pas avec moi ? »

Mon bagel et mon couteau restèrent suspendus en l'air. « Tu plaisantes, papa ?

— Toi et moi, on n'a jamais cessé de se voir, ma chérie. Comment aurais-tu pu ne pas te sentir détendue avec moi ? » Ses yeux me suppliaient de lui mentir. S'il te plaît, accorde-moi ce petit bout de paix ! m'implorait-il en silence.

L'appétit coupé, je reposai le bagel intact sur mon assiette. « Papa, pourquoi crois-tu que je ne t'ai pas vu depuis le mois de décembre... ou novembre ?

— À cause de Lulu. J'ai pensé qu'elle t'avait peut-être dit de ne pas venir. »

Soudain, prise de l'envie d'arracher les photos encadrées et de les piétiner une à une, je coupai mon bagel en deux, puis encore en deux. « Comment peux-tu te raconter de tels contes de fées ?

— Maintenant que je suis sorti, est-on vraiment obligés de revenir sans arrêt sur la même chose ? » Mon père coupa un bagel nature avec son couteau, d'un geste lent, millimètre par millimètre, jusqu'à ce que les deux moitiés se séparent, puis tendit la main vers le couteau à beurre.

Je l'arrêtai en posant ma main sur la sienne. « Est-ce que tu as des cicatrices ? Au poignet ? »

Mon père recula brusquement, comme s'il craignait que je vérifie par moi-même. « Pourquoi faut-il que tu fasses ça ? C'est arrivé il y a très longtemps. »

Je me levai et ouvris les deux premiers boutons de mon pull bleu pâle, dont je m'aperçus tout à coup qu'il était en angora mousseux et faisait très petite fille. Je dégageai mon épaule du côté gauche. « Est-ce que tes cicatrices ressemblent à ça ?

— Arrête. Je t'en prie. » Il s'approcha de moi. Je reculai.

« Tu n'as même jamais vu mes cicatrices. Tu n'as jamais vu ce que tu m'as fait, papa.

— Je n'ai pas besoin de les voir, ma chérie. Je vis avec chaque jour de ma vie.

— Non, c'est moi qui vis avec. » Je fermai les yeux, décidée à m'arracher la peau des bras avant de me laisser aller à pleurer. « J'ai toujours eu l'impression d'être enfermée en prison avec toi. Les fois où je ne venais pas, je pensais à toi là-bas, ou alors je redoutais les visites, parce qu'elles me terrifiaient, et je me sentais tellement coupable que je t'écrivais une lettre. Et pendant tout ce temps, tu ne m'as dit qu'une seule fois que tu regrettais.

— Tu ne le sais donc pas ? Je n'arrête pas de regretter… Ma chérie, je n'étais qu'un gamin quand tout ça est arrivé.

— Non, tu avais trente et un ans. C'est moi qui étais une gamine.

— Qu'est-ce que vous voulez de moi, les filles ? Comment puis-je réparer ? Vous faire comprendre que j'ai besoin de vous deux et que je vous aime ? Je veux ma famille. S'il te plaît, ma chérie, tu as toujours été là pour moi. Tu ne vas pas me faire ça maintenant…

— Et toi, quand est-ce que tu as été là pour moi ? » Je remontai l'épaule de mon pull et me penchai en avant. Le sang battait à mes tempes.

« En tout cas, j'ai essayé, non ? Je me suis tenu au courant de ton travail à l'école, de tes petits copains, de ta carrière… Je me suis intéressé à tout ce que tu as fait, tout m'intéressait. Les lettres et les dessins que tu m'as envoyés, les cartes, les poèmes… J'ai toute une vie, là-dedans ! » dit-il en montrant l'autre pièce.

Les poings serrés, mon père appuya sa tête sur ses mains tremblantes. Est-ce que ça valait le coup d'essayer, sachant que de toute façon le voir souffrir me fendait l'âme ?

Il avait raison : effectivement, il avait toute ma vie. Il la possédait.

« C'est bon, papa, ça va… Je te suggère seulement d'y réfléchir, de comprendre pourquoi ce n'est pas quelque chose qu'on peut oublier aussi facilement que tu le voudrais. »

Je repris mon bagel saccagé et le tartinai de Temptee, ne voyant pas ce que je pouvais faire pour lui à l'instant hormis manger le bagel.

« Tout est là, reprit-il. Dans mon bureau. Toutes les lettres que tu m'as écrites. Tu veux les voir ?

— Je t'assure, papa, c'est bon. » Je fis descendre un morceau de bagel tant bien que mal dans ma gorge sèche, puis dans mon estomac noué. « C'est sans importance. »

S'il te plaît, arrête de parler, arrête, s'il te plaît, arrête !

« Tu penses que je suis un monstre, mais ce n'est pas vrai. Est-ce que tu comprends ? Je sais que c'est un peu tard, mais, je t'en prie, je peux encore t'aider. »

Ses yeux fixaient les miens.

Mon père était un homme limité qui jamais ne grandirait. Je ne pouvais qu'espérer apprendre à ne pas le détester de façon immodérée ou à ne pas l'aimer trop. Il fallait que je le mette à une place qui soit pour moi vivable.

Je plaquai mes doigts sur ma bouche. Il m'avait pris tant de choses. Ma mère. Ma famille. Une vie comme je la voulais se profilait dans un coin de ma tête, mais alors que j'étais là chez lui en train de fixer ses yeux – mes yeux –, je n'avais ni la lâcheté ni le courage de m'en aller. Peut-être qu'un jour les filles de Lulu demanderaient à rencontrer leur grand-père, et même si ma sœur parvenait à les amener, elle n'aurait de place que pour sa rage.

« C'est un bon bagel, le “à tout”. J'aime bien. »

Il eut un sourire hésitant. « Tu n'en avais jamais mangé ?

— Non, c'est la première fois. » Encore un bobard. Encore un mensonge. Encore un cadeau fait à mon père. Lulu m'aurait probablement jugée faible, seulement, pour moi, c'était mieux comme ça.

Il avança la main pour prendre un bagel. « Alors je vais en goûter un. Sur tes recommandations, Sugar Pop. »

Quelques mois plus tard, j'avais déménagé à New York. Park Slope, où j'avais trouvé un appartement, ressemblait à Manhattan, à ceci près qu'ici il y avait de la place.

À Brooklyn ? s'était exclamée Lulu. *Tu déménages à Brooklyn !* Elle avait dit cela comme si on avait échappé aux pogromes en Russie et que je retournais vivre dans la ville réduite à un tas de décombres que nous avions laissée derrière nous. Peut-être avait-elle raison, néanmoins, je m'étais installée dans un quartier de Brooklyn très amélioré, très différent de celui où nous avions vécu. J'avais échappé aux taudis.

Chargée de provisions, je rentrai chez moi en traînant les pieds avec bonheur dans les feuilles d'octobre qui jonchaient le trottoir. Les sycomores au tronc énorme qui bordaient ma rue avaient un côté protecteur. Partout se dressaient des *brownstones* traditionnels de Brooklyn, rappel de ces hommes fortunés et prospères du XVIIIe siècle fiers de leur situation. Et bien que les anciens propriétaires aient divisé les vieux immeubles en appartements, ici et là, derrière une fenêtre éclairée, on pouvait apercevoir un intérieur de l'époque, la splendeur des grandes pièces lambrissées et les panneaux de bois striés d'or par la lumière des lustres.

Je montai les marches du *brownstone* dans lequel j'avais acheté un appartement au premier étage avec l'aide de Drew et de Lulu. Mes quatre pièces m'accueillirent. Les volets en acajou sombre protégeaient les lieux du vent. Quand ils étaient ouverts, ils laissaient le soleil souligner les motifs complexes du parquet. Un à un, j'avais chiné des meubles d'occasion qui convenaient à la perfection. Le canapé, que j'avais acheté neuf, était tapissé de velours rouge rubis et parsemé de coussins bleu saphir.

Mon père avait récupéré une bibliothèque en loupe d'orme mise au rebut dont il avait réussi à percevoir la beauté sous plusieurs couches de saleté. Trois semaines plus tôt, il avait trimballé son œuvre terminée dans la camionnette empruntée au magasin d'optique pour lequel il travaillait et m'avait présenté un meuble remis à neuf si luisant de polyuréthane qu'il en avait quasi gâché la valeur en tant qu'antiquité.

Je déballai mes provisions et les rangeai sur les étagères que mon père avait peintes avec minutie dans une nuance assortie aux coussins. Nous dînions ensemble une fois par semaine. Quelquefois, nous allions au restaurant. Mes choix se portaient sur de minuscules gargotes ethniques, les siens sur des restaurants de viande de Brooklyn. Nous terminions toujours la soirée en allant voir un film. Des mélodrames larmoyants pour moi, des comédies musicales pour lui. Le plus souvent, il faisait la cuisine, une de ses nouvelles marottes sur sa liste de plus en plus longue. Cuisine italienne du Nord, restauration de vieux objets, personnages miniatures en fil de fer tordu… Il ferait tout et n'importe quoi dans ce monde pour me rendre heureuse, excepté parler du passé. En parler lui était impossible, bien que de temps à autre, sans même en avoir conscience, il s'égarait dans un souvenir de nous quatre et me servait un petit morceau d'histoire qui me nourrissait durant des semaines.

Je mis les sushis que j'avais apportés sur une assiette en verre moucheté et remplis un grand verre de jus d'airelle. Puis, munie de mon manuel et d'un surligneur, j'allai m'asseoir devant la table basse en bois dénichée chez un antiquaire dans Atlantic Avenue.

Je vivais ma vie en travaillant, en étudiant et en voyant de nouveaux amis. Mes visites à Cambridge n'étaient pas très fréquentes, pas au point toutefois de me sentir une étrangère lorsque je retournais là-bas. Il me fallait du temps pour ériger des barrières entre les certitudes que Lulu avait sur moi et la nouvelle personne que j'étais en train de devenir. De son côté, il lui fallait du temps pour reformer une famille dans laquelle je ne sois pas toujours plus ou moins présente. J'avais besoin de devenir une tante, une sœur et une belle-sœur, de cesser d'être une enfant affamée collée derrière la vitre du monde de Lulu.

J'avais décidé de venir à New York afin de travailler auprès d'enfants et de femmes victimes. Les clients rêvés ne manquaient pas : enfants torturés, victimes de viol, femmes battues... Lorsque j'avais trouvé une agence de la dernière chance, spécialisée dans les visites en milieu thérapeutique pour les fils et filles de parents assassinés, je m'étais crue arrivée chez moi. J'avais lu leurs brochures comme si j'étais Marie Curie découvrant le radium. Ce faisant, j'avais compris que je m'étais lassée de me nourrir de mes propres entrailles et avais décidé que je n'étais plus obligée de payer pour les péchés de mon père.

Pour l'instant, je travaillais dans une galerie d'art tranquille et sympathique. Ils n'avaient besoin que d'un joli minois et d'une main régulière qui distribue des prospectus, ce qui me laissait tout le loisir d'étudier derrière le comptoir, vêtue du fourreau ou du tailleur noir de rigueur. En même temps qu'une forte proportion de gens esquintés, j'avais découvert que la ville de New York proposait des programmes accélérés à ceux qui souhaitaient changer de carrière. D'ici à un an, j'aurais décroché un diplôme qui me permettrait d'enseigner dans une école élémentaire.

Je tournai la page d'un texte sur la psychologie infantile tout en trempant un California roll dans la sauce soja. Mon père insistait pour me verser la moitié de son salaire, plaisantant sur le fait qu'il était grand temps qu'il paie les études de sa fille. Chaque fois qu'il faisait cette plaisanterie, je pensais à ma mère. En me demandant si elle pouvait me voir. Qu'aurait-elle pensé de l'arrangement que mon père et moi avions trouvé ? Aurait-elle voulu que j'accepte cet argent ?

Avant de quitter Boston, avant de prendre une décision définitive, j'avais passé toute une nuit à essayer de sentir la présence de maman, à lui demander de venir me souffler ce que je devais faire avec papa. Comme elle n'avait rien dit, j'avais pris son silence pour un consentement.

Maman aurait voulu que je change.

Maman aurait certainement voulu que je prenne cet argent.

Parfois, lorsque je contemplais ma vie, je me sentais mal – pas de mari, pas d'enfant, pas de petit ami, je n'avais personne en dehors de mon père. Était-ce ce dont Lulu avait toujours eu peur ? Dans ces moments-là, je me précipitais sur le Net pour y chercher des sites de rencontres. Avant de me rabattre sur un Jack Daniel's.

Et ensuite je me calmais en me rappelant qu'il y avait un temps pour tout. Un temps pour guérir. Bientôt, les feuilles tomberaient et de nouvelles pousses apparaîtraient.

Je savourai mon dîner. Une douce musique de jazz m'enveloppait. Je surlignai plus de passages dans mon livre qu'il ne m'en serait utile pour comprendre mes futurs élèves. Tout à l'heure, j'appellerais Lulu, juste pour dire bonjour.

33

Lulu, décembre 2003

Je me garai à côté d'une vieille Cadillac Seville noire, puis continuai à pied jusque chez tante Cilla en me faisant la réflexion que les vieilles voitures de Brooklyn étaient différentes de celles de Cambridge. Au lieu des Civic rouillées qui dataient de quinze ans, Brooklyn regorgeait d'énormes Cadillac aux feux arrière cassés.

J'avais loué une voiture à l'aéroport. Merry m'aurait volontiers prêté la sienne, sauf que je ne l'avais pas prévenue que je venais à New York. Cette journée ensoleillée de décembre était celle de son anniversaire, et je voulais lui faire la surprise.

Une Toyota Avalon étincelante trônait dans l'allée de tante Cilla. J'ouvris la porte de la véranda en verre, étonnée de ne pas la trouver fermée. La véranda était entièrement vide, sans doute parce que personne n'y venait en hiver, ou que personne ne l'utilisait jamais. Je m'annonçai en actionnant le heurtoir en cuivre et continuai à frapper jusqu'à ce que je perçoive un bruit de pas.

Derrière la fenêtre de l'entrée, une main criblée de taches de vieillesse écarta le rideau en dentelle. Tante Cilla me scruta d'un œil méfiant.

« Lulu ? » Je la reconnus sur-le-champ, bien qu'elle fasse largement son âge et même davantage. Son visage affaissé ressemblait encore plus qu'avant à celui d'un bouledogue. Sa silhouette était celle d'innombrables vieilles femmes : les jambes fines comme des baguettes et les bras trop maigres avec une tête de pomme de terre au milieu.

« C'est moi, tante Cilla. »

Elle ouvrit la porte et me dévisagea. « Tu ressembles au côté de ton père. Et à son père.

— Oui. À mon grand-père.

— Ta sœur, elle, ressemble à ta mère.

— Je sais. » J'espérais mon sourire suffisamment sardonique pour qu'elle puisse le voir derrière ses épaisses lunettes.

« Elle n'est pas venue me voir une seule fois. Alors qu'elle habite à Brooklyn. Elle a appelé Arnie. »

J'acquiesçai, comme si ma tante avait encore un minimum de bon sens. Merry dînait avec cousin Arnie une fois par mois. Que notre cousin travaille désormais comme courtier en Bourse semblait difficile à imaginer.

« Entre, dit tante Cilla. Ton oncle aurait bien voulu être là, mais il est parti au travail. »

Sûrement parce qu'il avait encore honte de s'être débarrassé de nous comme si nous étions deux vulgaires sacs-poubelle.

« Je n'arrive pas à le convaincre de prendre sa retraite. Dis-moi, qui veut aller chez un vieux dentiste qui a les mains qui tremblent ? » Elle s'essuya les mains sur son tablier à carreaux verts délavé.

« Des vieilles dames tremblantes avec des fausses dents ? »

Tante Cilla fit claquer sa langue. « Toujours aussi prompte à la repartie, même après tant d'années ! »

Elle me tendit les bras pour m'embrasser. Retenant ma respiration, je me penchai vers elle et lui donnai l'accolade façon Oprah Winfrey. *Tu sais, Lu, je vois toujours quand tu ne veux pas que quelqu'un te touche*, me disait Merry. *Tu fais exactement comme Oprah quand ses invités sont trop impressionnés par sa célébrité et qu'elle tient à garder ses distances.*

« Tu restes déjeuner ? Ou tu es juste passée tout prendre avant de filer ? » Tante Cilla m'entraîna à l'intérieur de la maison. « Hal a descendu les boîtes du grenier. »

Dans la cuisine, les appareils ménagers rutilants et les placards coûteux en noyer massif offraient un contraste pénible avec le visage décati de tante Cilla. Son ancienne cuisine, celle que je me rappelais de mon enfance, était en bois blond comme l'exigeait alors la dernière mode. Je me souvenais de ma mère râlant après mon père tout un week-end après avoir vu le boulot que s'était tapé oncle Hal.

La table était dressée avec la vaisselle en porcelaine de Mimi Rubee. De ça aussi, je me souvenais. Mimi Rubee avait donné ce service à tante Cilla peu après la mort de mon grand-père. Ma grand-mère ne voulait pas du service Haviland à l'ancienne, décoré de jeunes filles en train de danser entre des guirlandes vert et or. Ma mère détestait ce service et était aussi attachée à ce qui était moderne que Mimi Rubee, toutes deux préférant acheter de la mélamine blanche saupoudrée d'une traînée d'étoiles.

« Arnie n'arrête pas de me les réclamer. Un homme adulte qui collectionne les assiettes ! fit-elle en secouant la tête. Je devrais te donner le service entier. S'il ne te plaît pas, tu le garderas pour tes filles. »

Je faillis protester, embêtée à l'idée qu'Arnie se sente mis sur la touche. Merry m'avait raconté qu'il cachait son homosexualité à sa mère. Pour finir, je regardai ma tante dans les yeux et dis : « Avec grand plaisir. »

Elle parut décontenancée. Visiblement, sa proposition n'avait été que du pipeau.

« D'ailleurs, je peux revenir demain les emballer.

— Mieux vaut attendre, il faudra que je pose la question à Arnie… » Sa phrase retomba tandis qu'elle sortait un plat du réfrigérateur.

J'aurais pu voler à son secours, ce dont je me gardai bien. « Je le dirai aux filles. Elles vont être ravies. Si tu les emballais et que tu nous les envoyais ? Remarque, peut-être que je peux demander à Merry de passer les chercher. Qu'en penses-tu ? »

Serait-ce exagéré de proposer que mon père aide à les transporter ?

« Les boîtes de ta mère sont dans le salon. » D'un geste agacé, tante Cilla posa un plat de foie haché et de salade d'œufs sur la table. « Tu n'auras qu'à les regarder une fois que nous aurons fini de manger. Voir ce que tu veux. Et décider ce que tu prends.

— Je n'ai pas besoin de décider. Je prends tout. »

Les deux mains sur les hanches, tante Cilla se rengorgea du haut de sa petite taille. Comme beaucoup de vieilles femmes de sa génération – je le savais pour les soigner –, elle présentait de sérieux signes d'ostéoporose et se retrouverait un jour minuscule. « Si tu prends tout, que me restera-t-il comme souvenir de ma sœur ?

— Tu as eu de longues années pour tout mémoriser, tante Cilla. De toute façon, comment saurais-je ce que tu as mis dans les cartons et ce que tu as gardé ?

— M'accuserais-tu d'être une voleuse ? Une menteuse ? » Elle porta la main à sa poitrine. Ses bagues en diamant sciaient ses doigts gonflés. « Comment oses-tu ? Tu vois, voilà ce qui arrive quand on essaie d'être gentil. Moi qui voulais repartir du bon pied, comme Arnie me l'avait dit… Pourquoi chercherais-je à te voler ? »

Je me servis une copieuse cuillerée de foie haché que j'étalai sur une tranche de pain de seigle, puis léchai ce qui restait sur ma fourchette. « Mmm… Délicieux. » J'ajoutai une feuille de laitue sur le foie haché et repliai le pain en demi-sandwich. « Pourquoi ? Je n'en sais rien, tante Cilla. Pourquoi m'aurais-tu abandonnée dans un orphelinat ? »

Dès que j'eus avalé mon énorme demi-sandwich, que tante Cilla me regarda mâcher les lèvres pincées, j'entrepris de charger la voiture. Pas un mot ne fut échangé le temps que je transporte les six cartons dans le coffre. Après avoir emporté la dernière boîte, j'attendis de sentir couler en moi un peu du lait de la bonté humaine. Sur les cartons, oncle Hal avait écrit « Affaires personnelles ».

Debout devant ma voiture de location, je me retournai vers tante Cilla. D'une main, elle resserra son gilet, tenant de l'autre la porte ouverte en attendant que je revienne. Je m'avançai du côté du conducteur, ouvris la portière, m'assis et mis la clé de contact, sentant sur moi le regard de ma tante qui espérait sans doute que je revienne l'embrasser.

Un jour, deux petites filles tristes avaient attendu que quelqu'un vienne s'occuper d'elles.

Le moteur toussota avant de démarrer, et je m'en allai.

Le trajet de Mill Basin à Park Slope me prit une trentaine de minutes. De rue en rue, les choses avaient changé. La petite rue aux airs de faubourg où habitait ma tante débouchait dans l'avenue N, plus animée. Arrivée dans Flatbush Avenue, je retrouvai le Brooklyn de mon enfance. Le quartier avait l'air encore plus miteux et encore plus glauque. Devant les boutiques s'entassaient des monceaux de produits bon marché, d'immenses bouteilles de shampooing aux noms étranges, des chemises en rayonne aux couleurs criardes, des robes raides d'apprêt qui ne résisteraient qu'à un seul lavage.

Mes filles auraient adoré ça – voir mon enfance –, seulement, c'était trop près de mon père. J'avais besoin qu'il y ait davantage de kilomètres entre lui et moi pour me sentir en sécurité. De temps en temps, les filles demandaient à voir leur grand-père. Je ne leur racontais plus de mensonges. Je disais simplement non. Peut-être un jour iraient-elles le voir, mais tant qu'elles seraient sous notre responsabilité à Drew et à moi, nous les garderions à distance de lui.

Telle était mon intention. Régulièrement, Drew revenait sur le sujet, et chaque fois, je tentais de me justifier. Je l'écoutais quand il me parlait. Pour lui, je me forçais à sortir des mots malgré mon cœur qui s'emballait. J'aimais mon mari. Je ne pouvais pas me permettre d'aimer mon père. Jamais je ne renoncerais au minimum de paix que j'étais parvenue à conquérir.

À proximité de Prospect Park, la vie se déployait, l'architecture laissant plus d'espace alentour pour respirer. Les rues de Park Slope aux arbres bien verts sentaient l'argent des nouveaux riches.

Dans la rue de Merry, il y avait peu de place pour se garer. Je me faufilai entre une Matrix et une Prius. Puis je sortis mon téléphone portable de mon sac et enfonçai la touche de raccourci qui correspondait au numéro de ma sœur, le premier sur ma liste.

Nous nous serrâmes dans les bras en nous embrassant. Elle avait l'air de savoir depuis des semaines que je viendrais, et non depuis un quart d'heure, quand je l'avais prévenue. Elle portait du rouge à lèvres et du velours.

Malgré le froid de décembre, les trois voyages qui nous furent nécessaires pour monter les cartons chez elle au premier étage nous laissèrent en sueur. Une marmite de chili mijotait sur la cuisinière, propageant une délicieuse chaleur et une bonne odeur d'épices.

Une *challah* [1] toute dorée attendait sur un plat en terre rouge brique.

« Regarde-moi ce miracle ! m'extasiai-je. Tu as fini par apprendre à cuisiner.

— Non. C'est papa qui l'a fait. »

J'observai ma sœur. S'attendait-elle à ce que je réagisse ? Non, elle ressemblait juste à Merry. Pimpante. Jolie comme une star de rock. L'air aussi douce qu'étant petite. Et moins tendue.

« C'est bien qu'il se rende enfin utile », dis-je. Je n'avais jamais avoué à Merry que je lui avais remis les quinze mille dollars. Elle m'avait parlé de l'argent qu'il lui versait pour ses études, ainsi que des meubles qu'il lui avait fabriqués, mais rien de tout cela ne me donnait envie de le voir le moins du monde. À cette différence près qu'il m'était désormais égal que ma sœur le voie. « Voyons un peu ce qu'il y a là… »

Je m'assis par terre devant la pile de cartons, cherchant d'abord celui que j'avais demandé à oncle Hal d'étiqueter spécialement. « Tiens. Celui-ci est pour toi. Joyeux anniversaire ! »

Je regardai Merry arracher le Scotch qu'oncle Hal s'était appliqué à coller. Après avoir retiré une bonne couche de journaux, elle sortit une boîte en onyx noir incrustée de nacre. Les mains crispées sur la boîte, elle redressa la tête, les larmes aux yeux.

« Ne commence pas à pleurer tout de suite… Tu en as encore plein d'autres à déballer.

---

1. Pain traditionnel à la mie légère proche de la brioche.

— Aide-moi. »

Je m'empressai de plonger la main au fond du carton, d'où je sortis une autre boîte enveloppée de journaux, étonnée d'avoir oublié qu'elle pesait si lourd. Sous le journal, je caressai la pierre, aussi lisse et froide que dans mon souvenir. « J'ai mis celle que tu m'as offerte sur ma coiffeuse, dis-je. J'ai pensé qu'on se partagerait les autres.

— Tu te rappelles comme on jouait avec ? » Merry déballa une autre boîte qu'elle pressa contre sa joue. Celle-là était décorée d'un motif argent complexe en forme de cercle.

« Maman appelait ça jouer, mais à la vérité, on les nettoyait à sa place.

— Tout de même, c'était bien… » Ma sœur avait l'air songeuse, comme si elle repensait à des choses que je ne croyais pas possibles. « Surtout en été, quand les boîtes étaient bien fraîches. Tu te souviens comme on se les passait sur les bras en disant que c'était nos pierres à rafraîchir ?

— Après, on était toutes sales. À cause de la poussière. » Des petites boules de crasse roulaient sur notre peau, jusqu'entre nos orteils.

« Maman nous obligeait toujours à prendre un bain après. » Elle étendit les jambes en laissant sa main sur une des boîtes.

« Et ensuite, elle nous frictionnait les bras et la poitrine à l'alcool.

— Non, ça, c'était avant qu'on aille au lit, rectifia Merry.

— Non, après le bain, quand on était encore toutes chaudes.

— Non, après le bain, elle nous saupoudrait de talc.

— Mais non, tu te trompes complètement », dis-je en secouant la tête.

Merry se mit à genoux et s'épousseta les mains. « Tu sais, c'est peut-être bien moi qui ai raison.

— Peut-être… Mais j'en doute. »

Elle attrapa un autre carton en riant. « Et dans celui-ci, tu sais ce qu'il y a ?

— Pour le reste, c'est une surprise totale. J'ai expliqué à tante Cilla que nous voulions tout ce qui avait appartenu à maman. Et que j'emportais ses affaires à la maison. Pour toi et pour moi. Je me suis dit que maintenant on était prêtes… et qu'il était temps. »

PAPIER À BASE DE FIBRES CERTIFIÉES

Le Livre de Poche s'engage pour l'environnement en réduisant l'empreinte carbone de ses livres. Celle de cet exemplaire est de :
500 g éq. CO_2
Rendez-vous sur
www.livredepoche-durable.fr

Composition réalisée par FACOMPO (Lisieux)

Achevé d'imprimer en août 2012 en France par
CPI BRODARD ET TAUPIN
La Flèche (Sarthe)
N° d'impression : 70205
Dépôt légal 1re publication : juin 2012
Édition 03 – août 2012
LIBRAIRIE GÉNÉRALE FRANÇAISE
31, rue de Fleurus – 75278 Paris Cedex 06